燕山刀客◎著

海上英雄

花山文艺出版社

河北·石家庄

图书在版编目（CIP）数据

　　海上英雄郑成功 / 燕山刀客著 ． -- 石家庄 ： 花山
文艺出版社， 2024.5
　　ISBN 978-7-5511-7091-8

　　Ⅰ．①海… Ⅱ．①燕… Ⅲ．①传记文学－中国－当代
Ⅳ．① I25

　　中国国家版本馆 CIP 数据核字（2024）第 014259 号

书　　名：**海上英雄郑成功**
　　　　　HAI SHANG YINGXIONG ZHENG CHENGGONG

著　　者：燕山刀客

责任编辑：董　舸
责任校对：杨丽英
封面设计：王爱芹
出版发行：花山文艺出版社（邮政编码：050061）
　　　　　（河北省石家庄市友谊北大街330号）
销售热线：0311-88643299/96/17
印　　刷：北京一鑫印务有限责任公司
经　　销：新华书店
开　　本：700毫米×1000毫米　1/16
印　　张：23.5
字　　数：250千字
版　　次：2024年5月第1版
　　　　　2024年5月第1次印刷
书　　号：ISBN 978-7-5511-7091-8
定　　价：58.00元

自序：在大航海时代，
他为中国和东亚留下了唯一一抹亮色

作为中国人，我们为中华文明的悠久历史而真心自豪，同样也会为错失地理大发现的各种机遇而无比遗憾。

在相当长的时间内，封建王朝只有水军而无海军，只重陆权而不重海权，只怀柔远人而不海外拓展。在人类进入大航海时代以后，明清两朝与主流文明背道而驰，顽固坚持闭关锁国的海禁政策，清朝比明朝做得更加彻底，终于在鸦片战争之后，被船坚炮利的英国侵略者敲开了大门，沦为半殖民地。

但令我们欣慰的是，明清易代之际有这样一位伟人，以自己在东亚海域的突出表现，为大航海时代打下了深深的中国烙印，为中国历史平添了别样的浩然正气，为中华儿女留下了诸多辉煌纪录。他就是坚持抗清十七年、收复宝岛台湾的海上英雄郑成功。

生于日本西海岸的平户千里滨，长在东海之滨的福建安平镇，起兵之后常年奔波于海上，组建十七世纪东亚最强海军，创造多次水战经典战例，赢得大航海时代中国人最高光的战绩，一生与大海亲密接触，是郑成功有别于其他民族英雄最突出的标志。因此，本书定名为《海上英雄郑成功》。

说来也巧。明朝最有影响力的两位郑氏名人，都与大海结下了不解之缘。郑和七次下西洋，谱写了大航海时代的华丽前奏；郑成功以海岛为基地抗击清廷，从最强海上帝国荷兰手中解放台湾，并一度成为东亚海上贸易的主宰者。

"四镇多二心，两岛屯师，敢向东南争半壁；诸王无寸土，一隅抗志，方知海外有孤忠。"一位终生以反清复明为目标的英雄，却能得到康熙皇帝如此高的评价，只能说，郑成功的人格魅力实在伟大。

但时至今日，国人对这位英雄依然是既熟悉又陌生。

熟悉，是说他击败荷兰殖民者、收复台湾的故事家喻户晓，无人不知；陌生，是我们对他的生平事迹、志向理想及事功成就，并没有深入地了解。

郑成功人生中的落寞岁月，反而成为国人眼中的高光时刻。这对他来说，其实并不公平。他为中国历史做出的贡献，远比多数人想象得更多。

郑成功可以说是三个层面的英雄，放眼五千余年中国史，他都是独一无二的。

第一，在女真人入关时，郑成功怀抱国仇家恨，毅然"焚衣起兵"，与清廷进行了长达十七年的浴血奋战，并主导了二十年南明史中最鼓舞人心的北伐南京之役；

第二，当荷兰殖民者窃据台湾，压迫岛上汉人及原住民时，郑成功不顾中荷两国军事发展水平的巨大差距，以大无畏的勇气东征台湾，成功驱逐荷夷，并以中国传统王朝的模式建设宝岛；

第三，在人类进入大航海时代以后，欧洲各国在太平洋上激烈竞争与大肆掠夺，明清统治者却闭关锁国，走向人类发展潮流对立面之时，郑成功及其海商集团积极参与东亚贸易竞争，努力捍卫华人的合法权益，甚至打算出兵吕宋解救同胞。

毫不夸张地说，在大航海时代，郑成功及其领导的郑军，为中国和东亚留下了唯一一抹亮色。

过往很多年，我们只记住了郑成功在收复台湾中的丰功伟绩，却不清楚他复台的目的，只是为了给抗清事业寻找一处比厦门更为理想的基地；

我们只记住了李定国"两蹶名王"，却不清楚清军入关之后，对女真八旗造成最大伤亡的一场战役，居然是第三次厦门保卫战。这场战役，也可以称为冷兵器时代最大规模的海战①；

我们只记住了张名振三入长江，却不清楚郑成功在背后的贡献，不清楚国姓爷本人也有三次北伐。更让我们惊叹的是，他在永历十三年（1659）进取南京的路线，被一百八十年后入侵中国的英国海军"抄作业"，足见郑成功眼光之精准与战略之超前；

我们只记住了《郑荷条约》的伟大，却不清楚郑氏海商集团发展壮大的艰辛。郑成功能以一隅之地与清朝对抗十七年，其背后的商业团队功不可没。在整合了父亲郑芝龙的旧部之后，郑氏集团发展成为东亚海域的最大贸易组织，甚至拥有多条贸易线路的支配权。

我们熟知的蜀汉丞相诸葛亮，以一州的军力财力挑战强大的曹魏政权，已经足够令后人敬佩的了。但益州至少也有一百万平方公里土地，一百万居民，大致相当于曹魏的三分之一和五分之一。

但郑成功真正稳固的基本地盘，只是厦门、金门、南澳和铜山四岛，面积大约六百平方公里，军队巅峰期有十五万到二十万，所有物资都完全要靠外部供应。而他的对手大清帝国，控制面积接近六百万平方公里，人口超过五千万。差距实在过于明显。

因此，郑成功的坚持更加难能可贵，他的业绩更来之不易，他的成就也更加激励人心。

从郑成功占据厦门到东征台湾，郑清之间大小战役接近五十次，不乏双方都出动万人以上的大战，其中大多数都是郑军首先发动的，这份勇气，实在不能不让人敬佩与尊重。

南明有诸多名将，唯有郑成功率军杀到了南京城下，让江南人民看到

① 元末的鄱阳湖大战只是水战，并非海战。

了收复旧都的希望与可能。"试看天堑投鞭渡，不信中原不姓朱"的万丈豪情，一直激励着此后两个半世纪的民间反清活动。

郑成功身先士卒、无畏困难、向死而生、愈挫愈奋，将"明知不可为而为之"的精神发挥到了极致。作为反清复明的杰出将领，他的军功可以与战神李定国媲美；作为东亚最强水军的缔造者，他缔造了首次从长江口逆流而上包围南京的壮举；作为大航海时代的深度参与者，他缔造了中华文明史上独一无二的海商集团。虽说郑成功有着明显的性格缺陷，但这绝对不会影响他的伟大，反而令他的形象更加真实可信。

这样一位民族英雄，永远值得历史崇敬和缅怀，更需要国人进一步学习与借鉴。

这样一段光荣历史，永远值得后辈牢记与弘扬，更需要我们更多地分析和思考。

是为序。

目 录
CONTENTS

第一章　少年时光何其关键

一、海边降生，一出世就留下传奇

郑成功这位中国人的民族英雄，却诞生于遥远的日本平户。

如此一来，更显得他的身世不凡，也注定要比平常人经历更多的挑战与磨难。

十六世纪末，因丰臣秀吉入侵朝鲜，中日两国曾有过一场持续六年的战争。到了十七世纪初，德川幕府统一了日本，与中国的关系显著改善，两国之间的贸易交流也频繁起来。幕府学明朝搞闭关，只与中国及荷兰做生意。中国需要日本的白银和漆器，日本更需要中国的丝绸、瓷器和茶叶等货品，对后者注定是严重逆差。

日本诸县之中，长崎与亚洲大陆距离最近。当地拥有良港的平户小城，更是成为重要的对外贸易中心，许多华人移居于此。

正是在这样的时代背景之下，明天启三年（1623）[①] 五月，刚满二十岁的郑芝龙，从澳门来到了平户。

郑芝龙小名一官，字日甲，号飞黄，是福建布政司泉州府南安县（今泉州市南安市）石井村人。作为家中老大，他按理说不应该出国漂泊，得继承家业不是？可那个穷家，也没有什么家业好继承的。父亲郑士表只是个泉州库吏，靠着微薄的薪水养活一大家子：妻子徐氏先后生了芝龙、芝虎、芝麟（早夭）和芝凤，侧室黄氏则生了芝豹。

---

① 本书以明朝皇帝的年号纪年，人物年龄为虚岁。

郑芝龙长相帅气，为人豪爽，并有着惊人的语言天赋。别看后来做起了不正当职业，他小时候的偶像，居然是抗倭英雄戚继光。没办法，在当时的福建，几乎家家户户都仰慕这位大明战神。相比之下，正宗的泉州名将俞大猷，反而影响力有限。

和当时多数国人一样，郑士表希望儿子们能够考取功名，改变门风。可谈何容易呢，范进不是想当就能当上的。至于郑芝龙，人家根本不喜欢读书，反而热衷于舞刀弄棒，拈花惹草，并和当地的一些小混混打得火热，整个一问题少年啊。郑士表能不生气吗，能不经常家法伺候吗？可就算打断多少根棍子，郑芝龙还是那德行。随着年龄增长，他对父亲的意见就更大了。

天启元年（1621），十八岁的郑芝龙愤然离家出走，跑到澳门投奔做生意的舅舅黄程。据说，这小子成功勾引了一位比他大几岁的美女（可见人家在两性交往方面确实有天赋），却引发了老爹愤怒的报复——这位女子正是他老人家的小妾。联想到日后郑成功长子郑经的出位表现，似乎郑家还真的有这种传统。

在澳门这个东西方文明交汇的窗口，郑芝龙开阔了眼界，积累了丰富的外贸知识，也攒下了一点儿资本，但根本不够回家娶媳妇的。

幸运的是，凭借自己的不凡相貌与不俗谈吐，郑芝龙很快结识了大海商李旦。更幸运的是，前者居然成了后者的干儿子。可见，说长得好看的人才有前程，还真不是一句空话。

为了更好地与葡萄牙朋友们打交道，郑芝龙还完成了一件让干爹听说了开心，让亲爹知道了吐血的大事。他接受了洗礼，成为一名（名义上的）基督徒，教名为尼古拉斯。

两年之后，在黄程的安排下，郑芝龙跟随李旦的货船来到平户，并从此在这里定居了。为了更好地与当地人打交道，郑芝龙很快学会了日语。不久之后他又发现，有个国家与日本关系特殊，为了与该国商人更便捷地沟通，他学习并掌握对方的语言。

这个国家，就是与郑芝龙父子有若干交集的荷兰。不得不说，郑芝龙真是个语言天才。今天我们学英语，守着各种视频音频都学不好，人家郑芝龙什么学习材料都没有，愣是能讲出流利的外语，还能靠当翻译混饭吃。

优秀的人，走到哪里都不缺朋友，更不会缺少浪漫。在平户，郑芝龙不光结识了很多合作伙伴，更是邂逅了一位令他魂牵梦萦的日本姑娘。

田川氏是华人铸剑师翁翊皇的养女，在他的店铺里帮忙。喜欢习武的郑芝龙，经常光顾翁家。一来二去，两个年轻人很快就擦出了爱的火花。

这一年的田川氏已二十三①，比郑芝龙还大两岁。她身形婀娜，五官精致，举止优雅，性情稳重，既不乏中国南方妹子一贯的干练果敢，又拥有日本姑娘招牌式的温存体贴。她闯入郑芝龙的生活，就等于是把春天带给了他。她每每能令这小子神魂颠倒，更能让他深深体会作为男人的幸福。

最让郑芝龙开心的是，这位妻子可不是媒妁之言的结果，而是自己挑选的。单凭这一点，他就能让同时代的男人羡慕得要死。

自从成亲之后，田川氏将这位泉州"卢瑟"（loser 音译，意为失意者，落魄者，下同）原本凌乱不堪的家收拾得整齐干净，还能营造出别样的浪漫。每次郑芝龙外出归来，田川氏都按日本主妇的礼俗，精心打扮一番之后，身着盛装跪在门口迎接丈夫，为他轻轻脱去外衣，缓缓奉上香茗。让一身疲倦的郑芝龙，很快就能"满血复活"，大晚上还能胡折腾半宿。

都说婚姻是爱情的坟墓，但结婚多日之后，他们俩依然如刚相识时那般甜蜜，并很快就有了爱的结晶。看着妻子的小腹一天天隆起，郑芝龙说什么也不让她做家务了，生怕出点儿什么意外。

---

① 一说十七。

就要迎接家里的新成员了，但此时的郑芝龙，却有更重要的事情要干。而领头的人，就是今天我们相当陌生，却在台湾历史上赫赫有名的"开台圣王"颜思齐。

颜思齐是漳州府海澄县青礁村（今属厦门市海沧区）人，生于万历十七年（1589）。万历三十一年（1603），他来到日本，当起了一个小裁缝，生活艰难。后来，他做起了显然收益更高的海上贸易，顺便兼职海盗。颜思齐个性豪爽，礼贤下士，因而生意越来越大，下属越来越多，并被平户当局任命为甲螺（头目）。

经过杨天生介绍，郑芝龙结识了颜思齐。

六月十五日，颜思齐与杨天生、陈德（字衷纪）和郑芝龙等二十八人秘密结拜，共推老颜为盟主，准备做一件注定能青史留名的大事——大得随时有掉脑袋的风险。因此，郑芝龙就不方便和老婆讲太多了。

没办法，男人以事业为重，受传统观念影响很深的田川氏虽说内心不免失落，但也不能对丈夫公开表示不满。她只是尽一位母亲的职责，默默地为新生儿的降生做着各种准备。

根据一些史籍的说法，天启四年（1624）七月十四日午后，田川氏在侍女的陪同下，来到了平户西郊的千里滨散步。

正值夏末，天气已经不再酷热，一阵海风吹过，激起阵阵浪花，溅到两人的身上和脸上，令她们感到非常惬意。沙滩上遍布贝壳，在夕阳照耀下反射出耀眼光芒。田川氏知道，大海的对面，就是夫君的家乡福建。他的家庭，会不会欢迎一个日本媳妇，自己还真没有把握。但眼下最重要的，是把孩子生出来。

那个年代没有 B 超，父母当然不知道孩子是男是女。但这是郑家长子郑芝龙的第一个孩子。如果是个女孩儿，可以迎来一位可爱的小公主，可以如田川氏一样美丽温柔，当然非常好了。但如果是男孩儿，这就是长孙，将来可以继承祖业，光大门楣，似乎更有意义。

侍女到底年轻几岁，又没有负担，在海滩上跑跑跳跳。田川氏走了一会儿，却感觉有些劳累，她信步来到一块巨石之下坐定，看着侍女捡拾贝壳，间或留下银铃一般的笑声。离巨石不远，还有一棵枝叶茂盛的松树，长在那里已经有年头了。

海边的空气带着咸味，天空却是格外湛蓝，间或有几朵云彩飘向远方。想起与郑芝龙相识相爱的场景，想起他趴在自己肚皮上听孩子动静的时刻，田川氏的嘴角流露出了浓浓的笑意。

"孩子啊，你可要记住这片海滩哟。"

不知不觉之下，好端端的蓝天突然暗了下来，远处飘来大片乌云遮住了夕阳。狂风骤起，掀起巨大的波浪，呼啸着直直向海边砸来。田川氏大惊，连忙招呼侍女，可喊了半天，她也没有过来——真是太不靠谱了。

海浪继续肆虐，无情地向巨石这边袭来。而此时的田川氏已经腿脚酸软，连起身的力气都没有了。她正惊恐时，更可怕的事情出现了。

巨浪突然一分为二，一头硕大的白鲸从里面蹿了出来，张开血盆大口，径直向田川氏扑了过来。难道，这位美人就要葬身鱼腹了吗？

噢对了，鲸不是鱼。眼看大难临头，为了郑家的骨肉，田川氏使出浑身力气试图躲避。但接下来的一幕，完全出乎了她的意料，也超乎了她的想象，更颠覆了她的三观。

白鲸并没有吞噬田川氏，反而径直冲进了她的嘴里——也不知道是怎么钻进去的，并在她身体里面来回折腾，翻江倒海。孙悟空钻进铁扇公主肚子，也没有这么猖狂吧。这位可怜的女性，五脏六腑瞬间都要炸裂了。

"啊，啊，啊！……"田川氏不由得发出阵阵惨叫，豆大的汗珠滑落到脸上。她努力地揉揉眼睛，突然发现海面非常平静，天空根本没有乌云，狂风也完全无影无踪了。

"夫人，您醒来了？"原来，侍女并没有乱跑，而是一直乖乖地站在旁边。

只是这肚子，却依然是一阵又一阵地剧痛。原来，田川氏是做了一个梦啊。

"可怜的孩子，你是要在这里出生吗？"既然回家生产已经来不及，田川氏就让侍女想法生了一堆火，借助从长辈那里学到的接生知识，磕磕绊绊地把孩子生了下来。

"恭喜夫人，是个男孩儿！"

听到侍女开心的话语，田川氏艰难地睁开双眼，长出了一口气："快把孩子给我！"

这个孩子面庞白皙，虎头虎脑，让人怜爱。他出生在海边，似乎预示着这一生将要与大海结下不解之缘。"白鲸入梦"的故事，很可能是后人杜撰的，但却有力地昭示了这个孩子一生的命运。

他就像一头无畏的白鲸，在家国存亡的惊涛骇浪中奋力翻腾；他要以一己之力扭转乾坤，去彰显中华儿女的坚忍和执着，捍卫中华民族的血脉与尊严。

话分两头。当天，郑芝龙也没闲着，而是去了二刀流高手花房权右卫门家，与这位武士切磋刀法——心可真大。权右卫门也是大有来头，据说他的师父，正是日本剑神宫本武藏。

郑芝龙一回到家，就看到了让自己无比兴奋的场景，当然要出主意了。

"夫人，既然孩子生在古松之侧，他的乳名，就叫福松吧。"

"好啊，"田川氏当然也很愿意，"夫君，希望松树能给他，给咱们郑家带来福气。"①

在母亲和侍女的悉心呵护之下，小福松一天天地慢慢成长，父亲则一如既往地以事业为重——也就是不怎么顾家。田川氏产下婴儿之处，则被后人命名为"儿诞石"。时至今日，依然有无数游客慕名而来，瞻仰英雄

① 一说"福"指代郑芝龙家乡福建。

的出生之地，缅怀这个传奇故事。

小福松出生的这一年，正是中国传统的甲子年。六十年为一甲子，甲子年为六十年轮回之首年，而鼠为十二属相之首，福松自然属鼠。换算成阳历，他生于 8 月 28 日，属于处女座。

我们都知道，处女座注重细节，追求完美，对人对己都相当严苛。但正是这种一丝不苟的态度，往往能够让他们在芸芸众生中脱颖而出，取得骄人的成就。小福松符合这一特质吗？书中自有答案。

沉浸在初为父母的喜悦之中没多久，这对小夫妻却有了大麻烦。

二、平户成长，母子俩相依为命

转眼到了八月十四日，按中国人的习俗，该给福松办满月酒，安排他个七八十桌，收一大堆份子钱了吧。画面一切换，田川氏却只能无助地抱着小福松，不停哭泣。

她的老公郑芝龙，离家出走了！

这位仪表堂堂、能讲三门外语的泉州汉子，坐在犄角旮旯都能展现男人的无穷魅力，穿得破破烂烂都能吸引姑娘的灼热眼光。在那年头，拈花惹草根本不叫个事，叫本事。只要有钱，纳三五十个妾，官府也管不着你。不过，妻子刚怀孕时不跑路，孩子都生下来了却消失，他老人家这是图什么呢？

答案是很现实的：图自己的性命。

郑芝龙与颜思齐等人一直筹划的事情，居然是颠覆德川幕府，建立一个由汉人（他们弟兄）主控的政权，从而推动中日贸易有更大发展，大家赚更多的钱。

颜思齐别看是个海盗头子，却很有政治抱负。他很准确地意识到，大明之所以不愿与日本通商，并不是天生跟钱有仇，而是对该国政府不放心。特别是丰臣秀吉执政时期，日本悍然发动对朝鲜的战争，完全不将中国在东亚的主导地位放在眼里。当然，丰臣秀吉并没有成功，之后建立的德川幕府也一直试图拉拢大明，但后者并没有表现出多少热情。

如果建立一个由中国人领导的日本政府，中日之间的嫌隙必然会显著减少，中日贸易将会有爆发性地增长，两国的历史都将会被完全改写。

不能不说，颜思齐这个脑洞有些大，这个风险更大。幕府将军德川家光很快就收到了情报，并准备将这伙唐人①一网打尽。

颜思齐这边也有探子。他们意识到武装推翻幕府已无可能，于是就在中秋前夜，驾驶十三艘海船逃离了平户。

没有办法，纵然再舍不得田川氏母子，郑芝龙也必须离开了。失之东隅，收之桑榆。二十八兄弟离开了日本，却开启了另一段冒险生涯，改变了另一个地方的历史走向。

让后人有些疑惑不解的是，德川幕府努力捉拿颜思齐一伙，却放过了近在咫尺的田川氏母子，难道他们真的不株连家属？笔者猜测，很可能是翁翊皇利用自己的人脉关系，加上大笔白花花的银子，艰难地摆平了危机。

丈夫跑了，田川氏不得不独自承担起抚养儿子的重担。当她得到郑芝龙平安出逃的消息之后，自然非常兴奋，相信一家人团聚是早晚的事情。

她要把自己照顾好，将来回去时不给丈夫丢脸。

她更要把孩子教育好，让他成为郑家未来的顶梁柱。

当然，孩子给她带来的欢乐，也是真实而且慷慨的。看着他第一次叫出"娘亲"，第一回摇摇晃晃地走路，第一天开始用碗吃饭，做母亲的再辛苦，笑容也是真实的。

"人之初，性本善。性相近，习相远……"到了三岁时，田川氏就给福松朗读《三字经》《百家姓》等中华典籍，让他潜移默化地接受熏陶。

———————

① 当时日本人对华人的称呼。

当然，母亲也会用日语讲述《枕草子》《万叶集》中的精华篇章，妥妥的双语教育，两边都不耽误。

都说好妈妈胜过好老师，田川氏的善良与坚毅，都深深影响了小福松的性格。

此时的田川氏，还处在一生之中最美好的年华，她的美貌是谁也否认不了的。一位年轻女子带着儿子独立生活，难免被街坊邻里指指点点。而另有一些人，则热情地给她张罗对象。

"我是有丈夫的。"深受传统文化影响的田川氏很有主见，对上门者一律拒绝。她相信，自己的丈夫是个盖世英雄，总有一天，他会身披金甲、驾着七彩祥云，噢不，开着七彩战船，回来接她的。

对那些想动手动脚占便宜的男人，她就完全不客气了，甚至会亮出兵刃。别忘了，人家可是铸剑师的女儿。

不过一天晚上，小福松沉沉睡去，田川氏正在灯下发呆时，窗外人影一闪，她的心跳骤然加速。

郑芝龙居然回来了！尽管幕府一直试图捉拿他，他还是放不下妻儿，想方设法回到了平户。

这时，已经是崇祯元年（1628）的上半年。小福松已经五岁，但细心的母亲不愿叫醒他，生怕孩子无法保守秘密。郑芝龙轻轻抚摩着孩子的头发，见他生得白白净净很招人喜爱，当然也非常欣慰。

"夫人放心，"激情过后，看着流泪不止的她，郑芝龙信誓旦旦地承诺，"要不了多久，我就把你们母子接走。"

"什么时候呢？我怕我到时都成老太婆了。"

"怎么会，你以为我舍得吗？"郑芝龙小心地吻着田川氏脸上的泪珠，把她抱得更紧了，这是怕她变成小鸟飞走吗？

田川氏当然不会飞走，郑芝龙自己倒是很快又离开了，把麻烦又留给了妻子。

她的肚子一天天大了起来。尽管平日非常小心，终究纸里包不住火，很多邻居都知道了，从此有了热议的话题。好在养父翁翊皇愿意信任和支持女儿，最终让孩子平安出生。

这是福松的亲弟弟，却叫作田川七左卫门，并被过继给了娘家。而田川氏将更多的心血，都用在了抚养郑家长子身上。都说"慈母多败儿"，但田川氏对儿子倾注了全部的心血，管教起来却一点儿也不含糊。

作为郑芝龙的好友，花房权右卫门也经常关照田川氏母子。到了福松五岁的那一天，田川氏做了一桌子好菜，拿出最好的清酒，让这位武士喝了个痛快。

随即，她把福松叫了出来："让福松拜您为师，学习刀法，可以吗？"

然后，自然是深深的鞠躬。你说这个汉子，好意思拒绝吗？

于是，小福松就毕恭毕敬地跪下，向权右卫门行了拜师大礼。

别看花房权右卫门这名字浪漫，当着田川氏的面只会点头哈腰，站在小福松跟前时，他马上就切换了一副尊容。与小福松一起学习的，还有其他几位日本小朋友。

这么小的孩子，当然不能用真家伙。权右卫门给徒弟们精心设计了木制双刀，手把手地教他们基本的动作要领，安排他们进行实战对打。但小武士的训练，可绝不限于练刀。

跑步、压腿、扎马步、射箭、游泳……这帮孩子训练起来，完全是超负荷的。权右卫门是在用武士的标准要求他们，完全不管小朋友能不能承受，不服就打，打服为止，颇有"揠苗助长"的风范。

更有甚者，他还在大冬天让孩子们用冷水沐浴，大半夜独自穿越树林，说是能培养坚强意志，这真不是瞎折腾。

武士道强调服从与竞争，服从是对长辈上司的服从，竞争是与对手的竞争。现在还是小孩子，没有敌人，那只有与小伙伴的竞争了。谁要是跑得最慢，动作最迟缓，表现最'拉胯'，别的孩子就瞧不起你。

争强好胜的种子，很早就在这些孩子心中埋下了。刻苦训练，打败对手，成为第一，是所有孩子的努力方向。从成年郑成功的性格与习惯之中，很明显地能看到一些武士训练留下的痕迹。

福松别看表面上礼貌守礼，但也有不为人知的一面。

有一天，田川氏正在家做针线活儿，听到有人敲门。权右卫门带着一个孩子进来了。

这孩子六七岁，脸上带着明显的伤痕。当妈的见到了不觉大吃一惊："福松，你这是怎么了？"

"他跟别人打了一架，那孩子已经让他打得爬不起来了！"权右卫门平静的话语之中，显然带着嘲讽。

"给师父添麻烦了！"田川氏马上鞠躬道歉。权右卫门不好意思了："夫人，您问他吧！"转身离开了。

别看田川氏特别宠爱长子，这时候却要他跪在户外，以示惩罚。

"为什么打架，为什么下手这么狠？"田川氏说着说着，眼泪不禁流了下来。

看着母亲难过，原本还无所谓的福松，此时马上换上小心翼翼的神情。

"娘，他、他出言不逊！"

"他都说了些什么？"

"他说、他说我是海盗的儿子，还说、还说……"福松说不下去了。

"还说什么？"田川氏似乎猜到一些了，但还是想知道答案。

福松抬起头，看着母亲，泪水在眼眶中打转了："……他还说，说您在外面偷人，给我生了个野种弟弟！"

"孩子，你永远记住！"田川氏一字一句地说，"你的父亲郑芝龙不是海盗，更不是倭寇，他是个大英雄。他一定会接咱们母子回去的。还有……七左卫门是你父亲的亲儿子！"

这位谦和的母亲，柔弱的外表下面，也有着自己做人的原则与底线。她一面用儒家文化的"温良恭俭让"启蒙福松，一面又把孩子送到真正的日本武士那里接受魔鬼训练，就是希望福松将来能够文武双全，顺利继承父亲的家业。当然，日后儿子能达到的高度，成就的影响力，也许是她不敢想象的。

即便今天的心理学家都不否认：一个人的性格形成，主要在七岁之前。成年之后的郑成功性格堪称复杂多变，甚至给人"精神分裂"之感。他可以待人接物如谦谦君子，也可以画风突变大开杀戒；可以慷慨饶恕谋害自己未遂的杀手，也可以因一次失误就杀掉战功卓著的将军。当然人无完人，我们也不能对历史人物有过多苛责，更不能说母亲的教育是失败的。

平心而论，她已经非常伟大，非常了不起了。

时光荏苒，不知不觉之间，福松已经七岁，到了可以进学堂的年龄。巧合的是，就在这一年，他和母亲的生活，都发生了巨大的改变。

三、安平岁月，小公子有大志气（上）

转眼到了崇祯三年（1630）五月，田川氏家突然热闹起来了。

郑芝龙的族弟郑芝燕来到了平户，要接嫂子一家回泉州团圆。

郑芝龙未能亲自前来，田川氏当然有点儿失落。但她可不是玻璃心，一想到夫君公务繁忙，让弟弟来已经很好了。

就在田川氏准备给两个孩子收拾东西时，却发现自己高兴得太早了。

实行锁国政策的德川幕府担心人口流失，不允许国民随意离开日本。郑芝燕空跑一趟，只能回去向大哥复命。

没过多久，郑芝龙另一个族弟郑芝鹦率领六十名精干士兵，乘坐一艘大型战船，相当招摇地开到平户，见到了幕府官员。

在亲切友好的气氛中，郑芝鹗让手下展开一幅图画。德川不看则已，一看不觉有点儿小紧张：浑蛋，姓郑的这是向我老人家示威啊！

只见波涛翻腾的大海上，行驶着数十艘装备齐整的火炮船，甲板上遍布士兵，甲胄齐整，声势浩大。各种红夷大炮摆列得当，大小旗帜迎风招展。最醒目的旗舰上，赫然悬挂着一面"郑"字帅旗。这意思再明显不过了——好好说话你不听，那我老人家可得做点儿别的了。

当然，郑芝鹗并不想轻易惹事，而是处处打点，反正也不差这点儿银子。

即便这样，收了钱的幕府官员依然坚持认为，本国女子不得出洋。七左卫门已经过继给了田川氏家，同样也不能离开。无奈之下，郑芝鹗决定先把福松带回国，向大哥复命。

至于田川氏，只能以后再想办法了。

长到七岁，福松第一次离开母亲，自然是非常不舍。可一想到要见到父亲，回归家乡，他还是相当憧憬的。

但母亲想到的，首先是福松路途之上的安全。

"夫人放心，大哥现在已是朝廷大员了，我们先把福松安顿好，要不了多久，一定接您回去，让你们一家团圆！"郑芝鹗信心满满，但田川氏还是相当担心。

虽说船上什么都不缺，田川氏还是精心为小福松收拾行李，带他去向师父拜别，并在庭院中种下一棵樵树作为纪念。

到了九月，郑芝鹗才启程回国。母亲抱着两岁的七左卫门来到码头，为福松送行。

小福松依依不舍地跪下，向田川氏行礼："母亲您多保重。我在家里等您回来。"

田川氏极力不让自己流泪，轻轻地扶起了儿子："一定要听你爹的话，好好读书习武。"

而她怀里的七左卫门，也哇哇地哭了起来，似乎是舍不得哥哥走。福松轻轻地抚着弟弟的脸蛋说了一句："你……要替我照顾母亲。"也不管他能不能听得懂。

虽说与母亲和弟弟就此分别，第一次出海的福松，心情还是非常兴奋的。这么大的海船，之前他只在画上见过，没想到现在就能坐上了。此时的福松当然不会想到，自己成年之后，会与大海有那么深的缘分，会经历那么多的大风大浪。

如果能和母亲弟弟一起乘船，那当然再好不过了。

而他的母亲，一直就站在码头上，一直眼角挂着泪花，一直遥望着大船，直到它变成一个黑点，直到彻底消失在远方，这才抱着七左卫门离开。

经过十天航行，战船平安到达了中左所①，码头上非常繁忙，数十艘海船进进出出，上百个船夫不停忙碌，操着闽南语相互调笑。

"叔叔，我们什么时候下船呢？"

"不着急，"郑芝鹏神秘地笑笑，"很快你就知道了。"

大船一路前行，完全没有靠岸的意思。前面的水道逐渐变窄，船行驶的速度也放慢了。很快，一道巨大的闸门出现在小福松眼前，这是他在日本时根本没有见过的。还是大明的水运发达啊。

闸门很快向两边分开，让大船可以从中穿过。出现在小福松眼前的景象，又让他大开眼界。

只见一路上水网纵横交错，间或有大小船只呼啸驶过。沿岸遍布住宅民居，青砖红瓦，高低错落，非常精致。其中点缀有亭台回廊，假山池塘，岗哨碉楼。不时有装束整齐的兵丁，扛着鸟铳和长枪精神抖擞地走过。

"叔叔，咱们家还有多远啊？"福松迫不及待地问道。可得到的回答，

---

① 即厦门岛。

足以令他惊掉下巴：不是吧？！

"过了那道闸门，你就已经到家了！"

福松以为自己来到了一座比平户还大的城镇，却不知自己已经到家了。原来，这就是郑芝龙精心设计打造的"晋国府"，或者叫"郑府"。

这座占地一百多亩的豪华府第，坐落于泉州府城晋江县的安平镇。它在年初刚刚落成，简直像是为迎接福松母子回归而特意修建。通过精心设计，郑芝龙从家门口乘船出发，就能直达中左所，指挥自己愈发庞大的海上帝国。

大船一路向前，终于在一栋富丽堂皇的楼宇前停了下来。不远的前方，几个身形婀娜的妙龄女性，簇拥着一位身材魁梧、身着戎装的年轻汉子。

"那位将军就是你爹！旁边的是颜姨娘、李姨娘、黄姨娘……"

"她们都是咱们郑家的亲戚？"

"傻孩子，回头你就知道了。"可能觉得说了福松也不明白，郑芝鹗不想解释了。

大明三百年间，为后世熟知的郑姓名人只有三个。一个（郑和）早就不在人世，另两个却在这里见面了。

"拜见爹爹！"小福松跪下行礼。

"好孩子，一路辛苦了！"郑芝龙双手扶起儿子，随即给他介绍几位"姨娘"。沐浴更衣之后，父子俩先去郑家祠堂祭拜先祖，随后，当然就是为孩子接风洗尘了。

餐桌上的美食琳琅满目，让一直在日本过苦日子的福松大吃一惊，随后当然是大吃一顿。这时候，他当然会想到仍在远方的母亲，想到她的含辛茹苦。此后一有机会，福松就向父亲提议，早点儿把母亲和弟弟接回来团聚。

入住郑府的福松，自然是无可争议的长公子。后来他才知道，那几位漂亮的姨娘，都是父亲纳的妾室。其中年龄最大的，是父亲恩公颜思齐的侄女①。田川氏不在家，颜氏就将福松当成亲生儿子一般细心照顾。

福松已经有了几个弟弟：郑渡、郑恩和郑荫。显然，这一代人都是单字名。于是郑芝龙决定，给老大取名为郑森，字明俨。

家里什么都好，姨娘们也不排挤郑森（人家是嫡长子），只是田川氏不在身边，小郑森总是免不了心情失落。父亲经常拍着胸脯说要接母亲回国，可总是因公务繁忙没有了下文。

当然，郑森不好意思向别人倾诉，而是将思念之情默默藏在心里。

每当夜深人静，别的孩子已沉沉进入梦乡之时，有一个瘦小的身影，却总是蹑手蹑脚地走出房门，来到楼顶，向着东方眺望。在海的那一边，就是和他相依为命七年的母亲。每每想起在平户艰辛生活的往事，想起离别之时的场景，想起郑府奢华与母亲甘苦之间的强烈反差，这孩子的眼泪，不知不觉就流了出来。

纸里包不住火。精明的管家早就知道了，总是让人悄悄跟着，怕长公子出什么意外。郑芝龙听说之后，当然也不能发火。但这事传到几位叔叔及他们的公子的耳朵之后，这些粗人无法理解，觉得郑森也太娇气了，不免有意无意取笑他是小姑娘，建议他试着穿穿裙子、化化妆什么的。

只有一位叔叔，对郑森却另眼相看。他就是郑芝龙的四弟郑芝凤。

郑芝凤这一年其实仅有十八岁。也许觉得芝凤这名字不够阳刚，他更喜欢用自己的字代替本名——郑鸿逵。

郑鸿逵看出了郑森的与众不同，也隐隐约约感受到了这孩子的坚强意志。他曾经亲昵地摸着小郑森的头，说出了载入史册的一句话：

"这是我们郑家的千里驹啊！"

只能说，四叔眼光精准，说一句顶一万句。

明朝东南各地风平浪静，但北方形势已经极为严峻了。就在上一年即

---

① 一说颜氏同样是郑芝龙正妻。

崇祯二年（1629）年底，后金可汗皇太极带兵绕过了重兵把守的关宁防线，由龙井关等处破关，随后包围了京师。蓟辽督师袁崇焕率领九千关宁铁骑日夜兼程地追赶，并在广渠门等地与后金军激战，最终迫使皇太极退兵。然而，刚愎自用、猜忌心太重的崇祯，却将袁崇焕下狱，并在次年将其凌迟处死。

自天启六年（1626）开始，袁崇焕先后取得了宁远、宁锦和京师保卫战的（惨烈）胜利，是女真人最为忌惮的明军将领。不过，也许多数人并不清楚，袁崇焕是个如假包换的文官。他于万历四十七年（1619）考中进士之后，就在福建的邵武府城邵武县担任知县。

也就是说，袁崇焕极其传奇的十年仕途，正是从八闽大地起步的。

而晋江，也是抗倭名将俞大猷的故乡。此时的郑森不会知道，自己的父亲，还与俞大猷的小儿子有过一场恩怨。

七岁的孩子，应该进学堂读书了。但郑芝龙偏不让郑森上学。是老爹舍不得花钱吗？恰恰相反，在教育儿子上，做父亲的可以说不惜血本。

大明王朝露骨的重文轻武。郑芝龙自己吃了没文化的亏，即便做到了福建副总兵，即使拥有了王府一般气派的宅院，那些文官老爷们表面上客气，骨子里依然看不起他。

不行，一定要让儿子金榜题名，光宗耀祖，拿个进士"文凭"回来。

咱没别的，穷得就只剩钱了。钱不是万能的，但总能做很多事情吧？

比如，可以把全省最好的老师请到自己家来，让他们当郑森的专职教师。其中最为著名的，无疑是精通朱熹学说的曾其五。

比如，还可以再找十来个孩子，营造出良好的学习氛围，陪太子读书。

比如，可以把大明的传世典籍都买到家里，省得老大想看时找不着。

不能让孩子输在起跑线上！古往今来的家长，思维没有多大差别。当然，郑森的起点，已经是当时绝大部分孩子做梦都不敢想象的了。

至于能跑多远，就得看他的造化，更要看他的努力程度。

四、安平岁月，小公子有大志气（下）

父亲给郑森创造了优越的学习环境，加上在日本时母亲的启蒙，回到安平之后，郑森很快就成了一个"小夫子"。他对各种经典的投入程度，完全称得上如饥似渴。在书法作文上，他也表现出了良好的天赋。

说不清什么原因，小郑森非常喜欢《春秋左氏传》，并对其中赵氏孤儿和伍子胥"掘墓鞭尸"的故事特别迷恋。

也许冥冥之中真有天意吧。十多年之后，他也与赵武、伍子胥一样，怀抱国仇家恨，以只手撼天的勇气，"虽千万人吾往矣"的大无畏精神，甚至"撞了南墙依然不回头"的顽强（顽固），向占据压倒性优势的清朝发起一次次的攻势。

郑森对《孙子兵法》也特别青睐，对其中令人眼花缭乱的各种战术非常欣赏。成年之后指挥作战，这部巨著令他受益良多，但有时也会起到反作用。

当然，作为郑芝龙的长公子，文武双全才是正确的发展路径。郑森在日本时就接受了两年的武士训练，回家之后，郑芝龙也为他安排了武术教师。小郑森要熟练掌握骑马射箭的基本功，掌握各种兵器的实战技巧。再过几年，他还要学习使用火枪。

崇祯皇帝的江山愈发危机四伏，郑芝龙的事业却越做越大。他建立起了一支庞大的私人武装，水军在其中占据了很大比例。郑森多次与父亲一起乘船出海，也观摩过父亲组织的实弹演兵，对各种西洋火炮的威力，他从小就有了清晰的认识。但这时候的他当然还不清楚，父亲正在和福建大小海盗，以及荷兰侵略者进行着相当残酷的交锋。

如果不是后来做的那些事，郑芝龙也肯定担得起"民族英雄"的称号。

在明朝后期，阳明心学得到了广泛传播，王阳明的事迹几乎家喻户晓。这位圣人从小喜欢兵法，长年坚持用果核来排兵布阵，让好事者反复嘲笑。郑森比王大师玩得还大。他可以让仆人搬来大木桶，里面放上十几只小木船，根据《水师战阵图》上的说明，来演习水上战争。

过于投入之时，郑森经常会打翻木桶，搞得房间"水漫金山"，让收拾残局的仆人叫苦不迭。郑芝龙知道之后，并不像王华①一样暴跳如雷，更不会提着扫把追打儿子，反而会更频繁地带郑森参加水师操练，让他增长见识，开阔眼界。

有一次，父子两人站在甲板上，看着郑军的战船往来穿梭。郑芝龙突然来了精神，对儿子说："前几天，有位先生出了个上联，半天没人能对得出来，我想考你一下。"

在有明一朝，对对子确实比较流行。于谦、王阳明和唐伯虎等都是个中高手。看过电影《唐伯虎点秋香》的同学，一定会对里面夸张的对对子表演印象深刻。

"请父亲大人出题。"

"好，"郑芝龙一捋胡子，有点儿故弄玄虚地说道，"两舟并行，橹速不如帆快。"是啊，在没有机械动力的年代，靠人工摇橹，怎么比得上风帆？但如果仅仅这样，这对子也太简单了。

其实，"橹速"对应的是三国名臣鲁肃，"帆快"则指西汉大将樊哙。不同年代的人物当然不好相比，这不是"关公战秦琼"吗？其实这上联想表述的，是文臣不如武将。

有这层意思在，想对好肯定不容易。但让郑芝龙吃惊的是，儿子思考片刻就对出了下联，不但对仗工整，还巧妙地把两位名人放入其中，把相反的意思表达清楚了。

_____

① 王阳明的父亲。

郑森是这么对的："八音齐奏，笛清（狄青）怎比箫和（萧何）。"表面上，他是说笛子的清音，没有箫的和声响亮，但依然暗含了两位名人，还举重若轻反驳了上联的观点：狄青只是北宋大将，论知名度和影响力，当然不如西汉开国丞相萧何嘛。看来，这小子的书真没有白读！

郑芝龙平生不大看得起读书人（其实是自卑），但儿子这么一说，他不但没有意见，反而相当开心。此后，他对儿子的学业更上心了，隔三岔五继续给郑森购买各种书籍和学习用品。

郑芝龙性格张扬，桀骜不驯，俗话说，"有其父必有其子"。郑森虽说系统接受过儒家教育，表面上也谦和随性，但在骨子里，他和老爹并没有多大区别，很多时候相当自负。这种性格，也深深影响了日后他的各种决策，甚至影响了中国历史的走向——不要以为我是夸张。

父亲给自己选定了参加科举、入朝为官的"锦绣前程"，但郑森肯定不愿意做一名只会谈经论道的书呆子。到了他十来岁时，有一次，家塾先生给诸位郑公子出了道作文题：《小子当洒扫应对进退》。

这个典故出自《论语》，子游曰："子夏之门人小子，当洒扫应对进退，则可矣，抑末也。本之则无，如之何？"大概意思是说，年轻人要知道洒水扫地迎来送往的礼节，不要好高骛远，类似于"一屋不扫，何以扫天下"。

可平时并不怎么张扬的郑家长公子，也许是陈词滥调听烦了，左一个要守拙，右一个要低调，活着累不累啊，虚不虚伪啊？

郑森提起笔来，唰唰唰写完了一篇文章。老师一看，不觉脸上发烧。没想到，这么大点儿孩子，居然有这样的境界。

郑森开头是这么写的："汤武之征诛，一洒扫也；尧舜之揖让，一应对进退也。"

这么一来，境界格局马上提高了。商汤周武王的征战杀伐，不过就像平常人家洒水扫地一般轻车熟路，洒洒水啦；而唐尧虞舜禅让天下，就如同普通百姓应对客人那样波澜不惊。当然，这篇文章虽说观点犀利，但略显傲慢，甚至有点儿对老师的讽刺。

但做先生的并不以为意，反而对雇主说："这孩子虽然年幼，志向可不小，他日必有作为，不会满足于科举功名。"郑芝龙当然要客套一下，但心里还是挺高兴的。

郑芝龙的好友王公觐来府上做客，见到郑森仪表不俗，待人接物很有气度，就对他爹说："令郎未来必然是英雄人物。只怕芝龙兄弟，将来也赶不上他。"郑芝龙听了固然开心，但又感觉孩子有一点儿招摇，于是要求先生更加严格管教，可别让老大成了方仲永2.0。可这时候的郑森，已经开始"放飞自我"了。

有一次，与几个孩子一起出门游玩时，郑森随口吟出了一首五绝《登高》：

> 只有天在上，而无山与齐。
> 举头红日近，回首白云低。

一股豪情跃然纸上，让人见识到了作者胸中的高远抱负。可他还是个孩子啊。①

自身相当努力，有一流名师的指点，又有父亲银子的全力支持，你说郑森的成绩能差吗？崇祯十一年（1638），十五岁的他，就顺利通过了童生试，拥有了秀才身份。

第二年，父亲郑芝龙则当上了福建总兵，真正成为地方大员。

大明再有诸多弊端，科举考试的公正性还是经得起历史考验的。否则，严嵩和张居正这两个"卢瑟"家庭出身的穷孩子，只能种一辈子地，

---

① 这首诗收录于南安市石井镇的郑成功纪念馆。但有种说法，认为这是宋朝名臣寇準的作品。

放一辈子牛，吃一辈子粗粮咸菜。可两人偏偏位极人臣，成了最有权势的两个首辅。你就说气人不气人吧？

但话说回来，对郑森这样的富家公子来讲，在科举中脱颖而出就更容易了，以他这么优越的学习条件，与那些穷苦孩子的所谓公平竞争，本质上就是降维打击，其实并不公平。

当然，世界上不可能有真正的公平。

郑森的身上，既有父亲郑芝龙的放浪不羁，又有母亲田川氏的善良敏感；他既有闽商领袖的经世致用理想，又有儒家精英的强烈使命感，甚至还有些许日本武士道的好勇斗狠、笑对危险。

这样的官二代，又英俊帅气，才华出众，可想而知上门求亲的得有多少了。但这个事情，郑森说了可不算，他参有自己的小算盘。

郑芝龙出身平平，家境相当一般，可经过二十年的努力，他也当上总兵，跻身上流社会了。要让后代的血统更高贵一些，有什么好办法吗？当然有。

别看郑芝龙已经是一省要员，五品知州照样有资格看不起他。表面上还算客套，背地里照样称他为海寇。可是，一旦跟真正的朝廷高官结为姻亲，身份马上就不一样了。

郑芝龙为长子精心安排的结婚对象，是礼部侍郎董飙先之女（一说侄女）董氏①。通常来说，男大女小才更合理，但董氏比郑森还大一岁，估计相貌也不算多么出挑，包办婚姻嘛，利益交换，你还想什么都顺心？

这一年，是大明崇祯十五年（1642），郑森不过才十八岁。一成亲，也就标志着少年时光的结束，不再是孩子了。值得强调的是，后世学者经常拿来与郑森比较的戚继光，也是在十八岁成亲的。

十八岁给你一个姑娘，不费吹灰之力，让四百年后的直男得有多羡慕嫉妒恨啊，可郑森自己却并不开心。

---

① 即董酉姑。

没有办法，在婚礼当天，郑森还得装出快乐的表情，还得应付诸多熟悉的和不熟悉的来宾。之后，他自然还得履行丈夫的义务。

聪明的董氏，又岂能看不到这些？不过，事情总是要向前发展的。和当时绝大多数大家闺秀一样，她从此全心全意当自己是郑家人，照顾丈夫，孝顺公婆，恪守妇道，方方面面都让人无可挑剔，但依然让郑森喜欢不起来。

也许潜意识中，他欣赏的是"金风玉露一相逢，便胜却人间无数"的浪漫，喜欢的是第一眼就能让自己沦陷的姑娘，可惜这些对他来说都是痴心妄想。

到了第二年初，董氏就有喜了，当然这完全谈不上什么爱的结晶。郑家老大还是忙于自己的学业。

八月初九日，郑森的身影出现在了福州贡院。他与其他上千名秀才一道，参加三年一度的乡试。这一年是农历壬午年。一直努力读书又有亲爹可拼的郑森，以为中举是手到擒来的事情，可发榜的当天，他却未能在榜单上发现自己的名字。

据说，当时郑森的排场有点儿太大了。每天珍果佳肴络绎传送，和一帮小伙伴喝酒玩乐，完全没有低调收敛的样子，谁让他爹有钱呢，谁让他朋友多呢。福建提学副使郭之奇因此起了嫉妒之心，故意不让郑森中第。今天看来，这样的段子并不可信。明朝的乡试都是糊名的，官员的操作空间很少。而且，得罪总兵之子有什么好处？

郑森之所以落选，还是强中自有强中手，是他低估了竞争的残酷性。好在郑森还很年轻，他并没有太多担心。之后与郑森有不少交集的名士王夫之与张煌言，都是这一年中举的。但后来一切的发展，是三人做梦都不敢想象的。

郑森科场失意，但妻子董氏却很争气。十月初二日，在无数人的期盼之中，郑家长孙降生了。三十九岁就"喜当爷"的郑芝龙当然非常开心，本着对孙子前程似锦的期盼，爷爷给他起名为郑锦①。但不知道什么原因，后人更习惯称这孩子为郑经。

此时的郑森，即便对感情再失望，也不会嫌弃亲生骨肉的到来。更重要的是，孩子可以让家人暂时忘记他乡试失利的事情，转移视线嘛。

平心而论，于谦这样的名臣，乡试都考了三次才过关，郑森失败一次也不是世界末日嘛，三年之后再来！而不久之后，郑芝龙也祭出了大手笔。

五、求学南京，拜会文坛领袖

崇祯十七年（1644）初，为了让儿子取得好成绩，郑芝龙不惜重金，干脆将郑森送到了南京国子监深造。多好的父亲啊！

南京，一个让所有中华儿女魂牵梦萦的城市。南京，一个创造了无数辉煌，也承载了无数苦难的名都。南京的经历，为郑森的人生增添了浓墨重彩的一笔，而有了郑森，南京的历史从此也更加辉煌。

平户，是郑森的出生地；泉州，是他的家乡；而南京，却是他的精神故乡，是他永远挥之不去的心结。

南京曾前后拥有十余个名字：固城、治城、越城、秣陵、建业、建康、江宁、集庆……但最为后人津津乐道的，恐怕非金陵莫属。明末名士余怀在《板桥杂记》中写道："金陵古称佳丽地，衣冠文物，盛于江南，文采风流，甲于海内。白下青溪，桃叶团扇，其为艳冶也多矣。"

南京国子监，曾是大明帝国的最高学府。即便朱棣迁都之后，南京成了留都，但南京国子监依然保持着极为崇高的地位，依然是无数学子的梦想之地。

---

① 一说郑经。

国子监的学生分为"民生"与"官生"。顾名思义，民生就是平民子弟，是靠自己的硬实力考进来的；官生就是官员后代，符合某些条件就能上。郑芝龙在安平老家有的是银子，在南京官场也有的是（酒肉）朋友，给老大买个官生名额的难度，也就相当于今天的"卢瑟"给女神送个游艇（虚拟的），不值一提。

"森儿，当今天下文坛，你最崇拜谁？"郑森临走前，父亲突然发问。

"东林领袖钱牧斋①先生。如果能去拜访，那真是荣幸之至。"郑森脱口而出。

钱谦益是南直隶苏州府常熟县人，生于万历十年（1582）。他年少成名，万历三十八年（1610）中一甲第三名，后来官至礼部侍郎，并成为东林党的领袖之一。但因开罪了首辅温体仁，钱谦益被革职回原籍。

"哈哈，这个简单。为父这就写一封亲笔信，向钱先生介绍你。"

郑森多亏手里没捧着热茶，不然杯子准掉地上摔个粉碎了。乖乖！有爹可拼的孩子真幸运。别的孩子学业再出色，想见钱谦益比见应天巡抚都难。可他，福建总兵的长公子，却很快就能与钱先生见面了。

崇祯十七年（1644）时，大明王朝已处于内忧外患之中，农民军领袖李自成已经在西安称帝，建立了大顺朝。可眼下的南京，依然保持着她一贯的繁荣奢华。秦淮河上笙箫依然悦耳，夫子庙前游人依旧如潮。才子佳人的聚会依然接二连三，推杯换盏的应酬依然没完没了。

作为富家公子，郑森当然有大把的时间可以消磨于花街，有大把的机会可以放纵在青楼，有大把的银子可供他搭讪妹子，金屋藏娇，就像知名的明末四公子一样。但此时的郑森，已经娶妻生子，却连个举人身份都没有捞到，实在太失败了！父亲一掷千金，当然不是让他来南京体验夜生活，而是踏实读书，备战来年乡试的。

---

① 钱谦益，字牧斋。

收到郑芝龙的来信之后，钱谦益第一时间派人邀请郑家公子上门，郑森自然不敢怠慢。三月，在南京安顿好了之后，他就带着家童纵马四百余里，前往南直隶苏州府常熟县。

此时，正值花繁叶茂，草长莺飞，江南的美景让郑森印象深刻。钱谦益的府第，位于古里镇的红豆山庄。它当然没有郑芝龙在南安的豪宅那样宏伟气派，但也是雕梁画栋错落有致，小桥流水相映成趣，非常适合学者文人静心读书。

> 红豆生南国，春来发几枝。
> 愿君多采撷，此物最相思。

唐朝大诗人王维这首《相思》脍炙人口，写出了深闺中妻子对丈夫的思念之情，更成为一代代情侣传递情感的心声。作为文坛领袖，钱谦益身边从来不缺异性，但真正能让他动心的，普天下有且仅有一人。

有句俗话叫"职场失意，情场得意"。在北京官场遭遇陷害，被削籍归乡的钱老师，在眼看奔六之时，却结识了比自己小三十六岁的秦淮名妓柳如是。这位佳丽非但才艺出众，诗赋书画样样俱佳，更有让江南才子汗颜的家国豪情。

一见倾心之后，自然是一掷千金，钱谦益对柳如是的猛烈追求，如同老房子着了火。得手之后，他老人家居然以正妻之礼迎娶心上人，并对她极尽宠爱呵护之能事，丝毫不顾忌坊间的各种冷嘲热讽。相比之下，柳如是当初一心想嫁给名士陈子龙为妾，却终归未能如愿。

失之东隅，收之桑榆。男尊女卑的传统社会，一对男女能不能走到一起，往往不在于女人的坚持，而要看男人的决心。陈子龙给得了给不了的，钱谦益毫不犹豫地通通都给了。当然，如果老钱是个平凡老头，想跟柳如是喝个茶都万万不可能；如果柳如是仅仅是个普通歌妓，钱谦益连逢场作戏的兴趣都没有：浪费时间嘛。

得知郑家长公子上门做客，钱谦益亲自出府门迎接。这一年他已经六十三，须发皆白（那年头染发可不方便），但精神气色很好，举止之中充满自信。郑森一见，急忙跪倒行礼，钱谦益则双手相搀，并让到客厅。

郑森将最近写的两首诗呈给钱谦益：

闲来涉林趣，信步渡古原。松柏夹道茂，绿叶方繁繁。入林深几许，瞻盼无尘喧。清气荡胸臆，心旷山无言。行行过草庐，瞻仰古人园。直上除荆棘，攀援上桃源。桃源何秀突，风清庶草蕃。仰见浮云驰，俯视危石蹲。拭石寻旧游，隐隐古迹存。借问何朝题，宋元遒须论。长啸激流泉，层烟断展痕。遐迩欣一览，锦绣罗江村。黄鸟飞以鸣，天净树温温。远色夕以丽，落日艳危墩。顾盼何所之，洒然灭尘根。归来忘所历，明月上柴门。

孟夏草木长，林泉多淑气。芳草欣道侧，百卉旨郁蔚。乘兴快登临，好风袭我襟。濯足清流下，晴山绿转深。不见樵父过，但闻牧童吟。寺远忽闻钟，杳然入林际。声荡白云飞，谁能窥真谛？真谛不能窥，好景聊相娱。相娱能几何？景逝曾斯须。胡不自结束，入洛索名妹？

"声调清越，不染俗氛。少年得此，诚天才也！"钱谦益很仔细地读完，忍不住大声叫好。以他老人家的江湖地位，轻易不会夸人，更不会通过这种方式取悦谁。显然，钱谦益是认真的。

"先生过奖了。"郑森赶紧表示谦虚。谦受益嘛。随后，两人聊起了天下格局与东南形势。此时，崇祯殉国的消息还未传到苏州，但二人对明朝能不能守住北京都很担心。

"依你之见，应该如何挽救当下的危局呢？"

"学生愚钝。欲解内忧外患，为政者应知人善任，招携怀远，练武备，足粮贮，决壅蔽，扫门户。"

郑森分析得头头是道，但未免有些书生之见。钱老师遂说："不错，但少不更事，知之易，行之难啊。"

看来，他并不赞成王阳明"知行合一"之说。但接下来郑森的回答，却让钱谦益相当吃惊。

"行之在公等。度不能行，则去；能，不我用，亦去。此岂贪禄位，徒事粉饰地邪？能将将，伊（尹）吕（尚）一人，能将兵，虎贲三千足矣。不能，多益扰，衽席间皆流寇（指李自成、张献忠）也！"

"看你斯斯文文的书生，居然有此豪情，实在难得啊！"实话实说，郑森的一番话显得不太谦虚，有违中国人的传统美德，但他就是这样自信甚至自负的性格，和父亲郑芝龙很有一拼，也确实让见惯太多迂腐书生的钱谦益相当欣赏。

"森，草木繁盛也。但你岂能做野草，应长成参天大树，国之栋梁才对。"钱老师越说越激动，干脆站了起来，"如今天下局势危如累卵，老夫有心杀贼，却已经力不从心，你定要加倍努力，捍卫我大明江山。"

"学生谨记先生教诲。"郑森急忙站起来行礼。

"我给你取一别号，就叫大木。平常人家建房，房梁都须用大木。国家危难之时，更需要栋梁之材责无旁贷。老夫以为，你就是大明亟须的人才。"

"多谢先生！"郑森跪了下来，恭恭敬敬地磕了一个头。起身时，他看到先生眼中期待的目光，不免非常感动。

这个别号，让郑森一生都不敢懈怠，永远追求做"国之大木"。

此时，一个丫鬟捧着茶点过来。钱谦益吩咐道："快请夫人出来，郑家公子早到了。"（化个妆也不能没完没了了嘛）郑森忙说："先生，小生不敢打扰师娘。"

"哪里，你这样的贵客，内子也非常想见。"

工夫不大，只见门帘一挑，一袭洁白的倩影，袅袅婷婷地出现在郑森面前。猛然之间，郑森的眼睛已经不听自己使唤了。他这才恍然大悟，钱谦益口中的"内子"，并不是他的正妻陈夫人，而只是侍妾柳如是。

柳如是比郑森大六岁，这一年已经二十七，但容颜精致，皮肤白皙，身形俏丽，显得比董氏更加年轻。至于举手投足之间展现出的妩媚与优雅，更是后者没有，也永远不可能学会的。你说满脸皱纹的钱谦益，凭什么就这么命好呢。再联想到董氏，郑森岂能不感慨造化弄人？

但这种失落情绪也只是一闪而过，郑森很快就被这对夫妻的热情感染了。他恭恭敬敬地跪下行礼，柳如是不好意思伸手搀扶，只能盈盈微笑，示意他起身。这种笑容没有任何挑逗意味，但足以令无数男人想入非非。

"夫人，我给郑公子起了个别号，大木！"

钱谦益张口闭口将一个侍妾称为夫人，即便在外客面前，也丝毫不掩饰疼爱之意，这让郑森难免好奇。

"好啊，唯有大木，才能拯救大明这个将倾的大厦！"

"师娘，很多人都为岳武穆（岳飞）写过诗。但以学生愚见，还没人能超过'海内如今传战斗，田横墓下益堪愁'的境界，真让学生佩服。"郑森尽量让自己的声音显得自然一些，证明他没有被迷住。

"大木过誉了。师娘一介女流，怎么可能上战场。老师年龄也大了，大明还要靠你们！"

"谨记师娘教诲！"

晚上吃饭的时候，钱谦益将学生瞿式耜叫来作陪。后者此时已年过半百，却如年轻人一般精力充沛。读了郑森的诗作之后，他不禁感慨说："桃源上首，曲折写来，如入画图。一结尤清绝，次首瞻瞩极高，他日必为伟器，可为吾师得人庆贺！"

郑森自然也要谦虚一番。但他的内心，从此也就有了更为高远的追求。他不能让父亲的银子白花，不能让老师的期望落空，不能让"大木"的名头成为江南才子口中的笑柄。

　　而且，也许潜意识中，他更不能让柳如是这样色艺双全的女神看轻自己。

　　大家都喝得很开心。可谁也不会想到，从这个月开始，大明就要经历那样一场"天崩地裂"，所有人都要被命运裹挟，所有人都得再次抉择，重新站队。

　　在南京，年轻的郑森目睹了官场的纸醉金迷，唯利是图，才子的及时行乐，扎堆脂粉，自己一介书生，难有什么作为。只有用功读书，积累阅历。激愤之余，他写下了一副对联用以自勉，却像是对时局的讽刺：

　　　　养心莫善寡欲，至爱无如读书。

　　话说回来，很显然，没有郑芝龙的张罗，郑森不可能娶到侍郎千金；同样，没有老爹打下的人脉基础，他连红豆山庄的门都敲不开。他们父子之间的传承，有点儿类似民国时期的张作霖与张学良。如果说郑森是站在巨人肩膀上的富二代，郑芝龙则是草根创业的励志男，显然更不容易。

　　因此，在讲述郑森成年之后的传奇经历之前，我们有必要将时间再次切回到二十年前，盘点一下郑芝龙从"卢瑟"到赢家的传奇奋斗史了，那绝对称得上波澜壮阔，精彩纷呈。

第二章　郑芝龙的草根崛起

一、落脚荒岛，开启台湾新的一页

很多出身平民家庭的伟人，其成年之后的丰功伟绩，确实与家庭没有多大关系，比如有"明朝第一首辅"之称的大政治家张居正，父亲张文明对他的帮助微乎其微，甚至会起到反作用。

但郑森却完全不同，他可以说是站在父亲郑芝龙的肩膀之上。没有父亲打下的基础，很可能就没有郑森后来的一切。

郑芝龙原本可以做得比郑森更好，他却近乎脑残地放弃了。

郑森原本可以从父亲那里得到更多，却不得不白手起家，提着脑袋举兵。

历史是不容许假设的。尽管有不少人认为，郑芝龙的能力与才华要在郑森之上，白手起家无疑更加困难。但如今郑森是无可争议的民族英雄，郑芝龙却是自作自受的大明叛徒。

而且平心而论，郑森虽是郑芝龙的儿子，但就性格气质来讲，他反而更接近颜思齐。

现在，让我们把时间再切回天启四年（1624），即郑森出生的那一年。

长子出生不满一个月，因为大哥的造反大业受阻，郑芝龙只能跟着颜思齐亡命天涯，与娇妻爱子从此天各一方。幸运的是，虽说未能将日本变成华人治理的国度，二十八兄弟接下来的事业，依旧相当传奇。

他们带着数百名手下，驾驶着十三艘帆船，在茫茫大海上漂泊，并不清楚自己的目的地。有人提议去舟山，也有人建议回福建。舟山有明朝重兵把守，亦不是理想的选择。而志向远大的颜思齐，并不愿意就此"衣锦还乡"，再说，他们也根本没有成功。

而这时候，陈衷纪的一番话，却让老大动了心。

"我听说琉球（当时指台湾岛）是海上荒岛，势控东南，土地肥沃。如果以此为据点积蓄实力，将来就有打回日本、成就伟业的机会。"

"好，就这么定了！"

颜思齐非常认同。他不是一个轻言放弃的人，征服日本的雄心，从来就没有消失过。而听陈衷纪这么一讲，其他兄弟也纷纷附和。

随着颜思齐一声令下，船队向东南驶往台湾，最终在北港登陆。兄弟们在猪罗山（今属嘉义市）伐木筑屋，布置营寨，开荒种田，活脱脱梁山好汉的明朝升级版。

今天，在台湾云林县北港镇中心广场，还矗立着一座"颜思齐先生开拓台湾登陆纪念碑"，成为著名的网红打卡胜地。因此，笔者也有必要强调一遍，虽说郑成功收复台湾的功绩家喻户晓，但"开台圣王"的荣耀，只能属于颜思齐。

明朝设立了澎湖巡检司，但对东边的宝岛完全没有开发的意识。因而此时的台湾，比荷兰人刚刚涉足的曼哈顿岛还要落后。岛上只有少量原住民。他们服装原始，饮食粗劣，主要依靠捕鱼和打猎为生，不懂耕作，倒是有点儿类似东北的女真人。

这么一个瘴气弥漫的落后地方，颜思齐却敏锐地发现了其巨大价值。台湾有着极其肥沃的黑土，也有适宜作物成长的气候条件。

更重要的是，这里上通两浙，下连闽广，又处在连接日本和马来半岛的贸易航线之中心位置。如果想再度攻打幕府，从台湾出发，难道不是一个绝佳选择吗？

一张白纸上，可以描绘最新最美的图画。

把拳头收回来，是为了更有力地打出去。

上帝关上了一扇门，却为你打开了一扇窗。把基地建在这里，未来有无限可能。

可惜，有人并不想让他们过上王子（没有公主）一般的幸福生活。岛上平埔族的勇士们，拿着他们的弓弩和刀枪等原始武器，对外来者发起了攻击。当然，颜思齐他们的火器可不是吃素的，一番较量之后，土著们死伤惨重。

幸运的是，颜思齐不是在新大陆制造种族灭绝的西班牙殖民者，他并不想将原住民斩尽杀绝，而是希望能与对方和平共处。双方通过谈判，划定了各自的势力范围，互不侵犯，彼此合作。这样，就为汉人在宝岛扎根奠定了坚实基础。

追随颜思齐的三百余人，建立起了十个寨寨。各寨划清土地，台湾历史上最早的汉人村落就此形成，并且迅速发展壮大。

立足台湾本岛，拓展海外贸易，成就雄图伟业，这显然是颜思齐的发展思路。他派杨天生秘密返回大陆，招募劳力。杨天生具有超凡的宣传鼓动能力，特别善于"画饼"。在他的忽悠之下，漳州、泉州三千多人来到了台湾，加入拓荒者的行列。而他们得到的不光有可耕地，还有农具、种子和耕牛，甚至还有媳妇。这样的好事，又有谁会拒绝？

与传统中国人固守的"以农为本"不同，颜思齐早就意识到，商业贸易的利润更大。因此，他很快就在台湾启动了海上贸易。经过一年多的努力拓展，二十八兄弟的控制区已经由沿海深入了内岛，牛朝溪、八掌溪流域都纳入了他们的势力范围。越来越多的华人投到了颜思齐麾下，一个海商集团已初步显露雏形。再这么发展下去，颜思齐真的可以兵发东瀛，凭实力干掉德川幕府了。

颜思齐来到台湾之前，这个岛仍被称为琉球。而他和兄弟们定居台湾之后，在猪罗山建设了成片的楼台和公署，山外又是一个海湾，楼台海湾，海湾楼台，"台湾"的名字就这样出现了。① 因此，颜思齐才有了"开台圣王"的美誉。

如果没有外来势力的介入，如果颜思齐能够一直健康，台湾会在他的主导下获得稳步发展。一个比吕宋更加繁荣的华人聚居地，将会出现在台湾海峡对岸。

当年十月，在澎湖海战中负于明廷的荷兰东印度公司，也顺道进驻了台湾南部。他们在一鲲身（大员港）建起了热兰遮城②。

俗话说，一山不容二虎。颜思齐集团和东印度公司的主要利润，都来自海上贸易。不过，颜思齐并不想与荷兰人闹翻，而是注意维持双方的友好关系。他还特意安排了一位精通荷兰语的下属，为驻台长官迪韦特担任翻译。

能承担如此重要使命的人，自然就是郑芝龙了。只有他才能讲流利的荷兰语，才能更好地与这些红毛夷讨价还价。

不过，郑芝龙是个有野心的人，并不愿意长期当一个小翻译。没过多久，他就找了个借口，悄悄返回了北港。

当时，郑芝龙的父亲郑士表已经去世。听说哥哥在台湾混得不错，二弟芝虎、三弟芝豹及从兄芝莞等人，纷纷前来投靠。而作为大海商李旦的养子，郑芝龙在二十八人集团中占据着独一无二的重要地位，更是得到了颜思齐的特别青睐。因此，这么多郑氏子弟过来投奔，也没有引发其他人的抵触情绪。

天启五年（1625），是颜思齐的本命年。中国人讲究流年不利，可颜思齐似乎不相信这一套。九月，他带着一帮兄弟带着火枪，背着弓箭，去猪罗山打猎。大家伙儿一路追鹰逐鹿，开怀畅饮，玩得非常开心。

---

① 见中央电视台纪录片《开台王颜思齐》。
② 也称台湾城，今安平古堡。

然而不久之后，变故就突然发生了。

二、郑氏当权，海上商业集团起步

谁也不知道，明天与意外哪一个先到来。天启五年（1625）九月，原本身体很好的颜思齐，却感染风寒一病不起，继而不幸去世。

他仅有三十七岁，搁哪个年代都不算老。在这个岁数离开，谁能做到心平气和、心安理得呢？

临终之前，颜思齐深情地说道："不佞（自己谦称）与各位共事两年，本来期望能建功立业，扬我中国名声。现在壮志未遂，中道夭折，各位一定要继续努力！"

在人类进入大航海时代之时，保守的明朝当局走上了与人类文明发展背道而驰的道路。而颜思齐的举措，却无意中暗合了世界潮流。他那种"埋骨何须桑梓地，人生无处不青山"的气魄，虽说并未深深影响郑芝龙，但却给郑森树立了一个很好的标杆，激励这位国姓爷实现复台壮举，并试图在海外建立一个庞大的商业集团。

颜思齐和郑森，都在不到四十的黄金年龄离开了人世。如果上天再给他们二十年生命，台湾的历史、中国的历史，甚至世界近代史，都一定会有很大不同。

颜思齐走得太突然，他未来得及留下遗嘱，也没有选定继承人。庞大的产业应该交给谁继承，无疑是一个亟待解决的问题。

颜思齐生前，与杨天生的关系最为密切。如果把前者比作团队的董事长，后者就相当于CEO。此外，建议颜思齐进驻台湾的陈衷纪，也有相当的影响力与威信。很多人自然会认为，老大之位，应该就是他俩二选一了吧。

但脑洞再大的编剧，恐怕也写不出这样的剧本。最终胜出、坐上头把交椅的，居然是二十八人中年龄最小的郑芝龙。凭什么啊？

这一年，他只有二十二岁。搁今天，恐怕大学都还没毕业。至于郑芝龙是怎么胜出的，不同的文献给出了不同的答案。

说法一：众人经过一番口舌之争，一人捧起一只大碗，轮流使劲朝地板上砸去。现场当然是一片狼藉，满地都是瓷片碎屑。但有一人的碗，居然还是好好的！这不就是天意吗？碗的主人，从此成了这个半海盗组织的主人。不好意思，他正是郑芝龙。

说法二：众人在米缸里装满大米，又在米中插入一把宝剑。然后，所有人依次向宝剑下拜，如同祭拜死去的颜思齐。当然，无论大家怎么行礼，宝剑都茫然地戳在那里纹丝不动——只有一个人除外。轮到郑芝龙磕头时，宝剑猛然间从缸中飞起，蹿到半空。于是，大家对这位小朋友都心悦诚服。

在今天的我们看来，这两种说法都形同儿戏，太不正规，只是为了给郑芝龙的上台增添神秘色彩。他能够接班的真正原因，肯定远非这么简单。笔者不妨大胆地分析一下：

首先，就在颜思齐去世前一个月，郑芝龙的干爹李旦就已经离世了。而李家庞大的产业——船队、商号与兵丁，都落到了郑芝龙手中。这让他的实力，从此远超杨天生和陈衷纪。

其次，郑芝龙身边还有很多郑氏子弟撑腰。他们的实力，自然是不容低估。而不善于培植亲信的杨天生和陈衷纪，在这方面都逊色不少。

再次，郑芝龙有一位姓颜的妾室，似乎与颜思齐有一定关系（很可能是其侄女），这样，郑芝龙的身份自然就比别人更重要。

最后，郑芝龙掌握了日语、荷兰语和葡萄牙语三门外语，并与台湾岛上的荷兰人建立了特殊关系，这一点也是别人不具备的。

就这样，年轻的郑芝龙继承了颜思齐的事业。他信心满满地告诉众人："今日蒙举为首，应有一番整顿，上下分明，赏罚至公，虽亲疏无异。"郑芝龙在中军帐中立起了醒目的新帅旗，以显示自己与老颜有区别。

过不了多久，兄弟们就明白"虽亲疏无异"是什么意思了，那只是"任人唯亲"的委婉说法。郑芝龙不光把自己四个亲兄弟塞进管理层——有苦一起吃，有难一起扛；更将十三个郑氏亲族拉到台湾，组建了"十八郑"，全面取代二十六个老兄弟。

但不能不说，这些郑氏兄弟的能力相当出色，无论是海上作战还是经商赚钱，都能独当一面，令郑氏海上势力迅速扩张。

而郑芝龙接下来的选择，更出乎手下的意料。

三、接受招安，郑军所向披靡

郑芝龙与颜思齐都是那个年代的枭雄，两人的眼光却截然相反。套用一个俗套的格式，那真是：思齐向左，埋头开拓海外；芝龙向右，把业务重心又转向中国沿海了。

天启六年（1626）是农历丙寅年。上一个丙寅年是嘉靖皇帝执政的最后一年，戚继光和俞大猷基本上肃清了沿海倭寇，让闽浙各地恢复了和平与繁荣。而仅仅一个甲子之后，一直拿戚继光当偶像的郑芝龙，却以台湾为基地，开始攻打福建沿海，干起了与当年倭寇类似的勾当。

当然，郑芝龙并不孤单，此时的东南沿海，已经有多股海盗势力。最著名的当属刘香，此外还有李希、杨六、杨七等。

当时，明廷的防守重点在东北，对东南已经是鞭长莫及。二月，郑芝龙率领数十只战船，浩浩荡荡杀向漳州府下辖的漳浦县，当地官军根本无力抵挡。在明朝兵部给朝廷的文件中，如此描述郑军：

> 其船器皆制自外番，艨艟高大坚致，入水不没，遇礁不破。器械犀利，铳炮一发，数十里当之立碎。

显然，这样的说法有些夸张，是在为自己的不作为推卸责任。荷式红夷大炮的最远射程也不会超过十里，炮弹也是实心弹，远没有今天开花弹的破坏力。武器本身是没有善恶属性的，它为民族英雄戚继光所用，就是保家卫国的神兵；落到海盗郑芝龙手中，就是轰开一座座卫所的利器。

别看郑芝龙没考过武举，没当过军官，却显然有担任统帅的天赋，知道怎样扩张自己的势力。武器落后、缺乏训练的官军，怎么干得过常年打劫又拥有西式装备的海盗呢？二月初十，郑军袭击金门；当月十八日，他们又进犯中左所，大肆劫掠一番之后扬长而去，回台湾分赃了。

但与传统的海盗不同，郑军不强抢妇女，不屠杀百姓，只对他们认为"为富不仁"的官绅地主进行打劫。不难看出，郑芝龙的思路，倒与不久之后在陕西起事的李自成有异曲同工之妙。也有鉴于此，沿海穷苦民众非但不反感郑芝龙，反而非常欢迎——只要他一来，一家老小就有饭吃了。其中身体素质出众的，往往也要加入郑军——待遇好啊。

在明朝官员眼中，郑芝龙这种做法就是标准的假仁假义，是黄鼠狼给鸡拜年。但是，鉴于朝廷武器装备远远落后，想消灭郑军，无疑比当年剿灭倭寇还要困难。有没有什么好的办法，不用打仗，还能让郑芝龙不再找麻烦呢？

四月，郑芝龙驻军湄洲岛（今属福建省莆田市），每天与兄弟们饮酒作乐，商量下一步的侵扰计划。这一天卫兵来报，泉州巡海道派黄昌奇求见。

郑芝龙一听，就大概猜出是怎么一回事了。他整装出迎。黄昌奇是个自来熟，说道："多年不见，将军果然英武过人，真是水上英雄！"郑芝龙一看他的神情非常自然，不像是刻意逢迎，也就客气了起来。

这位海盗头子拱了拱手："芝龙流落海外，久离家乡，诸多亲友有失问候。敢问黄大人不辞劳苦，不避波涛，上门有何指教啊？"随后，郑芝龙将黄昌奇迎入府门，让仆人送上茶点。两人天南海北地聊起了家常，谈得倒也投机。黄昌奇虽说是官场人物，却没有什么官架子，倒有些江湖气，让郑芝龙相当受用。

说着说着，黄昌奇又翻起了一件陈年往事："老夫与您父亲共事时，您才六七岁吧？"郑芝龙点头认可。"那你还记不记得有一次，你乱丢石头，砸到了太守（即知府）的乌纱帽。太守大人不但没处罚你，还夸你与众不同，还记得吗？"

"这……"郑芝龙虽说是天不怕地不怕的海盗，却也是好面子之人，他还真的想起来了，确实有这么一回事，"少年鲁莽，大人见笑了。太守大人……他老人家还好吗？"

此话一出，郑芝龙不觉有些后悔，这孙子不会是来敲诈我的吧？只见黄昌奇微微一笑："太守很好，现正任泉州巡海道，他老人家一直挂念你，还让老夫捎来了亲笔信。"

郑芝龙恭恭敬敬打开信件，原来是一份劝降书。呵呵，拐这么大一弯，累不累啊？郑芝龙是个重感情的人，自己原本就有归顺之意，何不就坡下驴？

原来，福建官员一直让郑芝龙搞得神经紧张，神色恍惚。想来想去，他们想到了招安大法。对嘛，打不过你，还不能收编你吗？给你一件官服穿上，看你还好意思跟我们作对？

闲居在家的蔡继善，突然接到了福建巡抚朱钦相的邀请，让他担任泉州巡海道。老蔡当然明白"天下没有免费的午餐"，知道自己的挑战来了。果然，朱巡抚要他招降谁也惹不起的郑芝龙。蔡继善自然就想到了陈年往事，想到了谈判高手黄昌奇。后者果然不辱使命。成功地把信送给加西亚，sorry，送给了郑芝龙。

郑芝龙就与众头领商量招安大计。当时，《水浒传》在民间已经流行了上百年，海盗世界中，又有嘉靖年间王直接受招安反被朝廷杀害的先例，很多头领因此坚决反对。陈衷纪认为："主公您与道宪（蔡继善）是故交，我们也有他照应。但如果将来蔡大人调职了，新官员又不待见我们，难免进退维谷。不如我等先回台湾，等主公在泉州仕途得意了，我们再来投奔，您意下如何？"

郑芝龙很不高兴：你这老小子想趁机另立山头啊。可他也不能公开与陈衷纪决裂，只能拨了六艘船和粮饷物资，让老陈等人返回台湾。

对于蔡继善，郑芝龙显然不能完全放心。他只带了十二艘船、八百壮士跟随黄昌奇前往泉州。为了给足老蔡面子，郑芝龙和兄弟们还玩了个"自缚请罪"，让这位老熟人非常开心，一本正经地表示，一定要给他们争取足够回报。

但没过几天，在一个月黑风高的夜晚，郑芝龙突然带着兄弟们扬帆出海，从港口逃脱了。哥儿几个不是大老远过来求招安的吗，怎么不打招呼就走了？

原来，巡抚朱钦相眼见郑芝龙乖乖受抚，就指示蔡继善"即为安插，并将船只军器追存造册报缴"。显然，这是要彻底分化瓦解郑芝龙的势力，人家能答应吗？

别看郑芝虎没什么文化，当着大哥的面，他却说出了足以载入史册的金句："虎不可失威，人不可失势（PS 应该加一句'鱼不可失渊'才完美嘛）。道宪的举措，不过是想拆散我们的党羽，兄弟们一散，将来是福是祸就难说了。不如趁今夜退潮，扬帆远走。"

郑芝龙也看出蔡继善绝对不是什么大善人，净画大饼从来不兑现。于是，郑家兄弟就带着手下，来了个胜利大逃亡，官军也不敢阻挡。

得到消息之后，蔡继善做出愤愤不平的表情，扬言要用武力收拾他的忘年交，以此应付上级领导。但此时恰逢朱钦相升官，新巡抚还未到任，对郑芝龙用兵的事情只能暂时作罢。

恢复了自由的郑芝龙，也很快就恢复了海盗本色。他在八月南下海丰，攻打了嵌头村。随后，他又劫掠甲子、靖梅两个千户所，以向朝廷示威。

转过年就是天启七年（1627）。正月，郑芝龙从广东回到福建铜山所。二月，新巡抚朱一冯下令洪先春、许心幸和陈文廉等联合会剿，被郑军杀得大败。朱巡抚不甘心失败，又命金门游击卢毓英进剿。结果，郑芝龙轻松地玩了个"引君入瓮"计，把姓卢的给生擒了。

被绑到郑芝龙旗舰上的卢毓英还没来得及害怕，却发现自己变成了卢俊义；而那个海盗头子，活脱脱一个宋江的升级版。郑芝龙亲自为卢毓英松绑，美酒佳肴好生招待，就差当场跪下行礼，宣布将老大位子让给他了。

江日昇在《台湾外记》中写道，卢毓英曾跟随戚继光在东南剿倭。如果确有此事，那老卢就得八十上下了。但能打动郑芝龙的，绝对不是对方的满头白发和满脸皱纹，而是自个儿对招安的强烈渴望。郑芝龙开诚布公地说："不是我想和官军为敌，只是不得已。如能给芝龙一官半职，我一定会为朝廷效死力，东南半壁可以高枕无忧。"

带着郑芝龙的殷切嘱托，卢毓英回到泉州营地，拜会了他的顶头上司、福建总兵俞咨皋。此人据说是著名抗倭英雄俞大猷的亲儿子。可俞将军生于孝宗弘治十六年（1503），在郑芝龙俘获卢毓英那年已经一百二十五岁，去世也有四十七年了。这么一来，俞咨皋很可能也超过了七十岁。

俞咨皋对郑芝龙的行为非常反感，当然也希望像他爹一样建功立业，但考虑到郑军火炮的厉害，他不敢贸然出兵，而是琢磨应该如何招抚。

到了八月，新任巡抚点名会见了俞咨皋，并劈头盖脸地数落他说："郑芝龙必须限期剿灭，你怎么能坐视不管，任其贻害地方？"把俞咨皋搞得下不来台。眼看实在拖不起了，他只能下令千户马胜、百户杨世爵率领二十艘战船，前去收拾郑芝龙。可惜这哥儿俩技不如人，在与郑芝虎、郑芝豹兄弟的较量中被打得大败，甚至还丢掉了性命。

俞咨皋很生气，后果很严重。他又派出副总兵陈希范和投降的海盗杨禄、杨策兄弟，希望能挽回面子。可惜刚一交火，陈希范就果断地掉转船头，奋力逃跑了。杨家兄弟见势不妙，也不敢上前。把总洪应计和张选倒是奋勇作战，下场是双双战死。

可悲，可恨，可耻！俞咨皋算是彻底被激怒了。我老人家可是俞大猷的亲儿子，荷兰人都被我在澎湖打败了，还怕你郑一官不成？这位将二代让人拿着令牌，调来了闽安、兴化、永宁、铜山、六鳌、悬钟、镇海和金门各卫所水军，集中到了中左所，准备给郑芝龙来个泰山压顶式的攻势。

早有探子报给郑芝龙。郑家兄弟一个个面面相觑，正商量着该往哪里跑时，却发现他们的老大哈哈大笑起来，让大家顿时丈二和尚摸不着头脑。郑芝龙平生热爱表演艺术，在江湖上留下了不少类似掷碗和飞剑的精彩段子。可这都大难临头了，你还演给谁看呢？不过，大哥一番话，又让兄弟们心情平复了很多，一个个摩拳擦掌，准备干一票大的。

郑芝龙是这么说的："俞咨皋只是纨绔子弟！他不过是读了老爹几本兵书，徒有其名，也配和我较量？"说这番话时，郑芝龙的口气之轻蔑，神态之放松，意志之坚定，活脱脱致敬了当年听说李景隆①要围攻北平时的朱棣。

转过年是崇祯元年（1628）。这一年国际国内局势也相当热闹。在东北，女真继续在边关磨刀霍霍，试图敲开山海关大门；在西北，王嘉胤、王大梁和高迎祥先后举起造反大旗，把一个个地主送去见了朱元璋；在东南，俞大猷的儿子与戚继光的迷弟又死磕起来了。

久经战阵的俞咨皋，这一次押上了全部赌注。他很清楚，自己的颜面，老爹的荣誉，甚至整个俞家的前程，都在此一举了，只许胜不许败。

俞咨皋任命指挥张挺桂、千户林盛二人各领五船为先锋，指挥杨国柱、李应龙，千户吴虎、傅圭各领五船为后盾。俞咨皋本人则乘坐大熕船居中调度。指挥黄盛、胡如海、黄庭庭、李廷圭，千户周之士、何世雄、

---

① 明朝开国名将李文忠之子。

林勋、姚应科，百户王飞熊、李梦斗各坐一船，担任中护卫。游击商世禄率领五艘船做监督接应。

官军的动态，被郑芝龙的探子打探得一清二楚。这位海盗头子轻松地端着酒杯，告诉一众手下（很多是郑家兄弟）说："明天一战，也就王飞熊、林盛和李梦斗三人懂得水性，又有胆略，得把他仨除掉，其他都是碌碌无为之辈，不值得考虑。"

郑芝虎堪称郑家兄弟中战力最强的，这一次他当先锋，别人也不好意思跟他抢。郑芝龙就让芝虎和芝彪领十艘船为先锋。其余的芝豹、芝蛟、芝凤、芝才、芝獬、芝鹄、芝鸢、芝鹗八人各驾一船，约定明日午时从东碇杀出。芝莞、芝麟、芝燕和芝蟒各领四船做左右救护。郑芝龙自己则率领芝熊、芝鸾及六艘船，作为中军。当晚，郑军停泊在了陆鹅。

别看郑芝龙表面上轻松自如，他承受的压力，不会随便讲给别人听。也许田川氏在身边，他才会袒露心声。天亮了，新的一天到来了。是继续书写辉煌，还是变成别人的背景板，答案很快就揭晓了。

此时正值盛夏，湛蓝的天空几乎没有云彩。燥热的空气都带着海水的咸味，刺激着双方将士紧张的神经。郑芝虎一如既往的生猛，指挥手下与林盛、李梦斗的船只战在一起。双方一开始用火炮对轰，空气中弥漫着刺鼻的烟火味道；随后，他们又很默契地互相射箭，无数支箭噼里啪啦地落在甲板上。从辰时一直战到午时，双方互有死伤，居然没分出胜负。郑芝龙这才明白，自己是遇到狠角色了。看来俞咨皋真配得上一句"我爹叫大猷"。

郑芝龙此时已是家财万贯的大财主，按理说不应该在战场上玩命。但他依旧保持着年轻时的锐气与狠劲，亲自引导着旗舰杀入战阵。统帅的到来，显然让士兵们为之振奋，他们拼杀起来更凶猛了。

突然间，官军孙雄的坐船被红夷大炮击中，燃起了熊熊大火。在远处观战的俞咨皋闻讯，率领中军起锚。双方又是一场混战。将近酉时，芝豹的大船顺风赶来。按理说也没什么大不了的，但俞咨皋的一个决定，却引发了灾难性后果。

他让商世禄率船分兵包抄。后者刚刚领命出发，却发现出事了。官军以为是要撤退，一时间阵形大乱，全然没有继续作战的心思。要知道打到这会儿，大家都没顾上吃饭，体力已经透支到极限了。

官军四散奔逃，俞咨皋无力制止，自己也只能跟着逃跑。芝虎、芝熊、芝莞和芝燕乘势猛攻，多艘官船被当场击沉，剩下的像没头的苍蝇一样溃逃，而海盗军则在后面一路追杀，一直追到浯屿（今属福建省漳州市）才收兵。

战略要地中左所，从此就落到了郑芝龙手中，并被他改造成了贸易港。俞咨皋一直逃到了三叉河，还想招揽各地水师会剿，但朝廷已经不再信任他了。

不久之后，因工科给事中颜继祖弹劾，俞咨皋被解除了福建总兵一职，锒铛入狱。不久之后，他和副将陈希范都被处斩。不得不说，朝廷的做法太让人心寒。俞咨皋曾在澎湖海战中力挫荷兰人，作战指挥水平并不差，败给郑芝龙也是事出有因。他一死，更没有人能克制郑芝龙了。

既然来硬的不行，还是继续招安吧。不久，熊文灿担任了福建左布政使。他力主招抚，并且派出了大杀器，即当年被郑芝龙放还的卢毓英。

郑芝龙其实早就有投降之意，要不然卢毓英的脑袋早就不在脖子上了。见到郑芝龙，卢毓英信誓旦旦地说："立功之日，定当题保，决不负将军归诚之意。"

郑芝龙也是老江湖，对这样的画饼肯定不放心。他说："这都是将军的恩德，来日定当厚报！但是……"卢毓英一看要讲重点了，马上神态专注起来。郑芝龙强调："须烦劳将军向上禀告，通行各处，务必让我们的将士便于采买粮食。"

卢毓英一听觉得合理，总得让人吃饱饭嘛。于是他说："这是自然之理。但将军也应当严饬诸人，登岸不得放纵，以免损害您的声誉。"郑芝龙作揖道："谨记教诲。"表现得非常谦逊，让卢毓英相当开心。

老卢一回到泉州，自然是使劲替郑芝龙说好话，说他"愿充辕门犬马报效，所有福建及浙粤海上诸盗，一力担当平靖，以赎其罪"。

而郑芝龙也没闲着，让郑芝燕、郑芝凤带着银子四处打点。除了海瑞，大明官员谁会和钱有仇？到了九月，朝廷批准了熊文灿的奏折，任命郑芝龙为海防游击，负责平定各地海盗，卢毓英则为监军。

从此，郑芝龙摇身一变，成了大明政府官员。他庞大的水军并没有被收编，反而可以继续扩充；他的海商贸易并没有被叫停，反而越做越大。但他昔日的海盗朋友们可就过不舒坦了，有人要拿他们当"投名状"喽。

郑芝龙的第一个打击对象，定为李奇魁。据传，这位仁兄也曾在郑芝龙手下工作过，后来自立门户了。单凭这一点，郑芝龙就非灭了他不可。

更重要的是，李奇魁杀害了郑氏集团昔日的二把手陈衷纪。

陈衷纪威信很高，也不会盲从郑芝龙的决定，更绝对不会接受招安。他返回台湾之后，在一次出海时，被李奇魁杀害。这就给了郑芝龙出兵的绝佳借口。杀了你姓李的，不光能扩张我的势力，扩大我的地盘，还能借机宣扬为陈衷纪报仇，给自己立起重情重义、不忘故交的人设，真是一举两得。

更让郑芝龙开心的是，崇祯二年（1629）四月，李奇魁居然主动进攻金门，这不是成心找死吗？我谢谢你。郑芝龙的水军很快出动，在料罗湾附近拦住了李奇魁部。

这是一场毫无悬念的战斗，更像是一场屠杀。双方的武器根本就不是一个时代的，差距太大了。李奇魁的首级很快被送到了郑芝龙旗舰上，而他的大部分士兵则被收编，让郑军的势力进一步扩张。

更重要的是，郑芝龙从此独占了澎湖，保证了台湾基地的安全。适逢福建发生饥荒，郑芝龙不失时机向熊文灿建议，用郑氏集团商船，搭载流民前往台湾垦荒。

郑芝龙这次不惜血本。据说，他给流民每人发三两银子，三人发一头牛，让他们扎根台湾，建设美好家园。至于郑芝龙到底掏出了多少家底，还是个历史悬案。但他仗义疏财的人设，就算彻底立起来了。

郑芝龙的下一个目标，是曾经跟他较量过的杨禄、杨策兄弟。郑芝龙当年对抗俞咨皋时，这俩伙计就已经被招安，跟官军一块儿对付郑军。现在郑芝龙穿上官服了，他们却又重操旧业。如此反复无常、朝三暮四的海盗，不收拾留着过年吗？

郑芝龙在金门港撞上了杨氏兄弟的船队，经过一场不算激烈的战斗，就将二杨杀死，并将其喽啰全部收编。不久之后，郑芝龙又剿灭了为害闽安的褚采老及入侵福州的钟斌，让熊文灿非常满意。

郑军的优势是水师，那陆上战力如何呢？随着时局进展，官府还真给了他检验成色的机会。崇祯四年（1631）九月，原本接受招安的钟凌秀再度叛乱，攻占了上杭、武平等县。他不想当海盗了，想转型占山为王当土匪。熊文灿眼里不揉沙子，岂能容许他们这样折腾？于是就兵发汀州，准备当一回"在世王阳明"。

钟凌秀看到了危险，果断逃到广东。他以为这样就平安无事了，谁知还是小看了朝廷。不久之后，朝廷就下令熊文灿会同江西、广东两省明军一道剿灭土匪。

郑军再一次充当了明军先锋。他们离开了大海，来到了陆地，战力会减少多少呢？在三河坝，郑军与钟军进行了一场遭遇战。不得不说，水战勇敢的士兵，在陆地上依然不尿。而且相比钟军，郑军火器使用率要高得多，自然占了不少便宜。科技可以让生活更精彩，也能让作战更轻松。钟军被打得大败，老巢也被摧毁了，被迫逃到石窟都。

第二年春天，郑芝龙部又杀到了，走投无路的钟凌秀被迫出降。这个土匪头子保住了老命，却丢掉了右臂，这是对他过去作恶多端的一种惩戒。之后，郑芝龙又击败了钟凌秀的弟弟钟复秀，并再一次让自己的部下得到了很好的陆战训练。

事实证明，郑芝龙确实是一位天才的统帅，出色的战术大师。而他的这个特质，很大程度上也被自己的大儿子继承了。

郑芝龙不停地在福建收拾同行，令官府非常开心，你打赢了，我们又少了一个威胁，还能为自己表功；你打输了，我们就有机会收拾你。可惜，他们一直得不到这样的机会，郑芝龙居然就没败过。那么，他就这样成为东南海域的霸主了吗？

四、血战料罗湾，成就一生最大辉煌

别看郑芝龙招安之后未尝败绩，但在他面前横着一座大山，高得他不得不仰视；他的脚下横亘着一道鸿沟，深得令他随时警惕。

对世界史略知一二的人都清楚，十七世纪最强大的海上殖民国家，不是老牌的西班牙与葡萄牙，不是新兴的英国和法国，而是面积仅有四万平方公里，人口不到二百万的荷兰。而在东亚，最强大的殖民势力，正是以巴达维亚为总部的荷兰东印度公司。

荷兰人的主力风帆战列舰，被称为夹板船（或甲板船），长约一百米，宽二十米，船板厚达四分之三米，船体分为三层，有五个桅杆，安置至少二三十门、最多可达六十门"红夷大炮"，堪称水上巨无霸。

郑芝龙没有接受招安之前，明廷就曾以贸易优惠为条件，拉拢荷兰军舰进攻郑军。天启七年（1627）十月，荷兰驻台第二任长官迪韦特就应俞咨皋之邀，率船队前往铜山攻打郑芝龙。但他们低估了郑军队的战力，甫一交战便败下阵来。

等郑芝龙当上明朝官员之后，为了自身长远利益考虑，他主动与荷兰修复关系。由此也可以看出，郑芝龙的眼光与魄力，在明末的官场上实属难得。

崇祯元年（1628）九月，在热情友好的气氛中，郑芝龙与荷兰驻台第三任长官彼得·纳茨签署了为期三年的贸易协定：郑方每年供应荷方生丝一千四百石，以及砂糖、丝织品等，荷兰则向郑方提供胡椒一千石。两年以后，郑芝龙又与普特曼斯签署了荷兰对双方船只进行保护的协议。

那么，郑荷之间就能长久平安无事吗？当然不可能。东印度公司一心想到中国内地"自由贸易"，无非是想让对方接受他们的高价产品。在得不到官方承诺之时，荷兰人就试图以武力迫使明朝政府让步。

崇祯六年（1633）六月初一日，荷兰水军二十多艘战船开往南澳，与刘香的海盗船会合，共同向当地明军发起进攻。别看明朝火炮落后，士兵作战却相当勇敢。经过激烈较量，荷兰人居然没有占到便宜，悻悻退去。据明朝公布的数字，官军有十七人阵亡，荷兰人损失三条哨船，伤亡人数大体相当。

时间来到了六月初七日。这支荷兰船队突然现身中左所，对当地驻军发动了疯狂进攻。当日，游击张永产回泉州公干了，中左所没有指挥官，因此被修理得很惨。更要命的是，郑芝龙的船队此时也在这里修整，十艘大船直接就被击沉在港口了。这些船只都是郑军的主力舰，每条船上都至少有二十门重炮，原本可以作为对抗荷兰人的利器，可这一下子说没就没了。

南澳与中左所相隔三百多里，当年的船舶又没有动力装置，但荷兰人的运气实在太好了。那几天南海上正刮强劲的南风，荷兰舰队张满帆，用一天时间就跑到了，并给了明军以外科手术一般的精准攻击。这种效率，无疑可以媲美十三年之后，清军骑兵一夜狂奔三百里，最终杀死大西皇帝张献忠的凤凰山战役。

之后，荷兰人又袭击了青澳和石澳。由于当地守军早有准备，侵略者没有捞到什么便宜。沮丧之下，他们居然再度攻打澳门。

希腊大哲早就说过：人不能两次踏进同一条河流。可没文化的荷兰人就是不听。当他们驶到中左所附近时，早已恭候多时的明军，在张永产和同安知县熊汝霖指挥下，用长短炮铳热情地慰问了荷兰人一番。

不大工夫，侵略者就被打得乱了阵脚，主动撤出中左所，明军则跟在后面紧紧追赶。但荷兰船只的航速明显占优，明军追了两天越追越远，只能打道回府。吃了亏想找补回来的荷兰舰队，则将目标锁定在了海澄。

万万没想到的是，当这伙儿强盗在浯屿休整时，中国船居然主动打上门来了。荷兰人被揍了个猝不及防，三艘哨船被焚，五艘被夺走，这趟买卖，还真是不值啊。

海澄号称"小苏杭"，是隆庆开关之后中国对外贸易的唯一窗口，富庶繁华不在省城之下，当地也是民风彪悍。指挥这次军事行动的，只是一位文官——知县梁兆阳。

荷兰人效仿六七十年前的倭寇，在福建沿海烧杀抢掠的行为，让新任福建巡抚邹维琏非常愤怒。他咬牙切齿地说："岂独八闽一大患，且为中国一大耻！"邹巡抚不许再提"互市"，并发誓"以一身拼死当夷"。

八月十二日，邹维琏从福州赶到泉州，布置对荷作战事宜：五虎游击郑芝龙为先锋（炮灰），南路副总兵高应岳为左翼，泉南游击张永产为右翼，澎湖游击王尚忠为游兵（打下手），副总兵刘应宠、参将邓枢为中军。别看明军分成了五路，但真正担负起抗荷大任的，只能是先锋郑芝龙。

郑芝龙读书不多，但也深深知道"攻城为下，攻心为上"的道理。这个世界上，凡是用钱能解决的问题，都不是什么大问题。郑芝龙有的是钱，而在荷兰军队中，却有大量的黄皮肤汉人。没办法，谁让真正的"红毛夷"太少呢。当翻译的、做水手的、干保洁的，都少不了中国人。郑芝龙不费多少银子，就能从他们那里得到有用的情报。

郑芝龙的钱不白花，很快他就有回报了。九月初一日，根据内线的情报，郑芝龙获悉一支荷兰舰队停泊在了澎湖。他立即安排林显忠追击，一举击沉了一艘大型夹板船，还俘虏了一名军官和六名士兵，算是小小的报了仇。

当然，郑芝龙远远没有解恨。九月十五日，他率军来到了乌纱头。

五天以后，九月二十日，郑荷水军在料罗湾相遇了。

荷兰方面集合了九艘夹板船，刘香则提供了五十多艘帆船。对于著名的夹板船，邹维琏有如下记载，被后世反复引用：

> 其舟长五十丈，横广六七丈，名曰夹板，内有三层，皆置大铳外向，可以穿裂石城，震数十里，人船当之粉碎，是其流毒海上之长技有如此者。

邹巡抚的记录难免夸大事实，但相比中国水军的战船，夹板船肯定是庞然大物一般的存在。其火炮也是占据压倒性优势，一条船上配置二十到三十门红夷大炮，根本不叫个事儿。只要想想七年前，努尔哈赤的六万女真武士，愣是被宁远城上的区区十一门同款大炮整得没有脾气，只有断气，就知道这玩意儿有多么恐怖了。

作为十七世纪上半叶最发达的资本主义国家和海上霸主，荷兰海军的实力毋庸置疑，对其他国家的优势几乎是压倒性的。而大明经历了近两百年的海禁，无论是造船业还是航海水平都停滞不前。大名鼎鼎的剿倭英雄戚继光，都无法实现驾驶战船在海上阻击倭寇的愿望，通常只能等人家上岸抢劫之后，才能在陆上发动攻势——累不累啊？

不过，得益于明朝中后期皇权统治的衰落，一支可以比肩二百年前郑和水军的庞大战队，在福建沿海形成。巧合的是，这支水军的统帅依然姓郑，还是戚继光的“小迷弟”。当年戚继光做不到的事情，他却可以轻松实现了。

这一次，明军总共集结了一百五十艘战船，参战官兵更是多达七万人。荷兰这边具体人数不详，九艘大夹板船按常理说不会超过三千人，加上刘香的海盗军，估计也就是七千来人。

双方兵员比例十比一，那明军就能稳操胜券了吗？还真不见得。战船
与火炮差距都是肉眼可见的。最让郑芝龙担心的是，他最好的十艘战船，
都在中左所被荷兰人摧毁了。眼下的战船火力跟人家相比，差距不是一星
半点儿。

郑芝龙并不是传统意义上的民族英雄，他不会真正了解料罗湾战役的
重大意义，更不清楚几百年后国人对他的极力推崇。但郑芝龙对荷兰人的
仇恨是真的，想复仇的动机是真的，对战争的认真准备与全情投入也是真
的。他知道，这一仗赢了可能不会收获太多，但如果输了，他将会成为那
些官老爷的笑柄和弹劾对象，福建官场上可能就没有了他的位置。俞咨皋
的今天，就是他的明天。

不，我不会给你们机会的！这是一个男人内心真实的呼喊。

作为一名常年在风浪中打拼的统帅，郑芝龙非常镇定。他将兵员分成
三拨儿。参将陈鹏担任先锋，率领郑然、林察、陈麟、杨耿和苏成等将
领，以及十余艘战船，他们要冲破刘香军的包围，想尽一切办法靠近夹板
船并发动（自杀式）攻击。第二拨儿由哨官蔡骐统领，他们要在陈鹏等对
夹板船形成一定杀伤之后，想办法烧毁船只。第三拨儿由林习山率领，配
合蔡骐将敌船彻底摧毁。

郑芝龙自己，难道"稳坐中军帐"吗？肯定不是。他亲自担任中军，
统一协调指挥明军的行动。

这场水战的困难，肯定与之前对付国内海盗完全不同。郑芝龙让人把
数十只装得满满当当的箱子打开，明晃晃的银子亮瞎了一众手下的眼睛。
当着这些目瞪口呆的下属，郑芝龙严肃地宣布：

要参加决战的，每人赏银二两；

如果战事延长，每人最多可领五两；

如果有火船能烧了荷兰船，每船二百两（十六人分）；

一个红毛夷首级，可以领五十两。

以米价折算，当时的一两银子，大概相当今天的八百元人民币。不得不说，郑芝龙这是把棺材本都拿出来了。重赏之下必有勇夫，这可绝对不是一句空话。

九月二十日，郑芝龙与荷兰人，这一对曾经亲密无间的合作伙伴，终于在料罗湾兵戎相见了。荷兰人的九艘大船一字排开，随时准备发射重炮；而五十艘海盗船如众星捧月一样护卫着夹板船，防止明军小船利用速度搞突袭。不得不说，这样的阵形将两种战船的优势整合了起来，又能弥补各自短板，确实是非常理想的组合。

那么，郑军又有什么应对措施呢？暂时还看不出来。陈鹏一船当先，率领明军直冲荷军阵营。震耳欲聋的炮击声连绵不断，空气中弥漫着刺鼻的烟火味道。为了挣五十两银子买房娶媳妇，郑军士兵个个奋勇当先，一边要躲避重炮的轰击，一边用鸟铳弓箭向海盗船发动攻势，这个难度可想而知，经常是顾了这头顾不了那头。所以啊，这五十两银子往往是有命挣没命花。

把总郑然一直冲锋在前，很快被流弹击中，不幸牺牲。在损失了将近三分之二的船只之后，郑军终于艰难地冲破了刘香船队的阻拦，冲到了夹板船队面前。

就在荷兰人惊魂未定之时，对手的招数直接将他们看崩溃了。不少郑军士兵，居然点燃了自己的坐船，疯狂地开了过来。原来，这些船就是所谓的火船，专门以小搏大，来和夹板船"兑子"的。还能不能讲武德啊，这样谁受得了。

郭熹、林察和袁德等联手，用七艘火船围攻两艘夹板船，炮弹噼里啪啦落在敌船甲板上，一向蛮横的荷兰士兵被搞得胆战心惊，纷纷从炮位上仓皇逃离。这两艘船最终燃起了熊熊大火，沉没在了海湾之中。同归于尽？你还真想多了。郑军敢死队员们则及时跳入海中，凭借高超的游泳技术死里逃生。

陈鹏和陈琳果断开炮，很快击沉了一艘大船。张梧、郑彩和黄胜则冒着密集炮火，使出跳远冠军一般的华丽动作，登上了一艘敌船。他们挥舞着大刀长矛这样的原始武器，到处乱砍。当时刺刀还没发明出来，荷兰人只能扔下火绳枪，拔出佩剑抵抗，但怎能打得过擅长冷兵器的中国人？船长没来得及跑掉，"光荣"地做了明军的俘虏，而他的船也成了人家的战利品。

天色渐渐暗了下来，深秋的晚霞格外耀眼，但比晚霞更加明亮的，是料罗湾的大火。在损失了四艘战船之后，荷兰舰队已经是心理崩溃，毫无斗志，只能借助大炮的掩护，疯狂地向台湾方向逃跑。而他们的好伙伴刘香船队，自然也没有什么好下场，有一大半都在大火中沉没。刘香带着少数弟兄侥幸逃出。

旧仇未报又添新恨，刘香对郑芝龙的愤恨又上了一个新台阶。

"追！"郑芝龙岂能让荷兰人这么跑掉，本着"要么不做，要么做绝"的精神，他下令郑军紧紧追赶，并在后面不断开炮。不过，在没有动力装置的年代，荷兰夹板船的航速，确实要胜过中国船。明军不可能追得上。

据说，郑芝龙回到中左所，清点官兵，发现阵亡八十六人，重伤一百三十二人。那么，杀敌战果如何呢？

在奏捷书中，邹维琏如是写道："此一举也，生擒夷酋一伪王、夷党数头目，烧沉夷众数千计，生擒夷众一百一十八名，斩夷级二十颗，焚夷甲板巨舰五只，夺夷甲板巨舰一只，击破夷贼小舟五十余只，夺获盔甲、刀剑、罗经、海图等物皆有籍存。而前后铳死夷尸，被夷拖去未能割级者累累难数，亦不敢叙。"

显然，这说法有些夸大事实。如果荷兰人死了"数千计"，那早就全军覆灭，没有活口了。把自己的战果吹大，把自身的损失说小，是官场老油子的看家本领，张嘴就来。但无论如何，料罗湾一役，明军确实是打赢了。考虑到当时已经存在的武器、战船与战术的明显鸿沟，这场胜利更加难能可贵，值得后世永远铭记。

而这场战役的指挥官郑芝龙，不过才刚满三十岁。如果他在崇祯年间就及时死去，那后世史家肯定不会吝惜各种称颂与讴歌，肯定要将他塑造成伟大的民族英雄，可以比肩郑和的海上伟人。可惜啊，造化弄人。

打败了荷兰侵略者，郑芝龙很快又有了新的目标。

五、剿灭刘香，东南从此再无对手

中国人都知道，一山不容二虎。特别是在东南沿海，郑芝龙是最强大的海上领袖，而刘香则是最大的海盗头目。他的部下在粤东碣石、南澳一带烧杀抢掠，连官船都敢抢。这对已经成为大明军官的郑芝龙来说，肯定是不能忍受的。

更恶劣的是，在料罗湾海战中，刘香居然派出了五十只小船，配合荷兰夹板船攻击郑军水师。这种做法，不就是妥妥的汉奸行径吗，不打你打谁？打你，才是看得起你嘛。

崇祯八年（1635）四月，田尾洋。

湛蓝的天空一眼望不到边，碧波荡漾的水面下暗流涌动。大明官军与刘香狭路相逢，一场大战不可避免。

郑芝龙将船队分为三程：第一程是芝虎和芝豹做先锋，有大船十艘，快哨四艘；第二程是中军，郑芝龙亲率芝鹏、芝蛟和监军卢毓英坐镇；第三程由芝彪、芝麟、芝鹤、芝獬和芝鸾负责，各领一船作为援剿。

听说郑芝龙搬出棺材本要和自己玩命，一直不肯接受招安的刘香火了："都是一样的皮毛，素无仇敌，何苦为朝廷做鹰犬？（有出息吗？）他见我前年小埕之战稍稍避其锋芒，就不知道自己姓什么了，扬扬得意。这一战，我发誓一定要活捉他，方快我愿。"手下弟兄也是群情激愤，"生擒一官"的吼声响彻半空，气氛好不热烈。

李虎三是刘香手下第一猛将，堪比朱元璋团队的徐达、陈友谅一伙儿的张定边。刘香让李虎三带着杨韬、陈玉和林武等去田尾洋驻防，弟弟刘鑫和康钟、李飞熊和张斌往来策应，自己率领主力出兵应战。

芝虎是郑军中的"领衔主打"，每次作战都冲在最前面，也没人敢和他抢功（有户口本保驾）。他和芝豹行驶到田尾洋时，与李虎三船队撞上了。

王牌对王牌特别热闹，仇人相见分外眼红，两边立即开炮互射，又试图用大船撞击，激战一天居然不分胜负，这让芝虎很是吃惊，意识到自己终于碰到对手了。

夜幕降临之时，双方默契地退出了战场。两边都一天没吃东西了，现场又没有卖盒饭的，一个个都是饿得不轻，靠意志力在勉强支撑，但谁也不想首先认怂。

太阳从地平线上探出头来，新的一天到来了。芝虎和李虎三又杀在了一起。两人不愧是各自阵营的头号杀星，手下军兵也都非常强悍，一场恶战看来又是不可避免。但刘香的主力船队却不失时机杀了过来，想把对手一举歼灭。

芝虎赶紧招呼兄弟们突围。刘香岂能放弃活捉郑军二当家的机会，他开出重金悬赏，忽悠不要命的士兵跳上郑芝虎的座船，与对方进行肉搏。眼看围过来的敌人越来越多，身边的弟兄越来越少，久经战阵的芝虎，也有了大事不妙的绝望感。

生死攸关之时，芝彪的船队赶了过来，奋力保护芝虎突出了重围。关键时刻，还是亲兄弟靠得住啊。兄弟俩一直跑了十余里，总算稳住了阵脚。

当天晚上，郑芝龙也赶了过来，询问作战经过之后，他对李虎三的彪悍，无疑有了更深的认识。

"胜败乃兵家常事，明天一早，我们定要全歼刘香!"

不是冤家不聚头。郑芝龙与刘香的主力船队还是相遇了。不过，两人的心情是大相径庭的。前者愉快轻松，后者紧张不已。似乎即将到来的，不是一番较量，而是一场屠杀。

郑芝龙一直重视船只建设，主力战船都又大又高，排水量达到了数百吨，而刘香的财力有限，船只一般都比较小，火炮也大都是国产的——荷兰人已经不跟他玩了。

郑芝龙一声令下，数十条战船和上百门重炮对准了刘香船队，大有将对方轰成齑粉的架势。透过千里镜①一看，刘香算是傻了眼了：这根本就是降维打击嘛。看来，我必须得祭出大杀器了。

郑芝龙正准备下令炮手点火，却发现刘香手下押着一个人走上了甲板。郑芝龙不看则已，一看不由得大惊失色，手中的望远镜差点儿掉地下。

刘香，你太卑鄙了！

原来，刘香押上来的，正是熊文灿的重要助手，福建参政洪云蒸。这哥们儿怎么落到刘香手中了呢？

前不久，也许是当年招安郑芝龙尝到了甜头，也许是不想让郑芝龙受累，还也许是想为朝廷节省弹药，熊文灿不向郑芝龙打招呼（当然也没必要），就派出洪云蒸和副使康承祖前往刘香船上宣谕。

洪云蒸事先做足了功课。当着众多海盗的面，他生动地描述了一番放下屠刀、立地成佛的美好愿景，让在场的很多人都为之触动，向往不已。就在洪云蒸还沉浸在自己演说之中时，几个全副武装的海盗突然冲了过来，把二位使者捆了起来。看来，批判的武器确实挡不住武器的批判。

更可怕的是，洪云蒸被抓的事情居然传到了崇祯那边，而皇帝居然大发雷霆，下旨申斥熊文灿，要求其戴罪立功，否则就得免费坐车（囚车）上北京。按理说，这么绿豆大的事情，根本用不着崇祯操心。可朝中眼红熊文灿的言官，怎么能容许他过得太舒服？

———————

① 当时流行的单筒望远镜。

没有办法，熊文灿只能安排部下全力进剿，并且要求郑芝龙只能胜不能败，不然没法向皇上交代啊。

生死关头，郑芝龙也是不敢开炮，不然没法向熊文灿交代。刘香一看对方怂了，立即招呼自己的弟兄准备行动，给姓郑的来个迎头痛击。

豆大的汗水，顺着郑芝龙脸颊流了下来。"To be, or not to be?"

经常看动作大片的同学，可能都会想到此处应有反转。刘香还沉浸在"一切尽在我的掌握中"的喜悦之时，一个不和谐的声音响了起来。声音在空旷的甲板上显得特别刺耳，显然，这人是扯着嗓子喊出来的。

"我矢志报国，请立即进攻，不要错失战机，不要……"

叫喊之人正是洪云蒸。他一边喊，一边不顾一切地试图挣脱身边海盗的控制，准备一个猛子扎进海水里。刘香火了，他忘记了"冲动是魔鬼"的格言，挥起长刀，对着洪云蒸当头就是一下子。

洪云蒸脸上露出了得意的笑容。显然，对这样一个文弱书生来说，他绝对不是输家。他想要的效果，已经完全达到了。

洪云蒸一死，刘香的免死金牌等于就没了。难道，他就这么束手就擒了吗？

刘香挥刀在手，声嘶力竭地吼道："各位兄弟，没有退路了，我们只有拼命向前，和郑一官拼了！"

陷入绝境的人，反而能爆发出惊人的战斗力。别看刘香的船队船小炮少，他们拼着老命开了过来，跟郑芝龙玩起了接舷战。如此一来，郑军的火炮优势就一时派不上用场，双方愣是展开了冷兵器的生死较量。

这一场仗，从红日初升一直杀到日落西山，甲板上到处是死亡士兵的尸体，水面甚至都被染成了红色。双方依然没有分出胜负，只能来日再战。

刘香船队在田尾洋过夜，而郑芝龙大军停泊在了赤湖。虽说白天挡住了郑军的攻势，老狐狸刘香的紧张情绪并没有缓解。他当然明白，人家的火炮远在自己之上。夜已经很深了，这个海盗头子还是难以入睡，压力太大啊。他正想召李虎三过来商量，没有想到，后者跟心有灵犀似的，自己已经跑来了。

"主公，大喜啊！"李虎三一见刘香，忙不迭地行礼。刘香瞬间给整"蒙圈"了。有什么可喜的，人质没了，火炮不行，明天是死是活还不清楚呢。可经李虎三这么一分析，刘香乐得直拍大腿："这招太损了，还是你小子狠啊！"

李虎三是这么说的："郑芝龙仗着自己炮多，根本不懂水战的利害。今晚他们停泊赤湖。赤湖是什么地方？那可是下风口啊。主公可以准备好船只，多带些火器，等深夜一涨潮，我们顺风冲过去，估计他们还在睡大觉吧，咱们给他来个一锅端！"

到了二更，刘香发现此时已经涨潮了，又起了顺风，不由得心花怒放："这是老天助我消灭郑一官啊。"

作为刘香军第一猛将，李虎三自然要冲在最前面，别人也不敢跟他抢功。可刚到赤湖入口附近，就有探子来报："前面有一个黑影，像是一条船。"李虎三冷笑一声："郑一官还在睡大觉，这里怎么能有船？兄弟们，收拾好兵器，我们这就杀进去！"

黑影越来越近，果然是一艘战船。李虎三当然很没面子，他站在甲板上，让手下大喊："来者何船？"只听"轰隆"两声炮猛然响起，在深更半夜显得特别刺耳，这就算回答了。李虎三大怒，下令将船开过去，撞沉这孙子！

很快，"轰隆隆"，一阵连珠号炮响起。这不就是报信吗？接着，更多的郑军战船赶了过来，与李虎三战在了一起。不大工夫，刘香和郑芝龙的主力船队也开来了。就在伸手勉强能看到五指的深夜里，全福建、全中国，甚至是全东亚最强悍的两支水军，又杀在一起了。

郑芝龙走南闯北、刀口舔血这么多年，什么大风大浪没见过。李虎三能想到的,他当然很快就意识到了。但统帅就是统帅,即便身陷逆境,他也丝毫没有慌张。

首先,他下令芝豹率船在港游弋,以防不测。

接着,他令芝虎率五条船在前碰碰寄碰,如果遇到危险,就放出连珠火箭。

最后,他要求所有战士衣不解甲,随时进入战备状态,给来犯之敌以痛击。

果然,一切都在郑芝龙的掌握之中。当芝虎放出信号弹时,郑军主力立即起锚前行,与刘香军战在了一起。由于可见度实在太低,双方从午夜又一直杀到第二天中午,依然没有分出胜负,反倒是误伤了不少自己弟兄,只好暂时停战。

这个时候,要不要睡个午觉,养养精神?可是,你要是睡了,保不齐敌人又杀个回马枪。眼看弟兄们都累得上眼皮贴着下眼皮了,郑芝龙却突然变成了唐僧,还要絮絮叨叨地给大家做思想工作,这也太烦人了吧,可谁也不敢不听,谁让人家是老大呢?

"我们损失了不少弟兄,海贼火器是不如我们,可刘香调度有法,李虎三更是骁勇异常。依我看,我们这边还真没有能与之相提并论的……"

这话谁爱听啊,长别人志气,灭自己威风。有个原本还想眯一会儿的伙计,腾地站了起来:"这贼有什么难破的,你看我怎么活捉他!"然后,不等郑芝龙下命令,直接驾了一艘船,直挺挺地向着刘香阵中冲去。

真是蠢啊,人家一激就上钩!可这回,轮到郑芝龙不淡定了。跑出去的不是别人,是他的亲弟弟芝虎。看来,这个郑军的二当家,太不拿自己的安危当回事儿,也过于自负了。

郑芝龙善于用激将法忽悠部下,可这一次,他却觉得自己玩砸了。没有办法,郑芝龙只能下令全军结束休息,跟在芝虎后面冲锋。

此时的芝虎,宛如鄱阳湖大战的张定边附体,他站在船头,双手举着藤牌防备暗箭,嘴里却叼着一把长刀——也不怕崩了门牙。眼看靠近刘香船队了，芝虎猛地发力，跳上敌船，挥着大刀猛砍。看主将都这么凶，随行的亲兵也都接二连三跳了过去，与海盗军战在一起。要知道大家都休息了不到一个时辰，精力体力本应都严重透支，现在却一个个生龙活虎，好像都休息了一晚上似的。

芝鹄驾着船只奋勇向前，却不小心被刘香军的炮火击中，座船顿时熊熊燃烧起来，又慢慢下沉。可怜的芝鹄就此葬身大海，永远告别了这个多姿多彩的世界。芝蟒赶了过来，抛出火罐，正扔到了刘香本人的旗舰上，只听"砰砰砰"的巨响过后，船体开裂下沉了。芝蟒非常开心，可他哪里知道，他二哥此时也在这条船上。谁让当年没有手机，没法及时联系呢。

李虎三眼看老大的座船着火，赶紧不顾一切地过来营救。结果，芝豹从后面追来，一炮就击中了李虎三的船尾，舵手也被当场炸死，没法开船。整条船更是变成了一条巨大的火龙，在洋面上好不壮观。李虎三眼看大势不妙，果断地跳入海水中，想凭借自己过硬的游泳技术逃出生天。

而芝虎与刘香就没有那么幸运了，他们连跳水的机会都没有。眼看都要被烧死了，据说这二位还拿着武器互砍，似乎想一劳永逸分出高下。

最终，这条船毫无悬念地沉没了，一边的老大和另一边的老二，都带着满心的不甘，告别了这个多姿多彩的世界。

刘香一死，海盗群龙无首，完全失去了战斗力，芝豹和芝彪熟练地指挥开炮，打沉了多艘敌船，海水一度都被鲜血染红了，场面极度惨烈。而越来越多的海盗船挂起了白旗，等着官军过来收编。

最终，除了少数船只逃往琼州之外，没有被击沉的刘香海盗船，都开开心心地加入了郑军。从此之后，东南沿海只剩下了一个霸主，往来商船只给一个人交保护费。

但是，打了胜仗的郑芝龙丝毫无法高兴起来，而是哭得半天直不起腰。他的激将法没有激得了别人，却把自己最亲的老二搭进去了。族弟芝鹄的死，也是郑军的一大损失。郑芝龙下令打捞二人尸体，可惜数百人折腾了四五天，也没把他俩的遗体找到，只能就此停手，请高僧招魂。

崇祯十二年（1639）六月，曾经在料罗湾被郑芝龙狠狠修理过的荷兰人，又跳出来搞事情了。这一次，船队的首领叫作郎必即里哥。郑芝龙受命征讨，两军在湄洲外洋相遇。首次交战，荷军火炮优势明显，压制得明军喘不过气来，损失不小。

郑芝龙退至泊枫亭。在与手下商量之后，他设计了一个狠招。第二天，双方继续对峙。明军中突然冒出八只小船，直直冲向荷军夹板船。每只小船均有七八个敢死队员，他们每人带着两只大竹筒，筒内装满火药，船中则装着浸油的麻棕，船前带有铁钩，钩住夹板船之后，敢死队员点燃竹筒，然后跳入海中奋力逃生。而笨拙的夹板船，却被打了个猝不及防。

最终，荷军有五条战船沉没。郎必即里哥只能认栽，主动退出了福建沿海，再不敢与郑芝龙较量。次年八月，朝廷的一项任命，让郑芝龙乐开了花。

在八闽大地有崇高威望的戚继光，三十六岁时当上了福建总兵；同样在三十六岁时，郑芝龙这个昔日的海盗头子，居然也获封福建总兵，完美致敬了自己的偶像。而且，戚继光只是一位将军，郑芝龙却建立起了一个东南沿海首屈一指的海商团队。

既然成了东南沿海的霸主，郑氏海军也对往来船只提供保护，代价也只有一丢丢——每船例入三千金（三千两银子）。

就在当年，荷兰驻台主官伯格与郑芝龙达成协议，郑方将生丝及其他大陆特产运抵台湾，由荷方收购后运往日本，并每年给予信用贷款一百万佛兰棱萨金币。荷兰人甚至不向北京，而是向郑芝龙派遣使节，把他看作是中国东南的统治者。而郑芝龙并未受协议约束，依然可以绕开荷兰与日本做生意。

好在崇祯埋头对付农民军和建奴①，腾不出手来收拾郑芝龙，让这位总兵的生意野蛮生长，船队纵横日本和东南亚。明初沈万三的"商业帝国"是虚构的，而明末郑芝龙的商业团队，却成了真实的历史。

不过，郑芝龙这样的舒服日子，并没有持续太久。

---

① 明末清初对清政权的蔑称。

第三章　隆武赐姓父子离心

一、天崩地解，弘光朝如流星般闪过

郑芝龙在东南沿海的事业越玩越潇洒，大明崇祯皇帝在北京的日子却越过越憋屈。

崇祯八年（1635）十月，后金可汗皇太极改女真为满族。次年四月，他在沈阳称帝，改国号为大清，年号为崇德，全面实行汉制。皇太极此举，标志着大清统治集团已不满足于扎根东北，而是有了与大明争夺天下的野心。

崇祯十五年（1642），明朝十三万精兵在松锦之战中几乎全军覆没，似乎预示着改朝换代的宿命已无法避免。

担任明军最高统帅的，正是郑芝龙的老乡、南安人洪承畴。被清军俘获之后，他一度试图自杀，但最终投降了清廷，并在之后二十年的明清战争中扮演重要角色，甚至影响郑氏集团的前程与命运。

松山一败，朝廷用兵更加捉襟见肘，不得不将眼光放得更远一些。大学士蒋德璟居然向崇祯建议，要让郑芝龙的水师北上驻防辽东。

清军没有水师，如果连荷兰军队也不害怕的郑芝龙，能在辽东半岛站稳脚跟，以海盗打法不断侵扰清廷腹地，配合明军主力的正面进攻，也许历史就是另一种样子了。

听说有了这样的勤王机会，郑芝龙也是热血沸腾，马上拿出大笔财宝。这是要犒赏士卒，准备远征了吗？

想多了，郑芝龙这是安排亲信上京贿赂要害部门高官，让他们劝说朝廷不要调闽军赴辽，而是继续防守海疆。

由此足以看出，此时的郑芝龙以利字当头，对于国家即将遭受的劫难漠不关心。如果换成他的大儿子，恨不能马上就披挂出征，报效国家。

相比过往的历代王朝，明朝的尴尬之处在于，不光东北有不可一世的清政权，西北还有野蛮生长的农民起义势力，让"按下葫芦又起瓢"的悲剧一再上演。不过，崇祯十六年（1643）八月，皇太极突然去世，六岁的九皇子福临登上皇位，定次年年号为顺治，大权则由努尔哈赤第十四子多尔衮掌握。

崇祯十七年（1644）正月初一日，李自成在西安称帝①，并改西安为长安，定国号为大顺，年号永昌。随后，在当年二月，他亲率大军开往山西，目标直指大明京师北京城。

三月十九日，李自成农民军攻入北京，思宗朱由检在煤山上吊殉国。他的死，标志着明朝在全国的统治已经结束。

不过，之后发生的一连串事情，恐怕让脑洞最大的编剧也写不出那样的剧本。辽东总兵吴三桂起初已经决定投降大顺，但因父亲吴襄被没收家产，爱妾陈圆圆又被刘宗敏霸占，吴三桂"冲冠一怒为红颜"，又与大顺决裂，并夺取了山海关。

清摄政王多尔衮早就有占领北京的打算，却不小心被李自成抢了先手。在范文程、洪承畴等人的煽动下，多尔衮毅然决定入关摘取胜利果实。四月初九日，他集中了三分之二以上的满蒙汉八旗军，准备从蓟州、密云一带破边墙而入。

李自成就算再没有战略眼光，也知道山海关不容有失。四月十三日，他亲率六万大军北上。由于农民军行军迟缓，给了吴三桂向多尔衮投诚、双方联合对付农民军的准备时间。

———————————

① 一说称王。

全中国，甚至是全东亚最精锐的三支军队——清军、大顺军和关宁军，在山海关进行了一场决定中国之后三百年命运的大战。

四月二十一、二十二日，大顺军强攻吴军，将关宁铁骑几乎打残。但四月二十三日，数万女真铁骑突然加入战团，农民军遭受了重大损失，被迫向北京撤退。

李自成之后才知道，吴三桂已经剃发降清，并打开山海关放清军进入中原。四月三十日，李自成主动撤离了北京，清军和吴三桂在后面疯狂追赶，让大顺军损失惨重。

五月初二日，清军不费一兵一卒占领了明朝京师，完成了努尔哈赤和皇太极做梦也不敢想象的壮举。在范文程、洪承畴的建议之下，此次清军入关一改之前的烧杀抢掠，巧妙地打起了为崇祯皇帝复仇的招牌，更是注重保护前明官员和地主的各种权益，自然让这些人弹冠相庆、奔走相告，卖国投降毫无顾虑。但他们似乎忘记了，明朝根本还没有灭亡。

而当初投降李自成的大批明朝将领，也纷纷"弃暗投明"，向多尔衮效忠。于是在很短时间内，河北、河南、山东和山西的大片土地，都被纳入了清廷版图。进展之顺利，连多尔衮自己都未曾想到。老爹努尔哈赤和老哥皇太极提着脑袋折腾了几十年，没能在关内占据一寸土地，自己这大半年工夫，就打下了除陕西之外的半个中国。

那么，南边那半个大明，资源更丰饶，民众更软弱，妹子更水灵，是不是更能唾手而得呢？

明朝实行两京制，留都南京有着完备的六部九卿十三司政府班子，但基本上都是闲职。这一次，当北京陷落、崇祯死难、太子失踪的消息传到留都之后，本着"国不可一日无君"的理念，他们马上开始了挑选接班人的工作。经过各种钩心斗角，福王朱由崧在"江北四镇"军阀的支持下，被推选为皇位继承人。

五月初三日，即多尔衮进驻北京的第二天，朱由崧在南京就任监国。

上一个在南京担任这个职务的，还是明宣宗宣德皇帝。五月十五日，朱由崧正式登基，改次年为弘光元年。

弘光的登基让清廷相当不爽。十月初一日，在多尔衮的导演之下，七岁的小皇帝顺治在北京举行了即位大典，宣示要做整个中国的正统皇帝。

到了这个当口，但凡有点儿政治敏锐性的人，都知道南北战争不可避免。面对清廷咄咄逼人的攻势，南明想要生存，唯有放下成见，和农民军联合起来。但李自成逼死了崇祯，是南明政府的头号敌人，能跟他合作吗？

今天我们看弘光朝的"联虏平寇"过于弱智，在当时，却是大部分官场精英的一致选择。

这一年十一月十六日，另一位农民军领袖张献忠在成都称帝，建国号大西，改元大顺。如此一来，中华大地上就同时拥有了四个皇帝，也预示着更大规模的战争不可避免。

弘光元年（1645）正月，清豫亲王多铎在潼关大败李自成，大顺政权就此瓦解，李自成重新做回了"流寇"，被清军一路追杀，死伤累累。

五月初，李自成准备率军进入湖南。但就在湖北通城九宫山侦察敌情时，却非常不走运地被当地团练杀害，时年仅四十岁。

此时，大顺军依然有接近四十万之众，依然是仅次于女真八旗的第二强军。如果李自成不死，割据湖南的南明重臣何腾蛟，只有被彻底吊打的份儿。而此后中国的历史，也肯定会是另一种走势。可惜，上天不愿意给大顺军这样的机会。

李自成应该不会知道，此时的弘光政权，已经灭亡了。

眼看多铎大军就要打到扬州，南明却将江北四镇中的三镇调到安徽，防备从武昌东进的宁南侯左良玉。此举无疑为自己的灭亡埋下了伏笔。四月二十五日，扬州陷落，南明兵部尚书史可法被俘牺牲。多铎下令屠城，制造了臭名昭著的"扬州十日"。

眼看南都不保，弘光帝果断地学习唐玄宗在安史之乱时的"先进事迹"，白天还信誓旦旦表示要与城池共存亡，晚上就收拾细软跑路了。

五月十五日，天降大雨。似乎老天也在为明朝的命运哭泣，为朱元璋后代的无能懦弱叹惜。

忻城伯赵之龙、保国公朱国弼和礼部尚书钱谦益等人跪在道路旁的泥地中，满身水污，满脸卑微，迎接多铎大军进城。

南京十几万守军自觉地放下武器。完美诠释了"十四万人齐解甲，更无一个是男儿"的神奇。他们中的佼佼者，才有资格被编进绿营，成为掠夺江南的先锋和炮灰；大多数能力平庸的，则被打发回家。

炮灰，也是需要门槛的！

不幸中的大幸，是清军进入南京之后，并没有大规模抢掠和屠城。这想必也是钱谦益等人乐于看到的，这样他们的负罪感就会少很多。

郑森多亏早早离开了南京，不然以他的刚烈性格，天知道会发生什么事情。

城破之时，柳如是本与钱谦益相约自杀殉国。可面对秦淮河水，钱先生左看右看上看下看，才知道每个自杀的人都不简单。尽管已经六十四，进入古人眼中的风烛残年了，可老钱还是舍不得死，并为后人留下了一个"水太凉"的精彩段子。

其实，南京此时已经入夏，秦淮河水早就不凉了，是很多人对他心凉。看丈夫迟迟不肯行动，绝望的柳如是一头跳了下去，却没有死成。

钱谦益让下人把她救上来了。是啊，人间没有了你，我一把老骨头活着有什么意思？次年正月，钱谦益应诏上京，担任清廷的礼部右侍郎、管秘书院事，充修《明史》副总裁。柳如是留居南京。

但就在这段时间，柳如是因对钱谦益的所作所为严重不满，又加上生活空虚，居然和一位姓郑的公子好上了。这桩婚外恋，无疑让人浮想联翩。

　　鉴于郑芝龙与郑经都有收集少妇的爱好，后世很多文人都期望柳如是和郑森之间能擦出点儿火花，撞出点儿激情，玩出点儿惊世骇俗。他们也好借题发挥，多赚一点儿银子。但让人失望的是，这位公子并不是郑森，事发之后也被官府处决了。

　　六月，钱谦益辞掉官职，不久后回到南京。当听说了柳如是的离奇操作之后，这位文豪的反应，既让时人费解，又令今人钦佩，就算是今天最苛刻的女权主义者，恐怕都挑不出毛病。

　　钱谦益压根不向柳如是追究这档子事，一如既往地全心呵护佳人。也许在很多人眼中，柳如是早就是残花败柳，不值得浪费一两银子，应该抓去浸猪笼才对。但正所谓有多少爱，就有多少包容。钱谦益之前的剃发投敌、不愿殉国，已经令柳如是非常失望了。与郑公子出轨的事情，责任也不完全在她。

　　而钱谦益完全就像一个从二十一世纪穿越过去的暖男，处处反省自己，并为对方着想，而柳如是也因这份愧疚与感激，终身对一个"糟老头子"不离不弃。此后，他们冒着杀头的风险，坚定地投入反清复明的活动之中。虽说贡献不大，但其勇气与坚持，却值得后人景仰和怀念。

　　清军攻灭弘光政权之后，很快就将南直隶改为江南布政司，南京应天府改为江宁府。但为了行文方便，本书此后依然使用"南京"一词。

　　至于江南省拆分为江苏和安徽，则要等到康熙六年（1667），此时郑森已不在人世。

　　明朝到底是哪一年灭亡的？如今还是一个没有定论的问题。根据清朝官方编撰的《明史》，崇祯之死，北京陷落，就标志着明朝的灭亡。今天不少学者则认为，弘光朝的覆灭，宣告了明朝国运的正式终结。之后的隆武、绍武和永历三位"皇帝"，都是地方实力派控制下的傀儡，而明朝只剩下了一块招牌，甚至是一条遮羞布，实在不应该也不配称为"王朝"了。

但传统上，南明的历史还是以永历皇帝被害而结束，即延续到了永历十六年（1662）。还有学者甚至认为，康熙二十二年（1683）才算是南明的真正终结。这是什么原因呢？我们后面会讲到。

弘光朝灭亡了，是谁将反抗之火传递下去的？

二、内忧外患，隆武朝风雨飘摇

弘光元年（1645）五月，弘光小朝廷宣告灭亡。逃到芜湖的弘光，不久即被降将刘良佐当成投名状送往南京——谁说人家没有利用价值？

国不可一日无君。六月初八日，在弘光嫡母邹太后的支持下，弘光朝首辅马士英与群臣在杭州拥立潞王朱常淓为监国。三天之后，贝勒博洛率领八旗军就开到了杭州，随行的还有轰开了潼关和扬州的乌真超哈重炮部队。

朱常淓根本不想做什么监国，只想继续当他的音乐家。在陈洪范等人的怂恿下，潞王天真地跑到博洛大营投降。这位博洛也是大有来头，他是努尔哈赤的孙子，作战骁勇，但绝非刘宗敏式的莽夫，很有心计。

博洛热情款待朱常淓，并建议后者去招降浙江各地的明朝藩王，一起在新政权领导下享受美好的新生活。经过朱常淓积极热情的现身说法，萧山的周王、会稽的惠王和钱塘的崇王都被感动了，欢天喜地跑到杭州投降。哥儿几个被送到南京之后，又与弘光一道被打包送到了北京。

次年五月，这些藩王被多尔衮下令在菜市口问斩。对于这群不肖子孙，我们只能送上两个字：活该！

其实，朱常淓本来完全可以跑掉的。当时，郑森的四叔、靖房伯郑鸿逵准备撤往福建老家，想带潞王一起离开，但后者急于"弃暗投明"，因此果断拒绝了。

唐王朱聿键正好也在杭州。郑鸿逵看着这位正值盛年的藩王，突然冒出了一个主意。

六月二十八日，在郑芝龙、郑鸿逵、福建巡抚张肯堂、巡按御史吴春枝和礼部尚书黄道周等人的拥戴下，朱聿键在福建建宁称监国。

朱聿键的名字进不了"高瞻祁见佑，厚载翊常由"的传承顺序，和成祖一系相距甚远。他是朱元璋九世孙，洪武大帝第二十三子唐定王朱桱的后裔。唐王封地不在别处，恰好在河南南阳，汉世祖刘秀出生和成长的地方。

中国只有两个开国皇帝堪称平民，即刘邦和朱元璋。刘秀的身世是历史之谜，但他坚定地号称，自己是高祖刘邦的九世孙。不管你信不信，反正很多人是相信了。

冥冥之中有天意吗？一些矢志于光复华夏的大明遗臣坚信，朱聿键就是上天派发给自己的中兴之主。只要坚定地追随他，大明起死回生就有希望。

明朝宗室通常都是一些纨绔子弟，除了沉迷美人佳酿，就是研究音乐绘画，或者打理花草鱼虫，反正都是些与治国安邦扯不上边的爱好，省得北京城里的万岁爷忌惮。但朱聿键无疑是个另类。

朱聿键出生之后，只因祖父不喜欢他父亲，居然将这对父子囚禁了十六年。作为亲王后代，别人吃喝玩乐，朱聿键斗室枯灯，但依然坚持读书学习，自得其乐。

别以为朱聿键是个书呆子，人家其实是个行动派。崇祯九年（1636），皇太极为了庆祝自己成功称帝，就命英亲王阿济格率军十万（号称），从独石口等地破边墙入侵中原，一举攻破昌平。一时之间，京师风雨飘摇，各地人心惶惶。为了捍卫大明江山，朱聿键不惜违背"藩王不得掌兵"的禁令，在南阳当地组织了数千民军，北上勤王。

虽说这支军队没有什么战绩，却让一向猜忌心重的崇祯大动肝火，并将朱聿键废为庶人，关进了凤阳监狱。九年之后，弘光上台大赦天下，朱聿键才被放了出来，并恢复了王爵。

可见，相比弘光和朱常淓之流，朱聿键更有魄力和担当，更适合成为一国之君。之后的事实证明，朱聿键对南明的贡献还是颇多的。如果没有他的一项重大决策，南明也不可能维持那么多年；如果没有他的慧眼识英雄，郑森也不会得到很好的历练。

弘光元年（1645）闰六月二十七日，朱聿键来到福建布政司首府福州，在群臣拥戴下正式称帝，并宣布从七月初一日起，改弘光元年为隆武元年，以福州为行在天兴府。如此一来，继南宋之后，福州又成为南明陪都。

郑氏兄弟为拥立隆武立下大功。新皇帝当然要重赏他们：封郑芝龙为平虏伯，郑鸿逵为定虏伯，郑芝豹为澄济伯，族弟郑彩为永胜伯。不久之后，郑芝龙又晋封为平国公，郑鸿逵当上了定国公。但令人费解的是，隆武旋即给郑芝龙兄弟加太师衔。

太师是"三公"之首，明朝文官的最高荣誉，不过通常是给死人加封的。有明近三百年，也只有李善长和张居正生前得到了太师头衔。郑芝龙并没有什么了不得的功勋，还是个武将，根本没有资格当太师。只能说，为了讨好这两位权臣，隆武是不惜血本了。

德高望重的儒学宗师黄道周，则担任了吏部尚书兼武英殿大学士，是为首辅。为了拉拢读书人，隆武一气儿任命了二十多位大学士，创造了历朝之最。不过，这也是特殊时代的特殊做法。皇帝没有儿女，没法立太子，他封弟弟朱聿鐭为新唐王。

而多尔衮的一项政策，也为隆武政权的巩固，提供了得力的帮助。

弘光元年六月十五日，也许是觉得大局已定，多尔衮以顺治皇帝名义颁布法令，要求各省自诏令到达之日算起，十日之内，成年男子一律剃发，否则以谋反罪论处。

这就是著名的"留头不留发，留发不留头"。

汉族人讲究"身体发肤，受之父母，不敢毁伤"，强迫他们留"金钱鼠尾"，无疑是对数千万华夏子孙的人格羞辱与精神戕害。在嘉定、江阴和常熟等地，原本已经归顺的无数市民，又自发地拿起农具，与风头正健的清军展开了殊死搏斗，从而让失去留都的南明政权，能够继续存在相当长的时间。

虽说郑芝龙兄弟口碑不佳，但扶持隆武帝并非他俩的单边行为，也是得到大批明朝官员认可或支持的。而隆武本人与郑芝龙兄弟的关系，相比汉献帝与曹操、唐哀帝与朱温，以及日后的永历帝与孙可望，也有根本区别。皇帝并非标准的傀儡，权臣也并非无法无天。

这个政权真正的地盘，其实仅有福建一省。但鉴于郑家兄弟的实力，两广、江西、湖广和四川大部分地区的残明政权，都纷纷上表道贺，表示服从。形势似乎一片大好。

不过，就在隆武眼皮子底下，却有一个不服管教的"监国"。

在有明一朝，浙江的富裕程度仅次于南直隶，且民风强悍，对于清军的暴行，上到士绅下到平民都有着强烈抵触情绪。无数人希望潞王能挑起复国重任，他老人家却可耻地降清，并脑残地献出了省府杭州。

因此，当时在台州的鲁王朱以海，就成为浙东复明势力拥立的对象。朱以海的祖上，可以追溯到朱元璋的第十子朱檀。洪武三年（1370），朱元璋大笔一挥，将除太子朱标之外的九个儿子，全部封为一字亲王，刚刚出生的朱檀被封为鲁王。

洪武十八年（1385），朱檀之国兖州。鲁王的辈分排序是"肇泰阳当健，观颐寿以弘"。可见，朱以海是朱元璋的十世孙，比隆武低了一辈。崇祯十五年（1642）十二月，清军第五次破关入寇，在兖州大肆掳掠，时任鲁王朱以派被杀害（一说自杀），朱以海逃到台州，并承袭了王爵。

对于国仇家恨，朱以海有着不弱于任何人的理解。他不会像弘光一样没有担当，更不可能如潞王一样投降清朝。

当时，逃出杭州的明朝官员，主要分成了两部分，一部分南下福州，拥立了隆武；另一部分前往绍兴，拥立了朱以海。之所以出现这样"一国二主"的尴尬局面，首要责任当然应该由悍然投降的朱常淓来负。其次确实有交通阻隔，信息不畅的原因。当然，一定也有文武官员借拥立新君为自己捞取好处的考量。

七月十八日，朱以海在绍兴出任监国，并改次年为监国元年（真是奇葩年号）。[1] 鲁王政权的重臣，包括方逢年、张国维和朱大典等文官，方国安、王之仁和郑尊谦等武将。

九月，得知浙东动态之后，隆武派兵科给事中刘中藻前往绍兴颁诏安抚。对于要不要服从福州的领导，鲁王内部产生了激烈争执。能以大局为重的，当然希望朱以海退位归藩，接受隆武的统一安排，实现浙闽联合；但不想放弃拥立带来的好处，甚至轻视隆武的，却不愿这么"就范"。

在张国维、熊汝霖和王之仁等重臣的坚持下，鲁王最终拒绝开读隆武诏书。

大敌当前，鲁王政权的分裂行为，不光给了清军以可乘之机，更为自己带来了一系列灾难——毕竟浙东离清朝统治区更近。当然，隆武这边的应对措施，肯定也不是一点儿问题都没有的。不幸之中的大幸是，双方虽说有互挖墙脚和互斩来使的行为，但并没有走上火并的道路。

鲁王政权的"独立"，令福建之外原本拥护隆武的地方势力，也产生了不臣之心。其中，湖广总督何腾蛟和广西巡抚瞿式耜算作"杰出代表"。他们割据一方，拉帮结派，埋头扩张，对隆武的诏令是阳奉阴违。

外有鲁王和各地实力派的掣肘，内有郑氏兄弟的专权，隆武这皇帝当得显然并不开心。不过实话实说，相比史上大多数专横跋扈的同行，郑芝龙绝对堪称"良心权臣"了，他并没有限制皇帝的很多施政措施。

---

[1] 本书对朱以海统称为鲁王。

鲁王公然和隆武叫板，按理说，掌握重兵的郑芝龙，完全可以趁机讨伐浙东，借以扩充自己的地盘，但他完全无意这么做。

因为上朝时的位次问题，文臣们与郑家兄弟却起了冲突，实在是小题大做，太过迂腐。书呆子们坚持"文东武西"，非要让郑芝龙兄弟在西边，似乎忘记了：人家明明是太师，是文臣之首！郑家兄弟上朝扇个扇子，按说没什么大不了的，粗人嘛，但文官也纷纷弹劾，说他俩没有人臣之礼。

还有更严重的。因为郑芝龙不及时给国库交钱，户部尚书何楷就干不下去了，他愤而辞职。但就在回乡的路上，何楷被人削去了一只耳朵，进而郁郁而终。坊间纷纷传言，凶手正是郑芝龙委派的。

郑芝龙与文官矛盾不断，和隆武的蜜月期也很快结束了。作为大明继朱元璋之后出身最寒微的皇帝，隆武渴望能北伐南都，祭拜孝陵，证明自己配得上大明皇冠。但掌握兵权的郑芝龙，却表现得畏清如虎，完全无意成全皇帝的雄心。

在明清易代之际，满八旗无疑是中国（甚至东亚）最强军，而在山海关之战中将关宁铁骑几乎打残的大顺军，可以排在第二。吴三桂关宁军及辽东三顺王的汉军，起初都没有被编入汉八旗和绿营，他们可以排在第三，张献忠大西军则位列第四。

那么郑芝龙的郑军呢？如果论水战，这支军队当仁不让排在首位，甚至是东亚最强。但就陆战而言，汉军绿营都能轻松吊打他们。面对清廷的步步紧逼，隆武朝文官习惯性地批评郑芝龙避战畏战，但今天我们站在"上帝视角"看，老郑的选择其实相当明智，隆武和文臣们的进取策略反而不太务实。

当然，文官们也不光是会打嘴仗，有一位文弱书生挺身而出：你郑太师不是不想北伐吗？那我去！

当满头白发的黄道周向隆武提出北伐申请时，皇帝不由得惊呆了。这一年黄老先生已经六十，正好是本命年。大明普通男人到这个岁数，大部分已经睡到地下，活着的都能给孙子娶媳妇了。可为了隆武的光复大业，黄道周真的是殚精竭虑，甚至是拿命在拼。

"一旦有个三长两短，朕岂不成了千古罪人？"

"陛下放心，老臣率正义之师，一定会为陛下在江西开辟好出路！"

"那……老先生一定要保重啊！"

七月二十二日，黄道周放着好好的大明首辅不当，放着好好的三坊七巷不待，却带着招募来的三千多各地义士，与隆武洒泪告别，义无反顾地奔向江西。

有一种精神，叫作明知不可为而为之；有一种执着，叫作干总比不干要强；有一种信念，叫作倒也要倒在你怀里，"sorry"，死也要溅你一身血。这三千人，完全缺乏必要的军事训练，甚至兵器也不充足，被时人讥笑为"扁担军"。他们只带了郑芝龙提供的一个月军粮，就这样无所畏惧地上路了。

稍有军事常识的人，都知道这支军队是羊入虎口，排队送人头的。但黄道周却有自己的想法。当年的心学圣人王阳明，不也依靠一群"乌合之众"平定了南赣多起叛乱，更一举生擒了拥有十万正规军的宁王朱宸濠吗？

现在江西南部的反清活动可以说层出不穷，就差朝廷过来整编了。王阳明可以，同样是儒学大家且熟读兵书的黄道周，谁能说一定不可以？

行军途中，一位年轻的偏将非常担忧，觉得黄首辅的进军是自杀的同义词。他不失时机建议道："阁老啊，这样一支没有战力的军队，人多反而会误大事。不如遣散众人，您带少数精干随从，以首席大学士的名义直入赣州，节制南赣、湖广和两广各地督抚，收复江西全境以为基地，岂不美哉？"

"荒唐！遣散了军队，我们拿什么抵抗清狗？"黄道周完全不能认同。

偏将见老人家如此固执，自己留下也得陪葬，不跑还等着发路费吗？他于是和弟兄们商量，连夜逃离了军营，返回福建。这种行为严重触犯军法，在任何将领那里都是杀头的大罪。可见此人确实胆大妄为，敢想敢干。

他不是别人，正是本书的重要角色之一，和郑氏家族"相爱相杀"近四十年的施郎。

黄道周以王阳明为偶像，可他毕竟不是王圣人。一路之上，"扁担军"连吃败仗，损失惨重，军心涣散，但黄道周等少数将领就是不肯放弃。十二月二十五日，在徽州府婺源县明堂里，这支义军最终被清军击溃。黄道周被俘，后来被送到南京。

负责江南事务的洪承畴，很希望黄道周加入自己的"变节者联盟"，能再多写点儿软文"洗地"就更好了。可黄道周是软硬不吃，还送给老洪一副对子"史笔流芳，虽未成功终可法；洪恩浩荡，不能报国反成仇"，以史可法的英勇捐躯来衬托洪承畴的投降卖国。后者恼怒之余，自然就动了杀心。

隆武二年（1646）三月初五日，在得到清廷许可之后，洪承畴将黄道周杀害于东华门。"士为知己者死"，黄老先生死得坦坦荡荡，轰轰烈烈，相比那些闻风投降的将领，手无缚鸡之力的他，才称得上是真正的斗士。

这种堂吉诃德大战风车的勇气，正是这个民族经历五千年，屡遭劫难却生生不息的秘诀所在。这种明知不可为而为之的意志，也一直激励着郑森、李定国和张煌言等后辈。

如果军阀郑芝龙有书生黄道周一半的气魄与血性，在明清易代的舞台上也会留下更加精彩的篇章，也绝对不会落到让人嘲笑的尴尬处境。

得知黄道周的结局之后，隆武帝更是无比悲痛，觉得黄老夫子是为自己而死的。他能够做的，只能是罢朝哭祭，谥忠烈，赠文明伯。

都说隆武是郑家兄弟的摆设，但这位皇帝在任期间，还真的做成了好几件事。而南明之所以能够维持二十年，很大程度上要归功于隆武这些决策。

弘光朝脑残的"联虏平寇"政策，让这个政权存在了一年就成为历史名词。当民族矛盾上升为主要矛盾，特别是李自成丧身九宫山的大背景下，越来越多的官绅地主已经意识到，想要抵挡北方的侵略者，就必须借助大顺军和大西军的力量。审时度势之下，隆武帝实行了"抚寇御虏"国策。

正是在这个基本国策的影响下，当年八月，南明政权内部最有战略眼光的文臣堵胤锡，冒着生命危险前往大顺军营地，说服李自成侄子李锦、妻弟高一功率领部下三十万人归顺朝廷。

此后，隆武的安抚政策也相当得力。他封李自成正妻高氏为贞义夫人，授李锦为御营前部左军，高一功为右军，并挂龙虎将军印，封列侯。李锦赐名赤心，高一功名必正，号其营为"忠贞营"，升堵胤锡为兵部右侍郎兼金都御史，并手书慰劳。

在南明官绅心目中，大顺军是人人喊打的流寇，是逼死崇祯的刽子手，是把清军祸水引进中原的败类，而隆武却能用"忠贞"为他们冠名，当然不是讽刺而是用心，这魄力无法不令人折服。而这支军队日后的表现，还真的没有辜负"忠贞"二字。

历史不容假设。如果郑芝龙能以隆武皇帝的名义，将三十万忠贞营（或其中的十万精锐）调到福建，与郑军水师有效整合在一起，真的就具备了同清廷一决高下的实力。光复南京，甚至北伐中原，都绝对不是痴人说梦，中国历史必然是另外一种走势。这么看来，太过"无为"的郑芝龙，很可能错失了最好的机遇。

之后大西军能够与南明合作，也多亏了隆武开的先河。可惜隆武二年（1646）正月，堵胤锡策动的攻打荆州之役，因湖广督师何腾蛟放鸽子而惨遭失败。忠贞营从此元气大伤。今天看来，堵胤锡的战略肯定存在重大问题。

而隆武的另一大贡献，与郑家父子密切相关。

三、皇帝赐姓，从此叫我朱成功

回到福州的郑森，每天依然读书习武，但对于朝中的事情，他一直表现出浓厚的兴趣。已经二十二了，郑森当然不想死读书，读死书，而是希望"家事，国事，天下事，事事关心"。

有一天，父亲突然神秘地告诉他：

"森儿，你准备一下，明天带你见皇上。"

郑森当然特别开心，也不免有点儿紧张。

隆武元年（1645）八月十七日，郑芝龙带着儿子来到了皇宫门外。所谓的"皇宫"，只是原来的福建布政司衙门，条件相当简陋。

父亲先进去了，显然要和皇上商量更重要的事情。不久，一个小宦官过来传旨："宣郑森觐见。"

郑森难免有些紧张。他走进大殿，只见当中的龙椅上端坐着一位中年人。他头戴乌纱翼善冠，身着赭黄圆领龙袍，当然就是隆武皇帝。

"吾皇万岁，万万岁。"郑森赶紧跪下磕头。可接下来皇帝的回应，让这孩子完全没有精神准备。

隆武亲自走下台阶，亲手将郑森扶了起来。千万别以为皇上见人就扶，他犯不着。只能说明，对眼前这位年轻人，隆武不是一般的重视。

郑森这时才看清楚，眼前这位皇帝，目光相当慈祥，举止非常斯文，就像一位自己早就认识的长者，而不像随时需要杀伐决断的一国之君。这一年隆武不过四十五岁，额头的皱纹已经不浅，两鬓完全花白了。当然，那年头染发也不方便。

等郑森站定，隆武也仔细打量了这位郑公子一番。他的身形不算高大，但并不是文弱书生；五官相当清秀，眉宇间有一种英气。隆武非常开心，到他这个岁数，很多普通人都当上爷爷了，他却连一个后代还没有。

"眼下清虏步步紧逼，爱卿有什么高见呢？"隆武有意想考考他。

"陛下，首先要做到君臣一心。文官不爱财，武将不畏死，则中兴有望！"

"好！"隆武不由得脱口而出。虽说这是岳飞原创，用在隆武小朝廷却非常合适，朝中各种钩心斗角"骚操作"实在太多了。

"可否说得更具体一些？"

"福建不比北方。东有武夷山作为屏障，清虏骑兵难以逾越。东南有海上商道，可达南洋诸国。只要我们重用贤良，训练军队，四方的百姓一定会群起响应……"

郑森侃侃而谈，隆武突然满脸愁云地站了起来，长叹一声说道："可惜，真是可惜啊！"

郑森被整得"蒙圈"了，不知道怎么办才好。不过很快，隆武的脸色就来了个"多云转晴"，他走到郑森跟前，一把拉起这枚"小鲜肉"的手，又抚着他的背，一字一句地说："果然是有志不在年高，见识不分长幼！可惜，朕没有女儿可以许配给爱卿，实在是太可惜了！"

"陛下，您折煞微臣了。为了大明江山，郑森定当肝脑涂地，报答您的圣恩。"

"为了大明江山，朕要你好好活着。从今天开始，你不要叫郑森了……"

这是要做什么？没等郑森缓过神来。隆武就换上了一副严肃表情："郑森听旨！"

"臣在！"郑森马上毕恭毕敬地跪下。

"朕赐你国姓朱，名成功，封御营中军都督，仪同驸马，并任宗人府宗正！"

"臣领旨谢恩！"等郑森磕头完毕，隆武又下令安排便宴，招待这位官二代。

这封赏简直太大手笔了。更为重要的是，郑森从此就成了朱成功，也有称"国姓成功""赐姓成功"。拥有了国姓，这也正是"国姓爷"头衔的来历。西方人则称他为"Koxinga"。

这个新名字，寄托着隆武对郑森的无限希望，也寄托着皇上对未来的无限憧憬。郑森此时已经生子，但郑经似乎并没有改名为"朱经"。也就是说，这个国姓只是给予郑森个人的至高荣耀，并不可以世袭。

赐封国姓，让郑森对隆武感恩戴德，从此南明就多了一位坚定的忠臣，清廷则多了一个可怕的对手。

而清政府为了丑化国姓爷的形象，就故意叫他郑成功，并诋毁他为海寇。我们应该知道，郑姓与"成功"之名，是绝对不能同时使用的。但鉴于这种叫法已经流行了将近四百年，我们也只能将错就错了。

郑成功对父亲十分尊重，一回到家，他立即向郑芝龙汇报了今天的事情，让老爹非常开心，爷俩少不了又多喝了几杯。

当然，郑芝龙要的就是这个效果，隆武情商也真是高，真会揣摩太师的心意。

郑芝龙为什么突然要带老大面圣？只因昨天，四弟郑鸿逵带着长子郑肇基拜访了隆武。皇帝一高兴，当场就赐肇基朱姓，让他进阶为"小国姓爷"，这让郑芝龙有些不爽。

虽说手足情深，郑芝龙还是不希望老四抢了自己的风头。而相比之前对郑肇基的封赏，隆武给郑成功的规格要高多了。皇上又不傻，知道更应该讨好谁。

改成国姓，仪同驸马，也意味着郑成功相当于皇帝的干儿子了。隆武到了四十五岁还一直无子，大概率这辈子也就这样了。联想一下后周太祖郭威和养子世宗柴荣，我们不妨大胆假设一下，如果一切意外都不发生，隆武归天之时，郑成功凭借皇帝养子的身份，加上亲爹郑芝龙的权势，就可以名正言顺地继承大统，改元登基。这真是一盘很大的棋。

而郑肇基，肯定是没有这个资格的。

好消息接连不断。到了十月，郑成功终于见到了自己最想念的人。一个男人最关心的女性，不应该是自己的妻子才对吗？可郑成功和董氏之间，更多的只是相敬如宾，应付差事。他终日牵挂的，是大洋对面的母亲。

郑芝龙也没有忘记当初的承诺，一直试图接田川氏来中国。隆武朝廷建立之后，鉴于郑太师事实上成了南明的最高统治者，完美对标幕府将军，日本政府乐得做个顺水人情，让田川氏跟随郑家商船返回福州。但老二已经过继给了田川氏家，也就不能回来了。

这天早上，郑成功和妻子董氏早早来到码头等候。十五年前，他还是个认不了多少字的小朋友；十五年后，他已经长大成人，娶妻生子，更成为福京城里人人仰慕的国姓爷。但无论什么时候，他对母亲的思念从未改变。

岁月在母亲面庞上留下了不少痕迹，却没有改变她的美貌与气质，更没有减少她对丈夫和儿子的思念。尽管郑成功的模样，已经与少时有很大差别，但当母亲的岂能不认识？

而郑成功的身边，又多了一位美丽贤淑的儿媳，这显然会让田川氏更加开心。

小两口快步上前，向母亲下拜行礼："母亲大人，您一路辛苦了！"

田川氏眼中已有了泪光，她将两人扶起，并向不远处的丈夫致意。

"七左卫门要是能回来多好啊！"郑成功难免念叨一下。

一家人，从此终于团聚了。看着当年的小福松，如今已经是外形出众的大小伙子，还有了美丽端庄的妻子，田川氏怎能不高兴呢？

丈夫虽说纳了很多妾，但对她的感情没有多少变化，其实已经很难得了。[1]

更重要的是，从此一家人可以好好享受天伦之乐。真的可以吗？因隆

---

[1]　也有学者认为，颜氏才是郑芝龙正妻，那样郑成功就并非嫡长子了，这显然也不符合事实。

武的关系，父子之间的嫌隙，显然是越来越大了。

郑芝龙虽然没有剥夺隆武的行动自由，但确实也不想给他太多帮助。这位皇帝的那些北伐设想，在老江湖郑芝龙看来，一点儿都不靠谱。要折腾，拿你自己的银子折腾去（你有吗?），别祸害我辛辛苦苦积攒的郑家产业！

但得到了国姓爷封号的郑成功，却对隆武愈发感激，对父亲逐渐不满。当然，此时他并不知道，郑芝龙已经秘密与清廷联系，准备给自己留后路了。

郑成功应召进宫，只见隆武帝神色凝重，忧心忡忡。郑成功一见，不免相当难过。他跪奏道："万岁，您一定要保重龙体。您如此忧虑，是否臣父和叔父有异志矣?"隆武令郑成功平身："非也，只是思念黄老先生。"

"黄老先生令臣无比惭愧，"郑成功认真地说，"臣受大明厚恩，义无反顾，如清狗来袭，臣定当以死捍卫陛下。"

"休要胡说，朕还指望你光复大明江山！你觉得朕是否应当尽快亲征江西，与黄阁老会合?""亲征当然是好事，肯定比困在福京好。"郑成功很快给出了答案。

"芝龙、鸿逵二人，朕能依靠谁?"这又是一个二选一的难题。没想到郑成功的回答，让隆武完全没有准备。

"臣父、叔父皆心怀叵测，陛下宜自以为计。"靠谁也靠不住，只有天助自助者！

隆武并非没有主见之人，他早就拿定了主意，遂又问郑成功："朕准备亲征，你能从行吗?"

他急切地等待郑成功的肯定回答，但后者却说："臣跟随陛下行，也做不了什么。臣愿意捐躯别图，以报陛下。此头此血，总之，以许陛下！"

隆武当然不免失望。但郑成功的选择是正确的。他又没有军队，跟在皇帝身边也起不了太大作用，不如像黄道周一样，想办法在别处收编军队，才是对隆武最好的支持。

当然，郑成功不愿跟随隆武出征，也可能是担心亲爹这边不能答应。

隆武还真是个知行合一的行动派。隆武元年（1645）十一月十四日，他下诏亲征，留下弟弟唐王朱聿𨮁监国，首辅何吾驺随营出征。曾樱、郑芝龙留守福京，负责转饷。同时，隆武任命郑鸿逵为御营左先锋，领兵出浙江；郑彩为御营右先锋，出兵江西——还是离不了郑军。

看到这样的任命书，郑芝龙简直是哭笑不得：你也太会占便宜了吧。从上到下都是我的人，你还怎么跟我玩？于是，他"慷慨"地拨给两位亲信几千兵马，让他们择期出发。

这哼哈二将走到半道，都停下来不走了——没有粮饷，饿着肚子怎么打仗？郑鸿逵留在了仙阳镇。郑彩到底年轻，胆子更大一些，步子更快一些，干脆又跑回福州了。

绝望之下，隆武自己要动身了。出发之前，他必定会想到老战友黄道周，期待自能和黄老先生顺利会师。可打仗哪有这么简单？

十二月初六日，隆武离开了福京，准备进入处在抗清前线的江西。号称拥有二十万大军的郑芝龙龟缩不前，而带着几千人的隆武，却义无反顾地上路了。显然，这是一条不归路。十天之后，皇帝一行来到建宁府（今福建省建瓯市）。

转过年就是隆武二年（1656）元旦，隆武在建宁行宫接见群臣，连连自责。但他肯定没有想到，以后连这样的机会都不会有了。

四、延平条陈，为一生基业定调

在遇到隆武之前，郑成功虽说也曾习武，却一直是被父亲按读书人的标准培养的。郑芝龙对儿子的最大期望，是考取功名，进入官场，进而为郑氏家族产业保驾护航。可福建战局的紧张，特别是国姓爷身份的获得，让郑成功从此不可能悠闲地读书了。

更糟糕的是，夹在"义父"隆武帝和生父郑芝龙之间，郑成功少不了左右为难。随着时局的日益恶化，他对父亲拥立隆武的小算盘也有了更为深刻的认识，并一点点地倒向了皇帝这边。

隆武元年（1645）正月，郑成功奉命领一支几百人的队伍出大定关，这是他首次带兵执行军务。

三月十一日，隆武抵达延平府（今福建省南平市延平区），准备经汀州进入江西。他早就下旨，让湖广总督何腾蛟派兵来江西接驾，可何总督的军队，就像被堵在了春运返城的高速公路上，长时间没有一点儿动静。

没有办法，隆武只能暂驻延平，等候江西的援军。郑芝龙却似乎又想到了隆武的好，他鼓动了数万军民，拦住皇帝的车驾呼号，恳求隆武返回福京。可这位皇帝已经铁了心。既然摆脱了郑芝龙的干预，就万无再回去的道理。

福建号称八闽大地，由八府一州组成。延平府位于福建中心地带，正好与其他七府全部接壤，去哪里都方便。沙县小吃的故乡沙县、朱熹的故乡尤溪县，都归延平府管辖。

当时，郑彩在北征中敷衍了事，隆武一怒之下革去了他的永胜伯、征房大将军职位。郑彩部下已经溃逃，隆武遂命郑成功收编逃军，甚至指望他靠这支军队，与辅臣傅冠一道出分水关，以克复江西。

就在当月，郑成功赶到延平觐见。

自从受封国姓之后，郑成功的生活发生了微妙的变化。这段时光，也使得他受益终身。隆武帝虽说有些"眼高手低"，却绝对称得上郑成功生命中的贵人。

"陛下，末将正积极训练士卒，已初具规模！"

"好，朕总算有一支可以依靠的军队了！"隆武非常欣慰。

君臣相见甚欢。郑成功恭恭敬敬地呈上了刚刚写完的条陈："请万岁过目！"

画重点，这便是赫赫有名的"延平条陈"，具有特别重要的意义。隆武看着看着，表情不由得严肃起来。

条陈中有四项主题，分别是据险控扼、拣将进取、航船合攻与通洋裕国。这是郑成功在山河破碎、皇权失控的不利条件下，针对福建的现实条件，提出的务实策略。虽说条陈是呈给隆武皇帝的，其中方略，郑成功自己却贯彻了一生。

遗憾的是，这则条陈的全文并没有保留下来，后人也无法审视其全貌。笔者根据自己的理解，斗胆分析一下。

"据险控扼"。福建是"八山一水一分田"，山地丘陵占全省面积的八成左右，发展农业的条件自然相当糟糕，但却形成了堪比关中的多种山峰关隘，对以骑兵见长的清军形成了天然的屏障。

福建西面的武夷山，将本省与其他各省隔绝开来，对八闽的保护作用，如同关中南部的秦岭。福建东边的大海（主要是台湾海峡），更是清军短期内无法征服的绝地。仙霞关、分水关和彬关等雄关扼守着重要通道，易守难攻。只要派精兵守住这些关卡，在沿海卫所驻扎水军，八闽大地的安危就有了保证，光复中原就有了基础。

"拣将进取"。即培养优秀且勇敢的将领，担负起抗清战争的中坚。所谓兵熊熊一个，将熊熊一窝，清军南下之时，超过百万的明军如多米诺骨牌式地投降，很大原因是统军将领的忠诚度欠佳，意志不坚定，缺乏责任心与牺牲精神。相比之下，清军屡屡创造以少胜多的战绩，也得益于军纪的严明，将领的敢于担责，作战勇敢。

非常讽刺的是，都说清朝刚摆脱了奴隶制，明朝的体制更加成熟，但那些在大明懒散成性、贪生怕死的军官，只要剃发投降，一个个都变得非常骁勇和敬业，甚至比满族军官更忠于清廷、更顾全大局。如何恩威并重培养将领，调动他们的积极性，无疑对抗清大业有着极为深远的影响。

"航船合攻"。水军是清廷的短板，恰恰又是明军特别是郑军的优势所在。清军以骑射见长，但在河网密布的南方，他们无法像在中原那些肆意驰骋。明军在稳守福建的基础上，无论是西出江西，北上浙江，有一支强大的水军配合陆军的行动，就会令清军顾此失彼。

郑军水师能够击败荷兰人，对清军水师本来是有压倒性优势的，但丧失了进取精神的郑芝龙，却根本不敢与清军作战。郑成功很可能会认为，隆武帝应该支持他组建一支听命于朝廷的强大水军，在未来的北伐中扮演重要角色。

"通洋裕国"。这无疑是最为大胆的一条措施，是与中国专制王朝的传统背道而驰的。为了维护皇权的稳固，历代统治者都重农抑商。即便是后世学者最为推崇的宋朝，也只是比前代宽松一些而已。

隆庆元年（1567），大明朝廷开放了漳州月港（后设立海澄县），福建的海外贸易有了长足发展，而郑氏家族正是中国最大的海商集团。郑芝龙将中左所经营成了繁华的海港，令它取代海澄，成为对日本和南洋贸易的枢纽。郑成功希望朝廷继续支持海洋贸易，以达到"以商养战"的目的，在军事和经济两条战线上都能战胜清廷，最终将侵略者驱逐出关内，实现光复河山、再造华夏的伟大使命。

隆武皇帝是什么态度呢？

他一口气认真地看完，长叹一声道："真骍角也！"骍角，指的是毛色纯赤、头角周正的牛，这个评价非常高了。随后，隆武加封郑成功为忠孝伯、挂招讨大将军印，并赐尚方宝剑，准予他便宜行事。

这个"招讨大将军"，成为郑成功一生中最喜爱的头衔。

海外贸易与民营经济的发展，势必会影响朝廷的控制力，甚至会动摇一个政权的统治基础。但此时的隆武，处境比南宋皇帝要糟太多，他亟须拥有自己的班底，自己的军队，自己的国库，而不是事事看郑芝龙眼色，听郑芝龙摆布，受郑芝龙掣肘。

因此，这个在大部分朝代都可能被认为是"图谋不轨"的条陈，却被隆武大加赞赏。可见，能够拥有这样一位开明皇帝，无疑也是郑成功的幸运。如果郑芝龙能够和儿子心往一处想，劲往一处使，收编忠贞营，摆平鲁监国，福建抗清的形势无疑会乐观很多；明清之交的历史进程，也将会彻底改写。

　　然而，郑芝龙的做法，实在令人大跌眼镜。

第四章　焚衣起兵抗强敌

一、皇帝殉国，隆武朝土崩瓦解

隆武二年（1646）二月，清廷任命贝勒博洛为征南大将军，同固山额真图赖等率领满汉步骑精锐南下，目标正是鲁王和隆武政权。

五月，清军进驻杭州，随后轻松攻克了钱塘江防线，兵锋直指鲁王的大本营绍兴。城破前夕，张名振等护卫鲁王逃出，经台州流亡海上。义乌、东阳和金华等浙东诸府很快失陷，张国维、余煌、朱大典、孙嘉绩和王之仁等重臣相继牺牲。

俗话说唇亡齿寒，清军平定浙东之后，兵锋必然会直指福建。但此时的郑芝龙，居然做好了降清的准备，当然也不会考虑鲁王的死活了。而且，如果鲁王敢逃到福建，八成会被郑芝龙当成投名状送出去。

堂堂的南明太师，为什么这么轻易就放弃抵抗呢？往好里说，郑芝龙是一位信奉"识时务者为俊杰"的枭雄；直白一点儿，他就是个精致的利己主义者，什么国家大义民族气节，跟我有什么关系？只要继续称霸福建、垄断海上贸易就行。

八月十三日，博洛和张存仁、佟国鼎率大军从浙江衢州进入福建，来到了仙霞岭。

仙霞岭山路全长七百余里，山岭重叠，蜿蜒曲折，并拥有仙霞关、枫岭关等九处关隘。特别是著名的仙霞关，号称"东南锁钥""八闽咽喉"，易守难攻。博洛估计，一场恶战在所难免，要不然他也不会赶着大批汉军当炮灰。

不过，当清军开到仙霞关前时，眼前的情景却让他们大吃一惊。

关城已经是空空荡荡，难道明军是从《三国演义》中找到的灵感？骁勇的清军无所畏惧地闯进来之后，才知道自己想多了，埋伏根本是没影儿的事情。

原来，听说清军要来，郑芝龙"体贴"地将关城驻军全部撤走了，以实际行动表达自己的投降诚意。针对郑芝龙讨好清廷的专注与用心，像极了今天的"卢瑟跪舔女神"。福建百姓还编了一首歌谣，热情"讴歌"郑太师的高情商："峻峭仙霞路，逍遥军马过。将军爱百姓，拱手奉山河。"真是一派其乐融融的和谐景象。

多亏了郑芝龙的神助攻，清军在八闽大地如入无人之境，进军之顺令他们自己都想象不到。郑成功当时在仙霞关还统领着一小股军队，不过很快就被清军打散了，他只能连夜逃回安平。

跟老爹对抗了多日，最后还得在人家的地盘上求得平安，这不能不说很讽刺。从古至今，很多心高气傲的富二代，可能都有类似经历。

很快，延平府就被清军占领。知府王士和不愿投降，自缢殉国。不过，当时隆武已经逃往汀州。博洛遂让李成栋率军追赶，自己则率领主力开往福州。

八月二十一日，隆武离开延平，准备由汀州进入江西。我人都来了，不信你何腾蛟不迎接！皇帝身边并没有多少军队，他还携带了大量书籍，导致行进速度缓慢，二十七日才到达汀州，随行的仅剩下忠诚伯周之藩、给事中熊伟带领的五百余名兵丁。

隆武在汀州还想多休整两天，可第二天清军就麻溜地杀到了。很可能有奸细通风报信。周之藩和熊伟及护卫士兵全部牺牲，隆武和曾皇后被俘。

按说，这么重要的"钦犯"，清军断不能自行处分，一定要交博洛处理，甚至押解回南京。但不知出于什么原因，隆武和皇后当天就被杀害了。因李成栋也参与了这次行动，不黑白不黑，清方史料通常将隆武之死算在这位仁兄头上。

没有对比就没有伤害。弘光在北京被杀，只会让后人幸灾乐祸；而隆武的殉国，可以与崇祯自缢煤山相提并论。盘点南明四帝一监国，确实也只有隆武接近"中兴之主"的标准。他的遇害，甚至预示了南明的覆灭已无法避免。

九月十九日，博洛清军开到福州，城中守军早已经溃逃，这座名城很快就变成了人间地狱。

早在八月，郑芝龙已经将军队撤到了老巢安平，为清军占领福建省城提供了诸多便利。他甚至还写好了题本，以表达自己的诚意，其中说道：

> 臣闻皇上入主中原，探戈南下，夙怀归顺之心。惟山川阻隔，又得知大兵已到，臣即先撤各地驻兵，又晓谕各府、州积贮草秣。以迎大军。

态度是诚恳的，动机是端正的，"跪舔"是用心的，可回报呢，很快大家就知道了。

二、郑芝龙出降，一代枭雄被暗算

郑芝龙之所以坚定投降的决心，除了自身的"审时度势"之外，还多亏了一位老乡的"鼓励"。此人正是在南京主持南方政局的著名"贰臣"洪承畴。

在崇祯十三年（1640）到十五年（1642）的明清松锦之战中，洪承畴担任主帅，一度带给清军重大杀伤。但投降之后，清廷却对他极为重视。洪承畴当然也希望用自己的真实案例现身说法，来忽悠更多的南明文武官员放下武器。

接到洪承畴热情洋溢的亲笔信之后，郑芝龙被感动得心潮澎湃。为了表示自己的诚意，他决定将福建八府一州拱手让出，只给自己留了一个小小的安平。

但博洛似乎并不领情，反而派遣重兵包围了安平。

这也太欺负人了吧。郑芝龙愤愤不平地派人向博洛抗议："既然招降了我，为什么还要相逼？"

博洛也被搞得不好意思了。他下令将军队撤到距安平三十里的地方扎营，并派特使携带书信去拜见郑芝龙。

郑芝龙肯定算是老江湖了。他知道满族人打仗凶猛，做人却很实诚，因此就收拾东西，准备去福州向博洛投降。

原来，博洛为之前的行为表示歉意，并声称自己之所以看重郑芝龙，是因为他有能力立隆武帝，并安慰道："人臣事君，必竭其力。力尽不胜天，则投明而事，建不世之功，此豪杰事也。"博洛还信誓旦旦地宣布，自己已经铸好了闽粤总督的大印，就等着你来上任呢。未来，还要向朝廷请旨，让你在闽粤浙建藩称王。

自打清军入关以来，已经有数十位总兵级别的军官降清，他们的待遇还都不错。这无疑让郑芝龙有了更多底气。再说了，清军马步兵雄冠天下，却缺乏水军，自己坐拥十万水师，清廷必须重视和重用啊。

论投降，郑芝龙是很有经验的，想当年，如果不是接受明廷的招安，他也不会有福建土皇帝的地位。眼下，明清易代的趋势既然不可扭转，那么多高官显贵，都可以理直气壮地投降，自己一介武夫，一个粗人，一个暴发户，又算得了什么呢？

从跟随颜思齐试图颠覆幕府，到料罗湾海战击败荷兰军队，郑芝龙风里来雨里去，带着一身的尘埃，已经在东南沿海奋斗了二十多年。对比努尔哈赤六十八岁时还亲征宁远、差点儿被红夷大炮轰死的励精图治，四十二岁的郑芝龙原本处于一个男人精力心智最好的时光，却似乎完全丧失了进取精神，只求保住福建的一亩三分地，老婆孩子热炕头。

但是，郑芝龙也留了个心眼，他并没有把全部兵马带到福州，而是让五百亲兵跟随自己，前往博洛大营投降。

郑芝龙的经历与选择，自然让我们想到了将近四百年前的蒲寿庚。

蒲寿庚是（南）宋末元初生活在泉州的阿拉伯商人。他有自己庞大的私人军队，并被南宋政权任命为安抚沿海都制置使，大致相当于郑芝龙之前担任的福建总兵。

南宋景炎元年（1276）正月，元军占领了临安。张世杰、陆秀夫等人护送端宗赵昰来到福州，进入了蒲寿庚的地头。而如同四百年之后的清军一样，元军同样由浙江杀到福建。

蒲寿庚同样面临郑芝龙必须进行的抉择：是继续忠于南宋小朝廷，还是向元朝投降？中国传统社会有着浓厚的抑商风气，南宋权臣张世杰自然对蒲寿庚不待见，甚至还想收编后者的海船作为战船。蒲寿庚一怒之下，于当年十二月投降了元朝，并且在泉州大杀宋朝宗室，作为向新主子的投名状。

赵昰被迫逃往广州。三年之后，宋朝就彻底灭亡了。而蒲寿庚则继续统治福建，镇压反元势力，同时生意也愈发兴隆，并助力泉州成为当时世界第一大港口。

笔者猜测，作为海商头目的郑芝龙，不可能不熟悉蒲寿庚的事情。他也有信心成为蒲寿庚2.0。

在郑芝龙看来，现在的明朝，和昔日的宋朝一样气数已尽；而如今的清军，同当年的元军一样彪悍。自己有十几万军队不假，但大都是水军，想在陆地上与清军铁骑较量就是找死；但得益于错位竞争，缺少水军的清廷，肯定要重用他郑芝龙的，一如当年元朝重用蒲寿庚。

那么，郑芝龙的如意算盘，到底有没有打对呢？

过往这么多年，为了栽培郑成功，郑芝龙确实花费了很大代价。眼看父子二人渐行渐远，当爹的怎么能不上火呢？毕竟，郑家的产业，终究还得交到老大手上。

"父亲，您总握重权，不能轻为转念。以孩儿的判断，闽粤之地不比北方，清军铁骑不能任意驰驱。如果我们凭高恃险，设伏以御，敌军就算有百万，轻易也无法攻克福建。我们可以收拾人心，以固其本，大开海道，兴贩各港，以足其饷。然后选将练兵，号召天下，进取中原并不困难！"

郑成功年轻气盛，虽说有一定道理，但只能算是"秀才言兵"，操作起来确实太难了。过往两千年，根本就没有凭借福建一省夺取天下的，连能够长期割据自雄的都没有，熟读经史的郑成功，对这一点肯定也不陌生。

作为在枪林弹雨中闯荡了二十多年的老江湖，郑芝龙对形势的观察与判断，肯定要更全面深刻一些。他非常不屑地教训这个书呆子气过重的儿子："稚子妄谈！不知天时地利。弘光朝有长江天堑，有四镇雄兵都不能御敌，我们偏安一隅，又能做什么？倘若画虎不成，反类犬乎？"

没办法，郑成功只能"语重心长"地继续劝导："父亲大人，您说的大致也没错，但是——"儿子要画重点了，"您没有仔细分析细节，天时地利，现在已不同于往日了。清朝兵马虽盛，但也不能长驱直入八闽。弘光朝委系无人，文臣弄权（郑芝龙表示认可：要不然我也不会讨厌他们），一旦冰裂瓦解，酿成煤山之祸①。"

看着父亲的脸色略有好转。郑成功也就继续滔滔不绝了："至于说南都失陷，并不是长江天险不行。我们细察原因，就会发现，君实非戡乱之君，臣又多庸碌之臣，遂使天下英雄饮恨，天堑难凭。如果父亲凭借福建崎岖天险，扼其险要，那么地利就能保住，人心也能收拾啊。"

---

① 指崇祯皇帝在煤山上吊。

道理讲的是不错，但郑芝龙已决意降清，这番话他当然不爱听，更不想让儿子数落。看着父亲的漠然表情，郑成功真的急了，说着说着，他的声音都哽咽起来："父亲大人，虎不可离山，鱼不可脱渊，离山就失去其威，脱渊登时被困杀，您一定要三思而后行！"

呵呵，郑芝龙非常不屑：你爹我吃过的盐，比你吃的米多得多，什么样的阴谋诡计我没见过，用得着你来提醒？他斥责道："竖子休得胡言！"随即转身离开了。

郑成功已经是双眼通红。在回住处的路上，他遇到了郑鸿逵，于是将之前的事情讲述了一遍，并恳请四叔好好开导一下父亲。但此时的郑芝龙，怎么可能听进去别人的忠告？他还想继续当自己的土皇帝呢。

不过，当郑芝龙命令郑成功与自己同行时，这个一向听话的好儿子，居然跑到金门去了。当爹的立即派手下去找老大，反正两地距离实在是很近嘛。

但郑成功根本不愿意回去，据说还让人捎了一封信。郑芝龙不看则已，一看登时火冒三丈：这也太狂妄了吧。其中写道：

> 从来父教子以忠，未闻教子以贰。今吾父不听儿言，后倘有不测，儿只有缟素而已。

没办法，郑芝龙大骂逆子之余，只能带着二儿子郑渡，以及部将李业师和周继武等，乘船前往福州。他们的身后，是五百名配备了火绳枪的黑人卫兵。

各位看官，郑芝龙过去投个降，至于带这么多保镖吗？

对于博洛，郑芝龙也不是完全信任，但身边这五百火枪兵，战斗力不弱于五千明军，某种程度上，也是向博洛的实力宣示：你们这些刚从东北森林里钻出来的野蛮人，知道什么叫火绳枪吗？

不过，一见到博洛，郑芝龙紧张的情绪，马上就放松下来了。这位贝勒带着手下将官出城迎接，热情地送上女真人最为隆重的"抱见礼"，让见多识广的郑芝龙受宠若惊。想当年，皇太极接见孔有德、尚可喜与耿仲明时，用的正是这种熊抱。

"久仰郑将军大名，今日得见，果然名不虚传！"博洛不光学会了汉语，还学到了汉人的口是心非。

"贝勒爷折煞我了，愿为大清赴汤蹈火，在所不辞！"郑芝龙赶紧表决心。在欢快友好的气氛中，博洛突然拔出一支箭，一折两段："我绝不亏待郑将军，否则，有如此箭！"把郑芝龙感动得差点儿没当场流泪。他赶紧跪下磕头："芝龙永远效忠贝勒爷，否则，有如此箭！"

博洛对郑芝龙的回答相当满意：这伙计很实诚嘛。随后，他就摆宴为后者接风。不过没喝多少，博洛突然收起和善的面孔，目光变得非常严肃："听说你长子郑成功居然敢接受伪朱姓，实属大逆不道啊。他怎么不见过来，当面向我谢罪？"

"贝勒爷恕罪。都是在下教子无方，才使他被唐王蛊惑，不过您放心，我一定想办法把他带来，由您惩处。"

"好，好，一言为定！"

博洛连开三天盛宴，把郑芝龙和手下士兵喝得天天不省人事。十一月十八日夜，郑芝龙正睡得迷迷糊糊，突然听到外面一片喧哗。

"来人！"郑芝龙想让卫兵看看出了什么事，一个清兵却应声闯了进来："传贝勒命令，全军拔营，返回京师！"

郑芝龙这才明白，五百兵丁已经被缴械赶走，他现在不但是光杆司令，还成了案板上的排骨，任人宰割了。"我要见贝勒！"他绝望地呼喊。

见到郑芝龙，博洛脸上依旧挂着职业的微笑，还亲切地问昨晚休息得好不好。郑芝龙急切地恳求道："北上面君，芝龙求之不得。但八闽子弟多不肖，今拥兵海上，倘有不测，奈何？"是啊，你们不把我放在福建主持大局，出了什么乱子影响安定团结，可别怪我没警告呀。

博洛一直怀疑郑芝龙投降的动机，现在更不能放他了："这事跟你无关，也不是我能决定的！"

不过，博洛还想榨取郑芝龙的剩余价值，要求他写信招降几个刺头：郑鸿逵、郑彩和郑成功。郑芝龙不愿意配合，他要能劝得动，那些人早就投降了，何必等到现在？但博洛可不是给他提建议，而是下命令。郑芝龙也只能就范。

在隆武朝，郑芝龙当上了太师平国公，总揽军政大权，妥妥的一人之下万人之上，甚至可以说是"立皇帝"。只要他安心奉着隆武这块招牌，就能成为整个南方事实上的最高统治者。比清廷忽悠的什么"闽粤总督"强太多了。更可悲的是，他非但没有得到这个位置，反而成了阶下囚。

握着一手好牌，却打得如此稀烂，以至于留下千古笑柄，真是替郑芝龙不值。当年，他也曾以血肉之躯对抗全世界最强大的荷兰海军，现在，他却在清军的威胁之下完全屈服，根本没有抵抗的勇气。如果颜思齐九泉之下有知，肯定觉得自己瞎了眼，认了这么个兄弟。

颜思齐占领台湾，不过是想为将来征服日本做准备；郑芝龙经略台湾，为的却是衣锦还乡。眼界决定境界，两个人确实没法相提并论。

话说回来。历史总是惊人的相似，但从来不会简单地重复。但如果清廷能像元朝信任蒲寿庚一样，将福建和广东真的交给郑芝龙管理，那东南沿海很可能会迅速平定，而郑成功的人生道路，注定也会面目全非。

博洛贝勒，可真是郑成功的贵人！

接到父亲的亲笔信，郑成功一边看一边流泪。俗话说得好啊：早知今日，何必当初！伤心之余，他回信一封，以表达自己的决心：

> 我家本起草莽，骪法聚众，朝廷不加诛，更赐爵命。至于今上，宠荣迭承，阖门封拜。以儿之不肖，赐国姓，掌玉牒，畀剑赐印，视若肺腑，即糜躯粉骨，岂足上报哉？今既不能匡君于难，至宗社堕

地，何忍背恩求生，反颜他事乎？大人不顾大义，不念宗嗣，投身虎
口，事未可知。赵武、伍员之事，古人每图其大者。唯大人努力自
爱，勿以成功为念。

看来，郑成功是铁了心要和父亲决裂了？当然不是，唯有把父子之情
说得一文不值，才能让清廷看低郑芝龙的价值，不再加害他。当年，项羽
抓了刘邦的父亲，扬言要烹了老头子。刘邦却满不在乎，还要项羽分他杯
羹。这种策略相当奏效，项羽非但没有加害刘太公，后来还把他放了。

郑芝龙的劝降信，非但未能成功地劝说三人投降，反而让他们更加坚
定了抗清志向。但是，庞大的郑军，依然有六七万士兵先后投降，其中大
部分人都被遣返，少数则成了绿营兵，充当对南明作战的炮灰。

当时，博洛只是个贝勒，根本无权决定闽粤总督人选，郑芝龙无疑是
被忽悠了。回到北京之后，博洛添油加醋地夸大自己在福建的军功，而极
力抹杀郑芝龙为投降所做的一切。因此，博洛被晋封为端重郡王，两年后
又当上了端重亲王。

而郑芝龙一家虽说被编入了汉军正红旗，事实上是被拘禁了起来。永
历二年（1648）八月，清廷授予郑芝龙一等精奇尼哈番头衔，但离他之前
期盼的闽粤总督高位，显然差了若干条街。至于三省王爵，根本就是没影
儿的事儿。

话说回来。隆武遇难之后，南明的皇位又轮到了谁？

三、广东内战，鹬蚌相争渔翁得利

隆武一死，皇位传承立马成了一项严峻挑战。这位皇帝生前未必没有
考虑过立储的事情，甚至也一直想有个皇子，只是今天我们看不到相关史
料而已。而"仪同驸马"的郑成功，事实上也得到了养子的身份。

离开福州之前，隆武让弟弟、唐王朱聿鐭监国，可以视作某种"安排

后事"。但支持唐王的人显然不够多。

远在广西的丁魁楚和瞿式耜二位大佬，都是坚定的桂王系支持者。当初隆武登基时，二人就非常抵触，认为唐王离神宗谱系太远，桂王朱常瀛的第三子、安仁王朱由楬是万历亲孙子，最有资格继位。但迫于郑氏兄弟的强势，他们不好公开反对，只能表面服从，阳奉阴违。

如今隆武遇难，郑芝龙也从太师变成囚犯了，这让二人觉得有机可乘，不跳出来刷存在感是不可能的。不过，此时朱由楬已经去世。十月初十日，在得到湖广总督何腾蛟和湖南巡抚堵胤锡等人的支持之后，丁魁楚和瞿式耜立桂王四子、二十四岁的永明王朱由榔为监国，以广东肇庆府为行在。

但这样的做法，显然违反了隆武皇帝的本意，也不利于团结更多抗清义士。甚至将奄奄一息的南明进一步拖进了深渊。

永明王生性怯懦，做个守成之君可能还行，但值此山河破碎、神州陆沉之际，他非但担负不起光复大明的重任，反而以一次次刷新底线的奇葩操作，成为抗清事业的一大绊脚石。

十月十六日，即朱由榔任监国的第七天，赣州失守的消息传到行在，得知消息的新监国吓破了胆。尽管瞿式耜等人坚决反对，朱由榔还是在十月二十日逃往广西梧州。

肇庆小朝廷的毫无担当，令一直与清军浴血奋战的两广义师非常失望。十月二十九日，在郑芝龙部将林察的护卫下，逃出福州的唐王朱聿鐭经水路到达广州。随行的还有邓王、周王、益王和辽王等藩王。

十一月初五日，隆武朝大学士苏观生、广东布政使顾元镜和侍郎王应华等，一道拥立朱聿鐭登上帝位，并改次年年号为绍武，以表示继承隆武遗愿的决心。

当绍武继位的消息传到梧州，朱由榔等人不免非常失落。清军没来，抢饭碗的倒来了。为了争夺统治权，十一月十二日，朱由榔返回肇庆。十一月十八日，在群臣的策划之下，朱由榔祭告天地，正式登基，改明年为永历元年。

一山不容二虎。肇庆与广州二府城不到二百里路程，却有两个大明皇帝，实在是滑天下之大稽。更可耻的是，双方为了争夺正统，还兵戈相向了。

十一月二十九日，两大南明政权在广州府三水县城西开战。永历军初战告捷，打算一举占领广州，统一两广。但在林察的指挥下，绍武水军大获全胜，并击毙了对方主帅林佳鼎。正当广州城内为喜庆气氛笼罩时，局面却发生了大逆转。

十二月二十六日，肇庆小朝廷突然收到了来自广州的探报：绍武帝和苏观生阵亡。死对头死了，（暂时）没人跟自己争皇位了，永历是不是应该开个大派对庆祝一下，喝他个不醉不归呢？

并没有，永历手脚麻利地打好包，放弃肇庆连夜逃回广西。这玩的是哪出啊？良心发现了吗？原来，绍武帝和苏观生并非永历军干掉的，居然是被清军所杀，而广州城居然也在一夜之间失守了！

城防坚固的华南第一大城，为什么一天就被清军打下来呢？只因他们遇到了克星。最熟悉汉人的，当然不是满人，而是另一些汉人。

自从投降清军之后，李成栋就变得比女真人还骁勇善战，原本还在汀州的他，一听说广东内战，马上看到了浑水摸鱼的良机。李成栋率领轻骑兵星夜兼程，一路之上封锁消息，神不知鬼不觉地就摸到了广州城下。

此时，羊城里还在大肆庆祝，殊不知很快就羊入虎口了。李成栋遂派出数十名士兵，换上明军装束混进城里，并打开城门将大队骑兵放了进来。绍武军主力都被派往三水攻打永历了，城内防守非常空虚，李成栋军很快就控制了整个广州，将绍武小朝廷一网打尽。

作为隆武的亲弟弟，绍武帝表现出了朱氏宗亲中罕见的血性。他不肯屈服，悬梁自尽。在广州的南明亲王、郡王十六人都被杀害。

这样的局面，无疑是亲者痛，仇者快。

　　传统史家一直偏袒永历而抨击绍武，似乎忘记了一件事：否认绍武，恰恰就否认了他哥隆武皇帝的合法性。只要认定隆武是南明第二代合法君主，那绍武恰恰就是最合适的继承人，没有之一，当然比郑成功也更有资格。

　　如果丁魁楚、瞿式耜等人能以民族大义为重，主动承认和归附绍武帝，而不是借拥立永历之机捞取政治资本、培植利益集团，那南明在岭南的局势无疑要好太多。可惜，他们偏偏选择了更坏的结果，也最终将自己送上了不归路。

　　对隆武一直感恩戴德的郑成功，肯定只会支持绍武，但以他当时的实力，还完全影响不了政局。

四、含泪葬母，从此与清廷势不两立

　　郑成功生于日本，在东瀛长到七岁才回到故乡安平。此后的十五年中，他从懵懂孩子长成伟岸少年，并且娶妻生子，却都始终未能见到母亲。直到隆武元年（1645）十月，德川幕府终于肯放田川氏回国，但她的二儿子七左卫门却只能留在日本。

　　一家人终于能够团聚，原本是非常开心的事情。可隆武小朝廷从建立之日起，就处于风雨飘摇之中。起初，郑成功确实有很多时间陪伴母亲，但自打被封为国姓爷之后，他身上的担子不断加重，经常无法回家了。

　　郑芝龙北上降清，史籍上并没有田川氏的态度，以中国传统社会的做法，这种事丈夫也无须征求妻子的意见。想当年，田川氏刚生下郑成功时，郑芝龙不都抛下他们娘儿俩跑路了吗？那次离开，奠定了他日后飞黄腾达的基础；这次告别，却将自己送进了万丈深渊。

　　郑芝龙北上被囚，令田川氏非常痛苦。郑成功则跑到金门训练水军，希望能让清廷见识一下自己的实力，不敢加害父亲。

　　时间来到永历元年（1647）二月。平日热闹繁华的安平镇，突然之间

却遍地尸首，一片狼藉。原来，博洛知道郑芝龙将很多财宝藏在安平，就派固山额真韩代率兵过来劫掠。

郑家人以为太师老爷降了大清，自己就能安享太平了，谁知道人家偏偏要收拾你。盘点一下古往今来的投降者，像郑芝龙这样先被软禁再被抄家，最后再被"咔嚓"的，还真是不多见。

郑成功当时不在家。郑芝豹、郑芝鹏等人不敢应战，他们各自将家中珍宝装船，带着子女逃向中左所。尽管下人一再催促，田川氏却没有逃走，而是手提长剑，毅然决然地站在了家门口。

也许，她是想等待郑成功的归来；

也许，她希望以一己之力捍卫郑氏家业；

也许，她想用这种方式，提醒儿子不向清军屈服。

田川氏练过一点儿剑法，身边也有几十个家丁。可他们怎么可能是女真铁骑的对手？很快就被尽数屠戮。

关于田川氏的死，后人也有不同的说法。通常认为，她是在与清军搏斗中被杀害的。

另一种说法，是她被清军羞辱之后愤然自杀。无论哪一种结果，都是郑芝龙投降造成的恶果。

曾经何等繁华的郑府，被贪婪的清军抢砸一空。留下一道道残垣断壁。郑成功得到消息，发疯似的从金门起航。可惜，他没法长上翅膀，只能乘船赶回。

清军已经卷着财物顺利撤走，但他们纵火留下的烟雾仍未散去。

仆人将郑成功领进后院，那里已经摆放了数十具尸体。郑成功强忍悲痛，一步一个脚印向前走。终于，他看到了一张最熟悉的面庞。

郑成功"扑通"跪下，放声痛哭："母亲，母亲啊！"他双手发疯似的捶打着地面，十指很快血迹斑斑。

"公子，您一定要节哀……"卫兵试图劝他，却又怕惹怒他。

郑成功猛地站起身，拔出了身上的宝剑。想要向门外冲去。几个护卫也顾不上尊卑之礼了，一起抱住了他："公子，您要冷静啊！"

郑成功再次绝望地跪下，两眼茫然。老天啊，你还能不能再残忍一些？母亲跟自己分开了十五年，回国才一年多，跟父亲、跟自己聚少离多，却就这样天人永隔！如果她一直留在日本，肯定还能活得好好的；如果父亲不投降，她想必也不会遭此厄运；如果自己一直留在安平，她岂会有这样的厄运？

母亲为什么不逃走？难道她是用生命在提醒自己的儿子，不要走你爹的老路、死路、绝路？可是，你有没有想过，从此以后的日子里，儿子将永远生活在失去母亲的悲痛之中，未能保护好母亲的愧疚之下？

不知道过了多久，郑成功才终于从哭泣中缓过神来。血海深仇，我一定要加倍偿还！清廷鞑子，我与你们不共戴天！

有一种广泛流行的说法，说是郑成功强忍悲痛，拔刀剖开了身亡母亲的腹腔。在众人的惊讶之中，他掏出母亲的肠胃清洗干净。这更像是日本武士道的做法，并不符合汉人的习惯。

见清军退走，郑芝鹏、郑芝豹等又回来了。众人安葬了田川氏和其他遇难者，修整了郑府，暂时以此为反清基地。

为了缅怀母亲，郑成功用黄金打造了一尊田川氏坐像。每天早晚，他都会跪拜行礼，提醒自己不忘国仇家恨。

安葬了母亲，郑成功来到了晋江文庙。这里供奉着孔子的牌位。

郑成功毕恭毕敬地跪了下来，向牌位行礼。随后，他让卫兵在大堂前生起了一堆火，将自己穿过的几件儒服，一件一件地扔到火堆里。

显然，郑成功是个尊师重道的富家子，做事总是一板一眼。在随从有些惊异的目光中，郑成功仰望上天，一字一句地说："昔为儒子，今为孤臣。向背去留，各有所用。谨谢儒服，惟先师昭鉴！"

其实，自从弘光政权灭亡，郑成功从南京国子监逃回福州之日起，他的科举梦想就已不可能实现了。自从隆武皇帝给他赐姓，仪同驸马之日起，他已经走上了从军之路。但唯有这一天，在母亲的遇害日，他坚定了自己一生的信念。

父亲拥有二十万（号称）军队，数千艘战船，却根本不敢和清军打一仗；自己的作战经验近乎空白，身边的帮手寥寥无几，想要向强大的敌人发起挑战，难道不是自不量力、自讨苦吃、自寻死路吗？

还记得孔夫子说过的话吗？虽千万人（反对），吾往矣！

如果英雄能随随便便造就，那英雄的成色就会大打折扣。

如果伟业可以轻轻松松达成，那伟业的价值就会令人怀疑。

明知不可为而为之，方能彰显英雄本色！识时务者为俊杰？那只是庸人的借口。抗清的道路有千条万条，郑成功偏要踏上最难的一条，谁让他是国姓爷，是国之大木呢？

这条以卵击石的道路，郑成功将如何走下去？

隆武二年（1646）十二月初一日，对郑成功来说是个非常重要的日子。烈屿（今小金门）这个巴掌大的小岛上，却是旌旗招展，人潮涌动。在不远的地方，数十条战船排列整齐，蓄势待发。

此时的郑成功，仅有二十三岁。在二十一世纪的今天，这岁数刚刚大学毕业，刚刚开始走入写字楼。而按父亲的安排，他本来应该通过科举，成为大明朝廷的文官，而不应投身军旅。

可福建之大，已经容不下一张平静的书桌了。连续经历了皇帝遇难、父亲被囚、母亲被害、家乡被屠的郑成功，要以自己单薄的身躯，举起反清复明的旗帜。这个担子，他真的能扛起来吗？

隆武朝大臣路振飞、曾樱和万英年，郑芝龙昔日的下属张进、陈辉、洪旭，以及陈霸（又名陈豹）等九十多位文臣武将，都来到了这个弹丸之地。

他们见证了历史，历史也选择了他们。能够和国姓爷一起开基立业，是可以向子孙后代炫耀几百年的。

在他们的身后，还有数千名不甘做亡国奴的华夏男儿，大多数曾经跟随郑芝龙纵横海上。

众人隆重祭奠了在汀州遇害的隆武皇帝与曾皇后，并一致表示要与清廷血战到底。郑成功一身戎装，在阳光下显得格外英武。他慷慨陈词："本藩（郑成功自称）乃明朝臣子，缟素应然。实中兴之将佐，披肝无地。冀诸英杰，共申大义！"

郑成功自称"招讨大将军罪臣国姓"。招讨大将军是当年隆武帝授予他的职务；"罪臣"则说明自己的父亲卖国投清，自己有罪，要努力洗刷；国姓，正是福建官方与民间都认可的称呼，全国独一份儿。

但是，仅靠几十名将校，几千名士兵，郑成功到底能走多远？

第五章　智取中左为基地

一、泉州之战，叔侄合力抗清军

郑芝龙降清被抓之后，大批郑军旧部投降了清廷。但让后人欣慰的是，拒绝投敌的也不少。定国公郑鸿逵占据金门，郑彩、郑联兄弟占据中左所，南昌伯朱寿占据铜山，忠勇伯陈霸占据南澳。清军没有强大的水师，暂时对这些反清势力无可奈何。

而郑成功起兵之后，以家乡安平为大本营，无险可守，形势最不乐观。好在郑彩比较豪爽，允许这位族弟可以将物资储存在中左所，还愿意与他联合作战。兄弟俩的第一战，选择了闽南战略要地海澄。

海澄是著名的月港所在地，城防也非常坚固。在久攻不克之下，郑成功转而占领了附近的九都镇，清援军赶到以后，郑成功损失不小，部将洪政和监军杨期潢都在战斗中牺牲。

首次作战就以失败收场，让郑成功难以释怀。清军依旧不重视火器的运用，但他们的骑兵太强大了，对以步兵为主的郑军完全是降维打击。而且，由于过往几年战无不胜，清军的心理优势实在强大，在战场上信心满满，让缺少陆战经验的郑军难以应付。

多年以来，郑鸿逵似乎比郑芝龙还要关心郑成功的成长。当郑芝龙打算带长子前往福州时，多亏郑鸿逵点拨，郑成功才没有和父亲一道同行。而当郑成功焚衣起兵之后，郑鸿逵又给了侄子不小的帮助。

那个年代没有电话，没有微信，但给了国人练笔的宝贵机会。不能不说，还是写信更有仪式感，还是亲人带着墨香的信札更值得珍藏。七月，郑成功收到叔叔从金门写来的亲笔信。这位年轻的国姓爷拆开一看，不觉异常开心和感动。父母双亲都帮不了自己了，可他还有叔叔。

在信中，郑鸿逵谆谆教导说："凡事当固本而后求末。今汝安平弹丸之地，无长江险要可恃。倘韩固山率大军复来，一旦反救不及，将奈何？宜速回师，助汝一旅，合攻泉州，暂作安身，然后蓄兵养锐，窥其衅隙，举兵旁掠。"

郑鸿逵要帮郑成功打泉州府城晋江，这能让大侄子不兴奋吗？八月二十二日凌晨，叔侄二人在桃花山顺利会师。他们集结了数千马步兵，浩浩荡荡开往晋江，准备打清军一个措手不及。

有了叔叔撑腰，郑成功当然有了更多底气。当时，驻守泉州府城的清将是赵国祚。他出自著名的辽东变节天团，入关前就跟随清军到处烧杀抢掠了。之后，老赵更是连续参与了著名的扬州十日、嘉定三屠和江阴屠城，双手沾满了同胞的鲜血——噢，人家是汉军镶红旗，从来不拿自己当汉人。

郑芝龙投降之后反被囚禁的事迹，在清统区毫无悬念地成为笑柄，赵国祚自然也对郑氏子弟相当轻视。没想到这一次，人家居然打上门来了。赵提督点了五百骑兵、一千五百步兵出城，觉得消灭一个国姓，这点儿人足够了。

"洪政、陈新，你们作为前锋出击。"郑成功给两个下属发出了指示。随后，他又将具体方略进行了安排。

洪、陈二将身先士卒，与清军杀在了一起，从辰时一直杀到午时，双方各有死伤，难分胜负。突然之间，郑鸿逵部将林顺杀了过来，让清军吃了不少苦头。

更糟糕的是，眼看大家都打得相当疲劳，也没有工夫吃午饭（现场没有卖快餐的），郑成功安排的伏兵又从后面冲了过来，对着清军就是一通猛砍。老实人赵国祚非常愤怒，哪有这么玩的？他令旗一挥，使出了大杀器，把对手搞得猝不及防——逃跑。

赵国祚一口气逃进泉州城里，紧闭城门。任凭郑军在城下怎么骂娘，他就是不作回应。而在漳州不远的溜石寨，还驻扎着绿营参将解应龙的兵马。每当郑成功想强攻漳州时，姓解的就从后面突袭，让郑军很吃了一些苦头。

怎么办呢？郑成功明白，必须拔掉这颗钉子了。他自幼熟读兵法，但书本是死的，人是活的，对手能乖乖上当吗？

过了几天，郑鸿逵和郑成功又组织士兵，把云梯架在了漳州城上。解应龙收到情报，很快就带着骑兵出发了。可这一次，情况有了不同。

走到半路，突然有探马紧急来报："将军，大寨被贼兵偷袭了！"好嘛，这不就是围魏救赵？解应龙冷笑一声："国姓那小子玩不出什么花样，我们走我们的！"

"将军啊，万万不可！"听到溜石寨被袭，解应龙身边不少士兵都在马上坐不住了：老婆孩子的安危要紧。他们齐刷刷跪在老大面前，希望能回师救援。

没有办法，拗不过民意，解应龙只能回师。正当他们忧心忡忡地走到半道时，一支郑军突然现身。他们先是噼里啪啦射了一通箭雨，然后又挥着大刀长枪（冷兵器）疯狂砍杀。清军无心恋战，边打边逃，郑军在后面紧紧追赶。

解应龙及其麾下好不容易回到溜石寨，眼前的一幕却把他们吓傻了。寨子已被攻破，尸横遍野。清军还来不及悲伤，更大的礼包就从天而降了。

又一支郑军杀了过来，与之前的同伴里应外合，将清军团团包围。一道道寒光闪过，伴随着清军哭爹喊娘的惨叫。解应龙想奋力冲出重围，却被一枪戳于马下。他的首级很快就被割了下来，成为向国姓爷邀功的凭证。

郑成功平生第一次成功的突袭战，就这样华丽地上演了。今天我们站在"上帝视角",也许会觉得如此操作平平无奇,战胜的也主要是绿营兵。但作为一个领兵不久的年轻统帅,郑成功能拿出这样的表现也算不错了。也许他更应感谢的,是手下官兵的执行力。

我们把时间切回前一天晚上。在大帐昏暗的灯光下,郑家叔侄看着地图。郑成功突然灵光一闪,对郑鸿逵说:"四叔,不除掉解应龙,肯定攻不下泉州。"

"依你之见呢?"

"不如您佯装攻城,解应龙必定会来救援。侄儿我让郭新、余宽在他们必经之道埋伏,令水师一镇桑一筹和杜辉偷袭溜石寨。等解应龙回去救援时,两边夹攻,一定能擒获他!"

"好,就按你说的办!"郑鸿逵八成会想:这么简单的方法,我怎么都想不到,是不是真的应该退休了?

打了胜仗,叔侄俩对手下论功行赏,同时加紧攻城。赵国祚深知事态的严重性,严令死守。如果泉州一丢,他这个辽二代没脸见人,只能去见皇太极了。其间,还出了一件幺蛾子。

泉州乡绅郭必昌曾参与策反郑芝龙,他的儿子郭显,却想为郑军做内应。赵国祚得知消息之后,立即派兵去郭府捉人,却发现人早就不在了。正当赵提督闹心之时,郭显的一个小妾春姐却不请自来,向他交代了郭宅的机密。

清军来到郭家后园,果然发现有一口井,井内有道石门。按照春姐提供的"密码",清军打开石门,出现在眼前的居然是一个庞大的地下室。这个密室设计相当精妙,生活设施一应俱全,藏个十天半个月都不成问题。可架不住内奸出卖,郭家十三口都被搜了出来,之后被全部杀害。

春姐以为立下这样的大功,就可以得到一大笔赏金。至少凭借自己的长相,赵国祚就舍不得杀嘛,当谁的妾不是妾呢?

可惜,她还真的想多了,而且很快就没法再想了——她的脑袋也被砍了下来。春姐的死可以说是活该，但被她祸害的十三个冤魂，又找谁说理去？

郑成功加紧攻城，泉州城内人心惶惶。西门守将杨友义暗中约定乡绅诸葛斌反正。赵国祚收到情报之后并不声张，只是将杨友义调离西门。而诸葛斌还按照约定的时间，在夜里赶到西门。结果，他和手下迎来的是疯狂的屠杀，杨友义随后也被处决。

虽说逃过了两劫，心有余悸的赵国祚愈发紧张，怕自己再也回不了东北老家。于是，他严令士兵没日没夜防守，同时想办法（可能是放鸽子）向外报信。郑成功绝不放弃拿下这座城池的机会，他下令在四门架起火炮，随时攻击；又让洪政、陈新、余宽和郭泰等架云梯强攻。眼看城破只是时间问题。

那么，赵国祚能保住老命吗？

二、克复同安，成功从这里起步

郑成功和郑鸿逵猛攻泉州府城，眼看城池就要攻克，他们却撤军了，这不得不说是非常遗憾的事情。

当时，叔侄俩接到探报，说是从广东潮州方面来了万余名清军，分为两路救援泉州。一路攻打郑军主力，另一路与漳州守将王进（外号“王老虎”）合兵，伺机偷袭。更要命的是，他们还试图攻打安平，玩“围魏救赵”的把戏。

郑成功第一时间和郑鸿逵商量。侄子担心地说：“泉州不是一两天就能拿下的。如果他们用一支兵扼守五陵，猛攻安平，我们就腹背受敌了。”郑鸿逵其实早就没有多少进取心了，只是来配合郑成功的。他说：“那怎么办？不行就撤军吧。”

郑成功当然不能对叔叔发火，而是耐心建议道：“四叔，不能退啊。可以命杨才、张进守在莉园，林习山与杜辉整备船只，在寻尾洋停泊以防不测。您可以率林顺、洪政等猛攻泉州，侄儿领余宽、郭泰扼守五陵，做两边救援。"

郑成功侃侃而谈，让郑鸿逵非常欣慰：真是有其父必有其子，不，青出于蓝胜于蓝啊。可惜计策虽好，也得执行的人给力。几天之后，"王老虎"突然出现在泉州城下，将郑鸿逵手下的洪政击败。

赵国祚也不是废物点心，他马上让人在城上敲锣打鼓，制造尘烟，虚张声势，做出要出城合围郑军的架势。郑鸿逵见势不妙，果断地撤军，一口气退回金门——还是担心老巢的安危啊。

要说这个"王老虎"并非浪得虚名。清廷原本并没有令他救援泉州，但他却深深懂得"唇亡齿寒"的道理，从漳州总兵杨佐那里讨了五百骑兵、一千步兵，就无所畏惧地向泉州杀来了。

按说，带这么点儿兵去和郑家叔侄较量，跟黄道周率"扁担军"迎战清军铁骑效果也差不多，不够塞人家牙缝啊。但王进自有妙计。别看手下兵少，他还分成了三队。一队号称要攻打安平，打劫国姓的老婆孩子。另一队吹嘘与上万潮州援军合体，准备以泰山压顶之势袭击郑军。其实，潮州方面连个人影儿都没来。还有一队，当然由王进亲自率领。他们发挥清军黑夜狂奔的优良传统，由冷水井过何坑，出南安，神兵天降一般出现了泉州城下，并赶走了意志力不够坚定的郑鸿逵。

叔叔一走，侄子的心气也少了一半。再加上担忧安平的安危，郑成功只好调回杨才，全军返回安平。但到家后郑成功才知道，清军根本就没来过，自己上当了！

之后打探来的各种消息，无疑让郑成功更加抓狂。潮州方面根本就没有援军，王进部下也仅有一千来人，就这样把泉州之围解了！郑成功变成了"郑失败"，他这个恨啊。王进只是漳州一个偏将，却如此有勇有谋，想要战胜强大的清军，不知道还得经历多少挫折，付出多大代价？

郑成功很不甘心。他让洪政、余宽埋伏在青石宫，杨才、郭新隐藏在莿园，张进作为接应，想一举将王进擒获。可惜的是，不久之后郑成功就收到情报，王进前两天就已经抵达漳州，把所有对手都忽悠了。

王进解了泉州之围，无疑是赵国祚的救命恩人，再生父母。可人家却把这事看得很淡，谢绝了各种花式答谢，第一时间返回漳州，只是不希望郑成功来个突然袭击。

为什么在大明治下那么多昏庸无耻、只敢欺负老百姓的军官，只要一投降清廷，都变得聪明睿智还有责任心，并能展现出极强的军事素养？今天的我们特别好奇，当年的郑成功，无疑更加苦恼。

泉州之战就这样以失败告终，但平心而论，郑成功也并非一无所获。特别是他打破溜石寨的用兵，已经展现出一定指挥艺术了（当然与王进相比，他还差些火候）。有了国姓爷的特殊身份加持，郑成功在东南沿海的影响力并不亚于很多前明藩王。很快，大批文官武将投奔过来，让他的实力大增。

曾经的浙江巡抚卢若腾、进士叶翼云、举人陈鼎都来投靠。郑成功本是书生出身，对这些读书人非常尊敬，也常常听取他们的意见。但是，这种尊敬更多是一种表面上的。

文官毕竟不能上阵杀敌，更让郑成功欣喜的，还是大批将领的加入。其中最知名的，无疑当属海澄人甘辉。郑成功遇到甘辉，就相当于朱元璋遇到徐达，朱棣遇到张玉，李自成遇到刘宗敏，绝对是可遇不可求的事，比红颜知己还难得。

但与历史上那些名将相比，甘辉身材短小，貌不惊人，扔在人堆里绝对找不出来。可能也正如此，才激励他自小刻苦习武，并在战场上勇猛绝伦。漳浦人蓝登名气更小，但弓马纯熟，是一位靠谱的良将。

另外一个值得大书特书的人，名气不比郑成功差多少。谁啊，有那么厉害吗？还真有。他就是南安人施郎，郑成功真正的老乡。施郎不光作战勇敢，更是熟读兵书，富有智谋，在遍地粗人的武将群中显得极其难得。而且，他特别善于操练水军，调教水手。

施郎本是郑芝龙部将，降清后成了李成栋的手下。但这位陕北狠人不待见福建籍将领。永历二年（1648）四月，李成栋反清归明，宣布效忠永历皇帝。不久之后，永历朝改封武毅伯施福为延平伯，令其率部下返回福建抗清。队伍路过潮州时，李成栋部将郝尚久假意犒军，却想对施郎等人下手。施家弟兄费了九牛二虎之力方才突围出来，投奔到郑成功旗下。但施郎的从弟肇琏、肇序都不幸阵亡。

显然，施郎和施显兄弟是带着血海深仇投奔国姓爷的。郑成功对施郎特别欣赏，令他们兄弟与邱缙、林壮猷和金裕等操练水军。剧透一下，施家兄弟的加入，也为郑成功与郝尚久的冲突埋下了伏笔。

隆武四年闰三月，经过相当一段时间的操练，郑成功认为向清军发起攻势的时机已到。他率领林习山、甘辉等将领，兵发泉州府的同安县。

清将祁光秋和廉郎不知道怎么想的，明知道郑军势大，还要开城作战。他们集结马步兵及九都的乡勇，在店头山与郑军展开激战。刚刚加入郑军的甘辉急于展示自己的武功，作战非常勇猛，清将王廷很荣幸地成了他的刀下之鬼。眼见抵挡不住，祁、廉二人只能逃回城里，紧闭城门。

第二天早上，同安城里突然张灯结彩，敲锣打鼓，一片喜气洋洋的局面。打了败仗还庆祝什么劲呢。原来，郑成功已经入城了，城里百姓是欢迎他们久仰多时的国姓爷。就在昨天晚上，祁光秋、廉郎与知县张效龄密谋了半天，随后勇敢地打开了西门，向外杀去。

不过大家先别点赞。他们不是要劫营，而是逃之夭夭，这也太不负责任了吧。

得知官员跑路的消息，同安居民很快就打开城门，喜迎郑成功进城。对这位即将迎来本命年生日的国姓爷来讲，攻取同安有重要的意义。这是他独立作战，成功打下的第一座县城。郑成功的抗清事业，总算有了一点儿小小的起色。

值得强调的是，大儒朱熹成年之后首次为官之处，恰好也在同安。同安，能给郑成功带来好运，能让他有更多的成功吗？

郑成功任命叶翼云为知县，陈鼎为县学教谕，希望能在同安开始，复汉官之威仪，现华夏之礼俗。

隆武帝对郑成功有特别的恩情。没有这位皇帝的刻意栽培，郑成功的人生肯定是另外一种样貌。尽管隆武已经遇害多日，郑成功依然坚持用隆武年号。直到隆武四年（1648），辅明侯林察从广东回到安平，并通知了南方士绅拥立永历的事情。据《台湾外记》记载，郑成功兴奋地拍着额头说："我有皇帝了！"于是设置香案，望南而拜，尊其朔号。[1]

笔者对这样的描述非常怀疑。林察是拥立绍武帝的主要将领，还率水师大败永历军，他对朱由榔能有多么忠心？想弄死他还差不多。而郑成功一直对隆武的提携念念不忘，很难欣赏一个不敢跟清军作战，只敢和绍武叫板，还间接导致后者丧生的永历。

事实真相恐怕更可能是，郑成功知道了绍武的死讯，为了抗清大局和自身安危，只能勉强接受了永历。毕竟，南明的大部分抗清势力，都已经认可了永历的领导。更为重要的是，就在这一年，出现了南明历史上第一次反清高潮，几乎被宣判死刑的永历政权，此刻有了起死回生的迹象。

促成这一可喜成果的，是两支清廷地方势力的反正。正月，在南昌的江西总兵金声桓及副将王得仁捕杀江西巡按董学成、布政使迟变龙和湖东道成大业等高官，宣布反清归明。随后王得仁占领九江，得到了湖北、安徽等多地复明势力的积极响应。江西从此暂时成了全国反清运动的中心。

但是，当年三月，金、王错误地估计了形势，居然发重兵攻打赣南重镇赣州，为自己的悲剧埋下了伏笔。清廷则派大将谭泰、何洛会以"围魏救赵"之计围攻南昌。五月，金、王被迫回救南昌，从此被清军重重包围。

---

[1]　杨英《从征实录》从永历三年开始，故没有记录此事。

但在永历二年（1648），在抗清舞台上唱主角的并非金声桓，而是两广提督李成栋。

李成栋的名气远大于金声桓。他不光策划了骇人听闻的"嘉定三屠"，还一个人灭掉了南明四帝中的两个——隆武和绍武，连吴三桂也得羡慕嫉妒恨。据说因李成栋杀人如麻，两广的父母都用他来吓唬不听话的孩子。

但当年四月十五日，李成栋毅然反正，剪辫易服。由于他控制了广东全省和广西大部，并诚心拥立永历的领导，南明的地盘出现了爆发式的扩张。永历起初封李成栋为广昌侯，不久又晋封他为惠国公。相对李成栋带来的"投名状"——广东全省和广西东部来说，这个公爵真是太值了。

但是，永历朝廷一如既往的腐败和低效，未能抓住如此难得的机遇，也没有能力居中调度全国的反清斗争，致使大好局面很快丧失，只为后人留下了千古遗憾。

十月，李成栋兵发赣州，试图迫使围困南昌的谭泰、何洛会部清军撤围。但历史开了一个很不厚道的大玩笑。在为清廷当鹰犬时的李成栋，作战效率比满洲八旗还高；当他归顺明廷之后，战力又恢复到了江北四镇的末端水平。

李成栋在赣州城下受挫。眼看金声桓危在旦夕，老李居然回广州过春节去了。永历三年（1649）正月十九日，南昌被清军攻破。金声桓自杀，王得仁被俘后遇害。当年二月，李成栋准备再攻赣州。三月初一日，他却在信丰城外与清军的交战中落水身亡。

在中国北方，各地反清起义也是风起云涌。特别是十二月，大同总兵姜瓖的反清归明，给了清廷沉重的打击，也引发了多尔衮疯狂的报复。

到了永历四年（1650），随着三位重量级反正者的离世，南明中兴的希望之火，又几乎被彻底扑灭，永历朝廷的命数，似乎又得开始倒计时了。

三、潮州之战，同室操戈还是另有苦衷？

话说回来。永历二年（1648）夏，郑成功改用永历年号之后，就将主力船队开到了靠近广东的铜山岛，似乎是为了等候永历皇帝的诏令。可惜，就在这段时间内，同安却出事了。

八月，清军佟鼎部猛攻同安，并动用红夷大炮轰击这座小县城。八月十六日，在遭受多日炮火蹂躏之下，同安城墙出现了坍塌，清军骑兵趁势蜂拥而入。

丘缙、林壮猷和金裕没有突围，与清军战斗到了最后一刻，全部壮烈牺牲。实话实说，这个代价有些太大了。文官叶翼云和陈鼎被清军抓获，从容就义。由于同安军民在抵抗中造成了清军较大伤亡，佟鼎下令屠城，将五万多名成年男子全部杀死。

郑成功收到叶翼云发出的求救公文之后，立即准备回师。但铜山到同安有近五百里海程，偏偏又赶上北风强烈，大船难以行驶。刚到金门时，郑成功就得到了同安失陷、清军屠城的消息。

郑成功是打伏击的高手，而佟鼎故意屠城，也许正是想激郑成功复仇，同时设下伏击的圈套。郑成功认为短期内重夺同安的希望渺茫，因而不再北上。只是在金门设坛，隆重遥祭阵亡官兵和城内百姓。

十月，永历皇帝委派江于灿、贡志高及太监刘玉来到铜山，封郑成功为威远侯。这比隆武时所封忠孝伯进了一阶。显然，永历希望郑成功能在福建多牵制一些清军，自己的日子也能好过一些。因自身实力过于薄弱，郑成功向日本幕府写信，申以大义，希望对方能施以援手。但信件寄出之后如石沉大海。显然，幕府将军是不敢得罪清政府的。

此时，郑成功的实力远不如族兄郑彩。永历二年（1648）十一月，郑彩将鲁王接到自己的大本营中左所。此后一段时间，鲁王势力成为东南抗清的主力。到了次年，明朝义师收复了福建东北三府一州二十七县，让远在北京的顺治帝都大为紧张。

但郑彩试图控制朝中大权，很快就与文臣集团产生了激烈冲突，并杀害了熊汝霖和郑尊谦等忠臣，导致鲁王试图自杀以表达不满，郑彩之后只能选择远走高飞。清廷则派遣礼部侍郎陈泰，会同闽浙总督陈瑾大举反攻。不久，鲁王在内陆的地盘被一一夺走。

永历三年（1649）九月，张名振、阮进和王朝先等人保护鲁王来到舟山。但奉隆武为正朔的当地守将黄斌卿，并不期望鲁王长期待在自己的地盘上。张名振等人于是发挥南明官员内讧的优良传统，袭杀了黄斌卿，让鲁王有了一个比较稳固的落脚点。

此后，鲁王派以舟山为基地继续坚持反清斗争。如此一来，客观上也起到了帮郑成功吸引清军火力的作用。但国姓爷一向对隆武感恩戴德，绝不会听从鲁王的领导。因此，他向南发展，也就不奇怪了。

镇守漳浦的清军副将王起俸，一直仰慕国姓爷的威名，渴望能弃暗投明。永历三年（1649）三月，他秘密派遣义子朱之明与郑军里应外合拿下县城。不过，王起俸被人告发，他连家属都没通知，就带着少量随从从龟镇逃到铜山，成为郑成功的麾下。

王起俸擅长骑射，这在以水军见长的郑军中具有明显的"差别化优势"。他的投诚，令郑成功非常高兴：这样的降将越多越好！王起俸被任命为总练使，负责训练少量的骑兵，并同柯宸枢一道联络铜山等地的抗清武装。七月，永历派遣使臣赴闽，加封郑成功为漳国公。

十月，郑成功攻克云霄县城。守将姚国泰身负重伤依然坚持抵抗。他投水自杀未遂，被郑军活捉。郑成功不计前嫌，安排最好的医生救活了姚国泰。这位猛将终究被郑成功的诚意感动，从此死心塌地追随了国姓爷。

都说郑成功六亲不认，刻薄寡恩，但姚国泰事件，却证明了他还是很有人情味的。

云霄之战后，郑成功率军南下诏安，试图打通进入广东的通道。不过，郑成功的老朋友王邦俊趁郑军主力南下之时，突然对盘陀岭发起攻击，中冲镇柯宸枢顽强抵抗，不幸牺牲，这让郑成功非常伤心。

随着军队人数越来越多，郑成功的粮草供应成了大问题。福建是出了名的"八山一水一分田"，本来就产粮不足。郑成功的地盘又太小，没有充足的物资供应。

广东潮州与福建漳州接壤，又是重要的产粮区，郑鸿逵多年来一直垂涎这片土地。但潮州属于李成栋部将郝尚久的地盘。郑芝龙部将施郎、施福等降清后归入李成栋部下，一直不受待见；他们返回福建时，又受到了郝尚久的攻击。因此，施郎等一直怂恿郑成功夺取潮州，既为郑军解了粮草危机，又为自己报了私仇，真是一箭双雕的好计啊。

十一月初一日，郑成功率领大军由分水关进入潮州地界，驻扎在饶平县的黄冈镇。当时，郝尚久对潮阳的统治并不稳固，当地有大量"不清不明"的土匪山盗。

不久，武毅伯施福带着当地海寇黄海如来见郑成功。这位国姓爷抱怨道："我举义以来，（地盘）屡得屡失。幸好老天没放弃我。现在大军到此，想择一处练兵措饷之地。哪里好呢？"黄海如显然早有准备，一番话把郑成功说得相当开心："潮州属于鱼米之乡，素称富饶肥沃，现在却为各路土匪山盗所占据，赋税多不上交，藩主您依次收服他们，籍其兵而食其饷，训练恢复，大事可预期啊。"（潜台词：是爷们儿就过来打啊！）

郑成功说："我也想要这块地。但潮州是大明领地，怎能发兵？"参军潘庚钟一见，不失时机地说道："我们可以先出个公告，号召他们出师从王，顺者安抚，逆者讨伐。藩主您奉旨专征，大军已经近在咫尺了，南洋许龙如果不劳师郊迎，我们不就可以兴兵问罪了吗？"

黄海如一看有人帮腔，就更高兴了。他继续煽动说："驻军筹饷，哪里也没有潮阳好啊。它的富饶甲于各县（好在没说甲天下），而且临海很近（方便你们行船），有海门所，达濠埠可以抛锚停泊，运送米粮。"

郑成功觉得黄海如说得有道理，就给许龙发了公文，要求他准备小船来迎接。随后，郑军移驻到了南洋山头仔。果然，许龙对郑成功的要求毫不理会，这不是找打吗？郑成功于是发兵，猛攻许龙老巢。此时，有"大巴掌"绰号的猛将陈斌慕名来投。郑成功非常重视，任命他为后劲镇，参与攻打许龙之战。

十一月初八日，许龙带兵出来应战。可惜，他们哪里是郑军的对手，很快就被打得四处逃窜，许龙仅以身免。获胜的郑成功骑在马上，兴致勃勃地察看周围形势，卫兵跟他有了一段距离。

突然之间，几个提着钢刀的壮汉从岸边杀出，直直向郑成功杀了过来。这位国姓爷还没来得及害怕，战马倒先反应了，把他给颠了下来。壮汉高叫着向郑成功身上砍去。

想想李自成是怎么死的？难道又一出悲剧要上演？当然不至于。护卫蔡巧、李长等拼尽全力跑了过来，和刺客战在一起。工夫不大，就将他们全部杀死了。

郑成功起兵三年以来，这是他第一次与死神擦肩而过，不能不说运气还不错。征讨许龙一战，郑军收获了上万石粮食，郑成功命令黄恺将战利品运送到中左所，交族叔郑芝莞保管。

随后，郑成功又如法炮制，要求达濠寨张礼准备船只粮草。当后者抗命时，郑成功略施小计，将其达濠、霞美攻破，又围攻青林寨。张礼被迫投降，后来被郑鸿逵杀掉。

永历四年（1650）正月，年轻气盛的郑成功不好好过节，却兵发潮阳，攻打和平寨。为筹集军粮，他是真够拼的。这个寨子三面环水，郑军只能从西面进攻，当地海寇借助险要地形负隅顽抗，不善攻城的郑军损失了不少人，却依然没有进展。

郑成功和众参谋站在高处，商量着如何用兵。突然只听"啪啪啪"几声枪响，郑成功再看自己的右手，已经是鲜血直流。他不禁冷笑几声：这贼子的枪法真是太差了。可是，如果人家打得再准一些，就不知道收复台湾的会是谁了。

当年的火绳枪威力有限，郑成功的手也没有落下残疾。这是他第二次死里逃生。

尽管已经有了两次与死神近距离接触的机会，但郑成功依然"我行我素"，始终站在一线指挥战斗。主帅的斗志感染了手下士兵。右先锋杨才挺身而出，扛着藤牌，冒着密集的箭雨和不时发出的枪弹，奋力登上城头，挥刀砍杀了数人。随后，更多的官兵都攀上了城楼。和平寨就这样被攻克了，里面的所有人都被杀死，以报复他们伤害国姓爷。

不过，杨才不久之后就去世了，也许是攻寨时受了重伤。施郎则攻克了溪头寨，陈斌攻破了狮头寨，还收服了匪首黄亮采。

郑成功在潮州打下了很多寨子，夺取了很多粮草，郝尚久跟这些山盗也没有什么交情，他说不定还乐得让郑成功去清理呢。但郑成功的手，又伸向了新墟寨，这可是郝尚久的合作伙伴。

收到新墟寨的求救，郝尚久不觉大怒，感觉这位国姓爷丝毫不将自己放在眼里。他点齐兵马出战，与施郎、陈斌部遇了个正着。陈斌一心想立功，提刀跃马就冲进了郝军阵中，如入无人之境。只能说，郝尚久的手下太不禁打了，纷纷向后逃窜。陈斌直接活捉了对方的陈禄。

不过，郝尚久的噩梦才刚刚开始。郑成功最善打伏击。埋伏在伏石场寨左翼的甘辉、隐藏在寨子右侧的黄廷，看到郝军招架不住，就很"不仗义"地及时杀了出来，与施、陈二将一道猛攻郝尚久。这哪里是战斗，完全是一场屠杀。不大会儿工夫，郝军尸骨堆得满地，鲜血逆流成河。可怜的郝尚久只带了少量随从杀出重围，逃进了潮州城。

五月，施郎从诏安招安了万礼，后者日后也成为郑军名将。

既然已经和郝尚久闹翻了，郑成功决定攻下潮州府城海阳县，建立一个比较稳固的基地。平心而论，郝尚久并非坚定的抗清将领，而是利字当头的军阀。他游走于清廷和南明之间，只为了博取最大利益。谁给的好处多就跟谁混。别看现在打大明旗号，如果形势有变，他随时可以降清。但是，郑成功如此轻启战端，显然不值得歌颂。

永历四年（1650）六月，郑成功大军开到潮州城下。继四年前的二帝会战之后，广东又喜提两藩内战。

郑成功召集诸将议事。他说："这个郝尚久不清不明①，拂顺助逆。动辄出兵相加。本藩欲消灭他，计将安出？"刚归降的大巴掌陈斌想要立功，于是进言道："斌（自称，表示谦虚）就是潮州人，对当地形势还是很熟悉的。潮州城东面环溪，只有一座浮桥连接通往漳州的大道，西南北三面都是平地，可以攻击。我军必须先断浮桥以绝援兵，然后集中兵力从西南围攻。他郝贼内乏粮草，外无救兵，不投降，还能做什么？"

郑成功点头说好，随后就领兵驻扎溪东葫芦山。郝尚久嗅到了灭亡的气息，率领主力出城。郑成功令陈斌迎战。

陈斌及手下士兵立功心切，士气高昂，个个当先。而郝军似乎欠缺战斗力，很快就抵挡不住，向葫芦山方向撤退。可就在这时，早已恭候多时的王起俸部又很不地道地杀了出来，与陈斌前后夹击，郝军被打得四散奔逃，有死在刀下的，有被流箭射死的，有掉进河里淹死的，真是一派人间惨剧。

郑成功遂令左先锋施郎组织人手破坏浮桥。浮桥只有一线见长，难容兵马。而郝尚久在附近筑有炮台，对着郑军拼命开火，令郑军损失不小。郑成功遂下令架炮还击。双方激战三日，郑军依然无法占领对方炮台，郑成功急了。他冒着可能被炮弹击中的危险，出现在了最前线。

郑成功传下命令："一座桥都攻不下来，还想发展壮大？今天本藩亲

---

① 指既不归顺清朝，也不效忠明朝。

自督战，有奋勇拔克者，重赏擢升；退却者，不论总镇官兵，立即斩首示众!"

自起兵以来，这位国姓爷是出了名的治军严酷，六亲不认，连施郎都感觉压力山大。他命令亲随何义、陈法和林椿等带上数十人的敢死队，在己方炮火掩护下，奋力攀上炮台，不可思议地出现在了埋头放炮的郝军面前。炮手们一个个被吓破了胆，死伤跳水的不可胜数。郑军占领炮台之后，随即烧掉浮桥，从西、北、南三方面包围了海阳县城，并在城外构筑炮台，对着城内狂轰滥炸，摆明了不拿下城池不收手。

郑成功依然出没于最前线。一次，他巡视完毕，约各镇将领在城外松石下喝酒，商讨下一步方案。正喝得高兴时，突然一声巨响，漫天扬起的灰尘，把好好的酒桌都震翻了。还没有喝好的郑成功失望地一转头，却发现管家阿三已经被炸得没有了人形。

如果这炮能瞄得再准一点儿，倒在血泊中的肯定就是国姓爷了。原来，郑成功一伙人的动向，已经被郝军探报发现。郝尚久随即调来重炮，打算送郑成功和隆武团聚。可惜，人算不如天算，老郝终究还是差了点儿运气。

这已是郑成功起兵以来第三次差点儿殉国了。吃了亏的国姓爷岂能甘心，下令加紧攻城，以防夜长梦多。你还别说，还真发生了意外——在接到郝尚久的求助信之后，清漳州守将赫文兴率军于七月二十日赶到海阳，海盗许龙用船队护送清军入城。作为对清军的回馈，郝尚久及部下全体剃发降清，与赫文兴一起死守城池。

郑军围攻潮州三个多月，依然无法得手，天气闷热，很多士兵相继病倒，非战斗减员特别严重，而王邦俊部又从背后包抄。思前想后，郑成功终于下令撤军，返回潮阳。

此时，当地山寇黄亮彩又袭击郑军营地。郑成功命令亲丁镇甘辉带兵围剿。黄亮彩岂是甘辉对手，很快就被一锅端。到了八月，郑成功的两位族叔郑芝莞、郑芝鹏来到潮阳，又给他带来了一则好消息。

而郑成功之后的决策，也成了他能迅速扩张的关键。

四、当机立断，最小代价达到目的

如果说十七世纪上半叶，东亚最强陆军属于清军，那最强水军一定属于郑芝龙。可惜，他明明抓了一手好牌（靠不断努力），却打得稀烂。明明当上了大明的太师，却愿意自降身份去当清朝的两省总督；明明可以凭借一人之下的位置争雄天下，却一炮未发就剃发降清。

更可悲的是，郑芝龙没当上总督，倒是当上了叛徒，进而当上了囚犯。

庞大的郑氏产业，原本都是留给老大郑成功的，却被手下瓜分得干干净净；而可怜的郑成功，原本可以轻松当个富二代，却不得不带着少数随从，提着脑袋从零开始。

起兵四年多来，郑成功的军事才华得到了很好的历练，从对抗清军的一战即溃到有来有往，帐下的大将也越来越多。可是，他缺少一个稳固的基地，因而只能到处乱跑，很有一些闯王李自成当年的"风采"。

离开潮阳之后，永历四年（1650）的中秋节就要到了，郑成功决定前往厦门。

厦门本是泉州府南安县地界上的一个海岛，面积一百平方公里。明朝在此设立中左所，只是为了防御海寇。但厦门处于九龙江入海口，拥有不冻不淤的天然良港，比海澄的月港条件要好很多。郑芝龙占领中左所之后，就将它建设成重要的海上贸易中转站。厦门既靠近大陆，又有海洋保护，进可攻，退可守，确实是成就事业的理想起点。

不过，郑芝龙北上降清之后，中左所的控制权落在了郑成功族兄郑彩、郑联手中。怪只怪郑芝龙投降得不是时候——你北上之前，倒是把郑家企业的控股权先转给老大嘛！

眼看到了八月十五日，一轮皓月挂在半空，厦门岛内灯火通明，处处都是欢声笑语。郑彩因事外出，郑联则在鼓浪屿大摆宴席，和手下弟兄一起喝酒吃月饼。仗着自家强大的水军，郑联根本不用担心清军突袭。当卫兵报告国姓爷到来的消息时，这位粗人还觉得不好意思：没有特别准备啊。

　　郑成功一袭便装，随行的也只有五百人，但带的礼物倒是分量不轻，让郑联相当高兴。

　　"大木既然来了，不妨就多住几天。"

　　"那小弟就恭敬不如从命了。明天晚上，我在虎溪岩摆酒，咱们兄弟好好喝几杯。"

　　"好，那就不见不散!"对郑联来说，没有什么事是一顿酒解决不了的。如果有，那就两顿。

　　十五的月亮十六圆，十六的好酒还不要钱，多好。郑成功从潮阳带了很多好菜，又请来了几个技艺精湛的厨师，做出的菜点色香味俱全，让郑联吃得相当过瘾。郑成功和甘辉等又轮番敬酒，郑联很快就喝大了。

　　"贤弟……我得走……走了……"走个道都跟跟跄跄了，他为什么不留下来过夜呢?

　　"大哥，就在我这儿将就一晚，明天一早再回去如何?"郑成功赶紧挽留。

　　"不行不行，还有事情……"

　　几十个卫兵保护着郑联，向着停泊在水边的座船走去。柔和的月光温柔地洒在大地上，一阵轻风拂面，让人倍感舒爽。郑联一边跟跟跄跄地走着，一边醉醺醺地哼着不知名的小曲。走到半山塘时，突然之间阵阵寒光闪过，一队蒙面人不知道从哪里杀了出来，举着钢刀杀向了这些刚刚吃饱喝足的爷们儿。

　　这也太嚣张了吧，敢在郑家兄弟的地盘上打劫?不过，他们想抢的并不是财物。不大一会儿工夫，郑联和他的手下全都被杀死。

那么问题来了，谁是凶手？谁这么嚣张？还有王法吗？还有底线吗？

凶手跑了，郑联的遗体很快被送到郑成功住处。这位国姓爷非常难过，眼泪当场就流下来了。他咬牙切齿地宣布："一定要查出真凶，我和他不共戴天！"随即下令张贴悬赏令，在岛内抓捕罪犯。

郑联的死讯，在厦门岛内引发了一片混乱。大头目郑彩也不在，又没法给他打手机，将官们正争执要不要请国姓爷暂时主持大局之时，随着几声炮响，数十条战船突然杀进了内港。数千名手持钢刀、长矛和鸟铳的郑成功军士兵，很快包围了郑联军的诸多据点，岛上大兵们才知道上当了。

难道，清军还没打过来，两边倒要自相残杀？就在这时，突然有人高喊："中左所是太师（郑芝龙）打下来的，现在应当还给国姓爷！"

郑联手下将官陈俸、蓝衍和吴豪等人，都很识时务地归降了郑成功，士兵也顺利地被改编了。显然，郑彩和郑联兄弟的威望相当有限。多数人认为，跟着自带国姓爷光环的郑成功，前程显然更加光明，更容易成功。

原来，跟随郑成功来厦门的不止四条船、五百人，而是有数十只战船，近万名士兵。这些船只趁郑联疏于防备，悄悄驶进港内埋伏起来。

原来，行刺郑联的不是别人，正是郑成功手下大将杜辉及其亲兵。

原来，郑成功来拜访郑联的目的，就是要占领中左所。

不过，这位国姓爷并不愿意杀掉郑联，从而背上手足相残的骂名，但他手下的弟兄，却一定要置郑联于死地，斩草除根。

只死了郑联等少数人，中左所内的数万士兵，就这样被郑成功顺利收编。厦门和鼓浪屿这两座极具战略意义的岛屿，也归到了郑成功名下。显然，这是他起兵四年以来，打得最为漂亮的一仗。

最早劝郑成功袭取中左所的，是他的族叔郑芝莞和郑芝鹏。两个叔叔为此不辞辛苦地赶到潮阳，给大侄子带来了郑彩离开厦门、岛内防守薄弱的情报，并建议郑成功马上动手。

而给郑成功献上偷袭大计的，是大将施郎。

施郎说："郑联是个酒色之徒，没有谋略。藩主只需带四艘大船去鼓浪屿。郑联一看船少，肯定不生疑心。我们可以将主力战船伪装成商船，分头停泊在岛美、大担、白石头和水仙宫等地。藩主上岸拜访，态度谦恭，然后相机而动。这就是当年吕蒙赚荆州的计策。"

施郎鬼点子还是多。郑成功不由得点头称是，但却觉得不能杀害兄弟。可族叔郑芝莞的一席话，终于让郑成功坚定了主意。

这位叔叔振振有词地说："要不杀郑联，他的部下就不能真心归降。建成、元吉，不都是唐太宗的亲兄弟吗？"

显然，郑芝莞是想为郑成功做些心灵 SPA，帮他减少一些负罪感。正如李世民玄武门兵变以很小牺牲就完成权力交接一样，这场厦门兵变，也以郑联等极少数人的死亡，换来了郑芝龙旧部的重新整合。

相比郑经日后的那些骚操作，郑成功的领导才能无疑要强好几个段位。

控制了中左所，对郑成功未来的发展有着极其重要的意义。

首先，中左所虽地域狭小，却驻扎了数万将士，数百战船。整编郑彩军队之后，郑成功的实力大大增加，在对抗清军的战役中将更加得心应手。

其次，如果说安平是郑芝龙海商集团的总部，中左所就是其贸易中心。岛上屯聚的金银财宝、粮食物资数目惊人，如今都归属了郑成功。他从此就算正式继承了郑芝龙的海商集团，可以通过发展海上贸易，为对清作战筹集大笔资金。

再次，与无险可守的安平不同，中左所是四面环海的岛屿，易守难攻。得益于郑芝龙多年的苦心经营，郑军水师堪称东亚最强。清军的马步兵实力再强，面对浩渺的大海，也显得无所适从，想打下中左所绝非易事。

最后，中左所扼守九龙江入海口，郑军水师可以方便地攻到海澄。退可牢牢守住厦门，进可威胁富饶的漳、泉两州，并在此基础上光复八闽大地，进而奠定北上江南，驱逐鞑虏的基础。

郑成功作为郑芝龙长子，郑氏家族企业的头号继承人，眼前的一切，原本他都可以轻松获得，如今却要采取并不怎么光彩的方式抢占，其中更大的责任，恐怕还得由老爹郑芝龙来负。如果他不降清，如果由他来领导福建的抗清运动，那情形完全又是另外一回事了。

只能说，郑成功选择了最难的一条路，还得咬牙走下去。到了九月，郑成功举办隆重仪式祭奠母亲田川氏，并再度强调了与清廷作战到底的决心。郑成功试图迎接郑彩回中左所，消除隔阂，但在后者眼中，这无疑是"黄鼠狼给鸡拜年"，他怎么可能答应。

郑彩带兵北上沙埕，希望鲁王能接纳自己。可惜，迎接他的只有漫天的炮火。张名振、阮进和周鹤芝等鲁军将领，都对郑彩擅杀熊汝霖等大臣的事非常愤慨（当然类似的事情他们自己也没少干），并出动炮船拦截郑彩军。众叛亲离的郑彩，只能流落到广东沿海，过起了类似倭寇的生活，也算是为之前的恶行还债了。

直到多年之后，郑成功与郑彩总算都放下了心结。当族兄的回到了厦门，像一个普通老人一样平安度日，最终在这里安详地老去。当族弟的也不再提防他，而是安排下属精心照料。相比那些战死在沙场，或者投降清军的同行，郑彩的归宿还算不错。

占领了中左所，郑成功是不是就可以大展拳脚了？

第六章　施郎降清留祸患

一、中左所失守，居然能因祸得福

永历四年（1650），郑成功不知不觉间已经二十七岁了。经过几年的战场磨炼，他从少不更事的官二代成长为指挥若定的统帅，眼光与雄心已然超过了他的父亲。郑成功以霹雳手段，行菩萨心肠，用最小的代价，就能将郑军主力重新整合在自己的旗下，这胆略、勇气与统御能力确实非常高超。

中左所扼守着海上贸易的重要航道，战略位置确实无可挑剔，但它实在太小。没有马场可以训练骑兵，也没有多余土地能够屯田。更糟糕的是，由于房子不够，一些士兵及家眷只能住在船上。

中左所的财富虽多，也不能直接解决士兵的一日三餐：银子变不成米饭。事事亲力亲为的郑成功，决定出兵筹粮。

他的叔叔郑鸿逵，之前就曾鼓动侄子一起攻打郝尚久，为的就是解决粮食问题。

当年十月，刚占据厦门不久的郑成功，又扬帆起航，向着广东方向进发了。按理说，刚刚接收一个新据点，主帅不宜轻动。但忠振伯洪旭赶到中左所，带来了潮阳山寇再度反叛的消息，这让郑成功坐不住了。

主帅亲征，厦门基地谁来守卫，无疑是一个特别关键的问题。郑成功自然要在所有将领中挑选。但有一位年龄稍大的将军，却自告奋勇，说要担此重任。

郑成功一看，不免有些怀疑：你老人家是这块料吗？当然，为了不打击对方的积极性，郑成功还是尽量婉转地说："如果清军来袭，全岛官兵都有生命之忧，您年事已高，不必担此风险。"

这潜台词就是：您还是哪里凉快哪里待着吧，别跳出来刷存在感了。

"老夫当年跟随太师打了很多胜仗，现在正是国家危难之际，我岂能袖手旁观？"说话的不是别人，正是劝郑成功袭击厦门的郑芝莞。

话说到这份儿上了，郑成功不好冷了族叔的心，于是下令前冲镇阮引、后冲镇何德领水师，援剿后镇蓝登领陆师，听从郑芝莞调遣，共同担负起保卫厦门的重任。

十一月初二日，郑军开到潮阳，开始在各村寨征集粮饷。不过，当地百姓的日子一直清苦，很多人家实在凑不够份额，叫苦不迭。在洪旭建议下，郑成功免除了部分人家的粮饷。

就在这里，郑成功宣布了一条重要命令，也让后世史学家一直争论不休。

据杨英在《从征实录》中的说法，提塘官黄文从梧州赶来，恳请郑成功西征勤王。当时，平南王尚可喜、靖南王耿仲明之子耿继茂正以重兵围困羊城。《清史稿第十一·郑成功传》中则说："（顺治）八年，桂王诏成功援广州。"

如果广州不保，人在肇庆的永历，恐怕又得收拾东西逃命，刷新自己的微信步数了。当然，今天我们知道，广州在当月初三就陷落了，尚、耿二位大清好将军，在城中进行了丧心病狂的大屠杀，以此震慑敢于坚持反抗的两广军民，场面真是惨不忍睹。

尚可喜和耿继茂在广东节节胜利，孔有德在广西也是势如破竹。到了永历四年（1650）初，随着何腾蛟、堵胤锡和瞿式耜这些体制内实力派相继败亡或去世，南明政权已经名存实亡。而能够为它续命的，只剩下了当年的"流寇"和"海盗"。

幸运的是，大明克星多尔衮也在这年十二月初九日离奇死去，让南明政权又多了一丝喘息的机会。

逃到广西南宁的永历，很快向占据云南的大西军首领孙可望发出了求救信号。

隆武二年（1646）五月，清肃亲王豪格和吴三桂进占汉中，兵锋直指四川。七月，张献忠放弃成都，准备返回故乡陕西抗清。可惜的是，十一月二十七日，他在西充凤凰山被清军突袭并杀害。

张献忠死后，大西军并没有像李自成的大顺军一样迅速衰败，只因张献忠的三位养子孙可望、李定国、刘文秀①能力非常突出。他们果断改变进军陕西的决策，挥师挺进清廷统治势力薄弱的贵州和云南，建立起了相对稳固的根据地，得到了当地各族民众的拥护，兵力扩张到三十万人以上，并拥有庞大的骑兵和战象队伍。大西军与清廷有着血海深仇，一直希望与南明联合抗清。

那么，早已改用永历年号的郑成功，有没有得到勤王诏书呢？

个人认为，这种可能性也许有，但不是很大。云南毕竟与广西接壤，大西军骑兵很快就能赶到。而福建距离南宁过于遥远，郑成功的势力也过于薄弱，海上行军变数太多，实在难以担负起护卫皇室的重任。

但是，郑成功是一个胸怀大志的英雄，他的性格更接近颜思齐而不是郑芝龙，如果一个可以迎接君主回中左所的机会摆在眼前，他怎么可能不珍惜？连郑彩这种粗人，都知道将鲁王接到厦门，挟监国以令诸侯，确实也算威风了一阵。如果郑成功能将永历接来，那东南势必再度成为反清的中心，国姓爷的声望势必会得到很大提高，更多志士仁人势必会投奔到他的旗下。

---

① 张献忠另一养子艾能奇于永历元年（1647）进攻云南东川时遇害。

永历五年（1651）的元旦①，郑成功是在海上度过的。海浪的颠簸让很多人难以承受，但对郑成功来说，航行似乎却是享受。他天生就是为大海而生的英雄。

正月初四日，船队抵达了南澳。接到消息的陈霸出岛迎接。让郑成功更开心的是，四叔郑鸿逵正好也驻扎在这里。

别看此时郑鸿逵还不到四十，却已是老态尽显，常年的军旅生涯令他力不从心。

"四叔，您不妨回驻厦门歇息，攻打潮惠的事情就交给侄儿吧。"郑成功看出郑鸿逵身体不佳，就希望能帮他多分担些事情。

如果别人这么劝郑鸿逵，他老人家肯定不乐意：想架空我吗？但郑成功说就不一样了。郑鸿逵将大部分军队及萧拱宸、沈奇等将领移交给郑成功指挥，自己只带着少量战船返回了厦门。

有四叔在，郑成功对厦门的安全也就更加放心了。他任命萧拱宸为中冲镇，沈奇为护卫右镇，跟随他一同南下。

听说郑成功要前往广西勤王，陈霸不免非常担忧。他坦诚地说："听说二酋（尚可喜、耿继茂）已攻破广州，杜永和（永历朝两广总督）逃往海南，也帮不上您的忙了。中左所是大业的根本，不容闪失。您不如就驻扎南澳调度，让我代您南下，如果有确实消息，您再亲自出发也不晚。"

陈霸的一番肺腑之言，让郑成功非常感动，但他还是坚定地说："我知道老将军的忠心，但我家世受先帝厚恩，捐躯难报。现在既然接受了令旨（真的有吗？），即便越山逾海，也应全力以赴，岂能顾及身家？你先回去驻守，中左所如果有急，驰援也来得及。"没办法，陈霸只能领命。

不过，有人就是善于给国姓爷添堵。施郎本是郑成功非常欣赏的将领，这次南征也特意将他带在身边。没想到施郎居然一本正经地说："藩主，昨天我做了一个噩梦，南征前程似乎很不利啊，请您三思。"

---

① 明朝的元旦，即现在的春节。

郑成功何等聪明，马上明白施郎这是拐弯抹角劝自己罢兵呢。再联想他当年丢开黄道周跑路的英姿，可见这位仁兄是一贯的利字当头，不愿为国犯险，只喜欢打自己的小算盘。而且更要命的是，施郎性格也相当桀骜不驯，跟郑成功有一拼。但是，此人在作战指挥方面，确实可以称得上出类拔萃。

"施将军说得在理。那你就先回中左所吧。"施郎还没有缓过神来，郑成功突然又连下两道命令，直接把施郎搞"蒙圈"了。

"施将军，你将左将军印及手下兵将交苏茂管辖，后营万礼并入戎旗镇，由本藩直接指挥。"

原来，这是要夺他的兵权啊，施郎心中叫苦不迭，感慨一片好心被当成了驴肝肺，但能有什么办法呢？

正月二十七日，郑成功率领船队离开南澳，向着粤东挺进。二月初，船队开出白沙湖。此时，郝尚久已经投降了清军，一场恶战似乎不可避免。但年轻气盛的郑成功，岂能为这点儿困难吓倒？波光粼粼的水面上，上百艘战船浩浩荡荡排出了近十里，场面非常壮观。远处数十只海鸥呼啦啦地飞起，在天海之际绘出一幅绝美的图画。那年代没有空军，清军的战船也没有能力搞突袭，怕什么呢？

你别说，还真的有的怕。二月二十五日卯时（五点到七点），船队起锚。广东的天气就像青春期的少女一样捉摸不定。郑成功军中也没有刘伯温式的气象专家，很多时候只能看经验与运气。不过这一次，他们的运气有点儿不太好。

早上出发时，还是艳阳高照，风和日丽，快到中午时分，大片乌云悄无声息地钻了出来，转瞬之间，黄豆大的雨点噼里啪啦落了下来，呼啸的狂风卷起巨大的浪花，疯狂地倾泻在甲板上，甚至奔涌到船舱里，导致船体左右摇晃，随时有翻船沉没的危险。

"完了！"不知谁绝望地叫喊着。此次出征的船员，很多都是跟着郑芝龙干过海盗、打过荷夷的，走南闯北，见识过太多大风大浪，经历了太多死里逃生，纵然如此，不少人还是被吓得乱了阵脚，不知道应该往哪里跑。而对二十八岁的郑成功来说，这还是他第一次远洋航行，第一次遇到这种危险。

主将的表现，对军队的士气极为重要。让人欣慰的是，"菜鸟"郑成功根本没有这个岁数年轻人应有的慌张与胆怯，他坚定地站在船头，指挥船员们努力划水，但风势实在太大，船队只能顺着风浪漂流，把命运交给上天。

难道，真应该听从施郎的建议？连遗书都没有写，就这么死了，谁能甘心啊？

天色已经暗了下来，风浪却并未停止，被吹散的木料漂得到处都是。郑成功一行顺着海浪漂到盐州港。此时，他发现自己的座船已经与大部队失去了联系，身边也只剩下几十个人了。

不过，借着微弱的星光，郑成功居然看到两艘战船赶了过来。他认出是郑军的船只，不觉非常开心，急忙让所有手下使劲呼喊："国姓爷在此！"

来船艰难地驶到了近前，原来，领头的是管正中军船内司都督蔡进福和副中军船施举。在众船争相逃命之时，他们最惦记的还是藩主的安危，并冒着生命危险奋力寻找。面对此情此景，年轻的郑成功怎能不感动？

郑成功上了施举的船，一行人打算向菜屿方向驶去。不过，风浪一直没有明显减小，很快施举的船也严重漏水，桅杆折断，形势十分危急。

万幸的是，蔡进福的船没问题。他见此情形，急忙向施举这边靠拢。他们二人不愧是驾船高手，在这样的生死时速下，还能娴熟地运用并船技术，将郑成功及其手下都转移到了蔡进福的船上。

现在，三艘船就剩一艘了，如果再有变故，神仙来了都不顶事。由于没有合适的停靠地点，蔡、施二人只能指挥船工吃力地划着船，顶着风浪，在大海上转来转去。而郑成功自然也是一夜没有合眼，一直挺立在船工的身边，一路为他们加油打气。

远处隐隐约约传来鸡鸣声，一轮红日出现在天际线处。此时的大海，又恢复了宁静。劫后余生的郑军将士，不由得喜极而泣，感慨自己又逃过了一场灾难。蔡进福也兴奋不已，第一时间向藩主问安。不过郑成功一开口，就让他愣住了。

郑成功非常认真地说："这次行程真险，多亏众位兄弟齐心，现在没事了。不知道施举能不能脱险，而且，钱粮册籍都在他那条船上。"蔡进福也很担心施举的安全，只能安慰老大说："施举水性极好，应该没事的。"

船上已经没有了食品，没有了淡水，郑成功和船员们都是长时间不吃不喝，只是努力寻找大队人马。功夫不负有心人，到了下午申时，他们在近山附近发现了好几艘郑军战船。郑成功遂命人发出信号，漂散的船只陆续驶了过来。幸运的是，虽说遇到了这么大的风浪，船只与士兵的损失并不大，可见这些跟随过老太师的士兵，水上技术是相当过硬的。如今，他们更希望在少主国姓爷的领导下，在东南海域重新打出一片天地。

更让郑成功欣喜的是，施举居然也安然无恙地回来了。否则，做藩主的真不知有多内疚。郑成功于是下令，升蔡进福为水师内司镇，施举为水师后镇，其余将官各有封赏。

这次遇险，是郑成功自起兵以来，第一次在海上面临死神的威胁，也是他第四次死里逃生。郑军以水师见长，郑成功也清醒地意识到，想要战胜强悍的清军，必须充分发挥水军的作用。但海上行船也有很大风险和不确定性，捉摸不定的天气，是他们永远要面对的难题。

三月初十日，郑军舰队来到大星所。当士兵们想就近采集一些柴火时，却被当地清军和百姓驱赶。郑成功于是下令扎营，准备打上一仗。

得知郑军侵扰大星所的消息之后，一支清军赶来援助。不过当走到龙盘岭时，突然间杀声四起，埋伏多时的郑军奋勇杀出，将清军打得尸横遍野。原来，熟悉当地地形的万礼，不光向郑成功建言伏击，还担任了这次战役的指挥。

随着援军被灭，三月十五日，大星所被轻松攻破。郑军获得了大量的粮食物资，足以弥补之前海上遇险的损失。

不过，郑军这样的打法，似乎又回到郑芝龙之前的海盗路线上了。虽说抢夺的是官方的物资，但当地百姓的负担，势必又大大加重了——清廷肯定要从他们那里找回损失。就在郑军准备乘胜继续西进，迎回永历时，郑成功却突然收到了发自中左所的急报。

这位国姓爷瞬间变得相当焦虑，他真是左右为难。

二、清理门户，展现铁血一面

永历五年（1651）三月二十二日，就在郑军即将离开大星所时，郑鸿逵手下的得力干将——都督郑德与援剿后镇中军翼将周全斌突然乘快船连夜赶到，并向郑成功呈上了四叔的亲笔信。

郑成功看着看着，神色就开始严峻起来。随后，他把信交给了身边的将军们。工夫不大，营帐中居然传出一片哭泣声。大部分将官不约而同地跪了下来，恳请郑成功立即返航，咱们不去勤王了！

到底出什么大事了？

三月十四日，十几艘挂着郑家旗号的大船，突然出现在了中左所码头。守军认得是郑成功五叔郑芝豹的商船，自然就放他们进港，并通知了郑芝莞。

哪里想到，数百名全副武装的绿营骑兵，居然变魔术一般从船中杀了出来，杀向了郑军营地。担任守卫的前冲镇阮引、后冲镇何德，知道根本抵挡不住骑兵冲击，干脆不战而逃。

看来，清军是拷贝了郑成功收拾郑联的做法。

之前信誓旦旦要扛起守岛大任的郑芝莞，早已被吓破了胆。他让手下收拾岛上的金银财宝，准备跑到老家安平避难。可偏偏岸上有位女性在高喊："停船，停船！"谁啊，这么没有眼色？

郑芝莞却不能不理人家。她正是国姓爷正妻董氏。

董氏与郑成功的结合是政治联姻，利益交换，很难有什么真正的感情。她也知道丈夫不喜欢自己，但并不以为意，而是全力教导儿子郑经，希望他能顺利继承郑氏家业，如同当年的田川氏抚育郑成功一般。此时的郑经已经九岁，当然自己能跑，不需要母亲抱着他了。

看着董氏小脚跑得很辛苦，船工林礼迅速把船划到岸边，也不顾什么男女授受不亲了，背着她上了船。这时候林礼才注意到，董氏怀里紧紧抱着的，原来不是什么财宝，而是田川氏的黄金坐像，这可是郑成功平素最为看重的物件，这让林礼非常感动。可是，董氏并不想坐他的船，而是问："莞爷的船在哪里？"

郑芝莞的船上装了很多金银货物，当然就行驶得慢，很快让林礼给追上了。董氏向对面招手，郑芝莞并不想让对方上船，怕她看到自己带走的各种东西。他于是赶紧说："大少奶奶，我这可是战船，颠簸得厉害，你还是去内眷的船吧。"

他越是这样，董氏越怀疑，马上回复道："媳妇就喜欢坐战船，现在正是战时，我一定得和将士们在一起。"郑芝莞没有办法，只能让她上船。这么一来，自己的秘密很快就被发现了。

厦门岛上并没有骑兵，马得功凭着五百骑就可以横冲直撞，一路烧杀抢掠，好不快活。曾任隆武朝大学士的曾樱不愿逃跑，而是在家里自缢殉国。在生命的最后时刻，他从容地笑道："我今日犹得正命清波，幸也！

遁何处?"

很多无辜百姓也死于清军刀下。但马得功高兴得有点儿早,郑鸿逵的船队返回厦门了。

郑军部将杨抒素、吴渤率先上岸,试图拦截清军。马得功杀得兴起,一箭射死了吴渤,杨抒素不敢靠近。施郎及时赶到,带着陈壎、郑文星等加入了战斗。郑军主力陆续赶来,令马得功难以招架,只恨自己带的人太少了。

眼看这五百骑兵都要葬送在厦门,郑军突然停止了进攻,放马得功逃跑了,这个变化实在过于戏剧性。原来,别看马得功像个粗人,他还有细腻的一面。在大难临头之时,他并没有乱了阵脚,而是让几个手下拼死杀出,跑到郑鸿逵那里求情。

马得功的部下如是说:"自从和您各为其主,马将军无日不念您的好。今天我们死就死吧,但恐我们死后,官军还会报复,遭殃的是岛上民众。况且您大哥在京城,家眷在安平,他们的安全怎么保证呢?不如放我们一马,让我们安全离开,一举两得,大家都好!"

说得好像也有些道理。毕竟郑芝龙和郑家亲属的安全,郑鸿逵不可能不放在心上。于是,他咬咬牙,命令郑军让开一条道,听任马得功由高崎逃走。清军缺少船只,郑鸿逵还慷慨地赞助了几条船,使得他们能够装载大量掠夺的金银,安全地返回泉州。

镜头切回大星所。看着郑德、周全斌焦虑的表情,郑成功愤然说道:"本藩奉旨勤王,现在中左所已失,再回去还能做什么?咫尺天颜,我们离皇上已经很近了(其实还远得很),岂能半途而废?国难未报,遑顾家为?"看着郑成功坚毅的表情,郑周二人不知道说什么才好:藩主这是真心话,还是大冒险?

显然,郑成功这番话有表演的成分,更是要试探手下将官的反应。三军将士大都是实诚人,听郑德、周全斌说中左所失陷,立即想到生死不明的亲人，难以保住的家产，痛哭声此起彼伏。毫不夸张地说，隆武帝遇难时，他们都没有这么难过。

眼见众人回归的意志如此坚定，郑成功不得不做出让步。他让人摆设香案，庄重地向南礼拜。郑成功眼含热泪，一字一句地说："臣冒涉波涛，冀近天颜，以佐恢复。不意中左失守，将士思归，脱巾难禁。非臣不忠，势使然也。"郑成功的情绪感染了众将士，很多人不由自主地也失声痛哭起来，场面十分悲壮。

这么一来，郑成功就丢掉了迎回永历的最佳机会，很可能也是唯一的机会。不能不说，人是需要一些运气的。郑军先就近在各处取粮，二十五日班师回闽。

四月初一日，郑军船队回到了中左所。郑成功第一时间了解了事情的大致经过。他为董氏的果敢而由衷钦佩，为施郎的勇敢而欣慰不已，更为厦门的浩劫而深深自责。

这位年轻的统帅猛地拔出佩刀，让侍卫不寒而栗。不过，郑成功并没有当场砍人，而是做了一个让在场所有人目瞪口呆的动作，他挥刀削去了自己一缕头发，这是致敬曹操的"割发代首"吗？万幸的是，清军并没有占领中左所，数万将士依然还有容身之处。但作为统帅，郑成功知道自己错误严重，唯有通过这种方式，才能减少一些内疚。

但听说了三位叔叔的精彩表现之后，郑成功真的是要气炸了。他传下命令，不准部下与这三人及其亲属相见。郑成功愤愤不平地说："把清房接来的是澄济叔（澄济伯郑芝豹），把清房送走的是定国叔（定国公郑鸿逵），弃城与敌的是芝莞叔，都是家门内的祸患，和清房何干？"

郑成功召集诸将开会，评议中左所失守的功罪。施郎勤王意志不坚决，却在抵抗清军的战斗中表现勇敢，郑成功赏银二百两，加二级；陈墇、郑文星各赏一百两。随后，郑成功很快丢弃了和善的微笑，换上了杀气腾腾的面容，展现出一位优秀演员的自我修养："将郑芝莞押上来!"

郑成功怒不可遏:"本藩南下时,本不敢让你留守,但你一再要求,并承诺一旦有失,愿受军法惩处。现在你还有什么可说的?"郑芝莞仗着自己是郑芝龙族弟,又是劝郑成功袭取厦门的功臣,因此根本不在乎:"都是阮引、蓝登他们误事,不听老夫节制。"

"水师未败时,你就收拾东西装船,准备逃跑了。这还敢抵赖!来人哪,推出去!"

都说国姓爷六亲不认,可也不能杀自己的叔叔吧,不怕天打雷劈?屋内呼啦啦跪倒一大片:"请藩主宽赦老将军!"郑成功和老爹郑芝龙一样热爱表演,但这一次他是动真格的。面对众人的恳求,他依然无动于衷:"立斩!"

工夫不大,一颗血淋淋的人头被送了上来,众将无不愕然。连叔叔都说杀就杀,何况我们呢?郑成功又令贴出榜文,上面写道:"本藩铁面无情(实诚人!),尔诸勋臣将各宜努力,苟不前进怯敌,本藩自有法在,虽期服之亲,亦难宥(有郑芝莞的人头保证)。"次日,郑成功又下令诛杀阮引和杨升,并将何德捆绑,重打一百二十军棍。

郑成功并非一味的严酷,也有他温情的一面。他摆设灵堂,哭祭曾樱等烈士,对死难的军人和家属都有抚恤,毫不吝啬。郑成功下令清点财物,发现九十余万两黄金、数百镒珠宝和数十万斛米粮被清军掠夺,难免对四叔意见很大。

曾几何时,郑鸿逵是郑成功最为尊重的长辈,此时,两人已经到了要断绝关系的地步。当叔叔的当然有自己的苦衷,却也无法平息侄子的怒火。此时的郑鸿逵身体已然不好,他知道未来的抗清大业,当然得由郑成功唱主角,那么,何不就坡下驴呢?

于是,郑鸿逵带领部下移驻金门的白沙屯,避免双方可能的冲突。之后不久,老爷子干脆将所有船只和军兵交给郑成功管理,自己乐得提前退休（其实这一年他才三十九岁），每天种菜养花，听戏遛鸟，日子过得也挺充实。

如此一来，郑彩、郑鸿逵和郑成功三股势力就实现了统一，金门和厦门都由郑成功控制。虽说和郑芝龙全盛时期还是无法相比，但对清廷来说，足以称得上心腹大患。

四年前焚衣起兵时，跟随在郑成功身边的只有数千将士。这点儿人根本谈不上什么战斗力，一小股清军都能把他们全歼。但凭着过硬的军事素养，坚强不屈的意志，以及卓越的领导才华，郑成功成功地将分崩离析的郑军重新整合在了一起，成为东南沿海最重要的一支反清势力。

和老爹一样，郑成功非常自负。如果你有机会问他："这世上你最崇拜谁？"他一定会微笑着照照镜子。但郑成功不乏理智与务实。他深知与强大的清军相比，郑军的实力太过弱小，想要在战场上生存并壮大，必须苦练杀敌技艺。因此，郑成功对军队的操练，只能用"严苛"一词来概括。他还制定了《杀虏大敌中敌赏格》，制定了优厚的奖励标准，以激发士兵们血战到底的勇气。

在郑成功的治理之下，岛上士气逐步恢复，国姓爷的威望也不断提高。但郑军内部并非铁板一块，有人对他并不服气。

三、放虎归山，终极克星终于逃脱

施郎和郑成功，同样是有能力改变东南战局的英雄。但同样心高气傲，不喜欢被人约束。他俩的合作注定是暂时的，分手却似乎不可避免。

施郎有才华，也有脾气。如果一个统帅能用好他，能给自己带来很多惊喜；但如果驾驭不住他，则会引发太多麻烦。偏偏郑成功和施郎一样自负，因而也就无法做到彼此欣赏。

施郎不愿跟随郑成功勤王，加上之前从黄道周北伐队伍中开溜，让郑成功认为，此人才华突出，但人品与境界实在不怎么样，让人很不放心。

因此，郑成功借故解除了施郎的军权，让他返回厦门。

即便施郎在保卫厦门的战斗中表现出色，郑成功重赏了他二百两银子，但并未恢复其职位，反而让副将万礼接替了他的职务。

没有兵权的将军，就跟没有名牌的靓妹一样嘚瑟不起来。施郎非常不满，就让部下放出话来，说他老人家要削发为僧，退居山林。显然，这是在给郑成功示威和施压。没过几天，施郎就接到命令，说是国姓爷要单独见他。藩主良心发现了吗？

"施将军，最近可好？"一见施郎，郑成功笑脸相迎，还把对方整得不适应了：这是黄鼠狼给鸡拜年？

"托国姓爷洪福，施某身子骨尚好，还想为国出力。"这意思无非是说，你姓朱的不尊重人才，有眼无珠。

"施将军，本藩知道你才具突出（瞎说什么大实话），现授你组建一支新军，定名前锋镇，你意下如何？"

什么？还新军？中左所孤悬海上，到哪里能招兵？南海龙宫？这不摆明了继续架空吗？当别人是二傻子？施郎心里不知道有多少怨气在奔腾，但他也没有当场翻脸，只能悻悻退出。

施郎当然不可能组建什么前锋镇，而是真的剃掉了头发，当起了和尚，明打明地向郑成功示威。

没过几天，施郎居然带着十几个手下闯进了右先锋黄廷行营，在里边肆意抢砸，这也太嚣张了吧。原来，施郎的一个家丁与黄廷的下属起了争执，施郎就借题发挥，跑上门挑衅了。

黄廷不敢和施郎动手（也有人说他是顾全大局，忍辱负重），而是跑到国姓爷那里告状去了。郑成功于是让黄山和黄恺前往施郎家劝诫，希望他注意自己的言行。施大师对二人恭恭敬敬，表示自己一定注意。

但一波未平，一波又起。

曾德是郑彩的部下，阴差阳错之间成了施郎的下属。施郎更信任一直跟随自己的亲信，对曾德很不待见。受到冷落的曾德就有了大胆的打算，而这个决定，简直就如同蝴蝶效应一样，直接影响了明末清初的政治格局走向，是他本人做梦也不敢想象的。

曾德悄悄让人给郑成功带信，说是要投到老领导麾下。郑成功并没有多想，也就同意了。曾德正忙着指挥家人收拾东西时，一队士兵却闯了进来，很快就将他绑了。

还有王法吗？士兵们押着曾德，把他带到一位将军面前。曾德一看，马上明白了：你老人家这是要杀人灭口啊！

抓捕曾德的正是施郎。只因曾德知道施郎不少黑历史，比如父亲施大宣贪污公款，弟弟施福强抢民女，等等。按说这些都不算多大的事情，曾德也未必有兴趣去揭发。但施郎自己心虚啊。

"大胆奴才，我待你不薄（没弄死你），你却背叛我，是要向国姓爷告密吗？"施郎怒不可遏。

"将军冤枉，我本来就是国姓爷属下，他老人家要调我走，我能有什么办法呢？"

"大胆，还敢狡辩！推出去，斩了！"

施郎的手下赶紧求情，大概意思是打狗都得看主人的面子，何况一条人命呢。正争执间，突然亲兵来报："方仁林求见！"

方仁林是郑成功的亲信，施郎大概猜出了几分，立即给下属发出了命令。

原来，曾德被抓的消息已传到了郑成功那里，方仁林是过来要人的。可一到施郎这里，老方就傻眼了：曾德的尸体已经倒在院子里。

这还了得！郑成功彻底被激怒了。他绝对不能容忍施郎挑战自己的权威，让南明普遍存在的内讧传统在中左所冒头。

永历五年（1651）五月二十日，郑成功以传军令为名，让黄山捉拿了剿左镇施显。同时，这位国姓爷又安排黄廷拘捕施郎一家。想起之前受到的差辱，黄廷能不积极吗？

施郎私斩曾德，似乎致敬了袁崇焕杀毛文龙，同样都是很不理智。而郑成功一向以治军严格、六亲不认闻名，族叔郑芝莞都说杀就杀，他一个姓施的算什么呢？

不过熟悉明史的同学都知道，施郎并没有死。那他是怎么逃脱的呢？

当时，施郎被关在海船上，由忠定伯林习山的手下吴芳看守。林习山和施郎是故交，因此吴芳表现得就像个管家一般殷勤，每天好酒好肉伺候着。

没过几天，施郎突然收到了一封信，他看完之后非常紧张。吴芳见了非常好奇，就想问个究竟。也许是出于礼貌，吴芳没想看那封信。可是，你是看守啊，又不是跟班。

施郎面露难色地说："藩主想要我交纳两千两银子赎身，我现在只有一千多两，怎么办呢？"

吴芳马上给出主意："你在岛上有很多朋友，去借一些行不行？"

"我都被押起来了，能上岛吗？"施郎狠狠瞪了他一眼。

"没事没事，咱们速去速回。"吴芳忙换上一副讨好的表情。

于是，吴芳带着几个手下，保护着施郎来到中左所。一行人走到一处僻静之地，平时像个蔫黄瓜似的施郎，突然间变成了"施暴"。他挥起拳脚，三两下把吴芳及其手下全部打翻在地，就此逃跑了。

显然，吴芳是太大意了，至少也得给施郎戴上手铐。但郑成功让这样的人看守要犯，又能怪谁呢？施郎连夜跑到好哥们儿苏茂家躲了几天，随后逃往安平，投到族叔施天福（已降清）军营。

施郎就这么"胜利大逃亡"了，不久之后投降了清廷。收到探报之后，一向自负的郑成功，感觉自尊心受到了一万点伤害，拎不清形势的吴芳当然是活不成了。郑成功一怒之下，还将施大宣和施显处斩，完美致敬了当年李自成杀吴三桂全家的一幕。

不能不说，郑成功此举并不明智。留下施家人的性命，随时可以威胁施郎，逼他就范，要他难堪，才是控制他的更好手段——清廷不就是这么对付你国姓爷的吗？

对于施郎的逃跑，郑成功非常痛惜，甚至说道："我不幸结此祸胎，将来必为一大患！"施郎真有这么厉害吗？我们走着瞧。

第七章　激战漳州砥柱东南

一、三战三捷，独立作战成果喜人

失去了施郎这样的名将固然可惜，郑成功却以铁腕手段，维护了自己的权威，保证了中左所基地的稳定。此后的他，将会以更加强硬的姿态向清军发起进攻，并与西南的李定国一道，书写反清复明最为精彩的篇章。

因南下"勤王"，郑成功被端了中左所基地。与此同时，远在广西的永历朝廷也经历了剧变。

永历五年（1651）二月，清军进逼南宁，眼看皇帝已逃无可逃，在最危急的时刻，五千大西军开到该城，保护（押送）永历来到了贵州。

孙可望得到了自己梦寐以求的秦王王爵，而离开广西的南明小朝廷，从此可以说名存实亡，完全成了大西军手中的道具。

孙可望并没有将永历接到自己的大本营贵阳，而是将他安置在了偏僻的安隆所（改名为安龙府）。搁到眼巴前，不得天天上朝磕头嘛，多麻烦！在贵阳，孙可望自称秦国国主，还建立了行营六部，事实上完全掌控了永历朝廷。

历史总有惊人的相似之处。当年曹操把大本营设在邺城，却把汉献帝扔在许昌；朱元璋将总部搁在应天府，却把小明王韩林儿放到亳州。看来孙可望是活学活用，立志要当下一个曹操和朱元璋了。

但是，老孙想当大秦开国皇帝，也得看什么时候。朱元璋起兵时，正值元朝势力衰退之时，他才有可乘之机；而孙可望经营西南时，要对抗的可是正值巅峰期的清朝。以老孙的出身、能力与威望，恐怕成不了整个南方反清势力的共主。残明官员不服他，大顺军的夔东十三家不服他，远在福建的郑成功，当然也不服他。

即使在大西军内部，李定国和刘文秀两位实力派，也不会无条件服从他。

相比南明小朝廷，以厦门、金门、南澳和铜山为基地的郑军，更像是一个企业集团，不但要打仗，要平衡方方面面的关系，更要经商赚钱，以维持作战的开销，养活官兵及其家属，堪比荷兰的东印度公司。

在中左所，很多将军都有自己的产业，可以视作公司股东。而郑成功，绝不仅仅是一位将军，一位政治家，更是一位企业领袖。

摆平了内部纠纷之后，郑成功当然要对外部的敌人发力。他首战的目标，选在了海澄的磁灶。收到消息之后，漳州总镇王邦俊准备以攻为守。他派遣骑兵一千、步军两千人进逼磁灶，本人并不出场——杀鸡焉用牛刀？

郑成功召集诸将开会。他信心满满地说："欲图进取天下，先从漳泉起手。此番杀他一阵，漳州城内的满贼就会害怕。我们集兵裕饷，恢复有望。大家都振作起来！"众将纷纷附和道："请国姓爷下令！"随后，郑成功安排了具体的作战部署。

永历五年（1651）五月二十七日，战事正式开打。亲丁镇甘辉、前冲镇万礼和右冲镇柯鹏冲在最前面，他们的麾下基本上都是步兵。清军早就学会了满八旗的战法，上来就让骑兵放出漫天箭雨，打算趁郑军阵脚不稳时，再来个劈头盖脸式的冲锋。

可没想到的是，清军这边射了半天，郑军那边阵形根本不乱。见鬼了，这是怎么回事？原来，早有防备的郑军，拿出了自己的法宝——大棉被。羽箭射在棉被上根本穿不透，郑军人员损失非常有限。清军随即冲杀过来，但郑军并不慌乱，他们三人一组，一人举藤牌保护，一人挥刀专砍马腿，另一人则负责收割骑兵。

"藤牌三人组"，让我们联想到了当年戚继光研发的"鸳鸯阵"。但鸳鸯阵是由十一人组成，阵法也要复杂得多，对付的是以步兵为主的倭寇。而藤牌军则专为对付清军骑兵设置。厦门地狭人多，郑成功就算银子再多，也没有训练骑兵的场所，只能用步兵的血肉之躯硬扛清军铁骑。

年轻的国姓爷很清楚自身的劣势，因而在平时操练时，对士兵要求极其严格。表现不合格的，随时可能受到鞭笞棍棒伺候。当然，郑成功肯定也不是虐待狂，他这么做有自己的苦衷。而正是有了这样魔鬼式的训练，郑军步兵在面对骑兵冲击时，才不至于一触即溃。

清军主将一看半天占不到便宜，心中顿时有了不好的感觉。不过，这仅仅只是开始。随着一声号炮响，三路郑军突然杀来，将清军团团围住。

原来，一切都在郑成功的掌握之中。就在昨天晚上，他安排戎旗镇埋伏在磁灶山坑南，援剿左镇黄山埋伏在坑北，左先锋苏茂、援剿右镇林胜则埋伏在坑内。甘辉等部只是诱敌之兵。但也许郑成功也没有料到，甘辉部的战力太强，可能都用不着伏兵，只靠自己都能对付王邦俊。

集结了这么多日后让清军闻风丧胆的名字和上万军兵，只为了收拾王邦俊的三千兵马，实在是有些"大炮打蚊子""杀鸡用牛刀"之感。但是，磁灶之战是郑成功占领中左所、整合父亲旧部之后，完全独立领兵的开始，取得开门红非常重要。

这是郑成功的一小步，也是历史的一大步！

三天之后，郑军凯旋中左所。根据之前制定的《杀虏大敌中敌赏格》，郑成功给苏茂、林胜二镇记首功，给甘辉记副功，万礼、柯鹏记又副功。随后在欢快热烈的气氛中，国姓爷大摆庆功宴，让将士们美餐一顿，当然也会不失时机地提醒他们，未来还有更多恶仗要打，更多压力需要承受，更多困难需要克服。不久之后，郑军又扬帆出发了。

九月，郑军开到了漳浦县。王邦俊终于肯亲自出马了。他与陈尚智各领本部兵马，赶赴钱山驻扎，希望能一雪上次磁灶失利之耻。听说清军派来助战的是陈尚智，郑成功不觉冷笑："他不过是个无名小辈。我们只需以逸待劳，以饱待饥……"

当然，这些说着容易，做起来有时还真挺困难。但是，年轻的郑成功就是如此自信，他的信心也感染了所有军官。他们群情激昂："这次我等尽欲得功，让清虏有来无回！"

九月二十五日，清郑两军在漳浦城外展开激战。王秀奇、林胜和苏茂各率本部奋力向前，对手招架不住，阵前很快就堆满了尸体。清军向后撤退，却被埋伏好的亲丁镇、前冲镇和援剿右镇逮了个正着，只能继续逃窜。郑军一直追击到龙井，方才停了下来。

王邦俊和陈尚智拼命逃了出来，奔到漳州城下。他俩以为这就安全了，谁知道守军担心把追兵也引进来，坚决不让这俩伙计进城。真是太没有责任心了。

王陈二人连咒骂的工夫都没有，得继续逃窜啊。他们刚稳住阵脚，郑成功派来招降的使者也到了，宣传了一番弃暗投明、不当奴才的政策。但这两位坚决不愿投降，坚决要将小辫子留到底，还要坚决逃跑。不过，他们麾下有数百士卒还是接受了招抚，令郑军的队伍进一步扩大。

王邦俊和陈尚智一气逃到泉州，向福建陆路提督杨名高痛陈郑成功的"累累罪行"。杨提督原本还觉得郑成功乳臭未干，配不上和自己交手，但禁不住二人添油加醋的一番夸耀，遂决定统率泉州和兴化两府精兵，好好教训一下这个敢号称"国姓爷"的毛孩子。

郑军连赢两阵，但郑成功自己也很清楚，之前打的这些小喽啰不值一提。而杨名高麾下的兵马，战斗力远非之前的清军可比。尽管大敌当前，为了让军官们不致过于紧张，郑成功依然摆出一副游刃有余的架势，让人依稀看到了一些军神戚继光当年的风采。

郑成功侃侃而谈："杨名高不知我军的手段，必然轻敌（大家面面相觑：我们都赢两场了，他还轻敌?）。我们必须略地取粮，引诱他们来战。先须占据险要之处以迎敌。这一战，需要各位用力厮击，胜了这一阵，则援虏计穷……"他锐利的目光在众将脸上扫过，"漳州、泉州就会不攻自破！"

郑成功的信心感染了众将，纷纷请求打先锋。郑成功告诫大家："本藩奖赏有功，断不吝惜。但如有不用命者，杀无赦！到时候，我将与诸位一起战斗。"随后，郑成功走到地图边，就作战部署与众将进行了反复商讨和认证。

他们的目标，集中到了一处地方，这里也将永载史册。

杨名高肯定不是浪得虚名，而是一刀一枪拼出来的。这一次，他将队伍分成三股，此外还有一股从鸿渐山后包抄郑军。

郑成功亲统中军。看到有一股敌军杀来，他严令不许出战，要等到三股敌军一起过来。

果然不多久，三股敌军一齐向郑军发起了冲锋。郑成功非常冷静，向身边的旗牌官发出了指示。随着令旗的不停挥舞，一直养精蓄锐的郑军，拿出了他们的最强战力。

郑军戎旗镇和援剿左镇向清军中股发起猛攻，援剿右镇攻击敌人左翼，左先锋镇攻击其右翼。郑成功笑看危险，冒着密集的箭矢，在亲兵保护下冲击在最前面。他的勇敢，无疑大大激励了郑军的士气，所有人都无所畏惧，奋力向前。（当然，退后是要被当场处决的！）清军渐渐抵挡不住，在阵前丢下了很多尸体。

突然，郑军阵营后面一阵骚动。杨名高安排的奇兵登场了。不过，他没高兴多久，中冲镇肖拱宸、游兵营吴世珍和奇兵营杨祖赶了过来，让清军的偷袭未能起到作用。更糟糕的是，他们发现自己在劫难逃。特别是杨祖，一把大刀上下飞舞，所到之处总是一片惨叫。这位仁兄身中两箭，却跟被蚊子咬了两下似的，把箭杆折断继续砍人。不大工夫，他又杀死了清军一名将官，把活着的人都吓出心理阴影了。

杨名高不愧是清军的名将，他沉着地指挥手下分兵抵御。可他没想到，苏茂、郭义又赶杀过来，与郑军主力前后合围，大有将对手一举全歼的架势。此时的清军已阵脚大乱，满世界都是扔掉兵器撒欢逃跑的小辫子。杨名高纵然见惯了大场面，此时也无法控制了，只能下令撤军。郑军一直追杀到马厝巷（今属厦门市翔安区），才带着缴获的大量武器收兵。

郑成功回到中左所之后论功行赏。表现最好的杨祖被赐蟒玉戎服，他统领的奇兵营也升级成了奇兵镇。多说一句，这位杨祖本叫杨姐，郑成功觉得这名字实在不适合一个糙爷们儿，于是给他改了名。之后，杨祖果然一路"开挂"，作战十分勇猛。表现不好的中冲镇和游兵营，则受到了惩戒。

众所周知，清军绿营中的主力，就是以前的明军。他们换了马甲，也不指望别人认不出来。现在，看到郑成功节节胜利，有些人自然就有了更多想法。

十二月二十一日，郑军从旧港镇登陆，悄无声息地包围了漳浦县城。不过，等待他们的并不是一场恶仗，而是"我家大门就打开，张开怀抱等你来"。守将陈尧策是郑芝龙旧部，投降之后饱受歧视，于是动了反正的念头。

陈尧策事先派人与郑成功约好了进攻时间，此时就打开城门，放郑军主力进来。另一守将杨世德完全不知情，眼看这么多敌军从天而降，只能从城里杀出。眼看突围无望，他一头扎进了江水之中。郑军将领黄安救下杨世德，将他押送到郑成功大营。

"杨将军忠于职守，以死殉职，让人敬佩啊。"听着郑成功一本正经的夸奖，杨世德严重怀疑自己耳朵有问题。我一个汉人对清虏忠诚，那不就是叛徒吗？可郑成功并不这么简单理解。他安排郎中为杨世德治疗，又厚待其家属，让这个俘虏非常感动，表示要归降国姓爷。

郑成功授杨世德英兵镇，陈尧策则为护卫前镇。参军举人林其昌为知县，其余官兵各有封赏。当月十六日，郑军又顺利攻占了诏安县城，为这一年的征战画上了圆满的句号。

在战场上取得一系列胜利的同时，郑成功又收获了一份大礼。

二、鲁王来投，整合东南抗清力量

永历五年（1651），郑成功一改之前对清作战负多胜少的窘境，取得了三战三捷的成绩。他的影响力不断上升，地盘也稳步扩大，真的对得起"大木"二字了。更让人意想不到的是，有一股重要的势力，居然来上门投奔了。

在郑成功节节胜利之时，鲁王势力却遭遇了一系列的失败。首先在八月，荡湖伯阮进与清军激战横水洋，鲁军大败，阮进被擒杀。接着，九月初二日，清军集结数百艘战船攻克舟山，鲁王妃及大学士张肯堂等自杀殉国。

走投无路之际，十二月底，张名振、阮骏和周崔之等将领，保护鲁王来到海坛岛，并与郑成功部取得了联系。

我们都知道，郑成功对隆武的知遇之恩一直念念不忘，因而对鲁王不可能有什么好印象。但即将进入而立之年的他，做事不会像之前那么莽撞了。从抗清大局出发，郑成功认为必须收留鲁王及其部属。

但是，郑成功肯定不会承认鲁王的"监国"身份。这么一来，接待的礼仪就成了问题。谋士潘庚钟建议，以宾主之礼接见就 OK 了，不就是一个过来蹭饭的嘛，保不齐哪天又走了。可郑成功却认为："轻视藩王，就是乱人纲纪。我不是当过隆武帝的宗人府宗正吗？我以这个身份，用迎接藩王之礼接待他，就不算违背祖训，于礼两全了。"

就这样，郑成功安排了隆重的仪式接待鲁王，并对这位"流浪汉"行了叩拜大礼，让后者有些受宠若惊。随后，国姓爷在中左所安排了最好的住所，让鲁王、宁靖王和益王孙住了下来，并拨专款保证他们的生活。鲁王手下的名士张煌言和沈宸荃等人，也不觉得招待不周。

当然，鲁王来投，绝不代表他的势力加入了郑军。杨英在《从征实录》中记述这段历史时，连鲁王的名字都没提，只写道"定西侯张名振、平夷侯周崔之（即周鹤芝）、英义伯阮骏等俱来归。以名振管水师前军，崔之管水师后军，阮骏为水师前镇"。似乎是说三人从此变成了郑军将领，这当然是不可能的，张名振等人效忠的只是鲁王。

张名振是败军之将，又善于搞内讧，郑军中很多军官对他相当忌惮。还记得黄冰卿是怎么死的吗？如果郑成功的实力不济，张名振保不齐就能把国姓爷变成黄冰卿2.0，把中左所变成第二个舟山。所以嘛，只有你足够强大，别人才跟你讲公平。

郑成功是个非常自信的统帅，当然不大看得上张名振。据说有一次，张名振主动过来拜见。看着老张的花白胡须和满脸皱纹，郑成功突然想奚落他一番，于是就不怀好意地问："老将军，当了这么多年定西侯，你都做了哪些事情，说来听听嘛。"

这是赤裸裸的挑衅啊。哪知道张名振的回答差点儿没让郑成功当场笑出声来。这位老将军居然说："中兴大业。"牛也不带这么吹的呀，中兴了半天，折腾到我这儿来了！

郑成功一脸好奇地问："大业在哪里呢？"（反正不在你身上吧）张名振依然一本正经地回答："顺利了就看实绩，不顺就在方寸之间。"哎哟，口气真大呀。郑成功摆出一副打破砂锅问到底的架势，纯粹想让张名振难堪："方寸在哪儿啊？"

张名振一听这话，突然来了精神，当场就开始解衣扣了。这玩的是哪一出？亮肌肉吗？只见一把年纪的张名振脱光了上衣，露出满是各种伤疤的肌肤，让皮肤白净的郑成功不觉脸红。张名振却不慌不忙地说："在背上。"等他转过身去，郑成功更吃惊了。

老将军的背上，赫然刺着"赤心报国"四个大字，每个字都深深刺入肌肤。在当年的医疗条件下，张名振为此受了多少罪，也不难猜测。

郑成功当然知道岳母刺字的典故，明白张名振绝不是作秀，而是一种毫不动摇的坚持。这位国姓爷相当感动。他拱手道："我早就听说老将军威名了，怎奈诋毁之人太多！"

随后，郑成功让人抬来一个大箱子。这是要打赏吗？随从打开箱子，里面装的全是各种信函。国姓爷笑着说："这都是攻击您老的信件，留着慢慢看吧。"不承想张名振却一摆手："老夫没工夫看（我忙着中兴大明），不如通通烧了！"不能不说，他也是挺会做人的。

从此郑成功以上宾之礼对待张名振，让他管水师前军。郑军将领都管不了张名振，只有郑成功多少对他有约束权。但是，张名振无意做郑成功的手下，他念念不忘的"中兴"，只是中兴鲁王，郑成功岂能看不出来？如果他和鲁王同时落水，老张肯定看都不看国姓爷一眼。

能够包容张名振，可见郑成功绝非心胸狭窄之人。不管怎么说，鲁王势力从此在名义上受国姓爷节制了，东南抗清势力也就统一到了郑成功旗下，当年绍武大战永历的一幕不至于出现了。

在郑成功此后的一些军事行动中，张名振多少也参与了一些。

三、血战江东桥，尽情展现指挥艺术

永历六年（1652）正月初三日，对郑成功和他的将士们来说，是个非常喜庆的日子。郑军船队驶进了海澄。这座隆庆开关之后就一直充当华南外贸中心的繁华县城，从此纳入了郑成功管辖之下。

海澄城墙非常坚固，郑军又不善攻城，怎么这么轻松就占领了呢？说来让郑成功非常惭愧，只因守将赫文兴欣赏郑军的血性，更仰慕国姓爷的威名，就主动献城投降了。

海澄的港口就是大名鼎鼎的月港，位于九龙江入海口，离中左所很近。月港因"港道环绕如偃月"，故得名。但它本质上仅是河港，难以通行大船，海运条件远不如中左所——要不然隆庆皇帝也不会选这里作为开

放口岸，就是不希望民间贸易太过繁荣，朝廷不好控制。

郑成功水军的主力舰吃水都很深，按理说很难开进海澄。但让人开心的是，这一天港内潮水猛涨，让郑军的大船顺利通过，一路驶进中权关。

赫文兴终于见到了他仰慕已久的国姓爷，郑军从此也多了一位勇猛的战将。郑成功拿出大手笔，奖赏海澄官兵一万两白银，赫文兴一人又独得五千两，并统领新组建的前锋镇。

按理说，收获了海澄，新年期间应该消停一下。但年轻气盛的郑成功，对清廷的攻势一天也不想停下来。正月初十日，郑军猛攻长泰。如果占领这座县城，漳州府城龙溪县（今漳州市芗城区）就将处于长泰、中左所和海澄的半月形包围之中，这是福建清军绝对不想看到的事情。

当年成功忽悠郑成功从泉州撤军的王进，现在又成了长泰守将。他不愿意死守，主动出战，在溪西与亲丁镇甘辉苦战一天，不分胜负。而漳州方面又有上千马步兵前来增援。郑军寡不敌众，甘辉在战斗中身中两箭，几乎把自己交待在了这里。副将陈俸冒死冲锋，身中四箭，很多士兵都战死在了阵前。但郑军铁的纪律，此时也发挥了巨大威力。

大督阵官王孔坐镇后方，严令官兵向前冲锋，临阵退缩者即时处决。不过，还真有以身试法的。亲丁镇前锋陈霞、总班曾猛在阵前退缩，立即被枭首示众，令活着的人不寒而栗。

前有穷凶极恶的强敌，后有六亲不认的刀斧手，横竖是个死，何不拼一番，赌一次呢？战士们的血性，还真的被激发出来了。顶替甘辉职务的亲丁镇副将欧斌异常勇敢，带着手下攻破了清军阵营，将两名将官当场杀死，大大鼓舞了郑军士气。

胜利的天平终于倒向了郑军，他们挥舞着兵器疯狂砍杀，而清军拼命向溪边逃窜，很多人被活活挤到水中淹死，更多的人则被追上的郑军击毙。到了正月二十三日，王邦俊又来增援。戎旗镇王秀奇指挥若定，将这个手下败将赶了回去。

二月初三日，郑军架设云梯，开始猛攻长泰城。郑成功亲自督阵，严令后退者斩。清军则以火炮弓箭拼命抵抗。游兵营吴世珍无所畏惧地冲上城头，却被一炮击中，壮烈牺牲。二十多天过去了，长泰依旧没有被攻克。

清军的火炮实在强劲，让人想到了天启六年（1626）的宁远，感慨这个政权确实能够与时俱进。

不行，不能这样无谓地牺牲！郑成功下令暂停攻城，准备采取一个奇招。

转眼来到了三月初四日，郑成功依然未能拿下长泰，却收到了闽浙总督陈锦带领满汉大军来援并已到达同安的消息。堂堂的两省总督，居然大老远跑过来保护一座小县城，可见他们对国姓爷有多忌惮了。

三月初七日清晨，郑成功下令引燃从北门外高地一直埋到城下的地雷，希望能火速解决长泰。虽说郑军挖了有半月之久，由于测量偏差，爆炸并没有让城墙受到多大损伤。眼看破城无望，郑成功下令撤围，到江东桥扎营。

这时，漳浦、诏安、海澄及平和等县，都已被郑军占领。为了保住漳州府城，清廷安排了潮、汀两路马兵及南明军降将蔡兴、张云飞，配合陈锦围攻郑军，准备来个四路合击，一举将国姓爷赶回厦门。

眼见敌人来势汹汹，郑军中很多将士都慌了手脚。但他们的主帅，却显得特别从容镇定。郑成功派护卫左镇沈明、护卫右镇沈奇驻军诏安，堵截潮州方面的清援军；总督中权镇黄兴、护卫前镇陈尧策、英兵营黄梧等屯兵南靖、平和一带，阻挡汀州方面的清军；援剿前镇黄大振、平夷侯周鹤芝、闽安侯周瑞等统军阻截泉州港清军章云飞水师；北镇陈六御和信武营陈泽防守海澄。

郑军主力则屯兵九龙江北溪上的江东桥，静候陈锦的光临。三月初八日，在视察了当地地形之后，郑成功敏锐地看出，东北大山下的大路是通向漳州的要道，必须据险守卫；如果让清军控制，就可能居高临下，对郑军形成重大威胁。

有鉴于此，郑成功令右先锋黄廷督率左冲镇杨琦、奇兵镇杨祖等在山顶安置空营，插上很多旗帜来迷惑清军，在大山旁埋伏精兵以待敌；又从戎旗镇挑选精兵三百人，埋伏在江东桥南，与杨琦等彼此呼应，互为掎角，切断清军退回漳州城的道路。

东南一带山阜，未来很可能要发生战斗。郑成功安排左先锋苏茂埋伏在东尾寨内，亲丁镇甘辉督礼武镇陈俸等驻扎在当头叠敌道之要冲，之后是援剿左镇林盛，再后是前冲镇万礼和正兵营陈埙。戎旗中军营则扎在各营之中，援剿后、中冲和右冲等镇与其右翼相接。郑成功不无自负地宣布："其势如常山之蛇，击首尾应，击中则首尾俱应。"众将一听，都表示很有道理。

郑成功继续分派任务。前锋镇赫文兴率马步兵千余人，埋伏在中军营前面的树林中，作为各路人马的应援。援剿右镇黄山埋伏在深青桥、鸿渐尾一带，阻挡清兵的归路。

各营盘中，都要竖立一座数丈高的瞭望台，瞭官配备三个火号。看见中军营第一个火号升起，就说明清军已经出动，各营士兵需要立刻穿好衣甲，在木栅旁站好队形；看到第二个火号升起，说明敌军已逼进营盘，士兵们要贴立在木栈后的防御工事内，养精蓄锐，准备杀敌；看到第三个火号升起，所有将士必须一起冲出作战。

郑成功交代，头一队用火筒、火箭、火铳神器对敌进行有效杀伤，第二队则用藤牌、战被和刀枪做最后决战。毕竟那个时候，郑军还做不到人手一支火绳枪，超过一半的士兵，依然要使用冷兵器。

这场战役，关系到数万郑军将士的生与死，关系到国姓爷威望的升与跌，更关系到郑氏集团的前程与命运。郑成功丝毫不敢懈怠，反复强调军纪。他让传令官吩咐道："这次杀虏，按照《大敌赏格》执行。副将以下退却者，允许督阵监营当场将其枭首示众；统领总镇退却者，立刻捆解到军前枭首示众。"

话都说到这份儿上了，可以很多士兵的海盗习性，刀架脖子上了，该逃还会逃。郑成功一看中军营面山背水，就又下了一道命令。得知消息的将官们，一个个苦不堪言，大摇其头——老大这是太狠了啊。

原来，郑成功命令将船只通通开到九龙江下游，一只也不留。狠人就是狠人，不留任何退路，包括他自己。当年项羽"破釜沉舟"，大致也是这种操作。

三月初十日，正值春暖花开之季，陈锦大军开到了牛蹄山，距郑成功营地仅有五里，过往几年，陈锦在东南屡战屡胜，一个小小的国姓爷，怎能入他的法眼？

提标右营游击张玉献计道："大人，咱们可别小瞧了海贼国姓。他少年英勇，诡计甚多。现在他屯兵江东，我们不能贸然进军。不如先在这儿拒守，让人先和漳州府城联络。然后用一支奇兵，从长泰小道抄袭他们的后路，让国姓顾首不顾尾。"

这计策当然不错，却把老大惹毛了。陈锦极其不屑地说："此等小贼，何足挂齿？"

对嘛，在真正的硬实力面前，一切计策都是多余。可真是这样吗？答案很快揭晓。

三月十三日中午，陈锦率领主力步骑兵由东南山阜向郑军营地杀来。之前，他经过观察，发现郑成功中军有一处薄弱地带，可以作为突破口。

清军冲入正兵营，试图摧毁郑军设置的木栅和工事。此时，郑成功已经连续发出了三个火号，双方在江东桥前展开了殊死搏斗。首次与如此规模的正规清军交战，郑军不仅缺少骑兵，武器也不占优。但一想到郑成功可怕的赏罚令以及开得老远的船只，所有人不得不打起精神，不得不拿出棺材本来拼，与凶悍的敌人杀在一起。双方士兵的鲜血，从战场一直流到了北溪之中。

关键时刻，郑成功率领最精锐的戎旗镇加入了战斗。看到主帅一马当先，不惧危险，士兵们当然都深受感动，不顾死活地奋力向前。战场上的平衡逐渐被打破，清军慢慢招架不住了。可他们哪里想到，这仅仅是厄运的开始。

　　就像之前郑成功强调的"其势如常山之蛇，击首尾应，击中则首尾俱应"。老江湖陈锦选择看似薄弱的正兵营下手，显然是被忽悠了。陈俸、甘辉、苏茂和林胜率领麾下勇士合围过来，让清军疲于应付。而赫文兴统辖的骑兵也瞅准时机，从中军阵前的树林里杀了出来，这似乎成了压倒骆驼的最后一根稻草。昨天还信誓旦旦的陈锦彻底慌了神，昨天还信心百倍的清军士兵更是化身无头苍蝇，自顾自地满世界乱跑。

　　眼看士兵的溃败无法制止，陈锦只能果断地下达撤退命令。他以身作则，带着少数亲军向牛蹄山老营逃去。郑军在后边紧紧追赶，雪亮的钢刀挥舞过后，总是伴随着接二连三的惨叫。为了能跑得快一些，清军拼命丢弃兵器和衣甲，把战场搞得一片狼藉——就当是设置路障吧。

　　眼看夜幕降临，刚刚逃出包围的清军，却发现自己高兴得实在太早了，又被一队郑军撞着了。等候多时的黄山及其援剿右镇，又给清军的伤口上狠狠撒了一把盐。眼看沿途尸横遍野，陈锦的心都碎了：这怎么跟朝廷交代呀？

　　陈锦没脸进同安城，就在城外凤凰山扎营，收拾残兵，并以总督的名义发出指令，让各地人马赶过来救援漳州。

　　陈锦都被打跑了，长泰守将和知县知道"求人不如求己"，收拾东西连夜逃跑了。郑军兵不血刃接收了这座之前牺牲不小也没打下来的城池。郑成功任命冯澄世为知县，左冲镇沈奇领军驻防。

　　作为一位特别注重赏罚的统帅，郑成功很快就颁发了嘉奖令，对表现出色的陈俸、甘辉、黄廷和黄山记首功。不久之后，甘辉被提升为中提督，黄廷升为前提督，黄山升为右提督。他们成为郑军核心将领，其他将官也多有封赏。

郑成功一生参与的大小战役有数十次，但江东桥之战，无疑是其作战指挥艺术充分展现的精彩战局之一。凭借此役，国姓爷正式跻身明末清初的名将之列，成为让清廷相当忌惮的危险分子，自然也在东南沿海拥有了更高的威望与号召力。

而他自己，很快就有了更大的目标。

四、围困漳州，半年劳而无功

郑成功连战连捷，麾下官兵也是迅猛增长。他新增了二十八宿营，分别以传统的二十八宿来命名。得到提升的将官，自然都非常开心。

更让他们开心的是，陈锦的脑袋居然很快出现在郑军大营了，实在是大快人心。

原来，陈锦遭遇江东桥惨败之后，一直心情郁闷。他每天不是喝得烂醉，就是殴打下人出气。家奴库成栋（一说李进忠）忍无可忍，趁主子熟睡时割下他的首级，连夜逃到郑成功营中请功。

可怜的陈锦，就这样成为自清军入关之后，第一个因战事而死的总督。

库成栋立下这么大的功劳，一向不差钱又慷慨的郑成功，是不是得赏他一万两银子？郑成功召集文武官员于校场，并把库成栋请了出来，让这哥们儿非常开心：这是要开表彰大会嘛。

"来人，绑了！"当库成栋听到这几个字时，严重怀疑自己的耳朵出了毛病。可当几个士兵把绳索紧紧套在他身上时，他才知道国姓爷没有开玩笑。

"藩主大人，冤枉啊！"

"你杀主求荣，天下大罪人。本藩怎能用你如此不忠不义之人？"郑成功非但没有赏赐库成栋一钱银子，反而当场将他斩首，让诸位官兵看看出卖主子的下场。

郑成功的做法，也让很多人看不懂：人家库成栋也是弃暗投明啊，还为我们除去了一大心腹之患。可熟读儒家经典的国姓爷，就是这样有原则的人。

在赶走并搞死陈锦、接收了长泰之后，郑成功自然要集中全部兵力，猛攻漳州府城龙溪县。

龙溪面积不大，郑成功可以重重包围，势在必得。西门由戎旗镇王秀奇提调兼应援，仁武营吴豪、义武营杨朝栋扎营堵御，前冲镇万礼、礼武营陈俸和尾宿营杨正为应援；北门由提督黄廷提调兼应援，护卫左镇沈明、正兵营陈埙、亲丁镇欧斌扎营堵御，左冲镇杨琦、右冲镇柯鹏和亢宿营林德为应援；东门由提督黄山提调兼应援，护卫前镇陈尧策、角宿营戴捷扎营堵御，援剿左镇林胜、中冲镇肖拱宸、后冲镇陈朝及心宿营周腾为应援；南门最为重要，由北镇陈六御提调兼应援，游兵营黄元扎新桥头，后劲镇陈魁扎旧桥头，信武营陈泽、智武营蓝衍为应援。

什么叫密不透风？请看永历六年（1652）的漳州城。即便这样郑成功依然不放心，又把大杀器张名振请了出来，由他提调八角楼，氐宿营郑荣、柳宿营姚国泰专扎堵御，英兵营黄梧为应援。东岳一带大路，则由中权镇黄兴提调兼应援，奇兵营杨祖、援剿后镇蓝登、房宿营周全斌专扎堵御。此外，郑成功还安排亲随营李长、前提督黄廷、中提督甘辉、铁骑镇刘有才、昂宿营杜辉兼各处应援游兵。

郑成功自己驻扎南院，安排其余各镇分别把守漳浦、海澄、长泰、平和与南靖各县。这个阵势，漳州城里敢放出一只鸽子，恐怕都难逃郑军的罗网，更别说大活人了。

得知漳州被围之后，浙江方面立即派遣金衢总兵马逢知率满汉骑兵一千、步兵三千前来救援。马逢知又名马进宝，外号金衢马，以骁勇善战闻名。他知道事关重大，因此丝毫不敢怠慢。

当一行人赶到灌口、深青地方，正想扎营休息时，突然前面出现了一支郑军，摇旗呐喊喧嚣不止。清军慌忙做好战备，一晚上都不敢解甲。然而左等右等，上看下看，传说中的敌人愣是没来。马进宝忽然明白，自己上当了，郑军这纯粹是折腾人。

天亮了，一宿没合眼的清军正要休息，突然一声炮响，郑军中第一虎将甘辉杀了过来。马进宝及部下又累又饿，哪里有心思招架，只能边打边逃，边咒骂不光明正大的国姓爷。不过，甘辉似乎并没有把对手彻底搞死的意思，而是放他们进了漳州城。

镜头切回到前一天晚上。听说马进宝要来，甘辉非常开心，当即向郑成功表示："让我出兵把他灭了吧。"这意思就是说，你们谁也别跟我争啊。

郑成功却宛如诸葛孔明附体，给他讲了一番大道理："不行啊。用兵之道，怎能全恃武力？（你是老甘又不是老粗）一定要搞清楚彼此的情况。陈锦已经死了，提调无人，马进宝素以骁勇著称，他此行一定想着以一当百啊。"

甘辉当然不会服气。但郑成功却说："别真打，放他进城，然后继续围困。城里一下子多了这么多人马，粮食很快就不够耗了。外援既然迟缓，内部势必窘迫，我们不就能轻松把漳州打下来了吗？"

听国姓爷分析得头头是道，众将都深为佩服。郑成功于是下令："自万松关以及龙江一带，悉数撤避。敌军援军到了，不要阻拦。只是宣示一下军威，就放他们入城。"

马进宝很有职业精神，他进入漳州城休养了一段时间之后，又打开东门，直冲郑军营垒。郑成功不慌不忙，安排陈胜、陈斌、苏茂和萧泗迎战。他自己则领着甘辉、周全斌、陈尧策和赫文兴等将领，架云梯猛攻漳州，眼看城防危急，马进宝只好退兵。不过这时候又出事了，王邦俊担心老马有失，带了一支军队出城迎接，被气势更旺的郑军逮了个正着，杀得人仰马翻，副将金凤也做了俘虏。王、马二人好不容易退到城中，从此紧闭城门，再也不敢出城挑衅了。

话说回来。郑成功接受北镇王有才的建议，在各营外开挖一丈宽的河沟，安置一重鹿角，一重木栅，把漳州围得针插不进，水泼不进。到了八月，张名振突然建议，从镇门修渠，引水灌漳州。此举非常毒辣，符合张名振的一贯本性。一旦真的实施，担骂名的肯定是国姓爷——谁让他拍板呢。不过，这个计策可操作性并不强，郑成功尝试了一下就放弃了。

漳州城本身面积不大，人口却不少，物资也不多。郑军围城三个月之后，城内就开始出现供应危机。士兵无粮，只能去居民那里去借（抢）；大户没饭吃，就拿出金银找穷人换。没过多久，一个窝窝头变得比一堆金银珠宝还值钱，纸皮、树叶都成了宝贝，被抢去煮粥。如果这些还不能解决问题，士兵们就向镇守睢阳的唐朝名将张巡致敬，炖几个女人改善生活。当然在杀人之前，通常会做点儿别的，反正是不能浪费。

郑成功一边强攻，一边晓以大义，希望城中清军主动投降，毕竟他们大多数都是汉人。可令人遗憾的是，这些大兵宁可吃光全城百姓，也不愿向国姓爷投降。而城里居民，也没有打开城门迎接郑成功的勇气，没有反抗意识，就这样痴痴地等着被吃，为斯德哥尔摩综合征提供了活样板。

那么，郑成功将如何应对呢？

五、游刃有余，拿下第一次厦门保卫战

郑成功围攻漳州期间，在郑芝龙曾经经营过的台湾，爆发了一场声势浩大的起义，随即招致了荷兰殖民者的残酷镇压。

郭怀一是士美村的甲螺（首领），他痛心于荷兰殖民者的压榨与原住民的苦难，更想做出一番事业，像颜思齐那样扬名立万。永历六年（1652）八月，郭怀一召集亲信议事，准备利用中秋节庆，邀请荷兰要员上门喝酒，将他们一网打尽。

正所谓日防夜防，家贼难防。郭怀一万万没想到，他的弟弟郭苞，因与当哥的理念不同，就跑到荷兰长官尼古拉斯·费尔堡那里报信了。

郭怀一得知事情败露之后，就集结了一万六千名原住民仓促起事。可见，郭怀一在当地的威信非常高，有这么多人愿意提着脑袋跟他干。同时也说明，荷兰殖民者的统治实在太不人道。华人是世界上最逆来顺受的民族，但凡能靠最粗劣的食物活命，他们都不会造反。

荷兰指挥官丹克只带了一百二十名士兵，就跑去镇压上万人的暴动了。他们这是找死吗？事实证明，还真不是。荷军的火枪优势实在太大了。他们八人一排，连放四轮，郭军很快就作鸟兽散。一场战斗下来，起义军被杀死了两千多人。

郭怀一被内奸杀死，起义的所有组织者均被逮捕处决。这场精心筹划的起义，居然被过家家一般地粉碎，只能说明武器的差距实在太大了。

为了加强对华人的控制，第二年，荷兰当局在热兰遮城的对面，修建了普罗文查要塞，华人称之为赤嵌城。

鉴于郑芝龙过去的履历，以及郑家父子在台湾的影响力，荷兰当局一直怀疑，郭怀一起义的幕后大"boss"，正是国姓爷。但很显然，郭怀一如果得到了郑成功的武器支援，也不会死得这么惨。而郑成功因忙于漳州围城，没有及时与郭怀一取得联系，未能尽早拿下台湾，也可说是他的一大失误。

凡是略通兵法之人，都知道"围魏救赵"是怎么一回事。郑成功抽调了大部分主力围攻漳州，大本营中左所必然空虚。福建清军决定集中兵力攻打中左所，看你国姓回不回军？

但理想很丰满，现实很骨感。相比号称东亚最强的郑军水师，大清的水军堪称小学入门水平。但就这，清军愣是拼凑了一百多条战船，悄无声息地开往中左所，准备把特别问候，送给特别的国姓爷。

两年前，郑成功刚丢了中左所一回，刚被生活毒打了一次。那么，这次他会长记性，会从漳州前线撤军吗？答案是"NO"。国姓爷就是有这个魄力，他自己继续围攻漳州，让忠靖伯陈辉担任水军总督，全权负责保卫中左所的水战。

陈辉是一员经验丰富的老将，跟随郑芝龙参加过料罗湾大战。他集合了闽安侯周瑞、后军周鹤芝、左军辅明侯林察、前镇阮骏、后镇施举等，同样集中了百余条战船，他们并没有守着中左所静候敌人，而是主动出击，将船队开往泉州方向。

在惠安东南四十五里的崇武海面，清郑两军水师相遇了。早在洪武（1368—1398）年间，明水师就在崇武筑城以防御倭寇。有些不妙的是，清军战船处于上风向，郑军处于下风向，如果马上开战势必吃亏。经验丰富的陈辉立即下令退却，让清军的火炮无法打到。

但没过多久，风向就变了，郑军这边成了顺风。这种天赐良机一旦出现，大风大浪里闯荡多年的陈辉岂能放过？他果断命令各船加速前进，并和施举率先指挥座船冲向敌阵。相比清军战船，二人的战船体积要大得多，撞都能把很多小破船撞沉。加上火炮的优势，清军更加没有了脾气，只有逃跑的勇气。

当郑军战船陆续赶过来时，清军根本没有招架之力，只能纷纷驶向海岸，弃船逃命。郑军乘胜追击，接连夺下战船十余只，顺利返航。

崇武水战波澜不惊，郑军走过场一般就把清军击败了，似乎根本不值一提。但鉴于这是清军主动挑起的以攻占中左所为目标的水战，虽说半途而废，根本没能到达目的地，也可以称为"第一次厦门保卫战"。

从战事进程我们很容易看出，如果郑军水师是硕士生水平，清军水师充其量小学都没毕业，完全不在一个层级上。这次耻辱性的失利，无疑会大大刺激清廷发展水师的决心。而对闲置在家的施郎来说，自然也看到了展露才华的机会：大清离不了我！

虽说打赢了海战，暂时解除了清军对中左所的威胁，但漳州城迟迟攻不下来，让郑成功非常闹心。不久之后，更大的麻烦又来了。

六、古县大战，老天不遂人愿

郑军试图以长期围困的办法拿下漳州，但将近半年也未得手。九月十八日，郑成功收到一份情报，顿时紧张起来。

固山额真金砺统率满汉精兵来到泉州了。金砺不光是汉军镶红旗"旗主"，更是女真人都非常佩服的名将。早在天启二年（1622），他就在广宁之战中投降了努尔哈赤。之后的三十一年间，金砺由小伙子升级为老头子，为清廷屡立战功，双手自然也沾满了汉人的鲜血。

而这一年的国姓爷刚满三十岁。与五十八岁的金砺相比，作战经验明显欠缺。但自从占领中左所之后，郑成功已经取得了多场胜利，自信心也越来越强。很多将领听到金砺的名字都直打哆嗦，他们的老大却一如既往的镇定。

郑成功说："既然漳州未能攻下，敌军援军到了，我们不如暂时撤围，把主力摆在江东桥，打金砺一个措手不及，就像当初打陈锦一样。那么，漳州不就和长泰一样，不攻自破吗？"

"国姓爷高明！"众将纷纷表示赞成。于是，郑军主力就开到了江东桥，扎好口袋等金砺进来。可惜，左等右等，十天过去了，还没见敌军过来。原来，金砺大军化整为零，从长泰小道绕开郑军的包围，已经神不知鬼不觉地赶到漳州城下了。

当然，兵不厌诈，郑成功第二次陈兵江东桥，其实也不是简单的重复，而是与金砺在斗智斗勇，见招拆招。你觉得人不能两次踏入同一条河流？我就以不变应万变，也是一种战术。不过，金砺这次赌对了。

未能成功堵截金砺，郑成功于是将主力撤到龙溪古县城一带驻扎，等候清军的到来。他将大营设在田中的高阜处。在左翼，由中提督甘辉率亲丁镇郭廷及援剿左镇、前冲和中冲等镇驻扎山顶，埋伏在丛林之中。在右翼，有右提督黄山率援剿右镇余新、右冲镇柯鹏、护卫右镇洪承宪、礼武镇陈俸等列于田中，作为第一层，后冲镇、护卫左右镇等应援。前锋镇赫文兴居中出击，应援左路；前提督黄廷率右先锋廖敬、亢宿营林德等往来应援右路。郑成功本人则亲率戎旗镇驰援左右。

这个布置看似无懈可击，那么实战效果如何呢？十月初一日，金砺赶到古县扎营。大战一触即发。金砺是死人堆里摸爬滚打出来的人精，他看到郑军的营垒布置非常严密，八成也得暗自赞叹，知道对方不是省油的灯，于是不敢轻动。

十月初三日一早，战事正式开始。清军分成两股向郑军发起冲锋。甘辉在左路，指挥部下挡住了对方的疯狂冲击，并逐渐开始反攻。但清军有人数优势，双方杀了半天难分胜负。

没多久，清军后方突然大乱。埋伏在林中的一支郑军杀了出来，截断了对手后路，并与甘辉一起夹攻，清军拼死抵抗，非常狼狈，死伤超过了一半。

不过，金砺毕竟是一代名将，部下很多人也堪称骁勇。逃出包围圈的清军，居然又冲到了郑军右翼。黄山一见，不觉非常开心：各位确定不是来找死吗？那我就成全你们。

这位右提督一声令下，郑军营中的火炮、火铳和火箭一齐发射。浓烈的烟尘很快遮蔽了蓝天，刺耳的爆炸声把地下的老鼠都能吓得当场跑出来。

如果我们是看网络直播的观众，这时候必然会觉得大局已定，打算换频道了：没悬念了嘛。不过，半个时辰之后我们再回来看结果，才知道什么叫"贫穷限制了想象力"：这都行？

清军已然占据了上风，纵马挥刀疯狂砍杀。而以步兵为主的郑军，却丢下了遍地的尸体、扔掉了无数的武器，拖着沉重的双腿，瞪着绝望的双眼，艰难逃窜，惨不忍睹。郑成功本人倒是不惧危险，率领戎旗镇奋力冲击，试图改变局势，但显然已无能为力了。他不得不下令撤退，全军退到海澄。

到底出了什么事情？

原来，清军在北，郑军在南。这个站位也是很自然的选择：清军是从北面过来的。就在黄山专注于用火器招待清军时，突然刮起了强劲的西北风。郑军射出来的枪炮浓烟，居然也被狂风改变了方向，呼啸着朝着自己这边飘来，令很多人睁不开眼，开不了枪，还不了手。

刚才还惊魂未定的清军，岂能放过上天送上的大礼包？别看金砺都五十八了，思维似乎比二十八的年轻人还要敏锐。在主将的及时调度之下，清军展开了疯狂反扑，乘着顺风全力砍杀。而郑军因为视线严重受阻，完全没有还手之力，被打得溃不成军，惨不忍睹。

不能不说，满汉八旗军的强悍与顽强，确实名不虚传。之前与绿营军交手屡次获胜的郑成功，还是把事情想得有些简单了。

当天晚上，郑成功清点损失，结果令他几近疯狂。自从起兵以来，还从未有过这样的大败。右提督黄山、礼武镇陈俸、右先锋廖敬、亲丁镇郭廷和护卫右镇洪承宪都不幸牺牲。震怒之余，郑成功准备将擅自撤退的将领尽行诛杀。

本来已经损失惨重了，再杀大将显然不是什么明智的选择。老好人甘辉马上站出来说："这次我们败了，不是人力不济，将士不用命，实在是被风耽误，天时不顺，地利又失，以至于败归。我们能活下来，也是老天没有嫌弃啊。"

郑成功一向以铁腕治军，杀对自己帮助不小的族叔都不眨眼。这一次，他能轻易听甘辉的吗？郑成功沉默良久，才缓缓地说："你说得没错。倒是……"显然，后面才是重点，"那些没有见到令旗就撤退的，如果不惩处，以后还怎么治军？"

最终，亢宿营林德因提前撤退被斩，右冲镇柯鹏被捆责革职。其他保住脑袋的逃将，一个个都激动得无法形容。不过，郑成功又下令抚恤阵亡将领家属，并让礼官商议礼仪，将一些烈士的神位迎入忠臣庙祭祀。

俗话说，趁你病，要你命。郑成功很清楚，金砺不会留给他太多休养生息的时间。郑成功命工官冯澄世修缮海澄城防，新筑成的城墙高达两丈有余，全部用灰石砌成，极其坚固，就算红夷大炮也不易轰塌。郑成功又下令增筑短墙，并将旧有的五都土城连在一起。城墙、短墙上安置大小铳炮三千多门，城墙周围有江水环绕，船舶可以直达中左所。

国姓爷大兴土木，算是有钱任性吗？答案很快就会揭晓。

永历六年（1652），无论对郑成功还是对南明政权，都是至关重要的一年。在这一年里，抗清势力掀起了第二次反清高潮，对清军造成了极大杀伤，让无数中华儿女欢欣鼓舞。

三月，郑成功在江东桥大败清军，歼敌上万，并导致闽浙总督陈锦遇刺。盘点下来，这居然是自袁崇焕宁锦大捷二十五年以来，汉人军队对清（后金）作战最为辉煌的一次胜利。当然，江东桥之战中的清军，大部分是汉八旗和绿营军。

不过，郑成功的辉煌，很快就被另一位战神掩盖。当年四月，李定国由贵州进军湖南，首先在靖州大败清军张国柱部，收复大批州县。六月，李定国率军由湘入桂，仅用四天就攻克了广西省会桂林，双手沾满汉人鲜血的定南王孔有德被迫自杀，实在是大快人心，普天同庆。

相比郑成功围攻漳州半年未果，李定国堪称南明头号攻城师。但这还不算完。十月，李定国再入湖南，并于十一月二十二日一手策划了衡阳大捷，清敬谨亲王尼堪被当场击毙，成为死于战场的首位满族亲王。之后不久，李定国受封为西宁王。

李定国的辉煌战绩，令一向仇视农民军的学者黄宗羲也赞不绝口："逮夫李定国桂林、衡州之捷，两蹶名王，天下震动，此万历以来全盛之天下所不能有。"

　　郑成功、李定国的出色表现，让过往三十余年谈清色变的明朝官民，看到了清军并非不可战胜，看到了汉人军队的凝聚力与战斗力，更看到了北伐中原光复华夏的希望。而远在北京的顺治，却被南方的战事搞得焦头烂额。

　　但是，烟花散尽，就是一声叹息。刘文秀在四川的胜利成果，因保宁一战的惨败而几尽全失。而孙可望召李定国来沅州，后者担心被"清理门户"，率军远走广西。孙可望则在宝庆岔路口败于屯齐，令原本占优的形势从此彻底改变，第二次反清高潮就此结束。

　　而郑成功这边围攻漳州半年未果，反而遭遇了古县惨败，并将面对焚衣起兵以来的最严峻挑战。

七、海澄保卫战，以血还血书写传奇

　　有明三百年间，曾经有过很多经典的守城战。如于谦领导的京师保卫战，袁崇焕主导的宁远之战，戚继光指挥的仙游保卫战，等等。作为与南明战神李定国齐名的著名统帅，郑成功的名字也可以与他们放在一起。只因他为历史留下了一场极为经典，也极其惨烈的守城战名局。

　　这就是海澄保卫战。

　　郑军围攻漳州半年，个中甘苦一言难尽，眼看就要得手之时，却在金砺援军的威胁下被迫撤军。之后的古县惨败，更让郑成功丢掉了战争的主动权。郑军辛苦打下来的诸县，几乎全部重新为清军占领，只剩下了距中左所最近的海澄。

　　显然，如果海澄失守，郑军的大本营厦门就会完全处于清军的威胁之下。本着要么不做，要么做绝的宗旨，金砺决定不惜一切代价拿下海澄，把国姓爷赶回海上打游击去。

　　郑成功显然嗅到了危险气息，也知道未来战事的凶险。但作为统帅，他岂能把愁容写在脸上，把担忧传染给将士？"泰山崩于前而色不变，麋鹿兴于左而目不瞬"，才是合格统帅的自我修养嘛。

就在这时，永历七年（1653）三月，名义上归附郑成功的张名振建议北进浙直（浙江和南直隶），以减轻福建战事的压力。

这位老将军如是说："名振生长江南，领兵数十年（屡败屡战），现在清虏在多处的守将，都是老臣的旧属。敌人既然全力攻打福建，浙直必空虚，藩主只要给我一百艘战船，乘此长风破浪，直入长江，号召旧时手下，攻城掠野，因时制宜，捣其心腹，虏无暇南顾。藩主就能恢复福建，会师浙直，指日可待也。"

张名振分析得不无道理，但真正实施起来谈何容易？郑成功稍加考虑，就同意了老张的计划，还支援了一些兵将、船只，以及三个月的粮草。

就这样，张名振率领两万精兵，乘三百艘战船，从中左所出发，一路向北。

张老将军不会是学习刘备，趁机自立山头吧？以他桀骜不驯的个性，当然不排除这种可能性。不过，鲁王还在金门当寓公，张名振做事肯定也得考虑一下。

在郑成功的大力支持之下，张名振的浙直之行，最终在南明史上留下了浓墨重彩的一笔，也成就了他一生中最为高光的时刻。我们后面再讲。

四月，郑成功收到情报，金砺调集船只，准备再攻中左所。刘清泰派水师出泉州、兴化两港合攻。郑成功沉着应对，派遣左军辅明侯林察、右军闽安侯周瑞、后军周鹤芝、前镇阮骏、援剿前镇黄大振等率水军前往海坛，以抵挡清军水师。

好消息总是伴随着坏消息，各位想先听哪个？不幸的是，船队在湄洲遇到了飓风，林察的座船一路漂到兴化港，被清军拘捕。幸运的是，清廷并没有杀害林察，而是好吃好喝地招待，想拿他作为威胁郑成功的筹码。

四月十八日，金砺集中了福建十县民工两万人，抬送攻城器械到海澄。四月二十八日，清军驻扎在了祖山头，随时可以搞大动作。赫文兴急向中左所求援。

考虑到海澄对郑清双方的重要性，郑成功于五月初一来到该城，命令正中军张英监督民夫准备守城设备，并派北镇陈六御率义武营、仁武营和智武营防守县城内，援剿左镇林胜堵御南门外桥头，左先锋堵御东门外岳庙前，护卫左镇沈明守中权关，正兵、奇兵等镇守土城、九都城，前锋镇赫文兴、戎旗镇王秀奇、护卫前镇陈尧策等守镇远寨，前冲镇万礼守镇远寨外，前提督黄廷、中提督甘辉守关帝庙前木栅，连接镇远寨。

平日香客络绎不绝的天妃（妈祖）宫，现在成了郑成功的大本营。他下令在此竖立高高的将台，以便自己指挥作战。又命令杨权、蔡新等率领水师，随时准备偷袭敌军。

"好啊，老夫就让你有来无回！"当得知郑成功亲自坐镇海澄时，金砺乐了。五月初三日，这位老狐狸率领上万马步精兵，赶到天妃宫前扎营。他这次带来的大小火炮有数百门，最精锐的乌真超哈重炮营也出动了。

清军不分昼夜地狂轰滥炸，令郑军无力招架，死伤者难以统计，木栅和篷篠几乎都被轰平了。到了初五日，轰炸依然没有停歇，一颗又一颗巨大的铅弹倾泻在郑军营中，让所有人惶惶不可终日。

清军的炮弹似乎永远也打不完，虽说并未将海澄轰塌，再这么下去，郑军的信心就要彻底被打崩了。形势十分危急，郑成功的神色却依然非常镇定，他知道一位合格的统帅应该怎么做。众将也是群情激愤，纷纷要求出营与清军拼命。与其坐以待毙，不如奋力一搏。

郑成功于是问道："哪位将军愿意打头阵？"话音刚落，后劲阵陈魁、后冲镇叶章就站了出来，向主帅拱手："末将愿领兵冲营。"

"好！"郑成功遂令炮火掩护，让二人领数百勇士杀入敌阵。可惜，清军火力实在过于强大，不大工夫郑军勇士几乎全部牺牲。叶章当场被炸死，陈魁的脚被炸断。甘辉、黄廷见此情景，也不顾自身安危了。他俩奋力杀入敌阵，将陈魁和少数士兵救回。

郑军的火力无法与清军对轰，只能趁对方炮火稍弱时，抓紧整修工事。但人家轰炸一来，刚整好的木栅设施又被夷平。死伤人数继续增加，悲观情绪继续蔓延。起兵六年以来，这无疑是郑成功经历的最为凶险的处境。

怎么破局？

五月初六日一早，郑成功令旗官张光启到各营去传达任务，但后者已经被吓破了胆，根本不敢动身。如果换作平时，国姓爷非当场把这伙计斩了当反面典型宣传。但此时，他似乎也理解了人性的这种脆弱。

郑成功叫来另一名传令官廖达，平静地告诉他说："你去传谕各营官兵，如果连此城都守不住，光复大业从何谈起？再坚持一段时间，本藩自有杀虏大计，让他们片甲不留。"廖达吃惊地看着国姓爷，怀疑自己耳朵有问题。显然他更相信，片甲不留的应该是自己个儿，但也不能和老大辩论啊。

郑成功继续说道："你告诉众将士，如有不敢守城的，马上报名来，听任离去。本藩在这里生死以之，决无后退之理。"看着国姓爷坚毅的表情，廖达的腿依旧在打哆嗦，但心里却是热乎乎的：跟着这样的主子，死了也值！

廖达领命而去。参军冯举人听到郑成功的话之后深为感动，但他强调说："我等虽死也不能逃跑，但恐怕将领们理解不了您的苦心。"是啊，你是南明的国姓爷，你的一举一动都能写入青史，可成百上千的普通士兵，他们死了，连个痕迹都不会留下！

郑成功也许是想到了什么，他从腰间解下招讨大将军金印，交到冯举人手中："你到各军中传谕，朝廷委我以重任，我肯定要以死报效。众将官谁能率兵立功的，我愿意向皇上上疏，将此印转给他！"

俗话说，重赏之下必有勇夫。但郑成功连统帅的位置都愿意让出，就不能不让将士们感动了。很多军官纷纷跑到主帅大营请战，一时间群情激愤，士气高昂。郑成功也相当欣慰，下令置办酒席慰劳。

大家喝得都很开心，毕竟谁也不知道，这辈子还有没有福气吃第二顿。甘辉几杯酒下肚，猛地站起身来，向着郑成功拱手："古人云，人生自古谁无死，留此丹心照汗青。（在场文官努力憋住不笑出声）此次我们竭力杀敌，就算有什么不测，也是死得其所了！"王秀奇等听了深受感动，齐声说："此城就是今日我们的死忠营！"大家伙越喝越兴起，郑成功也非常高兴，但作为主帅，他肯定要考虑更多。嘴炮是解决不了实际问题的。

五月初八日一早，清军一如既往地继续炮击，郑军也搬出所有火炮进行抵抗。如此大规模的重炮对轰，恐怕也只有十年前的松锦大战可以媲美了。现场烟雾弥漫，空气中全是火药的焦煳味。PM2.5 值肯定严重超标，想谈恋爱的都不敢出门了。摆出这么大阵仗，就为了争夺一块巴掌大的海澄，怎么看都夸张了点儿。

此时正值盛夏，骄阳似火，人一动就能出汗。可双方的将士，大多数都是汉人，却在为了一座县城拼死对决。郑成功站在将台上指挥战斗，也许是累了，他干脆坐了下来；也许是嫌光线太强，他还让随从张开伞盖。老大一副悠然自得的模样，把周围人全看傻了：这是来打仗还是来听戏呢？敌军的炮弹还噼里啪啦地落在阵前，您老是怕他们认不出来吗？

侍卫们纷纷劝郑成功赶紧躲起来，别让人一炮给送去见郑联了。可年轻气盛的国姓爷根本不在乎："炮怕我，我才不怕炮！"随从小心翼翼地说："那您把伞盖撤了行吗？"郑成功还是不干。不怕死的人，反倒怕晒？

没过多久，清军几发重炮直直地轰过来，将台连同伞盖当场被炸了个粉碎。乖乖！郑成功就这么牺牲了吗？不是说炮怕他吗？吹牛可是要承担后果的。

不过话说回来，他要死了，那收复台湾的会是谁呢？另一个平行空间的郑成功？

当然不是。镜头切到几分钟之前。郑军二号人物甘辉一路小跑冲上将台，二话不说，直接将郑成功拉了下来。换别人肯定不敢这么做，怕国姓爷翻脸不认人，还用军法收拾你。关键时刻，甘辉以自己的果敢立下了大功。

盘点下来，这已经是郑成功第五次与死神擦肩而过了。想想当年被冷箭射死的陈友谅，我们不由得感慨，人，还是得需要一丢丢运气的。

清军狂攻五天，并没有拿下天妃宫，只因王秀奇镇守定远寨，不停地从旁干扰。金砺于是下令，将主攻目标先放在定远寨。在密集的炮火之下，郑军的工事几乎都被轰成了平地。王秀奇沉着应对，吩咐工兵挖地窝藏身。也许正是这个小小的间歇，让整个战局发生了改变。

五月初十日，清军依旧从早到晚没完没了地发炮，由于挖了很多地窝，郑军将士的损失并不大。到了第二天五更，炮声开始稀疏下来。显然，清军的炮弹也不是变魔术能变出来的，越用越少是必然的。郑军探报已经发现，清军开始发射空炮吓唬人，并准备发起最后攻势了。

金砺先是吩咐上万民夫扛运过河车，将大批士兵送过河，随后用汉军（炮灰）打头阵，满军在后，向郑军发起疯狂的冲锋。交战这些天来，双方终于开始了冷兵器的较量。

之前一直被动挨打的郑军，此时却爆发出了不可思议的血性。可见，郑成功用招讨大将军金印的激励起作用了。他们挥舞长刀大斧拼命砍杀，对清军造成了不小的杀伤。但对手的战力也是相当强悍，双方战了个三进三退，依然未能分出胜负。

戎旗镇内班将蔡文、王朋，甘辉班将郑仁、李昂，前提督下赖使、杨正，前锋镇下肖自启等表现尤其勇猛，让清军付出了惨重代价。当然，郑军自己的损失也实在不小。现场已经倒下了很多尸首，被砍断的胳膊腿到处都是，惨烈气氛被营造得淋漓尽致。

金砺见郑军如此顽强，下令三叠满军强攻，并射出了漫天的箭雨，躲避不及的郑军纷纷倒下，活着的继续坚守阵地，寸土不让。

远处传来了鸡鸣声，天亮了，太阳就要升起。清军已经全数过河，士气旺盛，而郑军经过恶战，很多人体力已经透支。胜利的天平，明显地倒向了清军一边。看来，金砺又要教国姓爷做人了。

但是，郑成功有个神奇的纪录，虽说败仗打了不少，却从未被同一个对手连续击败两次。有一定阅片量的观众，就知道此时就该有剧情反转了。突然之间，就在清军的阵营后部，传来了震耳欲聋的轰鸣声。霎时间，烟尘滚滚，土石崩裂，大兵们伸手都看不到五指了。

伴随着此起彼伏的连环爆炸，一堆又一堆清军被送上了天，见到了多尔衮。爆炸又引发了熊熊大火，搞得现场秩序完全失控，吓破胆的辫子兵像没头苍蝇一样乱窜，很多人被挤到河里活活淹死。

要知道，冲在前面的清军可都是汉人炮灰，守在后面的，才是满人精锐。他们就这么完蛋了，一个个还真是不甘心，死不瞑目啊。可是，这一出大戏，又是谁导演的呢？

原来，就在金砺猛攻镇远寨的当晚，郑成功根据得到的情报，已经预判到清军很可能弹药不济，准备发起决战了。于是他安排神器镇何明、洪善等人，趁着夜色，把营中全部火药都埋在河沟边，并布置好了长长的引线。

显然，运气也站在了郑军一边。如果引线出了什么故障，或者突然下起了雨，炸药就没法引爆了，之后的一切也就无从谈起。

一直在望楼上观战的郑成功，眼见爆炸成功，立即下达了决战命令。更多的郑军从营寨中冲出，杀向还没来得及平复心情的清军。这些天来他们所有的委屈、愤懑与绝望，在这一刻得到了最好的宣泄；过往三十余年汉人屡战屡败的耻辱，在这片土地上得到了最好的洗刷。郑军越战越勇，平日的地狱式训练得到了完美回报；杀得清军招架不住，一个又一个地倒在了血泊中，活着的拼命逃跑，相互踩踏致死的不计其数。

眼见败局已定，金砺也不是尼堪那样的一根筋，并不计较一城一地的得失。他果断下令撤军，老夫不陪你玩了！

惨烈的海澄保卫战，就这样以郑军的胜利宣告结束。这一战的意义，显然更胜江东桥之战。郑军在武器处于劣势的情况下，愣是以顽强的意志坚持到了最后，死里逃生。表面上看，他们靠的是"地雷"，实则离不开郑成功的坚强意志与正确指挥。

而顺治帝对国姓爷的政策，也发生了微妙的变化。

第八章　郑清和谈见招拆招

一、主动示好，顺治以退为进

永历七年（1653）的顺治不过十六，可人家已经亲政三年了。这位夹在全能老爹与"开挂"儿子之间，又让枭雄叔叔欺负了六年、差点儿被废掉的皇帝，历史存在感显得很低。但事实上，顺治可能是一位被严重低估的君主，"世祖"荣耀还真是当之无愧。

清军入关不到八年，一边是多铎、豪格、勒克德浑和阿巴泰等名将接二连三地领盒饭，另一边是满八旗战力迅速下降，对南明作战再没有了压倒性优势。顺治审时度势，果断地祭出"以汉制汉"大招，让归顺的前明炮灰更多地参与到对南明的战事中，而满八旗则充当监军并"收割比赛"，不到关键时刻绝不出场，看汉人自相残杀多有意思。

之前一度被雪藏的吴三桂和洪承畴，此时因祸得福，得到了一展抱负的机会。永历七年（1653），顺治将十三岁的妹妹和硕长公主，嫁给二十岁的吴三桂长子吴应熊为妻。不久之后，洪承畴以兵部尚书、都察院右副都御史的名义总督军务，经略湖广、广东、广西、云南和贵州五省，主要任务当然是消灭永历政权。

当然，清廷此举也有相当的冒险性。要知道洪承畴是明朝重臣，他如果学李成栋反正，并与大西军联合起来搞事情，那顺治真的要回东北老家打猎了。能让老狐狸洪承畴死心塌地当奴才，足见顺治的政治手腕之高明。

为对付郑成功，顺治又想起了洪承畴的一位老乡。放眼全中国，恐怕也只有此人能约束不听话的国姓爷了。闲着也是闲着，为什么不榨取他的剩余价值呢？

时光荏苒，郑芝龙已经在北京白吃白住了七年，从四十出头的油腻中年，升级为五十开外的糟老头子，当然也会被很多人嘲笑为脑残。

此时，陷害郑芝龙的博洛已经死去，且被革去了王爵。而郑芝龙本人，也似乎愿意为清廷做点儿事情，以证明自己不是白痴，也不白吃。

顺治认可了郑芝龙的表现，为他恢复名誉，肯定了他在隆武二年（1646）降清时的功绩，并将这几年因徒待遇的责任，推给死去的多尔衮和博洛。

当年十月，顺治给闽浙总督刘清泰下谕，提出了招抚郑成功的大政方针：

近日海寇郑成功等屡次骚扰沿海郡县。本应剪除，但朕思昔年大兵下闽，伊父郑芝龙首先归顺。其子弟何忍背弃父兄、甘蹈叛逆？此必地方官不体朕意，行事乖张。成功等虽有心向化，无路上达。又见伊父归顺之后，墨勒根王（多尔衮）令人看守防范。又不计其在籍亲人作何恩养安插，以致成功等疑惧反侧。朕又思芝龙既久经归顺。其子弟即朕赤子。何忍复加征剿？若成功等来归，即可用之海上。何必赴京？

今已令郑芝龙作书，宣布朕之诚意。遣人往谕成功及伊弟郑鸿逵等知悉。如执迷不悟，尔即进剿。如芝龙家人回信到闽，成功、鸿逵等果发良心悔过，尔即一面奏报，一面遣才干官一二员到彼审察归顺的实，许以赦罪授官。仍听驻原住地方，不必赴京。凡浙、闽、广东海寇、俱责成防剿。其往来洋船，俱著管理，稽察奸宄，输纳税课。若能擒斩海中伪藩逆渠，不吝爵赏。

此朕厚待归诚大臣至意，尔当开诚推心，令彼悦服。仍详筹熟察，勿堕狡谋，故谕。

清廷甚至还打算追查当年进犯中左所、侵夺郑家财产的张学圣、马得功、黄澍和王应元等人。当然，这些人都不是省油的灯，有的是行贿的银子，能令三法司的会审最后不了了之。但这也足以证明，顺治是在向郑成功传递招抚的"诚意"。

可见，只有你足够强大，别人才会主动示好。你把他打得鼻青脸肿，他才会想到跟你做朋友。而郑芝龙那种"卢瑟跪舔女神"式的巴结，只会让清廷更加看不起。

清廷又让郑芝龙写下长信，语重心长地要求郑成功归降，不要在荒唐的道路上越走越远，在错误的泥潭里越陷越深。

永历七年（1653）正月，郑芝龙派周继武带着亲笔信前往中左所，传递清廷的满满诚意。为了父亲的安危，郑成功不得不做出回应。但他强调，自己现在手下兄弟太多，不能说降就降，兵集难散。言外之意，就是让顺治多给点儿地盘。

此时，郑成功的祖母黄氏依然健在。四月，刘清泰派人交给黄氏一封信，请她转给孙子。信中一是吹捧皇帝的天恩；二是强调父子之情不能断绝，希望郑成功不要做个"不忠不孝"的逆子。郑成功收到信后，没有任何表示。

五月初十日，清廷正式发文，加封郑成功为海澄公，郑芝龙为同安侯，郑鸿逵为奉化伯。这两位长辈在隆武帝那会儿都是太师、国公了，可见清廷对他们并不重视，真正在意的是郑成功。

得知郑芝龙派家人李德来中左所招降的消息，郑成功与部下商量了一番。最后他说："清朝亦欲给我乎？将计就计，权借粮饷，以裕兵食也。"

六月，眼见清军暂时不会大举入闽，郑成功不失时机，亲征欧汀寨。

欧汀寨在潮州府澄海县西南二十里，扼守新港、南港和本港的水道要冲。当地海盗集结了一百多条战舰，专事劫掠，郑军的船队也没少吃苦头。

欧汀寨建在水田中，道路泥泞，易守难攻。有一天，郑成功和几位将领在寨子外面的树下乘凉，并商量砍伐树木，架炮攻打的事宜。附近的海盗闻讯，居然发起了突袭。郑成功没有防备，一颗子弹打中了他的左脚趾。如果海盗的枪法再准一些，国姓爷的人生就得"game over"了，这已经是他第六次逃过死神的亲切问候。

郑军打退了海盗这次进攻，但却对攻打欧汀寨很有力不从心之感。郑成功决定暂时撤军，到揭阳一带征粮。揭阳当时为郝尚久镇守，此时他已再次反清归明。郑成功致函郝尚久，要求他坚守城池，万不可再次降清。对于这道带有命令口吻的信件，郝尚久当然置之不理。但郑成功征粮时，他也没有出兵干预。

七月，回到中左所的郑成功，热情招待了从北京赶来的李德和周继武，也仔细拜读了父亲的亲笔信。信中主要内容是：朝廷处处以大局为重，为咱们郑家着想，准备慷慨地以一府之地供郑军安插，并由闽浙总督刘清泰担保。你快点儿迷途知返，为新政权贡献一点儿光和热吧。

郑成功可能接受招安吗？想一想母亲是怎样惨死的，想一想她临终时的愤怒与绝望，如果投降了，还配做她的儿子吗？九泉之下如何面对？再说了，隆武帝的知遇之恩，郑成功这辈子也是不敢忘记的。

但是，郑军刚刚在海澄保卫战中元气大伤，急需休整，郑成功也想抓住难得的机会，扩充自身实力，以便日后更有效地打击清军。因此，经过慎重思考，他写下一封长信，让李德交给父亲。当然，这信事实上是写给清廷看的。

郑成功先是摆出了刘邦式的混不吝，说既然老爹都不把自己当儿子了，自己也不敢以儿子自居。潜台词是你们想杀老郑就杀吧，对我没影响，也可以分我一杯羹：

　　违侍膝下，八年于兹矣。但吾父既不以儿为子，儿亦不敢以子自居。坐是问候阔绝，即一字亦不相通。总由时势殊异，以致骨肉悬隔。盖自古大义灭亲，从治命不从乱命。

儿初识字，辄佩服《春秋》之义，自丙戌（1646，隆武元年）冬父驾入京时，儿即筹之熟而行之决矣。忽承严谕，欲儿移忠作孝；仍传清朝面谕，有原系侯伯，即与加衔等话。夫既失信于吾父，儿又安敢以父言为信耶？

然后，这位国姓爷又指责清廷对父亲的言而无信，承诺三省总督，却赏了七年牢饭。这样的政权，怎能令人放心？而他郑成功，这几年却发展得很好，甚至有了国际影响力：

当贝勒（博洛）入关之时，父早已退避在家。彼乃卑辞巧语，迎请之使，车马不啻十往还，甚至啖父以三省王爵。始谓一到省便可还家，既又谓一入京便可出镇。今已数年矣，王爵且勿论，出镇且勿论，即欲一过故里亦不可得。彼言岂可信乎？父在本朝，岂非堂堂一平国公哉！即为清朝，岂在人后哉！夫归之最早者且然，而况于最后者？又可笑者，儿先派遣五裕入说法，不过因有讹传父信，聊差员探息，辄系之于狱，备极棰楚。夫一王裕，亦做得甚事？而吠声射影若是，其他可知。

虽然，儿于己丑岁（1649，顺治六年）亦已扬帆入粤屯田数载矣。不意乘儿远出，妄启干戈，袭破我中左，蹂躏我疆土，虐刘我士民，掳辱我妇女，掠我黄金九十余万、珠宝数百镒、米粟数十万斛；其余将士之财帛，百姓之钱谷，何可胜计？

彼闻儿将回，乞怜于四叔（郑鸿逵），幸四叔姑存余地，得以骸归，乃归又相贰启衅！我将士痛念国耻家亡，咸怒发指冠，是以有漳泉之师。陈锦之授首，杨名高之屡败，固自出尔反尔之常。且不特此也，异国之兵，如日本、柬埔寨等诸夷兵，旦晚毕至，亦欲行春秋大义矣。信如父命及清谕，犹且两难，而以父所传之谕如此，乃抄到部院刘清泰所赍之敕若彼，前后之言，自相刺谬。

夫沿海地方，我所固有者也；东西洋饷，我所自生自殖者也。进战退守，绰绰余裕。其肯以坐享者反而受制于人乎？且以闽粤论之，利害明甚，何清朝莫有识者？盖闽粤海边也，离京师数千里，道途阻远，人马疲敝，兼之水土不谙，死亡殆尽。兵寡必难守，兵多则势必召集，召集则粮食必至于难支，兵食不支则地方必不可守。虚耗钱粮而争必不可守之土，此有害而无利者也。

如父在本朝时坐镇闽粤，山海宁宁，朝廷不费一矢之劳，饷兵之外，尚有解京。朝廷享其利，而百姓受其福，此有利而无害者也。清朝不能效本朝之妙算，而劳师远图，年年空费无益之赏，将何以善其后乎？

最后，郑成功强调，朝廷与其花费那么多银子，征调那么多兵马征剿，不如将三省（浙江、福建和广东）交给我领导，不用担心地盘丢失，也不用从北京大老远跑过来折腾，我的士兵也不会哗变，对大家肯定都有好处：

其或者将以三省之虚名，前啖父者，今转而啖儿；儿非不信父言，而实其难信父言者。刘清泰果能承当，实以三省地方相许，则山海无窃发之虞，清朝无南顾之忧，彼诚厚幸。至于饷兵而外，亦当使清朝享其利。不亦愈于劳师远图，空费帑金万万者乎？

况时下我兵数十万，势亦难散。散之则各自啸聚，地方不宁；聚之则师旅繁多，日费巨万。若无省会地方钱粮，是真如前者啖父故智也。父既误于前，儿岂复再误于后乎？儿在本朝，亦既赐姓矣，称藩矣，人臣之位已极，岂复有加者乎？况儿功名之念素淡，若复作冯妇，更非本心。此可为智者道耳。不然，悬乌有之空名，蒙已然之实祸，而人心思奋，江南亦难久安也。专禀。

郑成功一下子要三个省，算是狮子大张口吗？这不过是当年博洛承诺给郑芝龙的。当爹的没要到的地盘，当儿子的要一下，也合情合理吧？

郑成功当然知道，清廷不可能答应自己的要求。但作为那个时代最成功的海商领袖，他知道应该怎么讨价还价。

郑成功的征饷工作相当顺利。八月，他又分遣将官到漳州、泉州和兴化三府下属各县征粮，大县十万，小县五万。让当地清廷官员压力山大。他们既不甘心这么吃亏，又不敢和郑军发生冲突，陷入了进退两难的境地。而郑军则优哉游哉地运送粮食。

永历八年（1654）二月，秉持"胆子再大一点儿，步子再快一点儿"的理念，郑成功将征粮区域又扩大到了省城福州。要知道福建八府中，只有沿海的福兴泉漳有点儿平原，是主要产粮区。郑军的差官下到各府县城外驻扎，但不进城。经过努力，他们征得的粮食居然高达四百万石。这和谈，真是谈得太值了。

对于郑成功借和谈之机大肆搜刮资源的行为，大清好奴才刘清泰看在眼里，急在心头。于是分别写信给郑成功和郑鸿逵，苦口婆心劝两人能"改邪归正"，还用自己的人格担保，在皇帝那里为叔侄俩争取权益。但郑成功不予答复，郑鸿逵则婉言谢绝。

那么，清廷还有什么高招呢？

二、虚与委蛇，双方各取所需

郑成功的家信送到北京之后，郑芝龙为了洗脱嫌疑，当然要立即向朝廷汇报。顺治看过信之后不免失落，指责郑家老大"妄行索地，夸诈大言，其欲不可足也"。但经过议政王大会的深入讨论，权衡得失，顺治决定对郑成功继续做出让步，封他为海澄公，以泉、漳、惠、潮四府安置士兵，并像当年的郑芝龙一样，担负起防剿海上诸寇的任务。

转眼到了永历八年（1654），也就是农历的甲午年。这一年里，郑成功、李定国和张名振都以自己的特殊贡献，在中国历史上留下了特别精彩的一笔。

正月十三日，清廷特使郑库纳、扎齐讷带着封郑成功为海澄公的敕谕到达福州。随后，福建巡抚佟国器派李德前往中左所通知郑成功。

在《海澄公敕谕》中，顺治封郑成功为海澄公，给"靖海将军"敕印，照例食俸。因郑军原驻在泉、漳、惠、潮四府，即命住此四府地方，只将四府水陆寨游营兵饷拨给其部弁兵；不足，不另补。正额钱粮，仍行解部。其管民文官，俱听部选。原辖武官，听凭郑成功酌量委用；姓名官衔，开册送部。

在这段时间里，清廷还释放了被扣押的郑军高级将领林察。看到死敌一本正经动真格的，郑成功觉得很有意思，也就想将游戏继续玩下去。二月初三日，郑成功派中军常寿宁、典仗所郑奇逢同李德等一起到福州，迎接顺治的使者。

为了老爹郑芝龙的安危，郑成功不得不对清使礼数有加。但他有着自己的底线，就算清廷真的把三省交给他管理，他也不会投降。郑成功对常郑二人仔细交代说："议和之事，主意已定，不须你们细谈，应对只是礼节要好看，不可失我朝体统。应抗应顺，因时酌行，不辱命可耳。"

常寿宁等人来到大城市福州后，清使又要趁机打鬼主意，要求他们行参谒之礼。常寿宁根本不吃他们这一套，他轻描淡写地说："今天我们都是两国命使，都挂印赐玉，我朝可没有屈膝之礼，宾主抗礼足矣。"二使一听，脸马上黑了下来。执意要求对方行礼："你这是破坏和谈，后果自负！"

常寿宁不卑不亢，他说："本省属于明朝，那我就能做主。言和之事是你们提出，可不是我们藩主求着你们。要让我行礼，那就是无意和谈，我这就回去复命!"最后,清使也只能不计较这些小节,双方约定在安平会面。

常寿宁回到中左所之后,郑成功非常开心,夸他不辱使命。

二月初六日,郑成功带着杨祖、周全斌和黄昌等将领来到安平,屯兵东山书院。郑库纳、扎齐讷两位特使见到了郑成功,将顺治的印、敕交给了这位国姓爷,那意思是:自觉点儿,快剃发归顺吧。

但让他们费解的是,郑成功既不剃发,也不开读敕书,这是什么意思呢?

"您给我们个准信儿啊!"两人着急了。但郑成功却一脸轻松。

"兵马繁多,非数省不能安插,和则依朝鲜有例在焉。"乖乖,这又是临时抬价。两个特使哪能拍板呢,只能表示要回京请示。

"来人!"

郑成功这一嗓子,把二位使者吓得一哆嗦,以为自己要被捆起来祭天呢。不过,郑成功只是让人抬出了几大箱子礼物,说是要酬谢使者。这样毫不遮掩的行贿,两人怎么敢收。

三月,郑成功给清廷回信,解释了自己不肯受诏的原因,并继续将责任推给清方,事实上就是在拖延时间,继续趁机扩充实力。信的最后说道:

> 然则今日非不祗承,慎其事乃所以委其任也。而其宜慎者有三:敕书四府驻扎,而府(指泉州府)镇守尚皆北来兵将,未奉明旨撤回,不独粤平、靖二王未敢擅命,便则泉、漳镇将谁敢交代,一也;前敕旨云镇守泉州等处,今只挂靖海空衔,不言镇守事,则欲行事而文移不便,尤恐行事而画饼竟成,二也;又敕印再加文听部选、武听遴选委用,今泉州总镇刘仲金见在刻日赴任,即一府尚属虚悬,而三

府安能取信，三也。是以俯拜对扬之际，实尔挈瓶负薪之恩，除将敕
印祗委，奉安平公署，专委官斋盥看守以须后命，隆重付予而后即安
焉。总之粮少则兵必散，则地方必危，朝廷欲安地方，当勿吝地方。
今日之请非是利地，乃欲靖地方。见今数十万之众嗷嗷待给，区处经
画，安插繁杂，伏惟英明决断而施行焉。

郑成功说清军没有一点儿诚意，当然也不是事实。对福建的大规模进
军确实停止了。本着"给点儿阳光就灿烂"的精神，郑成功趁机扩张势
力。一边遥控张名振三入长江，一边在各地继续征集粮饷。

当然，闽浙总督刘清泰也不是吃素的，对郑军在福建的动向高度戒
备。郑成功因此写信给他，强调和谈归和谈，自己的军队不能饿肚子等朝
廷消息，该筹措（抢夺）还得筹措啊："以数十万之众按甲待和，虽议可
俟，而腹决不可枵。稍就各郡邑权宜措饷，以济兵粮，可也。"刘清泰看
了之后，耐心地劝郑成功早点儿归降，为新政权做点儿贡献（跟他爹
一样?）。

郑成功不予理会，反而离开中左所，亲自到各地视察征粮情况。当
时，海坛、松下和大小埕等处土豪仗着有几杆破枪，就想拦截郑军的征粮
船。郑成功一声令下，中提督甘辉、前锋镇赫文兴、左冲镇杨琦等由陆路
进军，郑成功和戎旗镇王秀奇等由水路进军，将这些寨子一一剿平，财物
都运到中左所。

此时，援剿前镇黄大振私吞军粮的事情被揭发出来，郑成功从海坛回
师厦门途中，不动声色地拘捕了他，并在中左所公开处决。另一镇将黄恺
因侵吞军粮，也被斩首。郑成功的军纪之严令军官胆寒，却让各地百姓
拥护。

郑成功的手越伸越长，居然派前提督黄廷、前冲镇万礼到汀州的永定
征粮。永定不属于清廷承诺的四府，因此汀州总兵王进功也不怕得罪郑成
功，派数千兵马拦住郑军。在得到郑成功许诺之后，黄廷部居然主动向清

军发起进攻。真是硬的怕横的，横的怕不要命的。清军不是对手，只能退回城中，任由郑军在城外折腾。

郑成功不肯剃发归降，京城之内人人喊杀。但他们要杀的并不是"海贼国姓"，够不着啊。大家伙儿觉得，应该（致敬李自成斩吴襄）把郑芝龙杀了，让郑成功背上不忠不孝的骂名，众叛亲离，收拾他不就更容易了吗？

进入知天命之年的郑芝龙，当然也嗅到了死亡的味道，并表现出了极强的求生欲。六月，他上疏提出，让次子郑渡、四子郑荫同使臣一道赶赴福建。①

八月十三日，郑渡带着郑家亲旧黄征明、李德和周继武等人，跟随内院学士叶成格、理事官阿山来到福州。获悉消息之后，郑成功即安排周继武前往邀请。

八月二十四日，清使一行人到达泉州。叶阿二人指示郑渡、黄征明前往中左所说降。

九月初七日，郑渡、郑荫两兄弟来到了他们曾经无比熟悉，现在又相当陌生的安平，九年没见郑成功了，兄弟相见，自然涕泪交加，不胜惆怅。

郑渡知道自己责任重大，如果表演不夸张，眼泪不充分，根本就打动不了大哥。他扑通跪倒，放声痛哭："大哥啊，父亲在京城麻烦很多，这次你不归顺，全家难保，求你就勉强受诏了吧。"

看着二弟哭得跟个泪人似的，郑成功即使铁石心肠，也不好意思责备他的软弱。况且，弟弟一番话其实并不夸张。地球人都知道，李自成因吴三桂跟自己作对，就杀了他全家三十八口。他郑成功自己，不也因施郎的叛逃，杀掉了这员虎将的父亲和弟弟吗？

---

① 郑成功唯一的同母弟七左卫门，没有算进郑家世系。

压力，已经完全到了郑成功这一边。欲戴王冠，必承其重。郑成功是郑芝龙的儿子，可他也是厦门几十万将士和家眷的领袖，他们中的很多人，已经被清廷忽悠过一次了，还能有第二次吗？郑成功扶起二弟，平静地说了一番话，登时让对方哑口无言了。

"二弟啊，你一个老实孩子，怎么知道世事？从古至今，投降的贰臣都没有好下场，也就汉光武帝能善待俘虏吧。父亲既然失误于前，我岂能重蹈覆辙？我一天不受诏，父亲还能在朝享受一天荣耀；我如果苟且偷生，受诏剃发，父子都得大难临头。你不要多说了，除非我不是人，否则怎能忘记父亲？个中事体，不容易，不容易！"

随后，郑成功安排好酒好菜招待两个弟弟，但就是不提受诏的事情。

到了九月十一日，郑成功让两人回泉州见使者，约他们到安平见面。但郑成功强调，必须先开读诏书，才能商量剃发的事情。

对啊，谁知道你诏书里写的什么鬼？如果不能满足事先的要求，那这头发一剃可就尽人皆知，国姓爷的面子还要不要？

九月十七日，叶阿二使如约来到安平。眼前的一幕，却让他们大开眼界，大吃一惊。

郑军上万名官兵，列营数十里，旗帜鲜明，鼓乐喧天。士兵们个个精神饱满，盔甲整齐，虽说没有多少骑兵，照样显得军威雄壮，势不可当。看郑成功这架势，不像来和谈，倒更像是来抢地盘的。

郑成功送上重礼，两人可不敢收，怕留下把柄。东道主在报恩寺设置了豪华营帐，他俩也不敢入住，甘愿找小地方栖身。郑成功见二人心意不诚，还是不愿意受诏。他"一云先要四府地方，前诏只有水路游寨，未言陆路；二则不奉东西调遣；三则不受部抚节制；恐如姜瓖、金声桓等俱以剃发后激变，且未与张名振议妥，又比高丽不剃发……"好嘛，真是贪得无厌，连张名振都搬出来当挡箭牌了。

叶阿二人只是来颁诏，又不是全权谈判代表，他们面面相觑，谢绝了郑成功的礼物，并于九月二十日返回泉州。

眼见和谈要黄，第二天，郑成功又派人携带书信挽留，二使臣要求国姓爷务必于九月二十五日之前给予答复。否则，他们就回北京复命了。

可是，郑成功根本不鸟他们俩：爱走就走！这么一来，反倒是叶阿二人觉得没面子，就将郑渡、郑荫、李德、周继武和黄征明全打发过来了，呼啦啦跪了一地，准备用苦肉计逼迫国姓爷就范。

"二使此番失意而回，要出大麻烦了啊。我们这么回去复命，肯定都活不成了，太师老爷也难逃一死啊……"

看着这一张张悲伤的脸庞，郑成功真不知说什么好了。他真想抱住二弟，也大哭一场。他肩膀上扛着数万金厦官兵和家属的前程，甚至是整个大明的命运，能不累吗？他又不像钱谦益，有个红颜知己可以倾诉。

可越是这个时候，越不能感情用事。郑成功冷冷地回答道："各位不用说了。我意已决，誓不剃发！"

"大哥，如果剃发归顺，可保一家平安啊！"郑渡哭喊着劝说。

郑成功看着二弟，似乎想到了一句名言："哀其不幸，怒其不争。"他轻轻扶起郑渡："我不剃发就能保父亲的性命，我真剃发了，父命休矣！"

"大哥啊，你就听我这一回吧！"郑荫泣不成声，还四下找东西。似乎想抢到一把剑来抹脖子，借此威胁大哥。

此时的郑成功，突然换了一副表情。他手持银盅高喊道："剃发是身份大事，本藩自会定夺。谁人敢劝，哪个敢言？"看他这个架势，所有人一时都不敢开口了。

周继武过来帮腔道："您剃发了，老爷那边才能过关啊。"郑成功却说："让朝廷先撤军，我再琢磨剃不剃发。"

这时候，郑成功帐下的沈佺期却冷不丁地来了一句："藩主剃发为令尊大人。我等剃发又是为谁呢，况且都在海上数年了……"言外之意，国姓爷您可不能因为自家的利益，把全中左所十万将士全都当成投名状给卖了啊。

郑渡一行终究没有说服郑成功，只能擦干眼泪，悻悻而去。但到了九月二十六日，郑成功却派旗鼓史谥、郑奇逢去泉州，请使者来安平再议。这是玩什么游戏呢？缓兵之计，趁机接着到处搜刮？叶阿很不耐烦，下令将二人轰出去。

九月二十九日，清朝使团离开泉州回京。也许是应郑芝龙的要求，也许是出于自愿，郑渡的生母颜氏，也一同北上赴京了。明知一去很可能面临厄运，颜氏也毫不犹豫地和丈夫儿子站在一起，这样的选择让人敬佩，这样的真情令人动容。

如果换成董氏，会这么坚定吗？

既然谈崩了，黄征明担心清廷加害郑芝龙，希望长公子留下家书。郑成功思考良久，终于写下下一封超过两千字的长信，可谓情真意切，字字泣血。

儿戊子年（永历二年，1648）差王裕入京问候父亲福履，以致父亲被围，王裕被楄。从此而后，只字不敢相通，不特无差敢往，亦恐贻累也。

壬辰年（永历六年，1652）杪，忽然周继武等赍到父信，儿且骇且疑。继而李业师等赍书踵至，疑信参半。乃差李德进京，实前传闻父亲已无其人，试往觇之，果在与否。修禀聊述素志，和议实非初心。不然，岂有甘受招抚而词意如彼？不待明言而可知矣。

不意清朝以海澄公一府之命突至，儿不得已，按兵以示信。继而四府之命又至，儿又不得已，接诏以示信。至于请益地方，原为安插数十万兵众，固为善后之计，何以曰"词语多乖，征求无厌"？又不意地方无加增，而四府竟属画饼，欲效前啖吾父故智，不出儿平日之所料。

遽然薙发之诏一下，三军为之冲冠。嗟嗟！自古英雄豪杰，以德服其心，利不得而动之，害亦不得而怵之。清朝之予地方，将以利饵乎？儿之请地方，将以利动乎？在清朝，罗人才以巩封疆，当不吝土地；在儿，安兵将以绥民生，故必藉土地。今清朝斤斤以剃发为辞，天下间岂有未受地而遽称臣者乎？天下间岂有未称臣而轻剃发者乎？天下间岂有彼不以实求而此以实应者乎？天下间岂有不相信以心而期信以发者乎？天下间岂有事体未明而可以糊涂者乎？大丈夫做事，磊磊落落，毫无暧昧。清朝若能信儿言，则为清人，果不信儿言，则为明臣而已。

比八月十九日李德、周继武等自京回至中左、道诏使抵省，渡弟、李德、周继武等与叶、阿各面议，欲照前使郑、贾例，俟儿差人去请，然后下来。政欲差官往省敦请，而诏使已于八月廿四日到泉矣。忽闻到泉的确，九月初四日辰时，即差李德同差官吕太入泉送礼，渡弟九月初七日来见，九月十一日即回，儿嘱其致意诏使，约期相面，而诏使忽于九月十七日遽到安平。盛设供帐于报恩寺安顿。乃诏使不敢住宿，哨马四出，布帆山坡，举动十分疑忌，以敕书委之草莽，成何体统。且奉敕堂堂正正而来，安用生疑？彼既生疑，儿能无疑乎？

九月十九日辰时，儿再差官林候赍书送礼往安平请诏使，订九月二十五日的的相见。而诏使遽于九月二十日回泉。忽然而来，忽然而去，不知何解？亦真令人应接不暇矣。九月二十一日，林候不得已，赍书同渡弟进城，再送程礼。而诏使回帖回书，卜期未定。九月二十四日夜，渡弟及周继武再到中左来见。得息（悉），九月二十五日巳时，先令周继武回报诏使云：“欲接诏，欲剃发。先接诏，安在安平署中。其剃发万分大事，非突然苟且之事，须与诏使面议，十分妥当，奉旨命下，然后放心剃发。”犹恐周继武传述失实，故书一稿为据。

九月二十六日辰时，渡弟自中左回，又差旗鼓史说、郑奇逢等同渡弟进城，再请诏使来安平议接诏、剃头事。九月二十九日辰时，诏使遽史说等回。又接李德、周继武来禀：“德等廿九早见二大人，被他兜留，仍差拨杂库催迫起身，不容刻缓。廿九下午，二大人先出西门，立待德等齐行。德等称说夫马未便，限三十早起身。"九月三十日酉时，李春、吴文榜等来报，诏使已于九月廿九日午后回省去矣。

盖叶、阿身为大臣，奉敕入闽，不惟传宣德意，亦将以奠安兆民。今百姓困苦，儿将士如此繁多，在泉月余，目睹脱巾情形，未闻与儿商量官兵如何安插，粮饷如何设处，辄以"剃发"二字相来逼挟。儿一身剃发，即令诸将剃发乎？即令一日数十万俱剃发乎？未安其心，即落其形，能保不激变乎？叶、阿不为始终之图，仅出轻率之语；不为国家虚心相商，而徒躁气相加。即李德，亦儿差也，与诏使一路同来，动辄凌厉。李德何罪？彼非欲挟李德，实欲挟儿也。

夫观人者，不于其所勉，而于其所忽。未接诏之前，犹致殷勤；才接诏之后，辄肆逼挟。使臣尚如此，朝廷可知矣。能令人无危乎？能令人无悟乎？况儿名闻华夷，若使苟且从事，不特不见重于清朝，亦贻笑于天下矣。

大抵清朝外以礼貌待吾父，内实以奇货视吾父。今此番之敕书，与诏使之动举，明明欲借父以挟子，一挟则无所不挟。而儿岂可挟之人哉？且吾父往见贝勒之时，已入彀中，其得全至今者，亦大幸也。万一吾父不幸，天也！命也！儿只有缟素复仇，以结忠孝之局耳。

又据报，督抚行文各府办马料，策应大兵。李德、周继武等来禀，孟兵部领大兵已到关外，此即是前日刘部院与金固山一和一攻，今日叶、阿与清兵一剃一挟，前后同一辙也。儿此时惟有秣厉以待，他何言哉？他何言哉？

儿本不敢回禀，缘黄六表痛哭流涕，必欲得儿一字回禀。姑详悉颠末，统惟尊慈垂照。

郑成功回顾了这两年与清和谈的细节，说明自己不愿意剃发降清的理由，并继续将责任推给清方，同时也做了最坏的打算。不得不说，这封信文采飞扬，力透纸背，不输《古文观止》中的一些作品。同时，郑成功还给二弟郑渡写了信，算是最后的告别，其中说道：

> 兄弟隔别数载，聚首几日，忽然被挟而去，天也！命也！弟之多方劝谏，继以痛哭，可谓无所不至矣。而兄之坚贞自持，不特利害不能以动其心，即斧刃加吾颈，亦不能移吾志。何则？决之已早而筹之已熟矣。今兄之心绪，尽在父亲复禀中，弟闻之亦可以了然矣。大抵清朝若信兄言，则为清人；若不信兄言，则为明臣而已。他何言哉！……夫虎豹生于深山，百物惧焉；一入槛阱之中，摇尾而乞怜者，自知其不足以制之也。夫凤凰翱翔于千仞之上，悠悠乎宇宙之间，任其纵横而所之者，超超然脱乎世俗之外者也。兄名闻华夷久矣，用兵老矣，岂有舍凤凰而就虎豹者哉？惟吾弟善事父母，厥尽孝道，从此之后，勿以兄为念。噫，汉有子瑜而有孔明，楚有伍尚而有子胥，兄弟之间，各行其志，各尽其职焉。兄不敢勉，弟其勉之！因便赋别，不尽愿言。

持续近两年的和谈，就这样正式结束了。郑成功充分展现了自己的表演才华，让清廷一度信以为真，几次派遣使者南下授诏。国姓爷也利用这宝贵的间歇期，积极在清战区抢夺粮草资源，有效扩充自己的实力。

到了永历八年（1654）底，郑成功巩固了中左所基地，拥有了超过十万兵力，让自己真正可以担负起东南抗清的领袖重任。我们甚至可以断言，如果没有这两年的和谈，就没有这位英雄之后的三次北伐与兵临南京。当然也有学者指出，清廷成功干扰了郑成功与李定国的会师行动，才是真正的赢家。

就在这一年，郑成功还在永历朝收获了一份大礼。

三、册封延平王，受之有愧还是实至名归？

在南明各派势力之中，郑成功可谓独一无二。他本就是"福建王"郑芝龙的长子和继承人，又是隆武亲封的"国姓爷"，事实上的先帝养子，地位肯定不弱于各地藩王，孙可望、李定国这些"流寇"出身的异姓王就更不用说了。

如果不是郑芝龙的骚操作，郑成功很可能会像后周柴荣一样成为太子，进而继承大位。可惜，父亲的不战而降，让他的人生增添了太多变数及危机，但也激发出了他的潜力和血性，催生了更多传奇与辉煌。

不过，在永历朝，孙可望是天字第一号的秦王，李定国是西宁郡王，而郑成功永历三年（1649）七月被封为漳国公，之后长期未得到晋封，级别比孙李差了很多。这样的爵位，显然不能令心高气傲的郑成功满意，他依然使用"国姓、招讨大将军"头衔进行活动，似乎对永历是一种无声的抗议。

不过话说回来，郑成功的基本盘只有厦门、金门、南澳和铜山四岛，军队只有几万，实力与孙可望、李定国根本无法相比，得不到王爵其实也有合理之处。

今天，"国姓爷"与"延平王"成为郑成功两个最为重要的标签。延平府见证了他与隆武皇帝的深厚情谊，见证了他由一名书生逐步向将军蜕变的过程，更重要的是，见证了他向皇帝呈上"延平条陈"的忠诚与睿智。

因此，永历朝封郑成功为延平王，无疑打出了漂亮的一张感情牌。但是，朝廷究竟是什么时候册封的，一直是史学界反复争论，却没有得出标准答案的问题。

在《南明史纲史料》中，柳亚子认为，永历三年（1649）正月，永历皇帝还在肇庆时，就晋封忠孝伯朱成功为延平郡王。此时，孙可望在大西南还没有"投靠"南明。这种说法显然不可靠。永历不可能如此封赏对朝廷几乎没有贡献又离得很远的郑成功。

而清郑和谈伊始，清廷打算封郑成功为海澄公。如果郑成功已经封王，那清廷此举毫无吸引力。因此，郑成功封延平王，必然是郑清和谈开始之后。

永历九年（1655）二月，郑成功在中左所设立六官，建立起了自己的政权体系，这一点史学界没有争议。但按常识推断，如果此时郑成功还没有王爵，就不好意思做出这样的制度安排。

这么看来，郑成功获封延平王，只能在永历八年（1654）了。按毛佩琦教授的说法，当年七月末，兵部主事万年英携带永历敕书来到中左所，正式册封郑成功为延平王。

明时的王爵制度相当规范。一字为亲王，二字为郡王。而大清的王爵体系就比较混乱了，一字可以是郡王，如之后我们要讲到的某位叛徒；二字也可以是亲王，如大名鼎鼎的敬谨亲王尼堪。吴三桂起初是平西郡王，后来因战功晋封为平西亲王。

在顾诚《南明史》中，顾诚先生认为：

> 直到永历十一年（1657）九月，朱由榔已迁入云南昆明之后，才决定晋封郑成功为延平王……周金汤等到达厦门已经是永历十二年。

请注意上述这个时间点，正是李定国在交水之战中大胜孙可望，整合西南抗清势力之后不久。要知道在此之前，李定国已晋封晋王，刘文秀当上了蜀王。之后不久，永历表彰交水之战的功臣，白文选由巩国公晋封为巩昌王，马进忠由鄂国公晋封为汉阳王，冯双礼由兴国侯晋封为庆阳王。

就算永历智商再欠缺，他也知道顶着国姓爷光环的郑成功，与这三位孙可望的部将并不在一个级别。这个时候才给郑成功封二字郡王，无疑是对这位东南抗清领袖的羞辱。

因此，郑成功绝不可能这么晚才晋封延平王，赐封一字亲王（比如潮王）才更合适，才能体现他的重要性，显示他与南明三将的区别。但郑成功肯定是推辞了。

那么，还在与清廷和谈的郑成功，得到延平王的爵位，是实至名归，还是受之有愧呢？

都说永历皇帝除了嗅觉敏捷（感到危险就收拾东西）与奔跑能力出众（多次让清军逮不着）之外，好像没有别的优点了。但能够审时度势，册封郑成功为二字郡王，正是这位皇帝的高明之处。

别小瞧这个延平王。大明在南北二京二百七十七年，并没有册封异姓活人为王的纪录。南明政权到了山穷水尽之时，终于将大西军首领孙可望封为秦王。几年之后，又封李定国为西宁王，刘文秀为南康王。而郑成功则是非大西军系第一位在世封王的将领。

清廷已经有四个汉王了，顺治却只愿意封郑成功为海澄公，永历封这位国姓爷为郡王，无疑有拉拢他的考虑，防止他真的倒向清廷——我更重视你。同时，这也是对郑成功过往一系列抗清贡献的嘉奖，再加上国姓爷本身就相当于隆武皇帝养子，完全配得上王爵。再说，既然鲁王已经退休了，东南抗清需要一位无可争议的领袖，唯有郑成功能扛起这个重任。

《敕封延平王诰》文辞优美，情感真挚，充分展现了文言文的特殊魅力，翻译成白话就意境全无了：转录于下：

> 克叙彝伦，首重君臣之义。有功世道，在严夷夏之防。盖天地之常经，实邦家之良翰。尔漳国公赐姓忠猷恺挚，壮略沉雄。方阃浙之飞尘，痛长汀之鸣镝，登舟洒泣，联袍泽以同仇；啮臂盟心，谢辰昏于异域。而乃戈船浪泊，转战十年，蜡表兴元，间行万里，绝燕山之伪款，覆虎穴之名酋，作砥柱于东南，繄遗民以弁冕，弘勋有奕，苦

节弥贞，惟移忠以作孝，斯为大孝，盖忘家而许国，乃克承家铭。具金石之诚，式重河山之誓。是用锡以册封为延平王，其矢志股肱，砥修茅戟。丕建犁庭之业，永承胙土之麻。尚敬之哉！

郑成功自隆武元年（1645）参与戎事，到永历八年（1654）正好十年①。"绝燕山之伪款"显然指拒绝北京清廷的招降，"覆虎穴之名酋"，很可能指击败闽浙总督陈瑾并使之丧命，并不是消灭阿格商或者韩尚亮这种低级别的将领。由敕书也可以看出，永历册封的时间，不可能迟至永历十一年（1657）。

在郑成功获封延平王的这一年里，张名振与李定国，也在为反清复明做着不懈努力。

---

① 按今天的算法是九年。

第九章　东西会师留谜团

一、三入长江，真的和国姓爷无关？

永历七年（1653）三月，在郑成功古县兵败、海澄被困的危急时刻，张名振却自告奋勇，要带兵北上浙直，虽号称是趁敌空虚捣其心腹，但怎么看怎么有跑路的嫌疑。

郑成功部下屡屡弹劾揭发张名振，当老大的难道看不出来？当然不可能。但是，凭着宽广的胸襟与强烈的自信，他才能维持与张名振、张煌言的长期合作。

在郑成功的鼎力支持之下，张名振和张煌言率领两万士兵、六百艘战船驶离中左所，开始了北上远征。能支撑起这么大阵仗，张名振统辖的肯定不只是自己的鲁王系班底，也有一部分郑军水师。

船队北上江南省，必定要经过舟山群岛。永历五年（1651）八月，清军在陈锦、金砺率领下占领舟山，鲁王政权遭到致命打击，多位重臣以身殉国，书写了南明抗清史上最为惨烈的篇章之一。张名振的母亲、妻儿都在舟山遇难。

张名振、张煌言遥望故地，悲从中来。他们设酒祭奠亡灵，发誓一定要为死者报仇。船队驶过舟山之后，张军攻打金塘山（今属舟山市定海区），活捉了鲁军叛将金允彦，并将这哥们儿凌迟处死，一时声威大振。平原将军姚志卓、诚意伯刘孔昭等慕名来投。而一些鲁王旧部与浙东义师也纷纷响应，张名振从此可以打富裕仗了。

九月，船队行驶到了苏州府崇明县，令当地清军日夜胆寒。但张名振只是尝试进攻了崇明一次，还未能攻克。随后，庞大的船队就在附近驻扎下来，一住就是四个月，白白浪费了太多粮食，实在有些"拉胯"？

当然，张名振绝对不会闲着，他致敬诸葛亮的五丈原屯田，指挥部下在三尖沙、秤沙和平洋沙等地开荒种地，摆出一副来了就不想走的架势。并积极联络江南反清势力，为接下来的大举措积累能量。

区区崇明，根本不是张名振的菜。克服金陵，光复河山，才是这位老将军的理想。同时，张名振肯定也有借机彻底摆脱郑成功制约，重新立起鲁王山头的意愿。

这一点郑成功岂能不知道，郑军将领的告状信能出一本厚厚的文集了，自然离不开这一主题。但被后世一些史家说成没有胸襟的国姓爷，却能一直包容张名振。

转过年就是农历甲午年。在这一年里，能够决定中国前程与命运的各方势力，都在紧锣密鼓地推进自己的事业。顺治皇帝忙着选妃和生孩子（康熙就是这一年出生的），郑成功忙着和清廷谈判搞钱，孙可望忙为篡位做准备活动，李定国忙着二入广东，永历忙着找人拯救自己。

但如果只能挑选一人作为年度人物，笔者个人认为应是张名振。这位与清军浴血奋战多年的老英雄，终于迎来了自己的高光时刻。

这年正月，当别人还在舒舒服服地过新年吃饺子之时，张名振、张煌言与刘孔昭率领上百艘战船，从长江口一气儿杀到了瓜洲。沿途的清军除了远远发炮，也只能望船兴叹：咱的战船不匹配啊。

正月二十一日，张名振、张煌言与刘孔昭在金山上岸，还夺下了清军数十门江防大炮和大量物资。随后，他们率领五百护卫，白衣方巾登上金山，来到著名的金山寺。

"施主，请留香火钱！"寺里和尚并不计较你留不留辫子，只要你留银子。张名振不觉好笑："大兵到此秋毫无犯，你们得福多了，还要化缘？"和尚赔着笑脸说："贫僧这里可是名山啊。"张名振哈哈大笑，让士兵抬来米十石，盐十担，整整齐齐地堆在厨房，可把和尚高兴坏了。

第二天，张名振一行再次上山，向东南遥望南京城。秀丽巍峨的紫金山隐约可见，大明开国皇帝朱元璋的孝陵正在山下。张名振一行郑重地下拜行礼，眼见山河破碎，神州陆沉，所有人不觉得潸然泪下。按说，文思如泉涌的本应是文人张煌言，但留下诗作的，却是老粗张名振：

予以接济秦藩，师泊金山，遥拜孝陵，有感而赋。

十年横海一孤臣，佳气钟山望里真。

鹢首义旗方出楚，燕云羽檄已通闽。

王师桴鼓心肝噎，父老壶浆涕泪亲。

南望孝陵兵缟素，会看大纛祃龙津。

甲午年孟春月，定西侯张名振同诚意伯题并书

但是，张名振左等右等，上看下看，也没有等到"秦藩"的消息。清江南和江西总督马国柱急令提督管效忠由浦口、阿思哈哈番尼堪由龙潭救援镇江。收到情报之后，张名振无意于硬拼，而是及时撤走。三月初六日，张军在吕四场击败清军，还缴获了一枚大河营守备印。

三月二十九日，张名振一行卷土重来。他们乘着顺风溯流而上，绕过了京口，于四月初七日抵达了扬州府下辖的仪真县。这里离南京近在咫尺。江南清军得到消息之后惶惶不可终日，四处拼凑战船准备迎战。

但张名振也有自己的烦恼：物资短缺。为了解决粮饷问题，老将军向当地盐商征税。在受到坚决抵制之后，张名振命人烧毁了六百多艘盐船，也算狠狠破坏了清统区的经济。清朝地方当局自然是非常恐慌，又加紧调兵堵截。但张名振想走，那是谁也拦不住的，他将船队撤到崇明一带的沙屿稗沙、平洋沙等处。就这样，二入长江宣告结束。

为了让士兵们吃好，张名振亲自赶赴温州买米七船，但依然不能满足每天庞大的开销。没有办法，还得去求财大气粗的国姓爷。

郑成功欣赏张名振的魄力，也理解他的难处。经过一番交谈，国姓爷爽快地提供了粮草、火药及物资。郑成功还让忠靖伯陈辉率领水军五千、陆军一万，大船近百只，统一归张名振调配，让这位老英雄非常开心。

张名振等人率领着庞大的舰队，浩浩荡荡一路向北。九月初六日，大军抵达了一个当时很不起眼、今天世界闻名的地方——上海。县城之内一时哗然，百姓争传"王者之师"，做出要把知县绑了当投名状的架势。暗藏的各种反清势力都急不可耐地出来刷存在感。他们公然换上明朝衣冠，疯狂追打公职人员。

江宁巡抚周国柱心急火燎地领兵赶来，眼见反抗之火难以遏制，在手下师爷的建议下，他很快处决了几个刺头，并让人放出话来，说是打算学习扬州和嘉定的先进经验，搞一次全城大清洗。

上海的局势总算平定了，周国柱还没来得及开香槟庆祝，却被一条突如其来的噩耗差点儿给吓死：明军开到南京城下了！

原来，张名振摆出围攻上海的架势，是醉翁之意不在酒，只为转移清军的视线。十二月十八日，四百余艘战船摆脱了沿途清军（装模作样）的围追堵截之后，来到了南京郊外的燕子矶，距观音门仅一步之遥。

自打九年前郑鸿逵率领的江防军从燕子矶狼狈撤走之后，明军船队再次开到了这个要塞。此次行动不管最终结果如何，能走到这一步，已经非常了不起。

永历八年（1654）是明清对抗极为关键的一年，联想到太平天国从湖南进军武昌、直下金陵的壮举，就知道孙可望与郑成功的东西会师，完全具有可操作性，并不算纸上谈兵。

张名振、张煌言水师三入长江，深入内地水域如入无人之境，一定程度上打击了清廷在江南的统治，给了在绝境中苦苦挣扎的反清义士以坚持的信心。但这绝不是三入长江的真正目的。而张名振登金山的诗作《予以接济秦藩，师泊金山，遥拜孝陵，有感而赋》，不经意间泄露了这次长江之行的目的。

"秦藩"并非正宗的明朝秦王宗室——他们已经被李自成给灭了，而是南明的秦国国主孙可望。张名振想与孙国主会师金陵，饮马长江。然而，这个计划有可行性吗？

鉴于孙可望后来的不堪经历，传统史书对他难免会有不同程度的丑化。但不可否认的是，孙国主是明末汉人群雄之中，能力与性格最接近曹操与朱元璋的，其战略眼光与政治手腕，绝不输于郑成功。

而在江南，一大批爱国志士联合起来，为了能实现东西会师而反复奔走。他们之中，名气最大的当属郑成功的老师钱谦益夫妻，此外还有鲁监国的仁武伯姚志卓、左都御史加督师大学士李之椿、兵部侍郎张仲符、明宗室朱周鉷，以及原兵部职方司主事贺王盛、生员眭本等人。

因"水太凉"和跪迎大清而留名青史的钱谦益，其实也有着我们并不熟知的另一面。他和如夫人柳如是，长期冒着被杀头的危险，利用自己的声望与家资进行联络各地义师的工作，也很自然地成为反清义士的领袖。钱谦益将复明战略比作下棋，他如是说：

难得而易失者，时也，计定而集事者，局也。人之当局如弈棋然，楸枰小技，可以喻大。在今日有全着，有急着，善弈者视势之所急而善救之。今之急着，即要着也；今之要着，即全着也。夫天下要害必争之地，不过数四。中原根本自在江南。长、淮、汴、京，莫非都会，则宣移楚南诸勋重兵全力以恢荆襄、上扼汉沔，下撼武昌，大江以南在吾指顾之间。江南既定，财赋渐充，根本已固，然后移荆、汴之锋扫清河朔。高皇帝定鼎金陵，大兵北指。庚申帝遁归江北，此已事之成效也。

钱谦益将这个以收复江南为重心的复兴战略，称为"楸枰三局"。永历七年（1653）十一月，姚志卓从贵州返回，带回了永历朝廷及孙可望的敕书、札付、檄文，大学士雷跃龙的五封回信，以及孙可望任命贺王盛为兵部侍郎的敕谕。尽管这些文件的细节史书未载，但显然是以东西会师、光复金陵为核心内容的。

姚志卓将文件交给了贺王盛，而后者又通过一位茅山道士张仲甫秘密转交给了张名振。

看到这些文件的老张，当然是喜出望外。

永历八年（1654）正月，孙可望任命刘文秀为大招讨，都督诸军，出师东伐。显然，这正是秦王在为东西会师布局。但遗憾的是，孙可望此时显现出了愈发强烈的篡位自立心理，不光让安龙小朝廷惶恐不安，也使得两位昔日好兄弟李定国与刘文秀日益不满。

诚然，永历皇帝已是如假包换的傀儡，但面对占据了大半个中国，无论财力还是军备都占绝对优势的清廷，只有暂时继续打明朝的旗号，才能更好地团结更多方面的势力，更有效地整合资源。

孙可望想当朱元璋2.0并没有错，但也得看时候。固然，朱元璋在北伐元朝之前先大打内战，连续消灭了陈友谅和张士诚，但他生活的时代，元朝统治已经走向衰落、无力对南方进行大规模征讨。而孙可望势力的巅峰期，也撞上了清廷最为强盛的岁月，双方的差距实在过于明显，根本不给你折腾的空间。

如果孙可望能克复整个华南，并与清廷实现较长时间的南北对峙，那他做个刘裕第二没有问题，赢得的只会是一片掌声。可现在，老孙仅仅拥有了云贵两省及四川、湖南的一部分，就急吼吼地想当皇帝，只能说政治智慧欠缺。

"周文王自己没有称王，魏武帝自己没有称帝。"有这样的楷模在前，孙可望就是不知道学。

这年五六月间，据说孙可望曾由贵阳前往昆明，试图废掉永历，正式登基，甚至还留下了一篇败人品的《望水亭记》（不排除后人杜撰的可能）。鉴于对孙可望篡位自立的抵制，刘文秀在湖南转悠了一圈之后，居然又在七月跑回贵阳。

孙可望并没有处分刘文秀，显然是忌惮他的实力。在已经与李定国闹翻的情况下，刘文秀还是得争取一下的。

为了给孙可望大军东出、郑成功之后的援助打好基础，张名振这才不辞辛苦地三入长江，一次次深入清统治区的核心，而且一次比一次离南京更近。那么问题来了，郑成功知道这事吗？

郑成功还在与清廷和谈，虽说有不少郑军秘密参与了三入长江，但只能打张名振的旗号。但既然是郑成功出钱出人，又是事实上的统帅，张名振显然不可能向郑成功隐瞒这么重要的事情。那以郑成功的脾气，真的不能容忍。

顾诚先生认为："张名振、张煌言'三入长江'之役几乎同郑成功没有多大关系。"① 但这显然并不是事实。

首先，别说张名振了，连鲁王都要靠郑成功接济并去除了监国名号，这就等于承认了国姓爷在整个东南沿海的领导地位。没有郑成功点头，张名振根本没法离开厦门；没有郑成功的兵船和粮饷，张名振根本到不了长江口；更何况，张名振带的两万人中，不可能没有一点儿郑军。

其次，钱谦益要策划东西会师，更信任的人显然是郑成功，而不可能是张名振。一来郑成功的实力要强得多，张名振只是在人家地头上混饭吃而已。抱男人的大腿，一定要抱更粗的那一条。二来郑成功是钱谦益的学生，"大木"两个字可不是白叫的，彼此信任度要高得多。

因此，笔者可以大胆推断，张名振的三入长江，幕后指挥正是郑成

---

① 见《顾诚明清史文集（中）》第 263 页。

功。他此时正与清廷谈判，需要掩人耳目，因此让张名振在长江活动，比派遣郑军大将更为方便。一旦东西会师真的能够实现，国姓爷也就不需要再演戏了，他必然会亲自率领主力北上浙直，书写反清复明的精彩篇章。

张名振三入长江，勇气绝伦，不愧为明清之际出类拔萃的英雄。但完全无视郑成功的大力协助与统筹全局，恐怕并不是客观的态度。

而在广东，也有一个人翘首期盼郑成功的支援。

二、阴差阳错，广东之行无功而返

郑成功与李定国年龄仅相差三岁。但他们一个来自东南的福建，是官二代；一个出生于西北的陕西，是穷 N 代。两人的童年生活与成长历程自然有天壤之别，但时代的车轮，还是将他们送到了一个平台之上。

在与孙可望闹翻之后，李定国决定开辟"第二战场"，打下两广作为基地。永历七年（1653）二月，李定国占领广西梧州，广东就在眼前了。三月二十五日，大军开到了肇庆城下。

肇庆是永历皇帝登基的地方，其政治意义不言而喻。如果拿下该城，李定国的威望会更加突出。三年前的广州大屠杀，依旧是南粤百姓的噩梦，无数仁人义士依然心系明朝。听说战神李定国入粤，各地抗清力量纷纷自发响应。

更重要的是，郑成功的老朋友郝尚久，居然再次反清归明了。

明清易代期间，武将之中涌现了一大批玩"折返跑"的高手，在剃发与留发、归明与降清之间跳来跳去。郝尚久之所以重新反正，主要原因是清廷派刘伯禄担任潮州总兵，想改派他为广东水师副将，明升暗贬，削其军权。

这年三月，郝尚久剪辫起义，自封新泰侯，并与李定国和郑成功联络，希望一起在广东做些事情。受到鼓舞的李定国率军猛攻肇庆，火炮轰炸不停，城内一时风声鹤唳。肇庆总兵许尔显一边咬牙支撑，一边向老领导、平南王尚可喜求救。

尚可喜率平南、靖南两藩军队援助肇庆。事实证明，他老人家的军事才能，也许要胜过被李定国搞死的孔有德。老尚不光分兵消灭了李定国派往潮州联络的军兵，并指挥清军凿开侧门突袭明军，粉碎了李定国挖地道炸开城池的图谋，最终迫使这位战神退出广东。

李定国一走，郝尚久立即嗅到了死亡的气息，于是赶紧向郑成功求援。但此时国姓爷正忙着与清廷和谈，确实不方便公开支持郝尚久。当年六月，郑成功亲自领兵攻打欧汀寨，但寨子建在水田中，郑军的火器施展不开，未能得手。八月，郑成功在筹集到一批军粮之后，返回了中左所。可惜，他走得确实太早了。

八月十三日，靖南王耿继茂、靖南将军喀喀木在占领潮州各县之后，包围了府城。郑成功对郝尚久素无好感，此时似乎乐得看他的笑话，但手下人纷纷陈述"唇亡齿寒"的道理，郑成功也就顺应民意，悄悄派陈六御率船队南下。

但陈六御还在半路时，九月十四日，潮州城就被攻破，郝尚久父子可能想到再投降也没有好下场，双双选择自杀。

李定国一入广东之役，就这样惨淡收场，还连累郝尚久成为炮灰。后世学者往往责备郑成功未能全力配合李定国，解救郝尚久，却无人质疑李定国选择进军广东的时间。当时，郑军在海澄保卫战中损耗巨大，亟须休养生息。这一次他不出兵，似乎也说得过去。

一次挫折，当然不会打垮意志坚定的李定国。到了甲午年，他准备二入广东。这一次，李定国集中的兵马更多，意志也更坚决。而且，他更加希望郑成功能够出兵，分担他的军事压力。

二月，李定国在柳州誓师，开始了他的伟大征程。在很短时间内，明军连续攻克了横州、廉州和高州等地，势如破竹，给了在逆境中坚持抗清的两广军民以极大鼓舞。就在李定国信心满满地准备剑指新会，威胁羊城

时，一件意外发生了。

四月，李定国突然得了重病，直到八月才痊愈。在此之前，明军先头部队吴子圣已经向新会发动了试探性进攻，但后来的事情证明，这真是打草惊蛇。

八月，李定国写下亲笔信，由郑成功差官李景送到中左所，约国姓爷夹攻新会。以李王爷的文字功底，这信八成是幕僚代笔：

> 孟夏遣使，帆海诣铃阁，悉机务，并候兴居。拟阅月可得旋，不图至今尚栖迟贵壁。今差员李景至，始知前此籫使林祚者，固不知所下落也。
>
> 不穀驻师高凉，秣厉养锐，惟候贵爵芳信，即会辔长驱，以成合击。盖不欲俾虏有只蹄□□①耳。乃七月中旬，又接皇上敕书，切切以恢东为计。君命不俟驾，宁敢迟迟吾行哉！爰遣水陆二师，齐发新、肇，托祉有初，两见成绩。盖殄虏于长洋，败李酋于端水。而会城两酋，恃海樱城，尚稽戎索。
>
> 兹不穀已驻兴邑，刻日直捣五羊。然逆虏以新会为锁钥枢牖，储糇攸资，是用悉所精神，援饷不绝。不穀之意，欲就其地以芟除，庶省城可不劳而下。故亦合力于斯。在彼望风屏息，遵陆知难，遂恃长舸舰，堵我舟师。非藉贵爵星言发夕，其谁收此一捷也？企慕甚殷，宜有关切。
>
> 至於粤东水师官义、抗虏降虏者，莫不密遣告劳。然详所举止，多伦观望，不思羊城底定后，虽频年抗节而不千里勤王，亦何凤绩之足道哉？惟贵爵为此宣意，以怂恿各部，则五等上□□□国恩只报在兹，而不谓不穀之功罪可混也。
>
> 至援虏之来，向亦略闻其概，然□□□虏，再无敬谨之强且精

---

① 原文缺失。见郭影秋编：《李定国纪年》，中国人民大学出版社，2006年版，第124—125页。

者，今安在哉？诚来，当尽缚以报知己。其楚、豫之间，侦使颇繁，大略粤事谐，而闽、浙、直争传一檄，所谓张侯爵鼓楫而前，要知亦缓於今日发粤之举。时乘其所急，名高于易收，执事宁忍置之？

差员称贵爵从潮惠脂车，则当以初冬为的，其水部必以速临新邑为限，均希。相要旦旦，足纽至诚，云台虚左，不榖实厚冀于公也。暂复不备。

最后，李定国语重心长地开导道：

圣跸艰危，不可言喻。敕中怆怛之语，不榖读之痛心。五月至今，所待贵爵相应耳。倘确不能来，即示以的，不榖便另议舟师，以图进取。甚勿然诺浮沈，致贻耽搁！要知十月望后，恐无济於机宜矣。

虽说郑成功没有及时赶到，但广东义军首领陈奇策却完全发挥了郑成功水军应有的作用。他们占领了江门，筑起炮台，堵截了清军从海上可能的增援。并歼灭了清水师提督盖一鹏。

十月初三日，新会攻城战正式打响，李定国指挥号称二十万的大军，对这座广州的门户进行狂攻。为了守住新会，清军使出了令人叹为观止的绝招儿：把城内汉族平民推到守城最前沿当"人盾"，你西宁王有本事就去杀吧！

果然，李定国下令停止发炮，给了敌人喘息之机。而清军表现得异常顽强，并善于从史书中学习先进经验。城内粮食吃光了，他们就学张巡吃人。但李定国也摆出势在必得的架势，一定要拿下新会。

可惜，清军的帮手实在太多。十二月初十日，清靖南将军朱马喇与尚可喜、耿继茂军一道向明军发起总攻。李定国军寡不敌众，吃到了抗清以来最为惨痛的一次败仗，十二月十八日，他下令全军撤退。

十二月二十四日，李定国军主力退回广西，只剩下六千兵马。从此以后，他再也未能重新踏入广东的土地。李定国决定先将永历从孙可望的软禁之中解救出来，再图谋大事。

而郑成功的援军，始终也没有与李定国会师。那么，其间究竟发生了什么？

到了九月，李景从广西返回。跟随他的还有李定国的下属，并带上了这位西宁王的信件。

当时，清方的谈判代表叶成格、阿山还在泉州，郑成功不得不将使者先送到金门，一时无法给李定国答复。十月十九日，当与清廷谈判正式破裂之后，郑成功立即布置了同李定国会师广东的作战计划。

赴粤水军阵容相当豪华。郑军二号人物、辅明侯林察担任水陆都督，全权负责南下之事。闽安侯周瑞为水师统领，戎旗勋镇王秀奇为陆师左统领，左先锋镇苏茂为右统领，统一指挥殿兵营林文灿，游兵营黄元，正兵镇陈勋，护卫左镇杜辉，后劲镇杨正，信武营陈泽等部，合计约两万人[1]，战船三百艘，开往广东。

郑成功还派忠振伯洪旭先行到铜山，与陈霸商量调拨物资，户科杨英拨发了十月粮草。可见，郑成功是要让林察他们做长期准备，完不成任务就别回中左所。

同时，郑成功给李定国写了一封信，表达了对西宁王的衷心尊重及合作愿望，并希望将自己的侄女许配给李定国的公子：

> 季秋幸接尊使，读翰教谆谆，修矛戟而奏肤公（功），大符夙愿。又重以婚姻之约，情谊绸缪，虽隔在一方，而神交不啻面谈矣。
>
> 窃闻方召并驾，而猃狁于襄；秦晋缔盟，而周邦咸赖。古人美

---

[1] 《台湾外记》认为是共计五镇兵力，五十只战船。《先王实录》上载是官兵数万，战船百只。

绩，何多让欤？弟十年京（经）营，十年攻战，正欲得一同袍同气
者，共灭丑类而朝夕，兹叠承大教，宁忍濡滞以自失事机？奈尊使到
敝营时，值南风盛发，利于北伐而未利於南征，故再发舟师，令定西
侯张名振、忠靖伯陈辉等复出长江，水陆并进，规取金陵，使彼胸腹
受创，则手足自乱。即欲遣师南下，与贵部共取五羊，缘风信非时，
未便发师，尤恐久悬尊虑，先遣敝员林祚、李景等赍小函奉复，谅达
台览矣。

兹届孟冬，北风飙起，即令辅明侯林察、闽安侯周瑞等统领，扬
帆东指，虽愧非顺昌旗帜，然勉效一臂之力，水师攻其三面，陆师尽
其一网，则粤酋可不战而擒矣。

至于连（联）姻一议，闻命欣惬，惟有只承。弟小女长者已先许
人，兹有兄弟之女，欲以托茑萝。弟性笃天伦，虽兄弟之女，不殊己
女，但事须光明，不敢不以实告，惟在裁择焉。未订朱陈之诺，本未
敢遽附姻称，但尊谊山重，意气之雅，犹金石也，敬托姻末，谅无唐
突之诮否？

辱承厚贶，如捧琼瑶，对使拜登玲珑金顶、编毦大帽、碧鞋带、
蜜蜡、金珠四色，铭谢曷既！另附戈戋，匪云抒报，聊申繠毛之荐，
翼达明信之忱。伏惟崇慈，附垂监茹。余情缕缕，恨未能奋飞，促膝
面謦。尊使回日，自能代悉。

然而，十二月十五日，南援舰队才来到距虎门二百余里的佛门堂水
域。此时，新会战役已经以李定国的惨败而告终。既然带足了粮食，林察
就下令舰队在附近等待，希望李定国部能重新杀回广东。但左等右等，西
宁王始终没有"王者归来"。不得已，永历九年（1655）五月，林察军回
到厦门（当时已改叫思明）复命。

南征大军折腾了七个月毫无结果，让郑成功大为光火。他立即召集文
武商议处理办法，并痛心地说："勤王入援，君命原无俟驾，逗留观望而

回，朝典何在？尔等合心畏避，当尽正罪！"

以郑成功的一贯作风，他非砍几个人示众不可。林察及出征的大多数将领众口一词，说是右军周瑞（前鲁军将领）耽误战机。郑成功于是决定处斩周瑞——也太不近人情了。但周瑞平日人缘不错，为他求情的人不少。郑成功最后没有杀周瑞，只是削夺了他的爵位，解除兵权，永不叙用。

后世史家也就有了指责郑成功的把柄。毕竟周瑞是永历所封的闽安侯，理论上讲，郑成功别说杀他了，连免职的权力都没有。你敢杀周瑞，就是致敬袁崇焕杀毛文龙，很败人品的。林察等人也没有逃过处罚。他和右提督王秀奇、左先锋苏茂都被记责并连降三级，其余军官被降两级。

当时，信武营陈泽、游兵镇黄元和殿兵镇林文灿都向林察建议继续向广州前进，争取和李定国会师，但林察没有同意。郑成功给三人各升一级，赏银一百两。同时，他又给李定国去信表示歉意，希望他不要灰心，在粤东继续发力，摧枯拉朽，会师南京：

> 客岁蓬使遥来，同仇同袍之订，甚符夙心。用是敛干缮胄，大集楼船，方刻程期，而敝员李景复以台命至，展读再四，知殿下内急君父之忧，外切仇雠之痛；不佞恨不能征帆悠忽，直扫珠江，同挈故土，以迎乘舆。讵意船师未到，而大师已先班回数日。有贵部官兵自粤来投者，细讯其故，盖以骄兵致挫。胜负兵家之常，不足深忧。但敝船逗遛，既不能先期会师，又不能奋图后援，实与有罪焉。已将水陆各将，审定功罪，乃知依违不前者，闽安侯周瑞，已重行捆责，革职闲住，乃念其有功，不然已正法矣。尚有贵水师汪都督孙泊大鹏，甚非久计，不佞现遣特员，令其乘薰抵鹭，待殿下捷音重至，同我舟师齐发，甚为两便。
>
> 尔时腥气，在在而然，所恃血性男子，坚乃心肠。不佞于客冬十二月，一鼓而下漳、泉、兴各郡邑，虏束手莫措，竟无敢逆我言行

者。兹已萃集满汉，悉其精锐，倾国而来，复移援粤两酋之师，以天
下全力来攻我土地。不佞秣马厉兵，静以破之，绰绰有余。此一战
了，虏力既挫，必一败而不可收，不惟江南半壁在吾目中，即天下大
势亦约略可省，此不佞所可自信者。今援广之精锐，已悉来闽，则粤
东势必空虚，乘机袭取，正其时也。殿下幸迅师入粤，或取五羊，或
取高、雷、廉，定有摧枯拉朽之势！从此长驱破竹，共抵金陵，聚首
策勋，固所愿也。

由此可见，郑成功非但不担心与李定国会师，反而热心地为他出主
意。可惜的是，李定国经此一败，再也不愿进军广东，而是调头向西
发展。

郑成功两次错失与李定国会师广东的机会，让自己成了后世史家口诛
笔伐的对象。私心自用、拥兵自重、不顾大局和故意拖延等，都成了国姓
爷的著名标签。

作为一名陕西人，笔者对李自成和李定国有着特别的敬意。但就事论
事，在东西会师的问题上，我恐怕不能处处站在李定国的立场上，对郑成
功过于苛求。

很显然，李定国明知郑成功正在与清廷谈判，明知此举可以让郑军获
得宝贵的休整时间与极大的财力补充，明知这种机会可遇而不可求，如果
当郑成功是朋友，为什么不成人之美，非要急不可耐地发动新会战役，还
一定要拉人家下水呢？再多等几个月不香吗？

要知道新会和广州什么时候都能打，但和谈却不是什么时候都能谈
的。作为一名有格局有眼光的统帅，李定国此举并不明智，缺少换位思考
的智慧。而招致太多批评的国姓爷，已经担起"问心无愧"四字了。

再说了，广东会战是李定国主导的，郑军水师只是助战。就算人家不
来，广东义军已经阻截了海面上的清廷援军，完全可以取代郑军的作用。

李定国最后的惨败，主要责任显然在自己而不在郑成功。就像荷兰军队在热兰遮惨败，能把锅甩给刘香吗？

郑成功是个心高气傲的人，如果他真心看不上李定国，真心不想跟后者会师，完全可以不派舰队南下。

林察水军十月十九日由中左所出发，十二月十五日才赶到佛门堂，看起来确实像磨磨蹭蹭。但水上行军非比陆地，受洋流与风向影响太大。永历四年（1650），郑成功从南澳行军到大星所，也用时一个半月。永历八年（1654）洪旭北征，从中左所到舟山用了三个月。因此，一口咬定林察拖延时间，甚至说是受郑成功指使，显然并不客观。

如果说郑成功为了应付李定国，就派出上百艘战船，上万名官兵，十个月口粮奔赴广东，只是为了表演一下，这作秀是不是也太夸张了？

而且，林察和周瑞并非普通将领，而是郑军中仅有的两位侯爵。其他如王秀奇、苏茂、黄元、陈勋和杜辉等，都是郑军的骨干。这些人就算不带一兵一卒离开中左所，对郑成功的抗清事业都是严重打击，何况他们还带领着两万精锐，十个月粮草。如果有什么闪失，郑成功哭都没地方哭去。

在中左所本身随时可能遭遇清军围攻的情况下，郑成功派出如此数量的军兵，这样级别的将官，其用心不可谓不真诚，其操作不可谓不精心，其格局不可谓不宏大，当然，其效果不可谓不咋地。

顾诚先生认为，郑成功之所以不愿意出兵广东，是担心闽粤兵连一体，地成一片，遥相呼应的局面就要改观。这种说法似乎相当牵强。当初鲁王和唐王的地盘也连在一起了，鲁王并没有乖乖屈服于唐王，而是自行其事，甚至还想分化拉拢隆武朝官员。李定国的地盘和孙可望控制区也连在一起，也没见西宁王乖乖任人摆布啊。

郑成功偏居福建，面临的不光有本省的清军，还有浙江、江西和广东清军的三面合围，压力之大，困难之多，外人恐怕难以想象。如果李定国真的能光复两广，郑成功的日子必然会好过太多，对清作战就有了更多回旋余地，这一点他岂能看不出来？

　　因此，在证据不充分的情况下，就断定郑成功"虚与委蛇"，恐怕并不客观。当然，郑成功肯定不是十全十美的道德标兵，他也会有自己的通盘考虑。郑氏集团更像是一个"企业集团"，重要将领都是有股份的，也有自己的诉求，郑成功必须考虑他们的利益。

　　更何况，在处理了林察等人一个月之后，郑成功就派前提督黄廷、后提督万礼统十三镇兵力（两万至三万人）由漳浦、诏安南下潮州。《从征实录》认为是"驻兵征饷"，但难道就没有为李定国分担军事压力，甚至实现会师的图谋吗？当年八月，南征军就先后攻陷了揭阳、普宁和澄海三县，对清军形成了很大压力。如果李定国能第三次入粤，形势也许会大有不同。

　　但李定国退回广西之后，孙可望命高有才率四万人驻兵田州，准备消灭西宁王。李定国并非一蹶不振，他派高文贵、李永爵和李先芳等东下浔州（今广西贵港市桂平市）、横州（今广西南宁市横州市），试图再入广东，直到年末才退回南宁，未能与黄廷军取得联系。但这个责任，恐怕也不能由郑成功来承担。

　　随着和谈的结束，郑军面临的军事压力空前严峻，但取得的战绩也是前所未有的。

第十章　南征北战有得有失

一、天降大礼，兵不血刃收大邑

永历八年（1654）十二月初一日夜里，漳州城外的寒风呼呼作响，时阜门（南门）城墙上的几个清军，无精打采地提着兵器，应付差事般转来转去。不多久，几个换班的赶了过来，说是和他们交接的。这个时间点不对，但谁不想早点儿回去呢。

这几个伙计刚交出兵器，对方却突然翻脸，干脆利落地将他们统统制伏，并堵住嘴不让发声。一位年轻军官也上了城，他先是摆摆手，让手下杀人灭口，随后将几盏灯笼高高举起。

不大会儿工夫，一队军兵开了过来。他们架起云梯，很快就爬上了城墙。这些人没有留辫子，其中一个领队的军官上前发问："哪位是刘国轩，刘将军？"

年轻军官闻名一抱拳："正是在下，您是？"

"忠振伯洪旭，奉国姓爷之命来与你接洽。"

"久仰大名。洪将军您放心，这边我已经安排好，就等您接收呢。"

洪旭安排郑军接管漳州各个城门，并在刘国轩陪同下来到府衙。天亮之后，漳州总镇张世耀，协将魏标、朴世用，知府房星烨，龙溪知县邢虞建都来拜见刘国轩，并很自觉地交出了官印图册。

"各位能弃暗投明，令洪某非常佩服！"洪旭站起身来，向众人行礼。但他坚毅的眼神中，似乎包藏着杀机，那意思很明显：不要给我玩阴的！

众人赶紧还礼说："我等都愿为驱逐鞑子尽份薄力！"洪旭拿出准备好

的银子，对众人分别封赏。随后，他安排部下到各处贴出告示，说明国姓爷秋毫无犯，一切照旧。在洪旭的安抚之下，城内民众完全没有紧张惶恐，该做什么还做什么。只是漳州从此之后，就正式归入郑成功名下了。

这到底是怎么一回事呢？

有道是，踏破铁鞋无觅处，得来全不费工夫。永历六年（1652），郑成功围困漳州长达半年时间，非但没有攻下，反而导致了城内数万平民饿死。清廷趁机开动宣传机器猛黑国姓爷，希望能动摇郑军的反清信心。

漳州成了郑成功心中长久的痛。但由于刘国轩的投诚，郑军兵不血刃，不费一兵一卒就接收了这座繁华大邑。

与南明作战的多数汉人军官，都是先加入明军然后降清的，但刘国轩是个异类。他生长于汀州府长汀县，没错，就是隆武皇帝遇害的地方。隆武二年（1646），当博洛大军蹂躏八闽大地时，十八岁的刘国轩非但没有参加南明军，却毅然剃掉头发加入绿营，帮助清军屠杀自己的父老乡亲。

后来，刘国轩长期驻扎在漳州。想必郑成功围城之时，他也在城里惨淡度日，死里逃生，并充分领教了国姓爷的作战指挥艺术、人格魅力与民族气节，从而产生了投诚的念头，并将郑成功未能成功打下的漳州作为"投名状"。当时，漳州总镇张世耀刚刚上任，根本不熟悉业务，也让刘国轩有了空子可钻。

刘国轩派母舅江振曦、江振晖带着自己的信件，乔装打扮来到了中左所，经过一番周折，他们终于见到了郑成功，并呈上自己的信件。

国姓爷热情地接待了两人。看完信后，立即找来了忠振伯洪旭，并把密信给他看。

"国轩不过是漳州一位小将，焉能成此大事？况且清军新的总镇刚刚上任，岂能有这样的疏漏？莫非其中有诈？"显然，郑成功对此事表示怀疑。但是，他又舍不得这样拿下漳州的机会，毕竟两年前的围城战太苦了。

洪旭刚想回答，郑成功又说："我想亲自走一趟。就算真的有诈，我们也将计就计，让他们的诈术无法施展。你怎么看呢？"

洪旭一番话，把郑成功给说乐了："就按你说的办。"

洪旭说："藩主您何必亲自出马呢？（不是有我这个炮灰吗？）不管是真是诈，您密授机宜，安排数镇兵马让我调遣，按刘国轩约定的日期来到城下，随机应变，一定能拿下漳州，向您复命！"

洪旭果然不辱使命，刘国轩也真的是弃暗投明，给郑成功送上了一份沉甸甸的大礼。顺便剧透一下，刘国轩日后将成为郑军的重要将领，甚至改变了郑氏家族的前程与命运。

十二月初四日，郑成功打马风光入城，接受全城百姓的夹道欢迎。刘国轩被任命为都督佥事，领护卫后镇。而镇守漳州的职责交给了援剿前镇戴捷。因府城反正，漳州十县大都主动来投。郑成功下令向投清的官员征饷，筹得饷银高达一百零八万两。

攻取漳、泉一直是郑成功的努力目标。就在当月，赫文兴攻克同安，林生占领南安，陈六御收下惠安，安溪、永春与德化都主动归附。除了泉州府城晋江，郑成功把漳、泉两府悉数收在名下，地盘达到了起兵以来的最大规模。

相比之下，清廷的反应实在慢半拍。直到永历八年（1654）十二月十六日，顺治才任命郑亲王世子济度为定远大将军，同多罗贝勒多尔处浑（次年初病故，未随军出征）、固山贝子吴达海、固山额真噶达浑等率领三万（可能是号称）满洲八旗精兵，由京师开往福建，收拾郑成功。

这个济度年方二十二，却有着不凡的出身。爷爷是努尔哈赤的同母弟舒尔哈齐；父亲是曾与多尔衮一同辅政的郑亲王济尔哈朗。济度本人也非常勇武，且有智谋，俨然有一点点多尔衮当年的影子。

清军来势汹汹，但郑清和谈的大门并未完全关死，济度也就软硬兼施，给郑成功写了一封亲笔信。这位亲王以投降清廷并享受高官厚禄的祖大寿、洪承畴为例，说明大清宅心仁厚，重用贤良，跟腐败无能的明朝完全不是一回事。如果你国姓能弃暗投明，不，投清，本王也会在堂弟跟前替你说好话。

爱民如子的好大清，把郑芝龙一家关起来，是怕抗清义士暗杀吗？还真是体贴。郑成功收到信时，已经是永历九年（1655）五月了，他当然不会接受招安，反而对济度多了一份蔑视。

军事上的节节胜利，也让郑成功有条件对内部管理机构进行调整。

二、设立思明州，演武场上六亲不认

都说二十一世纪最珍贵的是人才，十七世纪时何尝不是呢？正是有了刘基、李善长这样的江东精英，"开局一个碗"的朱元璋，才缔造了可以比肩盛唐的另一个汉人王朝；正是吸纳了范文程、宁完我这样的汉族名士，刚走出奴隶社会的清统治者，才能建立起一个称霸东亚的庞大帝国；而正是缺少一流文官加盟，仅有宋献策、牛金星这样的平庸谋臣，李自成才在与多尔衮的较量中被全面碾压，进而让上亿中华子孙为之买单。

要是真有个李岩辅佐，李自成恐怕也不会蠢到在京城搞"追赃助饷"，更不会连吴三桂都搞不定。

而郑成功自起兵以来，投入麾下的文臣武将也是越来越多。确实应该给他们一定的"名分"，让他们有继续提着脑袋跟清廷对抗的信心与底气了。也正是在这样的大背景下，郑成功着力于团队组织的建设。

永历八年（1654），郑成功在中左所建立了育胄馆和储贤馆，为郑氏集团选拔和培养人才。育胄馆招纳的是阵亡忠臣的子弟，如柯平、洪荫和林鸿猷等，以及重要将领的亲属。而储贤馆则海纳百川，挑选全国各地慕名投奔到中左所的年轻才俊。著名的有洪初辟、杨京和陈昌言等。这种做法，似乎致敬了当年南京国子监的"民生"与"官生"。

永历九年（1655）二月，为了将主要精力从琐事中摆脱出来，集中领导东南抗清，可能是得到了永历朝廷许可之后，郑成功下令在中左所设立六官和司务。后来又陆续设立了察言、承宣和审理等官职。显然，六官模仿的是明朝的六部。只是大明六部长官为尚书，郑成功的"六官"负责人直接就叫官。

能够担任六官的，当然都是跟随郑成功多年，经过战火与危机考验的忠诚之士。明朝的六部尚书全部由文官出任，武将不得染指，连兵部尚书都当不了，这在历朝历代都是独一份儿。但郑成功并不能机械地遵守这个原则，他手下的人才没那么宽裕。首批的六官是：

吏官：参军举人潘庚钟。

户官：忠振伯洪旭。

礼官：参军举人郑擎柱。

兵官：指挥都督张光启。

刑官：都督程应璠。

工官：参军举人冯澄世。

察言司：挂印常寿宁；承宣司：举人邓愈；承宣知事：叶亨；正副审理：举人邓会、恩生张一彬。

郑成功只是二字郡王，按理说不能和孙可望一样开府。但一来中左所距离安龙有三千多里，往来信息特别不方便；二来郑军扩充到了十几万，肯定是南明朝廷和孙可望都想大力争取的势力；三来郑成功有国姓爷的金字招牌，他设立六官，永历当然也不好意思指责。

原本依照隆武惯例，郑成功任用武将可以到一品，文官只能到六品的六部主事。但六品官实在难以服众，更无法让没文化的武将信服。在郑成功上疏建议之后，永历允许中左所设立的六部主事，官阶可以与侍郎相同，达到了正三品。

当年三月，郑成功又设置六察官，用来监督六官的工作，并直接向自己汇报。显然，郑成功借鉴了大明的六科给事中和十三道监察御史，但将科道职能合二为一——人手少嘛。

郑成功非常注重礼节，对上门蹭饭的鲁王和其他宗室礼数都相当周到。套用现在的说法，他非常注重仪式感。据说国姓爷每次任命官员时，都要毕恭毕敬穿上朝服，向北遥拜永历，让在场的明朝藩王挑不出毛病，只会由衷赞叹。

相比之下，永历在安龙的日子相当憋屈。他虽说不用看孙可望脸色行事（人家又不在场），但无论生活待遇还是活动自由，都受到严格限制，甚至有些类似在北京当人质的郑芝龙。早知今日，还不如当初渡海投奔中左所，好歹还能过上富足和体面的生活。

今天厦门的很多地点和地标建筑，都和郑成功息息相关：皓月园、成功大道、演武大桥……而中心城区思明区，同样也因郑成功而得名。

永历九年（1655）三月，六察官周素、叶茂时等向郑成功呈上一份条陈，令这位国姓爷非常开心。

二人认为，中左所虽是弹丸之地，却是国姓爷事业复兴的地方，也是中兴明廷的希望所在。数十万将士及其亲人，无不日夜思念大明。因此，建议将中左所改为思明州。

如此赤诚之心，郑成功岂能不答应呢？也不用向永历请旨了，他颁下命令，正式将中左所改名为思明州，以证明自己和郑军将士对大明朝廷的思念之情。以大明的传统，巴掌大的厦门，只能算个镇，但因十余万郑军的存在，这个小岛在明清易代期间，却创造了太多的辉煌，也让"思明"成了厦门永远的文化符号。

好消息总是接踵而来。当年四月，永历钦差剿抚伯周金汤、太监刘国柱来到思明，为郑军多位将领加官晋爵。[1] 显然，这个机会是国姓爷为他们争取的。忠振伯洪旭加封为少师，甘辉被封为崇明伯，王秀奇为庆都

---

[1] 按《从征实录》的说法，使者此行最重要的目的，是晋封郑成功为潮王，但郑成功认为自己没什么贡献，坚决推辞了。

伯，赫文兴为祥符伯，万礼为建安伯，黄廷为永安伯，参军冯举人升为监军御史。

郑成功也趁此机会，提拔赫文兴为左提督，万礼为后提督，王秀奇为右提督。他们与中提督甘辉，前提督黄廷一起，构成了郑军的五大主将。但是，别看他们官阶很高，在日常的训练中也不敢有丝毫懈怠，不然，后果是相当严重的！

据说，大明军神戚继光在台州调教戚家军时，在军营内专门开辟出一块平地，由他对士兵进行"场操"训练。这块场地后来就被命名为"操场"，也就是今天各种操场的鼻祖。

郑成功与清军作战屡吃败仗，战绩和戚继光不在一个层面，但后者显然是国姓爷有意无意模仿的对象。郑成功指示工官冯澄世，在澳仔操场修建了一座演武亭楼台，以便自己随时可以检查士兵们的训练情况。他甚至晚上不回府，直接睡在楼台里，以便第二天接着给手下挑毛病。

戚继光发明的鸳鸯阵，在剿灭倭寇的战役中大放异彩。但对付以骑兵为主的清军，这种阵法并不实用。孙可望正是鸳鸯阵的"脑残粉"。在永历七年（1653）三月的岔路口之战中，他老人家率军迎战尼堪部将屯齐。之前，李定国用诱敌深入之计击毙了尼堪。为了证明自己也能打仗，孙可望居然让亲军摆出鸳鸯阵对抗清军骑兵，结果被人家打得大败，输得很没面子。

而郑成功则结合郑军水陆两栖作战的实情，在过往阵法的基础上，创造出了一种"五梅花操法"，并将其作为各军的基本阵法。郑成功亲力亲为，亲自为士兵做辅导、示范，一连调教了半个月，各镇的操法才算有了些进步。

郑成功军纪之严，别说刚加入的新兵蛋子叫苦不迭，就连投降过来的绿营兵都压力山大。赫文兴是献出海澄归降的大功臣，很快由前锋镇升为左提督，成为郑军五大主将之一，正因如此，这位老兄可能有点儿飘飘然了。但有一次，郑成功突击阅兵，并发现赫文兴部下队形散漫，不由得大为光火。

郑成功把赫提督叫到阵前，让传令官当众宣布他的失职之罪，并予以四十军棍的处罚。此令一出，全场哗然——一个左提督、祥符伯，当着一众手下挨打，这以后威信何在？本着"兔死狐悲"、相互帮衬的精神，众将领齐齐跪下求情。郑成功可能也是"良心发现"，他免除了赫文兴的皮肉之苦，但将他由提督降为普通镇将。

但让人痛心的是，赫文兴不久之后就大病了一场，当年九月就去世了。郑成功严格治军的恶果，也显露得相当残酷。

具体负责操练的督操官陈武，喜提三个月休假——捆责一百二十军棍，当场打得走不了路，上不了床。此外，戎旗镇林胜挨了二十军棍；护卫前镇陈尧策因操练不合规，被解除兵权，发配到琅琦做闲职，左先锋镇副将蔡飞被提升为护卫前镇。别以为升官是好事，不久之后，蔡飞就跟自己的脑袋说再见了。

蔡飞受命镇守同安马厝巷。不久之后，清军马得功部突然趁夜来袭。护卫前镇猝不及防，死伤惨重。老实人蔡飞逃回去向郑成功汇报工作，结果国姓爷话还没听完，就下令将他拖了出去。估计蔡飞在脑袋落地之前，很可能会后悔为什么不投降呢。

为了提升军纪，郑成功在各镇设立监营、监阵官，以监督将领的作战。监军都带着一面铁竿红旗，上书"军前不用命者斩，临阵退缩者斩，副将以下先斩后报"。如果有人觉得这是开玩笑，那他大可亲自临阵试验一下，看脑袋还能不能保得住。

郑成功是一个非常自信的人，但对郑军与清军之间的巨大差距，他也有着清醒的认识。既然没有条件组建一支庞大的骑兵队伍，就必须用步兵的血肉之躯去硬扛满族铁骑。想要战胜不可一世的敌人，就要付出比对手大得多的辛苦。通俗地讲，就是"平时多流汗，战时少流血"。平日的严格，事实上是对士兵的关爱。可惜，很多老粗理解不了。

在巩固思明内政的同时，郑成功继续对外扩大战果。

三、进退有据，成就第二次厦门保卫战

永历九年（1655）正月，原本是国人阖家团圆的好日子，但兴化府仙游县的守军，却是全世界最辛苦的。郑成功的军队打过来了。兴化府是全福建最小的一个府，仅有莆田和仙游两县。如果占领兴化，那郑成功就能乘胜攻打省府福州了。

仗着坚城重炮，基本上都是汉人的仙游清军，给郑军造成了重大损失，守将也拒绝了郑成功的招降，这让国姓爷很不高兴，漳州府我都打下来了（噢，是人家刘国轩献城），还能拿一个小县城没办法？

郑成功颁布了严格的军令，让士兵不敢再有后退的想法。援剿左镇林胜担任主攻任务，为了不被当成反面典型处分，他找来工程专家洪善，将地道一直挖到城里，然后用炸药炸城。最终，郑军付出了惨烈的代价，才拿下了这座小县城。

然而，这座小城却引发了可怕的蝴蝶效应。隆武朝兵部尚书唐显悦的儿子在攻城战中牺牲了。为安抚老爷子，郑成功自作聪明的决定，却直接害了他自己，甚至影响了中国历史的走向。

别以为我吹牛。国姓爷让唐显悦的孙女，做了郑经的正妻。不难看出，这又是一场政治联姻。郑成功与董氏的结合就是悲剧，两人貌合神离。但国姓爷拒不吸取教训，又让儿子走自己的老路，甚至引发了谁也不愿意看到的恶果。

占领了仙游，泉州府城晋江就被郑军的地盘三面包围，提督韩尚亮成了"瓮中之鳖"。这伙计曾是名臣史可法的部下。人家史督师可是誓死不降的抗清英雄，韩尚亮却心安理得地为清廷充当鹰犬。郑成功似乎有收集清廷降将的癖好，放着晋江孤城不打，却要耐心地写信劝降。

郑成功发去了一封热情洋溢的亲笔信，其中写道："文则依旧任事，武则从重擢用，仍予从原辖兵马，另行优赏。此推心置腹，所可肝胆相照者也。"

但韩尚亮不为所动，还写了一封"外交辞令"十足的回信，说自己"第食人之食，事人之事，枕戈待旦，尽其所职而已，成败利钝，岂敢问哉?"郑成功很不甘心，又写了第二封信，搬出史可法来教育他："（你小子）劳征苦战，九载功勋，仍旧参将，今日欲为清朝一死，固不免有伤勇之讥，尤不知何面目于九泉见贵恩相?"

信发出之后，如同一把沙子撒进了九龙江，郑成功非常失落。不久之后，林察水军无功而还，又给国姓爷的伤口撒了一把盐。

随后，更大的打击又来了。五月，济度的三万铁骑虽迟但到，终于慢悠悠地开进了福建，准备与当地清军整合在一起，对郑军实施泰山压顶式的攻势。

郑成功本打算攻占泉州，教韩尚亮做人。但眼前的形势，已经容不得他继续发动攻势了。他下令将派往福州、兴化和泉州的军队，统统撤回漳州。

这是要以漳州为基地固定了吗?郑成功回到漳州之后，在岩亭埔举办了声势浩大的阅兵。郑军铠甲鲜明，队列严整，进退有序，显然是在向济度隔空示威。

连续三天的阅兵很成功，郑成功也下令摆宴犒赏三军。就在大家喝得兴致盎然之时，却被一则消息惊呆了，吓傻了。

不可能吧!

郑成功下令拆毁漳州府城，将石料木材运到海澄。虽说接收漳州没有费什么劲，可这么放弃了，想再拿回来不知道得猴年马月?显然，大部分清将都愿意做韩尚亮，而不可能做刘国轩。再说了，你问过刘国轩本人的感受吗?

军令难违。郑成功继续他的"迷之操作"，当起了拆迁大队长。六到九月间，他不光拆了漳州府城，还将漳浦、南靖、长泰、平和、诏安、永春和同安等县都拆了个干净，只有海澄幸免于难。拆下来的石头木料，都渡海运到厦门、金门、白沙和下店等地，以加固防御工程。

漳、泉二府，是郑成功九年前起兵时就心心念念的福地，说丢就丢，郑成功真的不心疼吗？

伟人与凡人的一个重大区别，在于其气魄和想象力。刚刚焚衣起兵的郑成功，眼里可能只有漳、泉，而装不了天下。但现在，扔掉了福建最富庶的两府，他的目光，已然可以望向江南，甚至望向了北京。

郑成功并非只是退缩，也有前进，而且极其大胆。

他在南北两面都安排重兵，展开了猛烈攻势。在南方，他安排前提督黄廷、后提督万礼率十三镇兵马南下潮州，一边征收粮饷，一边打探李定国军的消息，试图再次会师羊城。

而北征，才是郑成功用兵的重中之重。时值七月，他对众将说："和局不就，宜分兵与定西侯并忠靖伯等会师进入长江，直捣敌军心腹之地。"

郑成功任命洪旭为总督，负责水军调度，北镇陈六御为总制五军戎政，统领水军。而郑军第一猛将甘辉则担任陆师正总督，王秀奇为副总督，统辖后冲镇周全斌、中冲镇萧拱宸、援剿前镇戴捷等十二镇精锐，择期北上，进入长江。

刚到湄洲岛时，甘辉突然找到陈六御，一本正经要求对方处罚自己："快惩罚我！"。陈六御被搞得莫名其妙：除了国姓爷，不就你老人家最大吗，我还敢打你？等甘辉说明了事情的原委，陈六御就更发愁了：这，打还是不打呢？

原来，甘辉一个部下上岸取水，抢了住户一只鸡。按说这和甘辉没什么关系。可跟着郑成功混久了，老实人甘辉似乎也热爱起了表演，他觉得自己有统御失职之罪，应该重重责罚。

"来吧，快点儿！"甘辉边说边脱去外衣，献出满是伤疤的脊背。这谁下得了手啊？一只鸡引发的血案。大家伙儿你看我，我看你，都不忍心。

"你们今天不处罚我，是想回去让藩主处决我吗？恶战就在眼前，连军令都不能执行，还怎么打胜仗？"甘辉生气了。

陈六御无奈之下，只好拿出令箭，将甘辉结结实实地打了十军棍，随后将犯案士兵斩首示众。这么一来，全军秩序井然，所到之处秋毫无犯——都不想掉脑袋。

由于遇到逆风阻挡，北征大军被迫停留在了温州、台州一带。台州守将马信一直仰慕国姓爷的威名，想要献城投军。洪旭派人联络马信未果，大军离开台州前往舟山。

十月二十三日，郑军包围了舟山城。之前，洪旭曾联络张名振，希望能合兵夹攻舟山。但郑军多位骁将对张名振很不服气，甘辉想必也不愿意让他分割胜利果实，于是急不可耐地发动了攻势。清将把成功出战被击败，士气低落。陈六御派李化龙入城，成功地把把成功劝降了。

过了几天，张名振才姗姗来迟，定海关守将张鸿德也慕名来降——比韩尚亮有觉悟多了。郑军北征可以说成果斐然，并为之后更大规模的北伐铺平了道路。虽说郑成功没有亲征，但在甘辉等一干名将指挥之下，郑军作战英勇果敢，入城秋毫无犯，军纪堪比当年戚家军，给反清情节严重的浙江沿海百姓留下了极好印象。

到了十一月，国姓爷的任用状传到舟山。虽说张名振是个"外人"，舟山之战也没有任何贡献，郑成功还是决定由他镇守舟山城，陈六御和阮骏辅佐。可见无论何时何地，郑成功对张名振的信任都一如既往。

北征军主力胜利返回厦门，把成功和张魁也随军南下。十二月十三日，郑成功对将士各有封赏，但把成功得到的赏金最多——白银五千两。不能不说，国姓爷搞钱的本事真是强，赏钱的手笔真是大。但由于与自己同名，郑成功将这位降将改名为把臣兴，并授骁骑将军印，希望他能为郑军多培养骑兵。

忠振伯洪旭部走得慢些，元旦都是在船上过的。路过台州时，马信在城里玩了一把大的。他先是将台州知府、临海知县等官员统统抓了起来，然后控制全城，等候洪旭入城。

鉴于浙江清军很快就要赶来报复，洪旭和马信并不打算守卫台州。他们将府内的粮食物资和火炮弹药悉数装船，乘风向南驶去。清廷援军赶过来时，郑军已经跑远了。留给他们的，是一座残破不堪的台州城。

正月十四日，洪旭一行到达思明。郑成功赏马信两千两白银，让他统领中权镇。明末清初的战争舞台上，陕西人抢足了风头。但郑成功的班底以闽南人为主，轻易不会有陕西将领的位置。马信这位长安汉子的到来，无疑填补了这项空白。而且，马信不知道有什么魔力，让治军严苛、六亲不认的国姓爷总能另眼相看。

舟山丢失、台州被劫的消息传到北京，顺治一下子整个人都不好了。浙江巡抚秦世祯被弹劾下课，多位大臣建议杀郑芝龙一家作为报复。

此时，郑芝龙为了保住脑袋，只能连夜写下长信，希望能劝说逆子弃暗投明，效忠我大清。清使将信件送到思明之后，郑成功装出一副若无其事的样子。也许尽量淡化父子之情，才不至于让清廷牵着鼻子走吧。

此时，郑成功的各项事业，也算得上顺风顺水了，他肯定不想因父亲的事，耽误抗清大计。

济度大军入闽，思明州内难免人心惶惶。但郑成功跟没事人一样，反而在南北两路安排重兵，岛内只剩下后提督、奇兵镇和左冲镇等少量兵力，将士家眷则被安置到了金门等地。这位国姓爷对诸葛亮的推崇是路人皆知的，这一次，他真的要学人家摆空城计吗？

乖乖！空城计的故事，只是罗贯中在《三国演义》中虚构的，正经史书《三国志》里可没有。满州人别的书可以不看，《三国演义》是必读的，济度能上这个当吗？九月，引礼舍人许靖、李从直非常担心。他们向郑成功上条陈，希望开导一下这位执迷不悟的老大，建议将在外的主力部队尽快撤回到思明。

可郑成功看过之后勃然大怒，据说要将二人斩首（也许是后世文人添油加醋地诋毁），在从兄郑泰劝说之下，郑成功将二人责打八十军棍。这也太狠了吧，两个文弱书生，哪里经得起这番折腾？再说了，言者无罪，闻者足戒。让人说话，天塌不下来。郑成功何以对二人如此动怒呢？

原来，二人只是指出了清空思明有"十不便"——这确实有数落老大的嫌疑。并建议将南北两路兵马都调回思明，与清军决一死战。一向自负、以刘伯温和诸葛亮自居的国姓爷，最见不得别人轻视他的智慧。郑成功对郑泰等人说："清朝岂无宿将。派遣此乳臭娇子，岂意在战耶？不过藉兵再逼我和耳。我若调回大军，就被他看小了。所以要腾空思明，用以迷惑他们。"

果然，济度被郑成功这种"孔明城上操琴退魏兵"的做派吓住了。迟迟不敢进兵。在他犹豫期间，郑军北征主力已经返回，思明州已经严阵以待了。

永历十年（1656）三月，一则噩耗从舟山传来，定西侯、前军总督张名振在上年十一月二十八日病故了。郑成功遂令陈六御统领水师前军，英义伯阮骏守舟山。这么一来，等于是将鲁监国余部给完全整合了。

当时清军在定海造船五百只，准备收复舟山，阮骏向思明州求援，郑成功就将熟悉当地地形的降将张鸿德和马信派往舟山。

当年三月十六日，第二次厦门保卫战终于打响。济度与韩尚亮想法拼凑了数百艘战船，准备趁郑成功不备，在南北两路发起大规模攻势。

济度想攻打白沙，"问候"老朋友郑鸿逵。而韩尚亮则率领主力船队攻打思明州。自从在扬州投降之后，韩尚亮已经为大清整整卖了十年命，但承担如此重要的使命，还是生平第一次。

清军船队从泉州开出，驶到围头（在晋江金井乡南海角）时，郑军十余艘大船突然之间冒了出来。这些船的体积远比清军的船只大，火器也更强。援剿左镇王明一炮打去，当场就把一条清船给击沉了，没办法，降维打击嘛。王明与信武营陈泽乘胜猛冲，清军招架不住，很快又有几条船被击沉。

清军的进攻，原本就是试探性的。见势头不对，韩尚亮果断下令后退，保存实力要紧！郑军则乘胜追击。没过多久，突然狂风大作，浓雾骤起，一丈开外就看不清人。对付突发情况，显然郑军更有经验。他们很快就躲进了围头港。而清船反应不及时，想回到泉州港已经力不从心，在海上随风漂流，狼狈不堪，有在风浪之下沉没的，有漂到外洋迷路的，更有被吹到围头，让郑军当场俘获的。

最终，清军有十多只大船被郑军缴获，三十余只搁浅或被焚毁，逃回泉州港的，只剩下了十余只。更糟糕的是，主将韩尚亮的座船都没能回来，永远葬身在大海中了。想当初，郑成功一次次放低身段亲自招降，韩尚亮一回回志得意满拒绝合作，早知今日，何必当初呢？

此次厦门保卫战，清军其实根本没能攻到厦门，更准确的叫法是围头海战。突如其来的狂风固然让郑军受益，但郑成功部署得当，全体将士进退有据，斗志饱满，得势不饶人，更是获胜的关键。

郑成功按照《大敌赏格》奖励官兵，信武营、援剿左镇、内司镇左协王明为头功，其他将士依次封赏。对于俘获的清军，郑成功也相当优待：将他们的耳朵、鼻子割下留念，然后统统放回，以提醒济度不要轻启战端。

残疾清军回到泉州之后，济度见了大怒，决意报复，但他根本不敢再打厦门，只敢发兵白沙。总兵王进担任此次战役的总指挥，他摆酒慰劳官兵，并慷慨承诺："此次大家都须奋勇争先，如果得寨，子女玉帛随意抢夺，如果不听指挥，杀无赦！"

清军走到半道，就遇到了洪旭的哨船，双方激战在一起。郑成功收到探报，担心叔父安危，一口气派了八镇水军出海，将清军杀得片甲不留。王进侥幸逃脱。自此之后，济度再也不敢出战，天天守在泉州生闷气。

难道，他要成为陈锦 2.0？

四、重镇丧失，留下无穷祸端

清军进攻厦门和白沙的两场海战都以惨败告终，让统帅济度压力山大，担心顺治降罪。但万万没想到的是，天上忽然降下大礼包，把他从噩梦中当场砸醒。

郑军在大陆唯一的据点海澄，清军不费一枪一弹就接收了！

三年前，金砺率数万八旗军狂攻海澄，动用的红夷大炮，甚至可以和多铎攻打潼关时媲美。郑军绝地求生，付出了极大代价之后才取得了海澄保卫战的胜利，郑成功本人甚至一度遭遇死神的亲吻。

海澄位于九龙江口，可以通过水道直通思明，是保护金、厦的绝佳屏障。郑成功在打败金砺之后，不光继续花大力气加固城墙，使之能抵御红衣大炮的轰击，更在城内存放了可供郑军支用三十年的粮食，铁甲十万副，藤牌、战被、铳炮和火药都是数以万计。

海澄一丢，清军进攻思明无疑要方便很多。更可悲的是，郑成功辛辛苦苦积攒的物资，都将为清军的作战提供有力支持。

这么重要的据点，郑成功居然安排一个差点儿被自己处死的将领镇守，为海澄丢失埋下了祸端。不能不说，这实在是人生一大败笔。

这位叛徒从此也路人皆知，他叫黄梧。

永历九年（1655）六月，黄廷、万礼、苏茂、林盛和黄梧等率领十三镇兵马南下揭阳，试图打开与西南李定国联络的通道。起初，南征进展相当顺利，连续攻占了揭阳、普宁和澄海等县，形势一片大好，还得到了郑成功的奖励。

平南王尚可喜、靖南王耿继茂和两广总督李率泰协调之后，抽调平藩下左翼总兵许尔显、靖藩下左翼总兵徐成功与总督标下兵马一万余，加上潮州总兵刘伯禄、饶平总兵吴六奇等部七千余人，在次年二月，主动向郑军发起进攻。

按理说，清军三巨头并没有亲自指挥，郑军又有兵员优势，打退敌人应该并不困难。但由于苏茂立功心切而提前进攻，打乱了整体部署，导致黄胜、林文灿阵亡，郑军损失五千多人，被迫放弃占领的三县，退到思明。

黄廷等回到基地之后，一向以治军严格闻名的郑成功，此时又展现了其冷血的一面。他指出，苏茂轻敌致败，黄梧、杜辉应援不及时还临阵退却，都应该处斩。杜辉可是焚衣起兵时就跟随郑成功的元老，还杀了郑联替老大背锅，国姓爷却完全不想网开一面。考虑到这三人的重要性和军中将领的日益凋零，众将纷纷求情。之后，郑成功只将苏茂斩首，杜辉捆打六十军棍，黄梧寄责，要求戴罪立功，以儆效尤。

苏茂一向作战勇敢，对郑成功忠心耿耿，这样的下场，无疑让一些官兵心寒。无论从哪个角度来讲，苏茂都罪不至死。江日升在《台湾外记》中认为，郑成功是因获悉苏茂曾经放跑了施郎，此次是借题发挥。但这种说法显得过于主观。

转过头来，郑成功居然安排黄梧和苏明（苏茂族弟）镇守海澄。这如此重要的一个城池，郑军在大陆上唯一一处稳固的地盘，国姓爷居然慷慨地交给了一个不久前还想处决的败军之将，实在让人佩服他的脑洞之大。

当年郑成功让族叔郑芝莞留守思明，导致无数财宝被清军劫掠，教训不可谓不深刻，学费不可谓不昂贵，可这才过了几年，好了伤疤忘了疼，他居然就想不起来了？

黄梧差点儿被郑成功砍了脑袋，镇守海澄之后更是战战兢兢，生怕有一点儿风吹草动，藩主又得收拾自己。为了自保，黄梧派心腹赖玉去联络清漳南道参议吴执忠，打算献出海澄。济度得知黄梧的意思之后，就派得力干将王进前去接应。而黄梧则说服了苏明一起行动。

当年六月二十四日夜，黄梧、苏明率领八十余名官员和一千七百多名军兵叛变，打开大门喜迎清军改编。

得知消息之后，郑成功居然非常吃惊。他第一时间派出甘辉、林胜和洪旭赶往海澄，试图重新夺回这座重镇。但清军主力已入城据守，以甘辉之勇也无可奈何。郑成功将海澄修得固若金汤，如今却成了郑军无法攻克的堡垒。这真是一个天大的讽刺。

郑成功叹息道："我以为海澄是关中河内，所以把物资都堆积在那里。岂料黄梧、王士元如此背负，此后将如何用人？"

其实自起兵以来，清军有不少将官降郑，郑军中也有一些人降清，这都是很自然的事情。虽说"慈不将兵"，想战胜强大的清军，没有铁的纪律，一切无从谈起。但郑成功治军过于严苛，让很多将官生活在随时脑袋不保的忧虑之中，绝对不是什么好事。

再说了，此时郑军将领依然有数十位，能力比黄梧强、品行比他可靠的将领多得是，郑成功偏偏把海澄交给黄梧，这个锅，只能他自己来背了。

别看海澄只是区区一县，却把远在北京的顺治都惊动了。开心之余，他决定给投诚者以重赏，这个礼包大得有些吓人。黄梧做梦也不会想到，自己不过是当了一回叛徒，就从郑军的一个普通军官，晋级为大清的公爵——海澄公。

这个爵位，原本是清廷用来招降郑成功的筹码。此时的顺治，充分展现了他顽皮的一面，就是想好好恶心一下自己的对手。此外，如此高规格地封赏黄梧，无疑对郑军中其他不安分的将领，能起到绝佳的激励效果。

黄梧高兴之余，还向济度极力推荐施郎，说他精通水务，文武全才云云。济度大喜，提拔施郎为同安副将，之后又擢升为总兵。

原本施郎降清之后，一直被当成小透明。现在托黄梧的福，他终于有了施展抱负的机会。激动之余，可能为了表示重新做人，不，为大清做好走狗，施郎将名字改为施琅。

话说回来。海澄一失，郑成功的北进计划也就遭受了重大打击，他会有补救措施吗？

五、经营有章法，缔造最强海商集团

黄梧的叛降，让郑成功丢失了大陆上最重要的据点海澄，更令他庞大的商贸网络浮出了水面。

在基本上接手了父亲郑芝龙庞大的产业之后，郑成功再接再厉，终于建立起了中国历史上规模最大的海商集团。说郑成功是一位成功的企业领袖，其实并不夸张。但我们更多记住的，当然是他的民族英雄人设。

郑成功不光是东南抗清的绝对领袖，是管辖十余万水陆军队的统帅，更是一位精明的商业巨头。他以金、厦、南、铜为中心，不光练兵打仗，还运营着一个庞大的商业网络，每年的净利润，甚至不亚于大名鼎鼎的东印度公司。

一名西班牙传教士记载道："郑氏家族是海上君主和统治者，在中国从未有如此众多和庞大的船队，仅在厦门水域的水师就多达 13000 艘帆船，成千上万分布在整个沿海线上的其他船只，也听命于这个'帝国'。"

这种说法相当夸张。究其一生，郑成功都是明朝的忠臣，并没有自立为王的意愿。他只是凭借父辈的基础和自己的努力，在东南沿海建立起了一个军政合一的海商集团。

郑氏贸易集团分为陆地与海洋两大板块。陆上企业按金木水火土五行安排，又称为山路五商，主要业务是采购丝绸、瓷器和其他附加值高的产品并销往思明。

山路五商的总部设在杭州，负责人为曾定老（似乎是化名），其他四家分别开在苏州、南京和北京。显然，在清占区开展业务要承担很大的风险，工作人员也需要极高的素质与应变能力。东南沿海一带将陆地称为"山"。"唐山"并非河北唐山，而是和"唐人街"一样，指华人聚居地。

既然都把生意做到清廷统治的核心区域了，再前进一步，开展情报工作也是合情合理的事情了。郑成功的父亲郑芝龙早年在日本时，就有参与秘密组织的经验，而山路五商的组织工作无疑更加严密，他们有一整套以旗帜和铜牌为暗号的交接系统，在随时可能被缉拿的危险之中，无所畏惧地向思明输送着珍贵的军事情报。

有鉴于此，后世一些学者认为，著名的反清组织天地会，正是由郑成功一手创办的。也只有郑氏集团的财力与网络，才支撑得起这样一个庞大的组织。当然就目前而言，这种说法并没有足够的史料支撑。

比较之下，海路五商的工作还是要安全一些，但并不意味着轻松愉快。它的主要任务，是将山路五商采购的货品销售到海外，作为郑军的重要军费来源之一。

海路五商总部设在泉州，下有仁、义、礼、智、信五常。每常有十二艘商船，总计六十艘，分为东洋船队和西洋船队。前者的目的地，包括日本、荷兰占据的台湾及西班牙占据的菲律宾；后者的客户，来自暹罗、巴达维亚、真腊和其他一些东南亚港口。海路五商的领袖，有曾定老、伍乞娘、龚孙观、龚妹娘等。

可以看出，其中有两人为女性，说明泉、漳一带，女性在经商方面是巾帼不让须眉。尽管缺乏资料，我们也不妨大胆假设一下，郑成功的妻子董氏及其家族，也很难不参与到对外贸易中来。

山、海五商作为郑氏集团的"直属企业"，由户官直接管理，户官之下设立了裕国、利民两个公库，负责船本、利息的收缴与各行的收支管理。察官则负责稽查各库的收支，每天都要列册，并向藩主汇报。郑成功审阅之后标注日期并盖印，以表示对结果的认可。

这么一来，郑氏集团就建立起了涵盖海外贸易商、内地采购商、国库、借贷、租赁、稽查、专人负责（户官）及最高审核等在内的一整套外贸制度。

有文献估计，郑氏集团对日本贸易的利润年均约 141 万两，对东南亚贸易的利润年均 93 万到 128 万两。两项相加，年利润高达白银 234 万到 269 万两之多。郑成功拥有十多万军队，庞大的军费开支，很大一部分需要通过海外贸易解决，由此也使郑军成为中国五千年历史上最大规模的一支私人武装。顺便说一句，南明朝廷从未给思明发放任何饷银。

值得强调的是，郑氏集团的存在，并不会以强制手段限制民间商人从事对外贸易。无论有没有加入山、海五商，福建沿海的经营者都可以从户官或公库里借取资金，以支付货物采办和远洋贸易的开销，交易完成之后需交还本息。如果商人自身实力雄厚，业务繁多，每次交易只需要支付利息，而不必偿还本金。

显然，郑氏集团的操作方式，具备了近代银行业的雏形。

郑军的骨干，都在"集团"中拥有股份，每年有丰厚的分红。郑成功也允许他们有自己的产业，像洪旭、刘国轩等将领，都拥有自己的船队。虽说跟着郑成功反清风险很大，但回报也高得吓人，这是他们愿意提着脑袋追随国姓爷的重要原因，也是郑军能从小变大，从弱变强的重要理由。

由于黄梧的叛变告密，郑成功在内地的商行自然会受到严重冲击，并令他的贸易收入蒙受不小损失。但郑成功也是个愈挫愈奋的领袖，他也努力保护了一部分商行。特别是杭州一带的郑氏产业，受到的影响相对较小，这很可能得益于当地反清势力之帮助。

话说回来，郑成功丢失了海澄，以他睚眦必报的性格，难道不展开报复行动吗？

六、攻取闽安，福建省会四面楚歌

永历十年（1656）七月，一支郑军的庞大舰队，突然出现在了闽江入海口。省会福州从此进入了战备状态。

郑成功攻打福州，是为了纪念起兵十年吗？当然不是。是为了报复清军占领海澄吗？很有可能。你做初一，我就做十五。国姓爷此举，无疑是在向清军"亮肌肉"。

这一次，郑成功虽未亲征，却派出了自己最信任的中提督甘辉，统辖十五镇精兵出征。船到料罗湾，甘辉拆开密信，众将才知道自己要去哪儿。

福州，福建的省城！

对于一直在闽南粤东打转转的甘辉来说，此次行动也可以视为"北伐"了。

但是，攻城从来不是郑军的强项。盘点过去十年，郑成功居然未能打下一座府城，漳州都是靠刘国轩做内应拿下的。此次攻打福州，更没有那么容易了。

在闽江入海口，有一座千年古镇闽安，是省城的门户。永历二年（1648），鲁王曾经占领此地。郑军战船出其不意地出现在了闽江口，从船上用红夷大炮向城内猛轰。清军无力招架，龟缩在城里不敢还击。

甘辉一声令下，敢死队员扛着云梯冲向城墙。不大会儿工夫，这座"安镇闽疆"的重镇，就落到了甘辉手中。说郑军攻城能力欠佳，那也不能一概而论。占领闽安之后，郑军一路向前，由闽江开抵南台洪塘。

甘辉开始置办攻城器械，准备为老大攻下首个省城。南台附近有座乌楼炮台，凭借地形优势给郑军造成了很大威胁。郑军集中炮火，经过一番殊死较量，终于攻破这座炮台，并乘胜占领了罗星山。

甘辉与手下登上罗星塔，省城的街巷坊寺、亭台楼阁尽收眼底，不愧是八闽福地，有福之州。郑军乘胜开到福州城下，扎下营寨准备强攻。不过，省府毕竟不是闽安镇，不光比郑军占领过的漳州府城大得多，城防也更加坚固，强攻必然要付出极大代价。甘辉与部将商量之后，准备采取围困战术。

当时，福建清军的主力大都在泉州，福建巡抚佟国器赶紧向济度求援。清军主力连夜北上。在福州城下，清军先头部队被杀了个大败亏输，丢弃了大批武器装备。郑军趁机在福州周边征收粮饷，将战船装得满满当当，随后从容撤到罗星塔和闽安，准备长期固守。

既然海澄暂时夺不回来了，郑成功希望将闽安建设成为郑军在大陆上的重要据点，退可以作为金厦屏障，进可以从此北伐浙江，还能随时威胁省会福州。因此，他令工官冯澄世主持，对闽安镇城墙进行了大力加固，罗星塔也修建土城，并在闽清永福港的萧家渡派驻水军扼守。

郑成功令后提督万礼守闽安镇，左戎旗镇林胜守罗星塔，右戎旗中协张斐德守萧家渡，互为犄角。三人都是郑军中的悍将。这么一来，清军大有望城兴叹的架势，心有余而力不足了。

在黄梧的强烈建议下，清廷终于实行了"杀敌一千，自损八百"的禁海令。六月十六日，朝廷敕令浙江、福建、广东、江南、山东和天津各督、抚、镇：

> 严禁商民船只私自出海，有将一切粮食货物与逆贼贸易者，或地方官查出，或被人告发，即将贸易之人不论官民俱行正法，货物入官，本犯家产尽给告发之人。其该管地方文武各官，不行盘诘擒缉，皆革职，从重治罪。地方保甲，通同容隐，不行举首，皆论死。凡沿海地方，大小贼船，可容湾泊登岸口子，各该督抚镇俱严饬防守各官，相度形势，设法拦阻。或筑土坝，或树木栅，处处严防，不许片帆入口。一贼登岸，如仍前防守怠玩，致有疏虞，专汛各官即以军法从事，该督抚镇一并议罪。

与此同时，清廷还对郑军实行了更加宽大的招抚政策，"大开生路，许其自新。"并且按携带人口等给予相应的升迁。黄梧不就是个活典型吗？他不费什么力气献出海澄，就当上了自个儿做梦都不敢想的海澄公。谁要是把思明州给献出来，顺带把国姓爷给绑了，那不得给个亲王当当？

郑成功占领了闽安，对省会福州形成了严重威胁。但他没来得及高兴，比海澄丢失更大的麻烦就来了。

永历十年（1656）七月二十六日，清宁海大将军宜尔德、提督田雄趁郑军主力围困福州之时，对舟山发动了突然袭击。阮骏、陈六御等出岛迎敌。清军战船无论体量还是火力，都远不及郑军，因此甫一交战，清军损失惨重，根本不是对手嘛。

七月二十七日，两军再次交战，清军且战且退，将郑军引进了定海关。由于这里水浅，郑军的大船操作很不方便。而清军则凭借船只数量优势，对郑军实施合围。阮骏、陈六御和张洪德等多名将领壮烈牺牲。定海关水战，也成为郑军对清水战罕见的惨败。

清军乘胜占领了舟山城。为了防止郑军反扑，清军干脆将岛上城郭房屋统统拆毁，居民赶回大陆，让舟山成为荒岛。十月，清军还试图攻打铜山，被后冲镇华栋、护卫右镇黄元等领兵击败。

舟山的失陷，是郑军继海澄丢失的又一大损失，更是对郑成功北进计划的沉重打击。但此时的国姓爷，经历了太多风雨，一城一地的得失，并不会影响他的长远目标。

七、巧妙设伏，缔造护国岭大捷

郑成功起兵十年，当然也打了不少胜仗，但消灭的大都是汉八旗和绿营兵，很少有机会与最精锐的女真八旗对垒。清军中最能打的那部分精英，大都开往西南，对付李定国与孙可望了。

永历十年（1656）十二月，郑成功率领舟师离开闽安，在梅溪登岸，由飞鸾、白鹤岭一带进入罗源县境。他此行的目的，当然主要是为了征收粮米。济度收到探报之后，马上做出了强硬对策。

俗话说，三个臭皮匠，顶个诸葛亮。济度不知道怎么想的，一下子安排了三个女真梅勒章京（副都统）阿格商①、巴都和柯如良，统领数千满汉骑兵尾随郑军。郑成功率军进入宁德县，阿格商们又跟了上来。

眼看清军来者不善，郑成功把甘辉、周全斌和陈魁等重要将领召集到一起商量对策。众将纷纷请战，要教阿格商怎么做人。可国姓爷却说："明日甘将军断后与清虏交锋，只许败，不许胜。"说话的口气，宛如诸葛孔明附体。甘辉知道，老大肯定是想好破敌之策了。

果然，郑成功将大家带到地图前，指着一处地方说："明天，一定要把满酋引到这里，然后……"

郑成功从容调度，众将无不心悦诚服："藩主神机妙算！"各自领命而去。可是，计策是死的，人是活的，面对清军精锐骑兵，到底能有多大胜算呢？别看郑成功一贯自信，他栽的跟头并不少。

时间来到了十二月二十九日。眼看第二天就是除夕了，可清郑双方该打还得打啊。甘辉率领本部人马与阿格商刚一交手，就明显感觉到对方的强悍，是过往那些绿营兵无法比拟的。这还用得着什么诈败？根本就是打不过，赶紧跑吧。

郑军在前面逃，清军完全不怕埋伏，在后面紧紧追赶，很快就来到了护国岭前。只听一声号炮响起，左先锋周全斌从左侧杀出，右先锋余新从右侧现身，准备与甘辉一起对清军进行合围。阿格商仗着自己兵多，压根儿就不慌张，安排巴都和柯如良分头迎敌。

清军以骑兵为主，郑军通常是要吃亏的。不过没多久，清军的奇招，把对面的对手全看呆了：不可能吧！只见阿格商一声令下，辫子军们居然纷纷跳下马来，挥着兵器杀向郑军。而它们的战马，则停留在了不远处，随时等候主人的召唤。

---

① 又名阿克善。

骑兵对付步兵，不是有天然的优势吗？阿格商是要寻求公平竞争？当然不是。其实很多人不太清楚的是，女真人是渔猎民族，他们是靠步兵起家的。在萨尔浒大战中，清军正是凭借精锐的步兵大败明军，马匹只是更多地起到运输士兵的作用。

甘辉猛然间看明白了，这支清军全身披挂的是结实的铁甲，刀砍不破，箭射不穿，堪称"铁人军"。既然郑军以步兵为主，人家清军下马作战，反而能更加得心应手，能够把盔甲和武器的优势充分发挥出来。

眼见郑军技不如人，很多士兵被当场杀死，甘辉、周全斌和余新都非常焦虑。郑成功安排的三面合围，此时已经失去了效果。三路兵马合在一起，也根本挡不住阿格商的攻势。

怎么办呢，现场也不能打电话请示啊。越是这样的危急时刻，越能体现出将官的水平。甘辉让手下挥动令旗，把周全斌和余新叫到跟前，向他们说出了自己的想法。

郑军卖个破绽，突然向后撤去。阿格商杀得兴起，可能是觉得骑马砍人不过瘾，干脆带着手下跑步追赶。眼看他们追到跟前，郑军迎上抵抗一阵，随后又跑，清军跟在后面又追，搞得简直像草原上的小伙子追姑娘。

这么来来回回搞了三次，清军突然开窍：自己上当了。

郑军穿的是轻便铠甲，而清军披的是重甲，跑同样的路，消耗却要大得多。等到他们明白过来，想召唤自己的战马时，却发现已经迟了。一直示弱的郑军，此刻猛然间像打了鸡血一样，挥舞兵器疯狂地扑向敌人，专向要害部位下手。而清军此时的体力已近乎透支，意志力也猛然间崩溃。

陈魁认出了阿格商，一手持藤牌一手挥刀扑了过来，想抢立头功。可惜头功没立上，头上却挨了一刀，身上还中了两箭。阿格商正想结果对手，却见眼前寒光一闪，鲜血从脖颈儿上"滋滋滋"地喷涌而出。

陈蟒及时赶了过来，一击得手。随后，他又狠狠地补了几刀，这个过往几乎从无败绩的女真恶汉，就这么见多尔衮去了。眼见主将被杀，正在溃败的清军，不得不冲过来抢夺尸体（否则要受军法处置），结果自然是更多死伤。

俗话说"趁你病，要你命"。郑军右提督黄山部又及时赶到，与甘辉等前后截杀，势不可当，护国岭前满是清军的尸首，侥幸活着的只能拼命逃窜。得势不饶人的郑军乘胜追击，夺取了大批马匹军械，清军最终只有数百人侥幸逃出，堪称一场现象级的惨败。

甘辉率军凯旋。听说陈魁负伤，郑成功亲自上门看望，赠白银三百两做医药费（真不差钱），并对相关将领和士兵进行赏赐。郑军乘胜包围了宁德县城，清军龟缩在城中不敢出战。但郑成功的目标并不是攻城，而是在境内收取军粮。

由于没有清军干扰，郑成功很快筹足了三个月的军粮，多少弥补了失去海澄的损失。于是他下令，回军驻扎三都。此时，郑军又收到了一个好消息。

原来在护国岭一战中，清军另外两个梅勒章京巴都和柯如良也都死在乱军之中了。济度脆弱的心灵，又受到了严重伤害。他没有什么文化，当然不会知道"不要把鸡蛋放进同一个篮子"的理论，但让人这么给一锅端，绝对是丢人现眼的事情。

济度没有办法，又把两个大杀器放了出来。他们是郑芝龙的家人谢表和小八。两人来到郑军大营，见到郑成功之后就开始表演了。先是哭，然后是大哭，继而是哭得像个泪人。

两人泣不成声地哀求："公子啊，我们两人奉太师之命，特来向您禀告和谈的事情。我们来福建久了，担心太师在京城度日如年，等我们回去，他老人家……"

这意思太明显了，你郑成功敢在这边杀清军，人家就敢在那边杀你爹！而且，你这边的战果越多，你爹那边日子就越难受。但郑成功要是一直吃败仗呢，他爹的处境也未必会改善。清廷之所以一直不杀郑芝龙，无非是对和谈还抱有希望。如果真到了没法谈的地步，那郑芝龙肯定也就没法活了。

但郑成功怎么可能答应和谈，真和谈了就是投降，怎么对得起被清军害死的母亲，给自己赐姓的隆武？但是，父亲的安危他也不能不考虑。手下文官不少，但没有人能写好给郑芝龙的复信，郑成功不得不自己写了一封，以表示与清廷血战到底的坚强决心：

嗟嗟！曾不思往见贝勒之时，许多劝止，竟尔不听，自投虎穴，毋怪乎其有今日也！吾父祸福存亡，儿料之熟矣。见其待投诚之人有始无终，天下共晓。先以礼貌，后遂鱼肉，总是"挟"之一字；儿岂可挟之人哉！固已言之于先而决于早矣。今又以不入耳之谈再相劝勉，前言已尽，回之何益！

但谢表日夜跪哭，谓无可以回复为忧；不得不因前言而详明之。盖自古之治天下，惟德可以服人。三代无论矣。汉光武恢复大度，诚推寔融；唐太宗于尉迟敬德，朝为仇敌，一见而待以腹心；宋太祖时越王俶全家来朝，二月遣还，群臣乞留章疏，封固赐之：皆有豁达规模，故英雄感泣乐为之用。若专用诈力，纵可服人，而人未必心服；况诈力之必不能行乎！自清朝入闽以来，丧许多人马、费许多钱粮，百姓涂炭，赤地千里；已验于往时矣。

兹世子顷国来已三载，殊无奇谋异能，只是补茸破城、建造烟墩而已。一弄兵于白沙，而船只覆没；再弄兵于铜山，而全军歼灭；扬帆所到，而闽安便得；罗源殿后，而格商授首。此果有损耶、益耶？此不析而明矣。今欲别顺逆，而不知顺逆在于心、不在于形。试观姜瓖、金声桓、海时行，岂非薙发之人哉？

大丈夫磊磊落落，光明正大，皎如日月；肯效诈伪之所为，苟就机局，取笑当时？试思今日之域中，竟是谁家之天下！损无数之兵马、费无稽之钱粮、死亿万之生灵，区区争头上数根之发，大为失策；且亦量之不广也！诚能略其小而计其大，益地足食，插我弁将，何难罢兵息民；彼无诈，我无疑。如此，则奉清朝正朔，无非为民生计、为吾父屈也；文官听部选、钱粮照前约，又无非为民生计、为吾父屈也。将兵安插得宜，则清朝无内顾之忧；海外别一天地，儿愿效巢、由、严光优游山林，高尚其志耳。儿志已坚而言尤实，毋烦再役；乞赦不孝之罪！

话说到这份儿上，清廷也看出跟郑成功是谈不到一块儿，只能武力解决了。永历十一年（1657）三月，国姓爷正准备挥师北上，进到澳下镇时，却传来了一则让他震惊的消息，北进计划也被迫暂时停止。

第十一章　北伐之路势如破竹

一、首次北征，克复台州致敬戚继光

不知不觉之间，郑成功已经起兵十年了。十年之间，他参与的大小战事有四十余起，大部分居然是郑军主动发起的，总体上胜多负少，这其实非常不容易了。以弱制强，以战养战，用战争保持士气，本是诸葛亮五次北伐时的策略，如今被郑成功完美地致敬了。

清廷的统治愈发巩固，其他反清势力几乎都不断萎缩。在如此凄凉的大背景下，郑成功麾下的兵力，却能从起兵时的数千人，一路扩张到了十多万，可以说已做得足够好。他的军事才华和统御能力，长期以来一直都被低估了。

永历十一年（1657）三月，一则噩耗从思明传来，令郑成功非常难过。最关心他的郑鸿逵去世了。郑成功赶往白沙为四叔送行，想起他这些年来对自己的帮助与鼓励，做侄子的怎能不难过？

郑成功担心清军趁丧事攻打思明，因而加强了岛上的防御。这十年来，他几乎都是在福建和粤东打转，离清廷"腹心之地"相当遥远。这样一年年地消耗下去，强弱之势的对比只会更加鲜明。郑成功绝不甘心只控制巴掌大的思明，绝不会止步于福建的一亩三分地。在他的潜意识中，诸葛亮、岳飞和朱元璋，才是自己的榜样，而仅仅满足于当个闽王的亲爹郑芝龙并不是。

郑成功召集文武，商量未来战略大计。这位在刀尖上打滚的国姓爷感慨道："本藩起兵十年，地方频得频失，终无了局，何时得望中兴？"

"国姓爷，您应当扬帆北上，立不世之功！"吏官潘庚钟慷慨陈词。郑成功一听非常高兴："说下去！"

"就算占领全闽，我们就能号令天下豪杰吗？能吗？（众人面面相觑）昔日太祖起兵濠州，如不是得到俞通海、廖永忠等水军，怎么可能夺取采石、克服金陵，成就一统基业？以钟浅见（不听你后悔一辈子），漳、泉二州就是边地，连年争战，百姓也是苦不堪言。不如率领百号战船，自瓜洲、镇江而入金陵，占领江南。只要南京一得，闽、粤、浙，以及楚、黔、蜀的豪杰志士，自然都会群起响应，大事可成！"

一番话说得郑成功非常开心，正想补充点儿什么。突然有人说："不可！"郑成功一看有些吃惊：他此时怎么就戾了呢？

提出异议的，居然是一向以作战勇敢闻名的甘辉。"藩主啊，"老甘面带忧虑地说，"江浙地方广阔，没有数十万军队，根本就别想打下来。如果大军北上，济度侦知之后集结水军攻打金、厦，我们的基地岂不危险？不如稳固后方，防止清狗乘虚攻取。进可战，退可守。"

对这种说法，潘庚钟显然很不待见。他争辩道："甘将军所说的，无非是眼前常见，非长久之计。（你老兄鼠目寸光）现在不取，就是自老其师。倘若清廷有一天集结天下兵马来犯，两岛岂能独全？清军之所以未能以全军攻我，只因有滇、黔、粤西的孙可望、李定国等牵制，对吧？"

见甘辉一时无话可说（武将的刀子挥得快，脑子转得慢），潘庚钟自然相当得意，继续他的演讲："眼下藩主只要统帅貔貅之众入据长江，截断清廷粮道，则江南半壁悉数都归我们了。他们自顾不暇，哪有精力攻打金、厦？"

"好！"工官冯澄世平日很少发言，此时也被感染了，"潘参军的高见，正是舍末而就本啊！如果我们坐老其师，不取江南，清廷也不会忘记攻打两岛的，所谓卧榻之侧，岂容他人酣睡！这也是形势使然。"

"不可不可！"甘辉依然坚持自己的立场，"我们才多少兵马，不要邯郸学步，反失根本。"参军陈永华见此情景，赶紧上来帮腔："如果我们只在闽地争野争城而指望中兴大明，这也太难了吧。今天潘、冯二位参军建议进军江南，号令天下，见解甚高。如果占领江南，两岛自安。如果偷安岁月（甘辉：我？），一旦清军三面合攻，就算孔明再生，恐怕也难以招架啊。"

甘辉大为不满，正想说点儿什么，却见国姓爷发话了，他只好乖乖闭嘴。郑成功说："本藩有此意很久了。正如武侯所言汉贼不两立，清帝每饭怎能忘记消灭我们？（顺治：你想多了，我只想和董鄂妃亲热。）应先派人从间道抵昆明请旨，令孙可望、李定国集合滇、黔、粤、楚之师出洞庭而会江南，以分清军之势，使天下英雄纷纷响应。（孙可望：你想多了，我只想自己当皇帝！）"

见郑成功拿定了主意，潘庚钟非常开心，他说："藩主所见英明。但恐孙李二人不和睦，耽误时间无法进兵。可以派遣能员请旨，并以忠君爱国之大义劝说孙李，请他们忘私愤而伸大义，分道出兵，立大功者可以封王，这样才可动摇清廷，庶得万全。"

"好！"郑成功猛地一拍桌子，"此论最好，但谁能做使者呢？"陈永华回答道："杨廷世极有口才，派他去肯定能成事。"于是，郑成功写下奏章，派杨廷世和刘九皋乘船连夜赶往粤西。

此时，李定国已将永历迎至昆明，自己也得以晋封晋王，成为南明政权的真正决策者。被"架空"的孙可望当然不甘心，磨刀霍霍试图进攻昆明。郑成功此时指望他俩出兵配合，显然很有自作多情的味道了。不过由此可以看出，说郑成功一味割据自雄，害怕地盘同大西军连在一起的说法，并不是事实。之前新会之战林察的误期，确实是事出有因，而非"虚与委蛇"。

诸葛亮六出祁山，每次都折腾得曹魏狼狈不堪，但终因双方国力的巨大差距，最终积劳成疾，遗恨五丈原。

岳飞四次北伐，屡次重创伪齐和金军。特别是第四次北伐中，他连续取得了郾城与颍昌大捷，逼得老对手完颜宗弼准备放弃东京北还。只是在宋高宗与秦桧的干预之下，岳飞被迫退兵。

而郑成功的北伐，面临的困难要比他们都大得多。因此，国姓爷也相当谨慎。

在准备北伐的间隙，郑成功忙里偷闲，对郑军的军纪军容进行了一番大检查。一看水陆官兵中有没有老弱病残吃空饷的，二看士兵的盔甲、火箭、铳器、盾牌、火龙、弹子、斧头和船只等是否齐备，并责令各镇长官逐项填报清楚上交。

郑成功出了名的六亲不认，从严治军，军官被抓住把柄很容易挨棍子。不过这一次，他对下属的表现还是比较满意的。

援剿左镇、护卫左镇和后劲镇等三镇，官兵骁勇，军械船只齐备。其中又以援剿左镇黄昌最优，喜提赏银一百两，其余二镇各赏银八十两。

礼武镇军容不算尽美，比后劲镇等三镇稍差，郑成功责令继续整顿，陈辉水军的军容、器械还是老样子，比礼武镇还稍差。

右军下陈明、陈升和刘兴等七大船，都新整齐备，可以很好地驾驶使用。郑成功以为，这是右军忠振伯洪旭调度有方。铳船方面，苏青、林太等六船都坚固无患。郑成功命令兵官，依照等级给予相应奖赏。

周风的铳船，陈荣武、萧梓的二乌尾船，与司总朱玉等船，只适合在内港装兵运粮，不能够在外海作战航行。郑成功令协理船务林参予以评估修理，并作出报告。

前提督黄廷所部官兵军器非常齐备，郑成功认为他调度得益，赏银一百五十两。兵官张光启戴罪图赎，能够做到自勉自立，与黄廷密切配合料理军机，保证地方安全，准赎前罪，照旧督理兵官事。兵都事黄璋也被赦免，照旧供职办事。

此外，郑成功还让六察官常寿宁核查户官郑泰的账目，对裕国库张恢、利民库林义的往来东西二洋船本息，也安排专人对账。即使对从兄郑泰，郑成功也不讲情面。但在常寿宁与郑泰发生矛盾时，郑成功却发现问题在常寿宁处，因此将其革职。

永历十一年（1657）七月初十日，一个值得载入史册的日子。思明港外，数百条战船排列整齐，蓄势待发；数千面战旗鲜艳醒目，迎风飘扬，十数万战士衣甲整齐，精神饱满。

起兵十一年之后，郑成功终于艰难地"走出舒适区"，正式开始了生平首次北伐之旅，去追赶他的前辈。但具体的进军目标，郑成功并没有事先公布，以防间谍走漏了消息。

出征之前，郑成功安排护卫右镇陈汉在兴化府的涵头、黄石等地征取粮米。当地清军根本不敢干预，事情进行得相当顺利，未来数月，郑军也不会出现粮食危机。

八月十二日，大军驶入台州西南九十里的海门卫。嘉靖三十八年（1559），时任台金严（台州、金华和严州）参将的抗倭英雄戚继光，就将他的大本营设在这里。也正是在台州，戚继光将四千名义乌汉子，训练成了让倭寇闻风丧胆的戚家军。

从嘉靖四十年（1561）四月开始，戚继光在台州七战七捷，加上其他将领的配合，用半年时间就基本上消灭了浙江倭寇。这一年的戚继光，仅有三十四岁。

也许是上天故意安排，也许是手气实在太坏，不，太好，永历十一年（1657）的郑成功，正好也是三十四岁。台州，就这样将两位英雄联系在一起。不过，戚继光是固守台州，收拾来犯的倭寇；而郑成功，似乎借鉴了倭寇的战法，长途奔袭想占领台州。

论军事指挥才能，郑成功似乎和戚继光不是一个级别的。前者是名叫成功，但留下了不少失败纪录。戚继光打了一辈子仗，居然一次都没败过，更应该叫"戚成功"。

不过，三十四岁时的戚继光，不过只是正四品的宁绍台参将，顶多与六部侍郎平级；而三十四岁的郑成功，早已是延平郡王了。当时戚家军组建不久，只有四千人；而郑成功麾下的郑军，已经超过了十万人。

而且很多时候，戚继光并不是决策者，而只是执行人，他的直接领导，是浙直总督胡宗宪这个大 boss。戚继光只管打仗，从不用为军饷和粮草担忧，那都是朝廷考虑的事情。而郑成功虽说奉永历为正朔，但天高皇帝远，他这个"国姓爷"就是东南抗清的最高领袖。郑成功不光要领导郑军与清廷抗争，还要充当郑氏企业集团的负责人，以筹措资金来维持庞大的军队消耗。

郑成功与戚继光年龄相差近百，两人面临的环境，承受的压力，对付的敌人，性质都有很大区别。相比之下，郑成功的事业要困难得多，确实不能对他有太多苛责。

得知郑军到来，海门卫守将张捷、刘宗贤立即下令向郑军船队开炮。由于射程所限，岸上的火炮根本伤不到郑军。但这二位也不傻，知道怎么应付上级。

被人用炮弹欢迎当然不是什么好事。当手下将士摩拳擦掌准备拿海门卫开刀时，郑成功的决策，却让他们摸不着头脑。

"绕开海门，直奔黄岩县城。"

放着要隘不打直接深入腹地，这合适吗？郑成功就知道大家不明白，他笑着说："如果把台州打下来，那这个门户还有威胁吗？如果先攻门户，那台州各县就会合力来援，我们就被动了。"

是啊，好像还真是这个理儿。八月十四日，郑军登岸攻打黄岩。清将王戎也许是立功心切，居然蠢到开城出击，诚心给自己找不痛快。郑军左戎旗镇领命迎战，刚一交手，清军就死伤数十人。王戎见势不妙，只能仓皇逃进城里，再不敢出来了。郑军随即将黄岩团团包围，旌旗招展，衣甲鲜明。王戎看这架势，本打算写遗书，突然又灵机一动，直接在西门竖起了白旗。

郑成功收到探报，遂令马信和张英前去招降——还是担心有诈。结果证明，王戎是个实诚人，他爽快地交出了城内兵权。郑成功让水武营进城镇守，五军中军毛恒代理知县。郑军进城之后纪律严明，令当地百姓非常开心。

黄岩就这么轻松被接收了，按理说是皆大欢喜。但援剿后镇林明却被郑成功捆责六十军棍，仍领本镇。他犯了什么错呢？原来，这位兄台驻扎在南门。他看城上无人，没有得到郑成功的命令，就擅自登上城楼，把郑军旗帜插了上去，还以为自己立了大功，能得到奖赏呢。

郑成功军纪之严，实在令人咋舌，但战争的残酷，让他不得不如此。换作戚继光，当然不会，也没有必要这么做。

八月十八日，郑军水师开到了台州府城临海县。郑成功驻扎在西南门（镇宁门）外，其他各镇依次扎营。

临海城周长达到了十二里，用条石筑成，共有七个门。外观宏伟，而且相当坚固，被后人誉为"江南长城"。它最近的一次大规模整修，主持人正是戚继光。他精心修筑了十三座空心敌台，里面安置大量火炮鸟铳，让台州成了倭寇望城兴叹的铜墙铁壁。

在这样的坚城面前，郑军如果强攻，肯定要付出很大代价，还未必能得手。郑成功真的要苦笑了，当年戚继光的发明创造，如今却成为对明军最大的威胁了。国姓爷下令不要着急攻城，而是让士兵在城下鼓噪示威，给清军制造心理压力。

郑成功站在高处，举着千里镜看了一会儿，不觉笑出声来。随后，他叫来了身边的马信，吩咐一番。马信一听神色大变："国姓爷，我这上有老下有小的……"

上年丢失舟山时，别人都战死了，马信跑回思明却没受处分，在郑军中实属罕见。难道这一次，国姓爷要借刀杀人吗？也罢，大不了，明年的今天，就是我的周年……

时间来到了八月二十六日。台州总镇李必打开城门，恭请国姓爷接收。马信站在他的身边，笑得合不拢嘴。见到郑成功时，李必急忙叩头请罪，郑成功则亲手扶起，好生抚慰，但还是剥夺了他的军权。并令姚国泰、贺世明、康邦彦和魏腾等分守各门。

台州知府齐维蕃、临海知县黎岳詹也前来拜见，并献上户口账册。郑成功非常高兴，让他们继续留任。户官都事杨英进城核查仓库图册，并将三千多两白银解运到军船上。

我们把镜头切回三天前。郑成功对身边的将领说："城上旗帜参差不齐，军容混乱，看这架势，虏将要么逃跑，要么投降，断不可能死守。"马信看老大这么乐观，似乎觉得不可思议：人家就不能故意示个弱，给你下个套吗？正思考间，郑成功突然叫住了他："你前年不就守台州吗，你过去招降李必，他一定会投降的。"

这话一出，马信猛然明白了"五雷轰顶"的含义。可郑成功的军令，也不是他敢违抗的。于是，马信抱着必死的决心，敲开了自己熟悉的台州大门。可令他没想到的是，之后的一切，完全按照郑成功写好的剧本进行，自己的担心实在既多余又可笑，李必的投降实在是既实诚又果断。而这次说降之旅，实在是太轻松又写意。

从此，马信对郑成功的忠诚，就更加死心塌地了。

不过盘点一下，台州居然是郑成功起兵整整十一年之后，打下的第二座府城，上一座是两年前占领的漳州。更让人尴尬的是，两座城池都不是强攻得手，而是守将投诚的结果。相比水战的天下无敌，郑军的攻城战还真让人想夸也不好张口。

郑军攻城能力不行，守城水平也难说优秀。此时的郑成功，又有了新的担忧。

主力都被自己带出了。闽安的守卫自然就成了大问题。郑成功先是派护卫左镇杜辉、援剿后镇林明回援，但他依然不放心，干脆把甘辉也打发回去了。郑成功希望，思明、闽安和台州能够在闽浙沿海形成一条稳固的防线，彼此呼应，相互配合。

郑军占领台州府城之后，属下各县也是望风而动。太平守将高绵祖带兵来归，天台守将韩文盛也带家属献城投降。仙居守将则是弃城跑路，让郑军轻松接收。郑成功严令秋毫无犯，一切照旧，

北征之役如此顺利，让郑成功非常开心。此时的他，早已不在乎一城一地之得失，而是注重消灭清军的有生力量。如果孙可望和李定国能从湖广东下，与郑军会师江南，无疑是更为理想的选择。毕竟郑成功缺乏骑兵，想在陆地上打败八旗军相当吃力。可谁又敢想象，这对二十多年的好弟兄，此时却正大打出手？

八月，孙可望率领十四万大军讨伐昆明，在交水与李定国军激战，结果被打得惨败。大西军从此重新整合在了李定国领导之下，南明抗清的形势，似乎在朝着好的方向发展。

然而好景不长，孙可望随后投降了清军，并甘愿充当进攻西南的向导，清廷封孙可望为义王（并非亲王只是郡王）。而李定国在掌握了南明政权之后，却在处理孙可望余部及与刘文秀的关系上失分不少，一时半会儿肯定帮不上郑成功的忙。

九月初，一则消息从福建传来，令郑成功非常吃惊。而他的举措，令后人更加吃惊。

二、二度北上，严申军纪争取民心

永历十一年（1657）九月，郑成功放弃了轻松打下的台州府城及诸县，可能让很多读者觉得不可思议。到底出了什么事情？

原来，新到任的清廷闽浙总督李率泰，趁郑成功北上玩出了大手笔：他统领提督马得功、固山额真朗赛和海澄公黄梧等将领，集结全省兵力攻打闽安。光运输物资的民工，就征调了十万多人，自鼓山开路由溪头而下。

风帆战船受天气影响很大，郑成功即便再着急，终究未能及时赶到。

九月十四日，经过四天四夜激战，闽安被攻破，郑军守将陈斌和卢谦投降。但李率泰对两人不放心，将他们及五百降兵全部杀害。

郑军到达琅琦时，从闽安撤来的五军戎政陈六御、前提督黄廷拜见，述说了闽安失守的经过。郑成功长叹一声："不必多说，徒乱人意耳，是我欺敌失援之过也。"十月，郑成功率军返回思明。

因为一个闽安镇，郑成功就放弃了整个台州，似乎在为"捡了芝麻丢了西瓜"做了活注解。更可悲的是，芝麻他终究也没捡到，闽安镇还是被清军收复了。

但我们也应该看到，如果郑成功保住闽安，他随时可以威胁福建省城。相比之下，台州的战略地位就要差不少了。况且，闽安扼守闽江入海口，也可以充当保护金、厦的屏障，闽安一失，清军舰队确实可以更方便地攻击思明了。

尽管遭遇了重大挫折，郑成功北伐的信心并没有受到影响。为了扫清北上的障碍，郑成功亲自统军南下，铲除了欧汀寨。阿格商虽说被甘辉消灭了，但郑成功对他"下马打死仗"的勇气相当欣赏，而看着缴获来的铁甲时，他的一个念头就冒出来了。

"我们能不能也组建一支这样的铁人军呢？"

"那不行吧，"王秀奇大摇其头，"清虏骑兵一人可以配几匹马。他们平时并不穿，而是让马驮着，战时才穿。我们马匹太少，如果是身材高大的，穿三十斤的重甲不难，但矮小的就不行了……"

王秀奇似乎忘记了，中提督甘辉就是个小个子。这位爷当然不爱听了："难不难，不在身材，而在于能力！当年岳家军、戚家军都在腿上绑沙袋，日积月累，才有后来的成就。"

实践出真知，到底行不行，也得找个人试一下。郑成功就叫来了戎旗镇的候缺将王大雄，让他在演武场上演示一下。

王大雄穿上沉重的铁甲，戴上头盔，举着长刀，模仿与清军作战时的场景，前进，后退，快走，挥刀……只见他身形依旧矫健，动作依然干练，这三十来斤对他似乎就没有影响似的。郑成功不觉大喜："铁人军一定能让清虏吃尽苦头。"

于是，郑成功责令工官冯澄世等人连夜督造铁甲，规模比阿格商的还要高档。包括铁盔、铁铠、两臂、裙围、铁鞋。头盔也是特制的，只露出眼睛、鼻孔和嘴巴。这身行头穿起来，就跟四百年后的机器人差不多了。

铁人军的选拔，比当年的戚家军还苛刻。演武亭前立有一块三百斤的大石，初试的合格者，必须抱着石头绕场转三圈不停歇，才有资格被最终录取。他们被编入郑成功的亲军"虎卫镇"，由左先锋陈魁、援剿后镇陈鹏统领。

既然是千里挑一的铁人，待遇当然也是极好的，伙食和饷银比普通士兵高得多。他们每人都配有专职挑夫（马匹不足）挑着铁甲，作战时才穿。每名铁人配两把极其锋利的云南斩马刀，以及弓箭盾牌等兵器。

永历十二年（1658）三月，郑成功安排陈鹏南下攻打许龙。显然，这是想检验一下铁人军的成色。事实证明，在这些铁人面前，海盗军根本没有招架之力，被杀得惨不忍睹。

即便这样，郑成功对铁人军团的训练还是特别上心。当年的岳飞，曾经用步兵大败金兀术重装骑兵铁浮屠。这支铁人军，能对付穷凶极恶的清军骑兵吗？

到了五月，郑成功决定再次出师。前提督黄廷全权负责思明的守防，忠振伯洪旭、户官郑泰等协助。除此之外，郑军几乎是倾巢而出：

中提督、崇明伯甘辉为前锋，统领左虎卫镇、右虎卫镇铁人军，以及宣毅前镇、宣毅后镇、前冲镇、左虎卫镇、后劲镇、左冲镇、后冲镇和水武镇等，共计两万人为第一程；右提督建威伯马信，统领右先锋镇、援剿左镇、殿后镇、亲兵镇、智武镇、木武镇、正兵镇、火武镇，共计两万人为第二程；后提督建安伯万礼，统领援剿右镇、右冲镇、宣毅中镇、神器镇、援剿中镇、宣毅左镇、宣毅右镇、奇兵阵，共计两万人为第三程；郑成功和五军都督张英、五军戎政王秀奇，监军张煌言，统领左武卫镇、右武卫镇、亲兵镇、中权镇、援剿前镇、援剿后镇、护卫右镇，以及水师前镇、水师一阵到五阵等，统兵四万为后合，合计十万大军，一路向北。

五月初七日，为了严肃纪律，在江南百姓中树立郑军的良好形象，郑成功颁布了严格的禁令，要求全军必须遵守：

　　照得恢复伊始，信义为先。故逆者剿之，顺者抚之。剿抚分明，所以示大信、伸大义于天下，此诚今日之要着。如严禁奸淫、焚毁、掳掠、宰杀耕牛等项，本藩已刻板颁行，谆谆不啻再三，尔提督、统领、阵营，劳征苦战十有余年，所为何事？总从报国救民起见，亦为勋名富贵、后来子孙计，况奸淫、焚掠等项，皆犯造物所忌，为将者积阴德于冥冥之中，以为子孙长久之计，不特为救民地，又是自家分内事耳。虽兵丁繁众，纷纷不一，然在上之戒缉必严，则在下之奉行惟谨。

　　如提督用心禁缉，各提督循而行之，各阵营又从而效之，以至副翼及大小将领，莫不整顿遵依，且互相告诫，互相结获；如是而令无不行，禁无不止，四方闻风向化，百姓壶浆迎师，仁义何尝不利乎？若泛视悠忽，以致兵丁违犯，归罪于上，累及家身，明有王法，幽有鬼责，由此观彼，果孰得而孰失？从今之后，尔提督、统领、阵营，凡经过及屯扎地方，务要尊依明禁，翕然画一，以共奉恢复之大业，而享无疆之福泽，今将历颁条禁开列于左，本藩令重如山，有犯无赦！各宜着实凛遵，毋得扭为故套也。

　　计开：

　　就地方取粮，亦不得已役。官兵只准取粮，不准奸淫、掳掠妇女。如有故违，本犯立即枭示，大小将领一起从重连罪。不论镇营官兵役伙人等，有能拿报首明者，赏银五十两。

攻剿地方，有附房十分顽抗负固者，攻破之后，明令准掠妇女，以鼓用命，以示惩创，不在禁内。如系房据不服，百姓罪有可矜，如无发明令掳妇女者，不准掳妇女在营在船。如有故违，本犯枭示，大小将领从重一起连罪。不论官兵役伙人等，有拿解首明者，赏银三十两。

掳掠妇女在营，必难瞒同窝铺之人。如致察出，本犯枭示，同班同队连罪，尽行枭示，若班队中能攻击首举，不但免罪，仍照格给赏。

发剿抢地方，非奉明令焚毁一切，严禁不许擅毁居室。敢有故违，本犯枭示，大小将领一并连罪，不论官兵役伙，拿报首明，赏银二十两。

出征船只，各舵梢具要请给号布，以防混冒。如无号布，将船没官。舵梢枭示，家属发配。有能拿报首明者，赏银十两。

发剿地方，非奉明令，不准掳掠男子为火兵，如有故违，本犯枭示，将领连罪。有拿报首明者，赏银二十两。

严禁混抢。沿海地方，多系效顺百姓。官兵登岸之时，不准混抢，致玉石俱焚，须明听号令。如有未令，敢有擅动民间一草一木者，本犯枭示，大小将领连罪不贷。

禁宰牛。农业民生大本，牛畜耕稼重资。若肆牵宰，民将失业，不惟百姓俯仰无资，而且军糈重赖，自今以后，不许牵取宰杀。敢有故违，本犯枭示，将领连罪。

官兵出征，派有船只载运，各官兵不许借坐给牌商船，或奉本藩吊借，公事完毕，立即收回，不得刁难。如违，致船户禀报，本官兵枭示，将领连罪不贷。

以上禁条，如奸淫、掳掠、焚毁、假冒等项，诚恐巡缉官兵耳目不周，另悬赏格。至于混抢、宰杀等项，已着各镇营轮流巡缉，难以漏网。但有能拿报禀明者，亦分别录赏。各项禁条犯，断断无赦，但官兵不识字，着副翼、司哨、书记逐队解说晓谕遵守。

这道禁令有些杀气腾腾，矫枉过正。但郑军很多士兵是海盗出身，想要在江南站稳脚跟，军纪特别重要。郑成功也许是想让自己的军队与清军形成鲜明的反差，让江南百姓口口相传南明军队威武之师、仁义之师的风采。

五月十三日，郑成功主持了庄严的出征仪式，向十万官兵传达了不捣金陵绝不罢休的目标，此时，张煌言被永历任命为兵部左侍郎，成为北伐大军名义上的监军。张煌言无意于监督国姓爷（肯定也监督不了），他将鲁王系余部尽数召集在一起，与郑军一起北上。①

六月初四日，郑军经分水关到达了温州府平阳县。士兵们在城下忙活不停，砍伐树木制造云梯。但清军既没有开炮干扰，也没有出城拦截。于是，郑成功告诉众将："此城不用攻打了，只要派人招抚，守将必降。"张英和马信前去招降，守将车仁暹果然诚心归降。郑成功又令他去瑞安游说。六月十三日，守将艾诚详也很识趣地投降了。

不过此时，骁将把臣兴不幸去世，让正值用人之际的郑成功非常遗憾。黑祥云接管了宣毅右镇。

从瑞安向北，就到了温州府城永嘉了。府城建在瓯江边上，郑军船只可以开到城下。但温州并不是郑成功的进攻目标。在顺利征集到足够七个月的粮食之后，大军继续北上。

七月初二日，庞大的舰队驶到舟山群岛。清军早已将舟山城拆除，就是不想留给郑军作为抗清基地。想起陈六御、阮骏的惨死，郑成功不免悲

---

① 为了行文方便，本书中将这支北伐大军依旧称为郑军。

从中来。他主持了隆重的祭奠仪式，祭奠舟山之战中死难者的亡魂。

郑成功眼含热泪，一字一句地宣布："此番北伐，定要直捣南京，告慰在这里死难的弟兄！"

现场的官兵们也群情激昂，纷纷请战。鉴于风向不利，郑成功就在舟山进行操练，不久又移住食盐澳。

从食盐澳往北，就将到达羊山（今属浙江省舟山市）。郑成功叫来了引港官李顺，询问羊山的风土。不过，后者的一番话，却令国姓爷非常生气。

三、羊山遇险，不挫青云之志

在食盐澳，郑成功征求李顺的意见。后者居然说："岛上有很多羊，故称羊山。山上无人居住，但有一座庙，要在这里祭祀羊山神，非常灵验。"对于这套说辞，郑成功不以为意。没想到李顺又继续说，"海中有条独眼龙，是孙真人医治的。凡过往船只，都得献上纸钱，并且不得放炮鸣锣。否则惊动了此龙，那注定翻江倒海，无法收拾啊。"

"胡说，"郑成功火了，"本藩提师望复神京，以为社稷，百神都要听我的，还害怕区区一条孽龙？"平时，郑成功只祭拜他母亲，任何神都不拜，这也是一种强烈的自信心。

八月初九日一早鸡鸣时分，郑成功下令开船北上。一路之上波澜不惊，相当顺利。到了中午，舰队顺利抵达羊山。看来，李顺的说法完全不靠谱嘛。

郑成功令船队停泊在羊山脚下。第二天，诸多将领陆续过来参见。想起李顺的话，国姓爷似乎要搞个恶作剧，就下令奏乐击鼓，让士兵乐和乐和。

不久之后，郑成功来到六中军船上，与几个属下商量军事。大家聊得开心时，有人无意中朝窗外望了一眼，却不禁大吃一惊："坏了！"

刚才还艳阳高照的晴天，已经是黑云密布，眼看一场大暴雨就要来了。郑成功遂下令小船搁山，大船寄碇停泊。过往十多年，大风大浪见得多了，他并不慌张。

突然之间，一道惊雷打破了宁静。接着，黄豆大的雨点噼里啪啦疯狂地落下来。天色一片昏黑，几尺之外都看不到人。这可是大白天啊！

呼啸的狂风掀起无边的巨浪，毫不客气地倾泻在风帆、甲板和船舷上。不大会儿工夫，就有数十只战船噼里啪啦地撞在一起，导致龙骨开裂，风帆折断，甚至原地沉没。多少在与清军作战时都毫不畏惧的战士，就这样被无情的海浪吞没，永远地沉入了水底。更多幸存的人，昔日的勇气和耐心荡然无存，在风浪中哭喊着四处逃命，踉踉跄跄，连滚带爬。怎一个惨字了得！

六中军船上的几十名水手，都知道事情重大，拼命想保持船只的平衡，以保护国姓爷的安全。郑成功倒是非常镇定，他不在乎个人安危，甚至还想组织士兵拯救落水者。但面对如此恶劣的天气，能自保已经不容易了。

"藩主您上应天星，请火速上拜天神，拯救数万官兵的性命！"管船都督陈德费力地挪到郑成功身边，用尽全力哀求。没想到国姓爷一听却勃然大怒："天意有在，岂是人所能求的？"摆出一副宁肯葬身大海喂鱼，也不愿向老天爷服软的架势，让陈德当场自杀的心都有了。

狂风仍然不止，巨浪依旧肆虐，一艘又一艘战船四分五裂，沉入海底。见此情景，太监张忠和船上还活着的其他人，都几乎是跪爬着来到郑成功身边。所有人一把鼻涕一把泪地哀求："藩主，您再不祭天，所有人可都活不成了啊！"

看着一双双绝望的眼睛，一张张卑微的面孔，一个个无助的生命，郑成功纵然铁石心肠，也不忍继续强硬下去了。这位国姓爷跪下身来，向天拜了四拜，一字一句地说："成功统帅三军，恢复中原。果天命有在，登时将诸船沉灭；如果中兴有日，祈即浪恬风静。"整个过程相当认真，丝毫没有敷衍的意味。这么一来，总算是满足了众人的心愿。但老天真的能听到吗？

郑成功已经做好了离开人间的准备，当然，这么走实在太不甘心。他才三十五岁啊，他还有太多的理想，太多的期盼，太多的目标。可是，之后发生的事情，却让国姓爷哭笑不得。不到一个时辰工夫，暴风雨居然慢慢停歇，太阳也从云层里钻了出来，海上也不再有巨浪翻腾，一切都恢复了宁静。这么一来，作为主帅死活不肯祭天的郑成功，顿时有了被人当场狠狠打脸的感觉。

更大的打击还在后面。中军船上的士兵跑来汇报，有二百三十一人丧生，其中有郑成功的六位妃嫔，以及四子郑睿（六岁），七子郑裕（五岁）、八子郑温（一岁）。

六位如花似玉的女性，就这样告别了人间，令郑成功非常难过。他特意带三位小王子出来见识世界，还指望他们开阔眼界，未来能够成为抗清复明的勇士，可孩子们就这样遇难了。郑成功不觉心如刀割，但他的反应，居然是发出一声惨笑，随后下令收尸埋葬。显然，很多人的尸体肯定是找不到了。

这已经是郑成功第七次死里逃生了，他知道现在根本不是悲伤的时候。作为主帅，他必须把丧子之痛放在一边，而首先关注将士们的安危。到了第二天，天光放晴，各船将领都陆续赶了过来，请国姓爷节哀。郑成功镇定地说："此乃天意，本藩也无能为力，唯有希望与诸位一起直捣金陵，恢复大明。"

他下令，给南方将领每人赏银二锭，北方将领则每人三锭。将领们都深受感动，但纷纷建议返回思明：遭受这样的打击，五六千人死难，近万人受伤，几百条船都需要修理，继续北上肯定是不行了。郑成功虽说很不甘心，但也知道蛮干肯定要付出更为惨重的代价。

此时，清朝三路大军在西南已是节节胜利，贵阳、遵义先后失守，滇都昆明面临巨大压力。蜀王刘文秀之死，对南明政权更是雪上加霜的打击。很多后世史家总喜欢指责郑成功拥兵自重，不为南明朝廷分忧，却选择性地忽视了郑成功为帮助永历朝分担压力而大举北上，本人差点儿在羊山遇难，还搭上三个儿子和六位妃嫔的沉重代价。

八月十四日，郑成功率军回舟山休整。既然已经出来了，他不想再回思明，他要给部下以强烈的信号：一定要将北伐进行到底。

郑成功安排士兵修理战船、整理军械，并在温州、台州一带收取粮饷，为下一次北伐有条不紊地做着准备。他本人则在磐石卫（今属浙江省温州市乐清市）和沙关（今属福建省宁德市福鼎市）之间往来活动。其间，郑军也曾攻占了清军一些卫所，并与"老朋友"，此时已升任浙江总督①的赵国祚有过对峙。

总体来说，浙江局势是相当太平的，但西南那边却是烽火连天。

孙可望降清之后，献上了云南、贵州和四川的详细布防图，让南明军队在对手面前从此几乎没有了秘密。在平西王吴三桂、固山额真赵布泰和固山额真宗室罗托三路夹攻之下，南明军节节败退，夔东十三家反攻重庆的战役也以失败告终，李定国与永历皇帝放弃昆明，次年正月初七日来到永昌。

这还不是最糟糕的。永历十三年（1659）闰正月，在手下人怂恿之下，做别的事优柔寡断，逃跑时却干脆利落的永历，居然丢下了靠山李定国，"果断"地跑向缅甸。后来发生的一切证明，这样的抉择蠢不可及。

二月二十一日，李定国精心布局了磨盘山战役，期望一举消灭吴三桂，扭转西南抗清的局势。但由于叛徒告密，清军提前发动攻势，令南明军损失惨重。自此一战，李定国彻底失去了在云南战场上翻盘的机会。

三月初七日，永历帝一行来到了缅甸首都阿瓦（今曼德勒）。不过，曾经的大明藩属缅甸国王，如今也全无人臣之礼，居然安排永历住在郊

---

① 永历十二年（1658），为了更好地对付郑成功，清廷将闽浙总督拆分为福建总督和浙江总督。

外，生活待遇连安龙时代都不如。

造化弄人。如果不是羊山遇险，如果这一年郑军能顺利开进长江口，明末清初的格局肯定就会重新书写，郑成功也不会被后世一些学者指责为"私心自用""按兵不动"，甚至将他和带路党孙可望划为一类。不能不说，郑成功失去了一次走向成功的最好机会，清廷的运气显然更好一些。

当然，郑成功从来都是愈挫愈奋。在新的一年，他将会在南明抗清的纪录中，留下自己浓墨重彩的一笔。

四、定海关大捷，为进军长江扫清障碍

当永历十三年（1659）的新年钟声敲响，随着西南局势的恶化，郑成功北伐变得愈发刻不容缓了。

时移世易，当年郑成功起兵时多次交手的泉州总兵赵国祚，不但顽强地活了下来，还一路当到了浙江总督，成为封疆大吏了。在明朝，武将是不可能担任总督巡抚的，戚继光只能当到蓟镇总兵，文官出身的袁崇焕才能当上蓟辽督师。相比之下，清朝的用人制度要灵活得多。

听说郑成功驻扎在沙关，赵国祚知道，自己再不做点儿事情，对上面就不好交代了。于是他拼凑了几千步骑兵，开往平阳沙园所，摆出一副为国捐躯的架势。郑成功知道老赵只是虚张声势，就下令官兵加强戒备。果然不久，赵国祚就撤军了。

时值初春，温州海面多雾。赵国祚熟悉郑成功的用兵特点，就集结了多艘小哨船，上面装满易燃物品，准备乘浓雾掩护冲进郑军船队之中，玩一把大的。郑成功很快侦知了赵总督的意图，就令战船在七都近乐清一带抛泊，加强水面巡逻，令清军小船无法靠近。

郑成功原本准备打下温州城，让赵国祚的工作报告不好写。但考虑到温州城池坚固，担心久攻不下影响士气，干扰进军南都的大计，因此在周全斌的建议下，郑成功决定尽快北上。

二月二十日，郑军舰队来到了乐清县西南端的磐石卫，为北上做最后准备。郑成功下令各提督、统领、总镇准备好船只与粮草，下月在磐石卫集结。同时，又要求官兵将家眷从思明带到船上，随军出征。

战争是生与死的较量，血与火的搏杀。战士带着家眷出征难免分心。唐朝大诗人杜甫在《新婚别》中写道：

> 勿为新婚念，努力事戎行。
> 妇人在军中，兵气恐不扬。

郑成功当然不可能不明白这一点，但他为什么要这么做呢？个人分析，理由恐怕有三：

一、此次郑军主力尽出。将家眷留在思明，如果清军来袭，少量守军难以保护他们。一旦出事，将会严重影响北伐将士的士气。

二、此次北伐很可能要耗费很长时间。将家眷带在身边，让官兵避免相思之苦，可以心无旁骛地投入战斗。

三、郑成功对打下金陵胸有成竹。到时可以直接让军人家眷入住南都。这是一种"不达目的绝不罢休"的气概。

郑成功派水师一镇忠靖伯陈辉、宣毅前镇陈泽保护女眷，跟在大军后面。但是，这样的安排也会留下一些隐患，我们后面会讲到。

到了三月底，各提督、统领陆续赶到了磐石卫。十几万人集中在一个小小卫所，也是过往几乎没有的事情。郑成功遂令前锋镇、左先锋镇驻大门澳，思明二提督驻小门澳，亲军驻七都外屿，郑成功本部则屯兵小门澳，奇兵镇黄应驻南日。

因要等候信风，舰队一时还不能出发，郑成功就令各部检视船只，训练阵法。当时，礼官都事制作了一些银牌，悬挂在百步之外，让各协将、正副领班比试。谁射中了，银牌当然就归谁。郑成功还下令制作了金牌，由自己与提督、统领比试，谁获胜了，就将金牌赏给谁。这么一来，官兵们的士气高昂，情绪热烈。

四月十九日，郑成功下令起航。大军绕过台州一路向北，四月二十八日开到了宁波府的梅山港，郑成功下令登陆攻击。

清军在此设立了定海关炮城，架设有数十门火炮，但守卫士兵仅五百人。清军还设置了"滚江龙"，即用铁锁捆缚大船，横于甬江水面，阻碍郑军大船通过。

见到郑军到来，清军立即发炮攻击。郑军早有准备，用虎尊炮、行营炮一类的中小型火炮还击。但没过多久，清军炮台下居然燃起了熊熊大火，漫天的尘烟，熏得士兵睁不开眼。

原来，郑成功安排了一支突击队，在炮火掩护之下，他们每人带了一捆木柴到城下，随后很快点燃。眼看炮城要变成一片火海，清军纷纷往外逃窜，很多人被候在外面的郑军逮个正着，当场杀死。守将泗水逃跑，而在马信的劝说之下，有近三百名清军放下武器投降。

数十名郑军勇士身背铁斧，潜水到铁索之下一顿狂砍，伴随着哗啦啦的巨响，滚江龙被解开了。郑军大船乘胜开进了宁波港，与清军定海舰队相遇了。

三年前的八月，陈六御、阮骏就是在定海关中了清军这支舰队的埋伏，全军覆没。仇人相见，分外眼红。郑军的火炮密集开火，烟尘遮天蔽日。清军战船无论体量还是火力，都远不是郑军的对手。不多时，就有好几艘战船被打沉，其余的只能向港内深处逃去。

郑军紧紧追赶，最终将清船团团围住。来不及逃跑的清军，统统做了俘虏。此次战役，郑军兵不血刃，就摧毁了清军主力战船一百余艘，从而牢牢地掌握了江浙一带的制海权。此后，再没有清军战船可以对郑军构成威胁。

那个年代，天上不可能有飞机轰炸，水下也不会有鱼雷和潜艇突袭，最多海岸上有红夷大炮可以威胁，但射程终归有限。因此郑军舰队行驶海上，安全得如同在自家花园烧烤。

攻打定海关的战术，是郑成功早在磐石卫时就已经制订好的。他说："大军进取南都，定海关有房船数百只，万一出没，阻我船只往来，或拥集尾后，使我不能放手进取，也未能保证全胜。如今我想先夺定海关，夺其船只，一则可雪前日陈总制战没之恨，二则引浙直来援之兵。待其来援，我却扬帆直取金陵，使房兵疲于奔命。以逸待劳，百战百胜之道也。"种种结果均被郑成功准确预判，众将当然非常佩服。

郑成功让人放出消息，说是要乘胜攻打宁波府城。清廷江南与浙江两省的兵力，果然大举向宁波集中，正中了郑成功的圈套。而郑军则从容北上，经过舟山到达羊山——还是无法绕开。

这一次，羊山港风平浪静，温顺得如同等候夫君回归的东洋少妇，与上一年的巨浪翻滚形成了鲜明反差。此时郑成功心里一定五味杂陈，后人看到这里，一定也会感慨不已：时也，命也！

郑成功将十余万将士分为三部。甘辉统前部，郑成功率主力居中，总兵陈文达殿后。穿过羊山，郑军就来到了崇明沙洲。崇明岛是仅次于台湾与海南的中国第三大岛，当时还属于苏州府管辖。驻守崇明的清将，是苏松总兵梁化凤。

梁化凤是西安府长安县人，马信的老乡。梁化凤文武全才，在平定姜瓖的战事中表现突出。张煌言曾与张名振三入长江，熟悉地形，他建议说："应先占领崇明，作为老营。"工官冯澄世也说："欲进军瓜洲，必当先取崇明，这样才好流通蓄积以为外援。"

那么，一向很有主见的郑成功，会听他俩的建议吗？

五、瓜洲大捷，连破三重阻碍

张煌言和冯澄世建议郑成功先取崇明，但郑成功却有自己的考虑。他说："崇明虽小，城坚，攻打必然延迟日月，反使瓜洲有备（当年张名振围了八个月，不是也没攻下吗？）。不如先取瓜洲，然后乘势占领江南，崇明还不是不攻自破吗？"

郑成功说的当然也有道理。但是，事情会按他估计的路径发展吗？

永历十三年（1659）五月十九日，郑军来到吴淞口。苏松提督马逢知很早就和郑成功联络过，并表达了归降的愿望。马逢知有郑军缺少的骑兵，郑成功非常希望他能马上反正，和自己一道进兵瓜洲。但马逢知还在观望中，不想马上就做决定。郑成功相当失落，只能下令船队前行。

五月二十三日，郑军进驻永胜洲。因天气不好，大军在此停留了四天。五月二十七日，船到江洲，郑军到泰兴等地取粮。一路之上，郑成功多次强调军纪，似乎可以证明，之前郑军的军纪不怎么样。

六月初一，郑军顺利驶入江阴。清军坚守不出，郑军尝试着攻了一阵，就"虚晃一枪"，继续西进。

六月十四日，庞大的船队终于驶过焦山塔。到达镇江府地头上了。但镇江府并不能横跨长江两岸，北边是名气更大的扬州府。

镇江府城丹徒县就建在长江边上，与扬州府江都县瓜洲镇隔江相望。王安石的《泊船瓜洲》，中国人没有不知道的：

> 京口瓜洲一水间，钟山只隔数重山。
> 春风又绿江南岸，明月何时照我还？

瓜洲和京口，一北一南扼守着南都。顶着国姓爷招牌的郑成功努力了整整十三年，终于第一次打进江南省腹地。对当地清军来说，郑成功是他们相当熟悉，又非常陌生的名字。熟悉是因为闽浙同行饱受其苦，陌生是自己鲜有与其交手的机会。但郑成功这么多年未能打下一座省城，效率相比大西军确实差了不少，八旗军难免会产生轻敌情绪。

但是，即使再无能的官员，也知道南京对清廷的重大意义。这不光是一座有着巨大城垣的城市，更是无数复明势力念念不忘的圣地。清廷没有强大的水军，在江面上是无法与郑军抗衡的。但他们也有自己的绝招儿。

炮台。清军根据地势，精心构建了丹徒谭家洲炮台和瓜洲柳堤炮台，配置的是一水儿的红夷大炮。两座炮台彼此呼应，相互配合，就像一把巨大的钳子，可以对江面形成密集的火力封锁。

滚江龙。又称拦江船，系以粗铁索与大船相连，两端固定在江岸上，铁索横于江面，大船则沉于水底，形成"路障"，让郑军的巨大战船难以通行。

木浮城，又称木浮营。系用木排做成巨大木筏，上面再用木板围钉成巨大隔间，最多能同时容纳五百人，安置大炮四十门，同时还配备大量的火药与火罐，完全是一座可以漂动的水上炮楼。由于清军占据上游，木浮城顺江而下，甚至能将郑军大船直接撞毁。

大敌当前，郑成功依然镇定自若。三十六岁的他，精力体力正处于一生中的最佳时候。国姓爷告诫众将道："此番我们孤军深入陌生之地，应当有死中求生的气概，胜了这一阵，直克其城，就能形成破竹之势，功名富贵就在各位的眼前。"他的目光在众人身上扫过，"进生退死，本藩当先冲锋陷阵，以为表率，尔等其勉之！"

自从在台州反正以来，马信并没有多少贡献。但奇怪的是，郑成功对他非常欣赏，让他担任了右提督并封建威伯，成为和甘辉、万礼这些大佬平起平坐的高级将领——凭什么啊？

因此，马信觉得再不立点儿战功就不好意思了。瓜洲之战，他自告奋勇要打先锋，拿下至为关键的谭家洲炮台。郑成功欣然应允，并让张煌言、陈文达率铳船掩护。

郑成功下令，五鼓造饭，辰时（七到九点）进兵。这一天，正值盛夏，天气晴朗，湛蓝的天空点缀着少许云彩。更让将士们开心的是，当时刮起了东南风，很适合船只逆流而上。这是老天也不给清虏机会吗？

历经十年戎马生涯，书生张煌言和他的前辈袁崇焕一样，已经进阶为一位出色的将领。他指挥铳船猛轰谭家洲，让清军疲于应付，却想不到会有神兵天降。马信率领的敢死队员们手持藤牌在浅滩登陆，从三面包围了炮台，对里面的活人格杀勿论。面对这些有如神兵天降一般的对手，清军根本抵挡不住，很快地面上就满是尸体。不到半个时辰工夫，马信就完全占领了谭家洲炮台，五百名清军非死即降。

当时，操江军门朱衣佐和游击左云龙率满汉骑兵数千在瓜洲镇外屯守。他们以为，有横江铁索在，郑军还能插上翅膀飞过去不成？哪里想到，伴随着哗啦哗啦的巨响，滚江龙居然给断开了！

当时，左武卫镇周全斌驾船顺风疾进，并让四十名勇士背着特制的大斧潜入水中。经过一通操作，滚江龙终于被解开了。周全斌非常开心，率军浮水上岸，向着清军发起了进攻。

右协杨富身先士卒，持刀直冲敌阵。清军骑兵抵挡不住，很快被斩杀数十人。不久，中提督甘辉、左先锋镇杨祖在左，左提督翁天佑、五军都督张英居右，一齐掩杀过来。清军寡不敌众，只能向城里逃跑。周全斌亲自举起藤牌，命令士兵攻城。

此时，马信部在控制谭家洲炮台之后，也向瓜洲镇赶来。但令他俩没想到的是，城上已经插上郑军大旗了，两人都相当失落，为没有抢到头功而上火。原来，正兵镇韩英、左先锋镇杨祖已捷足先登了。

瓜洲只是一镇，哪经得起几万军队这么折腾，很快就失陷了。郑军冲进城中，分头剿杀，河沟水井里满是清军尸体。眼看待在镇上是活不成了，一些清军就打开城门，向扬州方向逃去。可他们哪里想到，后提督万礼已在此恭候多时，拦住又是一通砍杀。

张煌言部乘船向上游挺进，与清军木浮城相遇。这些庞然大物看着吓人，但移动缓慢，远不如船只灵活。没办法，谁让清廷造船技术落后呢，才整出这么个四不像的玩意儿出来。张煌言一边下令开炮。一边派出十几条小哨船，上面装满易燃物，顺风驶到木浮城跟前。郑军的勇士们点燃哨船，不一会儿木浮城都给烧着了，上面的清军哭喊着四处逃命，有烧死的，有淹死的，更有被队友挤死的，场面真是惨不忍睹。

当天巳时（九点到十一点），这场战斗就以郑军占领瓜洲镇而结束，耗时不超过一个时辰。郑成功登岸进入瓜洲，发谕安民。当时，朱衣佐同数十名满兵躲在官署内，被郑军搜出，满兵全部被杀，朱衣佐却机智地请降，被郑成功留在了身边。看来，讲一口流利的汉语，关键时刻用处真是不小。

取得大胜，郑军上下都非常开心，张煌言却十分冷静。他向郑成功建议道："瓜洲虽败，仍有水师退入芜湖，如果侦知我军上岸扎营，顺流直下，还是挺麻烦的。应当速率水师直捣芜湖，一是劫杀虏船，二是声称要攻取南都，以分其势，使虏不敢来援。这么一来，陆师就没有了后顾之忧，可以安心攻打镇江了。"

郑成功向来喜欢表现自己的高明，但这一次，他对张煌言的看法相当欣赏。于是，国姓爷派杨戎政总督水师前镇与罗蕴章、袁起震等人，都归张煌言调遣，兵发芜湖；又命各镇派拨船只，由总督营郑德督押，支援张军。

郑成功自己，则将镇江府城作为必须拿下的目标。他胸有成竹地告诫将官们："兵贵神速。瓜洲已经拿下，水师遣进南都，虏兵无暇顾及镇江了。我们乘胜攻打城池，如果敌军自不量力，出城迎战，那我们一鼓作气就能击败他们，镇江城也只能投降了。尔等必须传谕官兵，这次要是遇到虏兵，必须拿出百倍勇气。如果再胜一阵，狡虏必会破胆，南都不攻自下！"

郑成功说得头头是道，但清军真的会按他写的剧本演戏吗？

六、镇江大捷，打出最高光一场陆战

永历十三年（1659）六月十九日，郑成功率军进入镇江南岸的七里港，镇江府清军急忙向南京求援。江南总督郎廷佐派江宁提督管效忠及原洪承畴部下罗将军，率数千铁骑赶往丹徒。

但是，郎廷佐也知道镇江很可能守不住了，必须未雨绸缪。他第一时间向北京上疏，恳求尽快派遣满八旗主力南下支援。

过往这些年，清军中一直传言郑成功水战无敌，陆战弱鸡，不管别人信不信，这位姓罗的肯定信了。他放出话来："这些海寇敢来，我就杀他个片甲不留！"当时，苏州、松江和常熟各府的清军援军云集镇江，但大家伙儿都畏郑如虎，巴不得有拎不清形势的去当炮灰呢。

管效忠拼凑了一万五千余人，大部分为骑兵。他将士兵分为九队，罗将军为第一队，他自己为第二队，苏松常的杂牌军抓阄儿安排，分列三到九队。罗将军急于立功，率领铁骑在岸边巡逻，就等着郑军上岸，可郑成功那是什么人，能听他的安排吗？

此时正值盛夏。白天，太阳火辣辣地炙烤着大地。间或有一场雷阵雨，也凉快不了多少，倒淋得人满脸是泥。郑成功也许诚心要逗罗将军玩。郑军大船一会儿向西，装出要登陆的样子，清军骑兵急忙往西赶。但他们满头大汗跑过去时，郑军又虚晃一枪，将船开往东面了，对手明知有诈，却也不能不尾随。就这样折腾了三天三夜，清军骑兵一个个苦不堪言，恨不得躺到地上永远不起来。

六月二十二日，见到清军这边士气低落，郑军中军船升起了七星大旗，继而又有三声炮响，这是登陆的信号。郑军船只纷纷靠岸，憋了三天的勇士如下山猛虎一般冲向岸边，排出整齐的队列。罗将军一见，立即来了精神，下令立即放箭，想给郑军来个下马威。

霎时间，密密麻麻的箭雨遮蔽了天空，呼啸着射向河边。罗将军自以为得计，睁大眼睛想看看"海寇"怎么变成刺猬。可眼前的一幕，完全让他没有心理准备。郑军前锋摊开大棉被，构建起了严密的阵形，箭矢噗嗤噗嗤扎在棉被上，几乎伤不到任何人。

虽说放箭没有收获，清军也有高兴的事儿：你们没有骑兵，那不等于送人头吗？郑军用战被开道，摆出严整的队列勇敢向前，要用他们的血肉之躯，去对抗清军的铁骑。按照郑成功的安排，前锋分成了五队：五色旗队、蜈蚣旗队、狼烟队、火铳队和大刀队。每队都有一个鼓手，头上插着令旗，鼓声慢队伍的行军就慢，鼓声急队伍就加快速度。

清军稍稍后退，然后加速冲锋。数千匹战马扬起漫天的尘土，谁要站旁边观战都能给呛昏倒。郑军却无所畏惧地摆起了藤牌阵。他们三人一组，中间的士兵用藤牌掩护，两边的队友一个砍马腿一个砍人。清军连续冲击了三次，居然都没占到便宜，反而阵亡了不少，让罗将军非常失望。

清军再次稍稍后退，准备发起第四次冲击。而郑军阵中的鼓声突然提速，士兵们加快步伐，狂奔着冲向清军马前，两军杀在了一起。郑军的斩马刀非常锋利，江湖传言，（两人）一刀下去，连人带马能砍成六段。面对如此强悍的步兵，清军也不免胆怯了。

岳家军钩镰枪大破金兀术铁浮屠的段子只是《说岳》的虚构，但郑军以血肉之躯硬扛八旗骑兵的场景，却是历史真实。不难想象，为了能够战胜可怕的对手，郑军平时的训练有多么严酷。

不过，郑军攻势再猛，清军也是个个拼死向前，没人后退。原来，管效忠早就下了死命令。他抄郑成功的作业，规定掉转马头的一律斩首。两边正杀得难解难分之时，郑军阵中却摇起一面白旗。这是玩哪出？准备投降吗？

郑军呼啦啦地向后退去，然后像表演团体操一般散到两边，在中间留出了一片空地。清军没有想太多，立即打马向前冲刺，想给对手来个迎头痛击。正得意间，伴随着一阵阵轰隆隆的巨响，数十名清军当场被炸上天。原来郑军撤向两边，只是为了腾地方，让后队用火炮攻击。不大会儿工夫，上千名清军非死即伤。管效忠在后方看得小心肝乱颤，只能赶紧下达撤退命令。

见清军要逃，原先撤向两边的郑军，又扑过来一顿砍杀。清军一气跑了十里，才在银山扎营。

二更（二十一点到二十三点）时分，在银山下值勤的清军，突然被眼前的景象惊呆了。

一群体形魁梧的士兵，从头到脚都包裹着铁甲，在月光下反射出瘆人的亮光。清军急忙放箭，可箭镞根本射不透铁甲，丁零当啷地又掉在地上。上千双铁靴踏在地面上，震得清军耳朵发麻。这些人来到木栅前，三下五除二就将工事给推平，然后杀向清军营帐。清军使出吃奶的力气奋力招架，无奈这些铁人过于生猛，武器也特别锐利，辫子兵根本不是对手，只能四散溃逃。

银山就这样被郑军占领。原来，郑成功认为银山地势险峻，白天夺营风险不小，如果晚上突袭，清军很可能就准备不足。因此他安排了最为精锐的铁人军出击，果然轻松地拿下了阵地。

天亮之后，管效忠才得知消息。鉴于银山的重要程度，他下令立即组织进攻。郑成功知道，决战就要开始了。他将队伍分为三叠，以迎战清军的五路军兵。

管效忠以八百骑进攻郑军头叠，郑成功亲自督率右武卫镇周全斌、左虎卫镇陈魁迎战。周全斌率领二百铁人军与清军头叠交战。这位狠人让部将在阵后拉一长绳，并警告士兵说："退到绳子处即斩。"这么一来，所有人无不拼死向前，雪亮的钢刀在阳光下熠熠生辉，一个又一个清兵成了刀下之鬼。郑军一直冲到清军三叠处，清军稍稍后退，然后居然纷纷下马！

下马打死仗，是清军的看家本领。满军弓箭齐发，汉军则抬出虎尊炮和鸟铳向郑军射击。郑军同样用火枪和行营炮回击，霎时间，战场上硝烟弥漫，铅弹横飞，成了四百年前的一场非典型战争。

枪炮对轰毕竟不是长久之计，之后双方又开始了冷兵器的血拼。当清军体力有所下降之时，铁人军的武器优势被充分展现出来，清军招架不住，纷纷上马逃跑，郑军则在后面紧追不舍。山路狭窄，河沟众多，清军免不了互相冲撞挤压。有些人被马匹活活踩死，有些人被挤到河里淹死，更有腿脚不利索的，被后面狂追的郑军杀死。鲜血从银山一直流到河沟里，地上满是留着小辫子的清军尸体。

管效忠依然不甘心失败。他安排一千骑兵抵挡郑军其他各镇，自己集中三路人马，准备对国姓爷来个"斩首行动"。

郑成功一向亲力亲为，到了这个时刻，他岂能退却？郑军将士看主帅都冲杀在一线，无不精神振奋，以一当十。郑成功亲率左武卫林胜、五军正中军张英，以铳炮猛攻对方。清军不敢前冲，又下马准备拼命。

此时，没有套路，没有阴谋，没有陷阱，双方纯粹是在拼战力，更是在拼意志。已到正午，天地之间如同一个巨大的蒸笼，要把一切烤焦。这个天气，本应是哪儿凉快哪儿待着去的两拨人，却杀了个刺刀见红。他们忘记了三十多摄氏度的高温，忘记了身上的伤口正在流血，更忘记了吃午饭，只是凭意志在顽强拼杀，凭本能在苦苦支撑。

平衡迟早会被打破，总有一方会露出破绽。在严重的体力透支之下，清军的意志终于崩溃了，阵形也被冲击得完全不成样子。只能向镇江府城方向逃去。而同样累得抢兵器都费劲的郑军，却因敌人的崩盘而精神倍增。他们的目光更加凶狠，他们的步伐更加迅捷，他们手中的武器，也挥舞得更加有力了。太多的清军尸体堆在河沟中，河水都无法流动了。郑军一气又追出去了十余里，清军为了抢夺马匹逃命相互拉扯，甚至拔刀相见，又有不少人被践踏而死。

清军主力被打垮，留下的那一路也跟着崩盘，被杀得几乎无人生还。郑成功下令搜山，遇到清虏格杀勿论。之后，又有大批清军领了盒饭。郑军则获得了大量马匹、骆驼、盔甲、弓箭、火铳和行营炮。

到了未时（一点到三点），战斗终于停歇下来。银山之战耗时三个时辰，歼灭清军过万。管效忠部的四千铁骑，最终只剩下了一百四十人。这位资深屠夫无奈地感慨："我自入中原身经十七战，还从未败得这么惨过！"

而郑军这边，死伤还不过百。更何况，这场大捷并非靠偷袭赢得，而是与敌军硬碰硬取得的。郑军一向被诟病陆战不行，没有成建制的骑兵，孤军深入陌生环境，以血肉之躯硬扛江南省最精锐的满汉铁骑，却打出了起兵十三年来最为漂亮的一仗，战损比可以媲美战神戚继光。不管之后还会发生什么，银山之战作为郑军陆战最为高光的纪录，永远在南明史上占据重要一页。

镇江守将高谦、知府戴可进等人在城上观摩了整个战争过程，越看越绝望，越看越震惊，越看也越坚定了自己的选择。郑军乘胜包围了丹徒，并派人进城招降。高戴二人当然乐得借坡下驴，果断地献城投降了。周全斌在战斗中受伤，郑成功让他镇守镇江，高谦和戴可进协助处理军政。

盘点下来，镇江只是郑成功占领的第三个府城，依然不是强攻打下来的。但因镇江紧靠南都，其意义不容低估。冯澄世进言道："城守贵乎严肃，宁民必以简静。镇江首先归顺。乃为恢复之始，当十分加意抚字，以为天下榜样。"

郑成功于是颁出命令："宜严束官兵，日夜住宿窝铺，不许混落城下，擅入民家，致行骚扰。"他告诫众军官，"此处骚扰，即四方望风而遁，天下事自尔等坏矣，慎之，慎之！"由于郑军军纪严明，城内一切照旧，很多人根本就不知道城池已经易主。

郑军占领了镇江，江南震动。句容、仪真、浦口、太平、芜湖、当涂和繁昌等地都望风归附。江南沦陷十四年，但无数仁人志士心向大明，反抗清廷压迫的斗争从未停止。郑成功不愿错失这样的大好局面，不愿意辜负万千父老的期望，更不愿让无数烈士白白牺牲。

现在，他眼中只有一个目标。

第十二章　泪洒金陵心不甘

一、剑指南京，二选一决定成败

盘点中国历史，唯一一个由南向北统一全国的王朝，正是明太祖朱元璋建立的明朝。唯一一个位于江南的大一统王朝京师，正是大明龙兴之地南京。

仅此两点，就让南京在中国的地位，无可代替。南京，不仅仅是一座城市，而是一种象征，一个图腾。

每当中原大地惨遭屠戮、中华文明面临灭顶之灾时，南京总是当仁不让地承担起了"驱逐胡虏，恢复中华"的重任，让中原志士在这里休养生息，迸发出更加坚韧不屈的能量；让中华文明在这里浴火重生，闪耀着更为绚烂夺目的光芒。这里既是中华血脉最后的维系之所，又是北伐中原、光复河山的反攻基地。

每一个能率军打到南京城下的将领，肯定都能在史书上占据一个位置。但唯有率领正义之师，为拯救华夏民族命运而来的统帅，才有资格称为英雄。而由南方率领水军北上包围南京的，郑成功是毫无争议的历史第一人。

此时的南直隶，早已被清廷改为江南布政司，首府南京则被改名为江宁。不过，在广大市民眼中，这里是永远的南京。"三万里河东入海，五千仞岳上摩天。遗民泪尽胡尘里，南望王师又一年。"十四年来，他们朝夕盼望南明军队的到来，很多人更是冒着杀头之险，为光复留都不停奔走。

郑成功的故乡在泉州，但南京才是他的精神故乡。

早在甲申年，二十一岁的他就以廪膳生的身份，入住南京国子监。南明小朝廷的危局，彻底改变了他的人生。

十四年前，在留都陷落之前，带着屈辱，带着惆怅，带着不甘，很可能是因为父亲的召唤，他中止了学业，提前返回了福州。

十四年后，于万众期待之中，充满信心，充满渴望，充满斗志，他率领着十万精兵，上百名将领，上千艘战船，再度剑指南京。

十四年前，他还只是一介书生，面对山河破碎、生灵涂炭，他无能为力。

十四年后，他已是令清军谈虎色变的延平王，押上自己几乎全部筹码，就是为了完成对清廷的致命一击。

六月二十七日，郑成功召集众将商议攻取南京。没想到，有人会给他的大业泼冷水。

潘庚钟认为："藩主啊，不能冒进。咱们不如暂驻瓜镇，派将分据淮扬诸州，扼其咽喉，收揽人心，等待机会，然后大举用兵。在北京的满汉人等不下百万，一旦粮道断绝，供应不足，两月之内，兵必溃，民必乱。这样就能不劳而定，当年曹操就是这样打赢官渡之战的。"

工官冯澄世附和道："江南城池广阔，进攻不易。不如听庚钟之言，驻扎瓜镇，扼其险要，断其粮道。一边收拾人心，一边派人从小路向朝廷报捷请旨，命李定国前来会师，这才是上策。"

听起来很有道理的样子，但郑成功并不赞成他俩的建议："不对，时代不同了。当年后汉国祚已改，群雄割据，曹操才能有胜算。我明朝立国已三百年，德泽已久，不幸有甲申之变，清虏鼠窃乌合，狐假虎威。今我大兵一至，他们自然瓦解。若不进兵恢复旧业，号令天下豪杰，是自老其师。倘征各省兵马齐至，首尾合击，我们岂不自孤？"

为了让发言更有说服力，国姓爷又把朱元璋搬了出来："何况太祖昔日得到廖永忠、俞通海等水师，乘势夺取采石而占据金陵，势如破竹。摧枯拉朽，靠的正是兵贵神速！"

郑成功看到的，是南京作为江南首府的标杆意义与示范效应，大老远跑来，不打如何甘心？如果占据金陵，南方各省很可能就传檄而定。不过，南京能否迅速攻克呢？郑成功本人非常自信，又加上瓜洲和镇江两场大捷加持，他觉得胜利就在前方，何必主动示弱？

但潘庚钟的断粮道方略也很"毒辣"。他认为，南京既然不能迅速攻克，暂时就不要打，而是"釜底抽薪"，搞乱大清。但此举的问题是，郑军深入敌占区，很可能会被四面援军包围，非但不能切断粮道，还就此丧失了进军南京的机会。

至于请李定国来援，当然是很没谱的事情。郑成功此时还不知道永历已经逃入缅甸，但很清楚，晋王早就无暇帮助自己了。

那么，郑军能不能同时既断粮道又打南京呢？答案是：兵力实在不允许。权衡之下，郑成功否定了潘冯二人的建议，决定兵发南京。如此一来，新的选择题又来了。

郑成功询问手下，水陆哪个更方便？甘辉似乎是打仗没打过瘾，慷慨陈词："兵贵神速，乘此大胜，狡虏亡魂丧胆，无暇预备。由陆长驱，昼夜背道，兼程而进，逼取南都。……若由水而进，则此时风气不顺，时日犹迟，彼必呈号集援兵，璎城固守，相对为战，我们就要多费一番功夫了。"

甘辉分析得头头是道。郑成功也认同他的想法。但大多数将领认为，大军远来，不服水土，此时天气炎热，时不时又来场大雨，步行难走，不如乘船。

一向很有主见的郑成功，没有听甘辉的，却认同了大多数人的观点。孰对孰错呢？七月初一日，郑军从镇江逆水而上，大船在江中行驶缓慢，甚至需要纤夫拉纤。但根据《从征实录》记载，大军在初七就到达了观音门。今天我们看来，这个速度其实已经不慢了。①

---

① 顾诚《南明史》认为郑军初九才到南京。

高大巍峨的城垣就在眼前，光复江南的伟业就在眼前，青史留名的荣耀就在眼前，郑成功难掩兴奋与激动。他提起笔来，一蹴而就：

缟素临江誓灭胡，雄师十万气吞吴。

试看天堑投鞭渡，不信中原不姓朱！

这就是著名的《出师讨满夷自瓜洲至金陵》。今天我们看来，走水路反而是更合理的选择。镇江离南京一百五十里，骑兵是只需要两天，问题是郑军才多少匹马？步兵需要三四天，还把自己累得够呛，到地方了再歇两天，时间和乘船也差不多了。

而且，郑军来到陌生的江南省，可以说是孤军深入。如果派一两万步兵急行军，要是中途中了埋伏，后果非常严重。乘船前进，慢是慢了点，一来官兵确实能休息得更好，养精蓄锐；二来郑军水军有绝对优势，根本不用担心清军沿途袭击，不会造成无谓损失。

因此，被后世一些史家批评的走水路逆行耽误速度，其实并没有多大问题。问题在于郑成功抵达南京之后的一系列操作。

在对南京实施包围之前，郑成功需要保证水师的安全。虽说宣毅后镇吴豪和正兵镇韩英自告奋勇，国姓爷还是将江防重任交给了左冲镇黄安，让他屯兵在三交叉河口，日夜严加提防。

郑成功一再重申行军纪律，强调按《抢掠奸淫军令》严格执行。七月初九日，郑军船只集结在了仪凤门下。自打元至正二十年（1360）闰五月陈友谅率水军开到龙湾之后近三百年，这是杀到南京城下规模最大的一支水军。

更让人敬佩的是，这是南京失陷十四年来，一直苦苦支撑，被动挨打的南明势力，首次以王者之师的风范兵临留都，再一次双脚踏上这片土地。这个战绩，李成栋没有做到，李定国没有做到，张名振同样也没有做到。这个标杆性意义，再怎么称赞也不过分。

郑成功就算没有之后收复台湾的壮举，依然可以作为伟大的抗清英雄载入史册。而郑军的每一位将士，都永远值得后人景仰。

终明一世，在郑成功之前只有两位统帅带兵杀到了南京城下。一是建文四年（1402）的朱棣，二是弘光二年（1645）的多铎。这两次，南京城都选择了开城投降，让百姓避免了兵戈之苦。而郑军，会复制他们的过往吗？

南京内城周长超过七十里，面积达到了五十五平方公里，仅比北京城①略小一些。郑成功七年前围困半年也没打下来的漳州府城，面积仅有南京的二十分之一。这么大的一座前明留都，郑成功的五六万陆军，根本无法实施有效包围。

郑军最好的战术，恐怕只能是将兵马分配到十三门附近，凭借"声东击西"战术，让清军疲于奔命，通过心理战瓦解对方的士气，争取让部分汉族官兵充当内应。

将近两百年后的清咸丰三年（1853）二月，五十万太平军将南京围得水泄不通。起义者在仪凤门外的静海寺挖掘地道，直通墙根。随着三声巨响，城墙被炸出了一个巨大的缺口，让数万农民军蜂拥而入。

太平军毕竟是生活在清朝的起义军，对朱元璋和明皇室没有多少感情。而郑成功作为隆武皇帝册封的国姓爷，断不敢用红夷大炮轰炸南京城墙，就像朱棣不敢在济南城下炮轰朱元璋灵位一样，这无形中就大大增加了攻城难度。

那么，他会采取什么战术呢？

---

① 北京内城加外城接近六十平方公里。

二、围而不攻，计谋还是上当？

永历十三年（1659）七月初十日，庞大的郑军船队在仪凤门登岸。郑成功将陆军分成了十程。一程右提督；二程前锋镇；三程后提督；四程右虎卫；五程、六程左虎卫；七程左提督；八程五军；九程中提督；十程左先锋。看似兵员充足，但靠这么点儿人，根本不可能把南京内城围住。

而郑成功之后的行动，说好听的是不慌不忙，游刃有余；说不好听，就是放虎归山，贻误战机。到底哪个对呢？我们真的不能站在"上帝视角"，苛责这位已经创造了奇迹的抗清英雄。

七月十一日，郑成功带着甘辉、马信等数十位将领，数百名亲随，绕观钟山，考察地形。十四年前，他还只是一名国子监的普通学子，现在，他已经是光复华夏河山的唯一希望，两亿华夏儿女的最终依靠。他，真的已经输不起了。

长江浩浩荡荡，城墙蔚为壮观，钟山巍峨雄伟，面对如此大好河山，潘庚钟不由得感慨道："如此山川形势，龙盘虎踞，真是帝王之邦，太祖所以一得而兴。现在，天助藩主克服瓜镇，神速进兵。如果能一举而下，迎驾（永历）西来，中兴指日可待！"

这么看来，老潘是承认自己之前的想法错了，郑成功非常开心："对啊。我如果依有些人的主张，从早到晚和清虏在海边争来争去，什么时候能看到中兴的希望呢？各位齐心协力，眼前的功业千载难逢！占领南京，居中调度，便可号令天下英杰，正所谓不入虎穴，焉得虎子！"

郑成功一向重视仪式感。多年之后再回南京，孝陵他岂能不拜？七月十二日，郑成功率领重要文武官员，全身缟素，浩浩荡荡来到了孝陵前。[①]想到太祖当年南征北战的雄姿，再造华夏的荣耀，再看如今的山河破碎、

---

① 一说郑成功并未到孝陵，只是遥祭。

生灵涂炭，加上父亲兄弟的身陷囹圄，郑成功岂能不动容，岂能不悲从中来？他眼含热泪，恭恭敬敬地行四拜之礼，又致酒祭奠。触景生情之下，所有人不禁放声痛哭，誓与满贼不共戴天，一定要光复太祖埋骨之地。

随后，郑成功对布防进行了重新安排。甘辉、余新驻狮子山，万礼、杨祖扎第二大桥山上。翁天佑为应援，守仪凤门要路；马信、郭义、黄昭和萧拱宸屯汉西门，连林明、林胜、黄昌、魏雄、杨世德诸营。陈鹏、蓝衍、陈魁、蔡禄、杨好屯东南角，依水扎营；刘巧、黄应、杨正、戴捷、刘国轩屯西北角，依山结营，连周瑞、林察等营。张英、陈尧策、林习山屯狱庙山，连接各宿镇护卫郑成功中军营。

看来，郑成功对布阵很有心得。他下令各镇据险开壕，设置鹿角瞭望、深沟木栅，做好攻城的准备工作。潘庚钟一直表现得非常热心，他建议道：“我看城内必然空虚。可以四面攻击，广立云梯，虏兵捉襟见肘，必然露出破绽，我们就可一举而下。”

郑成功也觉得非常有道理，于是他下令，准备云梯、木牌、布袋等工具，尽快攻城。

那么，潘庚钟的分析正确吗？答案是肯定的。

郑成功的行动奏效了吗？答案是否定的。更准确地说，他根本就没有行动。

大好局面之下，国姓爷突然下令暂停攻城。这玩的是哪出啊。

据说①，在这个决定南京城易主与否的关键时候，王秀奇送了一个人来见郑成功。

按理说，郑成功根本就不需要理他。可不知道为什么，国姓爷还是接见了来使。

此人是江南及江西总督郎廷佐派来的。这哥们儿一见郑成功就跪倒在

---

① 根据《台湾外纪》记载。

地，号啕大哭起来，显得演技相当拙劣。郑成功可能想逗逗他，就问："你们要负隅顽抗吗？"

"国姓爷啊，您的大军开到，我们肯定得开门投降啊。"来人一把鼻涕一把泪地哀求道，"怎奈我朝有例，守城者过三十日，城陷罪不及妻儿。现在各官的家眷都在京城，乞藩主宽限三十天，期限一到，我们立即开门投降。"

郑成功一向六亲不认，此时居然变成了慈祥和善的老大爷。这还不算，他让手下拿出银子赏赐来使（咱不缺钱！），并严正警告说："本藩攻打这座孤城，不过是脚尖一踢的工夫。既然你们总督要投降，那就宽限尔等这段时间，也是为了取信于天下。如果到时候不降的话……"他的语气猛然严肃起来，"大军杀入之时，必将片甲不留！"

"国姓爷英明！"使者叩头行礼，然后飞快地离开了。不走，等死吗？

郑成功端着茶杯刚想喝一口，有人突然高叫起来："这是缓兵之计，不可轻信，赶紧攻城！"

郑成功一看乐了，果然又是潘庚钟。看来，这位爷真是把自己当刘伯温了。郑成功微微一笑："大军从舟山一路打到南京，战必胜，攻必取，清妖怎么敢玩缓兵之计呢？既然他们确实有如此定例，你就别多疑了嘛。"

听郑成功这么一说，老潘更是急火攻心，把名人名言都搬出来了："孙子有云：辞卑者，诈也；无约而请和者，谋也。这帮家伙要降早就降了，还顾得上老婆孩子？肯定是城中空虚。国姓爷，赶紧发兵进攻，是为上策！"

潘庚钟分析得头头是道，老大怎么就不听呢？看来，兵书读得太多，可能还真不是什么好事。郑成功也会引经据典，他说："孙子也说过，攻城为下，攻心为上。今天既然他们来投降，我也准了。如果骤然进攻，他们不会心服口服。不如等他们不履行承诺之时，再发兵急攻。这么一来，不用说城内人心悦服，全天下都知道我们是仁义之师。"

潘庚钟越听越迷糊，刚想反驳，郑成功又说了一句，这场辩论赛就以他的胜利宣告结束了。什么话这么厉害？

"而且太祖祖陵在此，也不应惊动！"看来，还是拿朱元璋当挡箭牌好使，谁也不敢造次。

郎廷佐在府中坐立不安，焦急地等待消息。确实如潘庚钟所说，他要降早降了，老婆孩子有什么好珍惜的。但国姓爷是人精，能这么轻易上当吗？当使者把郑成功的一席话转告他时，郎廷佐乐得真拍大腿："这真是我朝之福啊！"

还记得在镇江被郑军俘虏的朱衣佐吗？郑成功将他放回南京，希望他能劝说郎廷佐投降。可小朱却向总督提供了郑军不少细节，更献上了"卑辞宽限"之计。看来，国姓爷还真的不如当初一刀砍了他。

郎廷佐、管效忠四处求援，各处赶过来的清军援军确实也不少。由于郑军在东、南两面未能派重兵守御，这些援军可以一路通畅地进城休整。而他们中的一支，日后会成为郑成功的噩梦。

六月二十八日，崇明总兵梁化凤率领四千步骑从辖地出发。他首先赶到苏州，在这里与江南巡抚蒋国柱的抚标兵会合。随后，他们七月十四日到丹阳，七月十五日到句容，七月十六日赶到南京，真可谓兵贵神速。

梁化凤是马信的长安县老乡，后者成了郑军的右提督，前者却坚决彻底地站在了郑成功的对立面。来到句容地界时，因县城已经向郑成功请降，梁化凤见到草木茂密，丘陵崎岖，不觉惊出了一身冷汗。他下令士兵高度戒备，搜索前行。结果一路之上，连个郑军的哨兵也没有遇到。梁化凤开心地说："这些海贼太无知了。只要派数千人蔽林扼险，我们这些人不得全都被打蒙啊？"

此后，进入南京的清军援军，还有苏松提督标下游击徐登第的马步兵三百人，金山营张国俊率领的马步兵一千人，水师右营守备王大成部一百五十人，驻防杭州协领牙他里所辖五百人；赵国祚和驻防杭州昂邦章京柯魁派镶黄旗固山额真大雅大里、甲喇章京佟浩年率满洲兵五百人、南赣巡抚佟国器派抚标游击刘承荫领兵五百名，都先后顺利进入南京城，多少增加了清军的防守力量。

郑成功为什么没有在句容设防？这也是后世史家看不明白的问题。这位国姓爷将兵力主要布置在西面和北面，却对东、南两面疏于戒备。虽说孙子兵法上有"围师必阙"的讲究，但也得灵活运用，不能过于拘泥。兵书上也讲"围城打援"，将敌军有生力量消灭在城下，可郑成功似乎更想让援军都挤进城里，然后搞得吃不饱饭，自然就军心大乱。但他似乎忘记了，南京城里物资储存丰富，一两个月都不大可能有粮食短缺。

当瓜洲镇失守，南京被围的消息传入京城，文艺小青年顺治十五年来第一次嗅到了危险的气息。此时，他最宠爱的董鄂妃（跟董小婉没有关系）正因丧子之痛一病不起，本来就够闹心的了，郑成功又成功地给他添堵。

南京要是一丢，运河要是被切断，北京就得闹粮荒，京城的八旗子弟就没饭吃了，能不着急上火吗？据德高望重的德国传教士汤若望回忆，二十二岁的顺治完全失去了往日的镇定，打算收拾东西回东北避风头，被老妈孝庄太后及时制止。之后，顺治想御驾亲征教郑成功做人，但又被汤若望劝止。

今天看来，这段记录很可能是被后世夸大了。南北二京毕竟有两千里的路程。就算郑成功水军可以开到塘沽，顺治也用不着这么早收拾东西，等天津失守之后再跑路也来得及。至于亲征倒是有一定可能，顺治还可以趁机游览一下董鄂妃常年生活的江南。（致敬明武宗朱厚照？）但很可能由于太后制止，皇帝只能留在北京。

七月初八日，在与满汉大臣商议之后，顺治任命内大臣达素为安南大将军，同固山额真索洪、护军统领赖达等率领数万（估计就是一两万）满蒙八旗骑兵，赶赴南京征剿郑成功。达素完全算不上名将，清廷派他领军也是没有办法。清军主力依然在西南前线没有返回，京师也不可能不留重兵驻守，只能派出这点儿兵力，死马当活马医了。

话说回来。郑成功久经战阵，熟读兵书，真的会相信郎廷佐的诈降吗？联想到他平日作战的雷厉风行，南京城下的无所作为显得非常诡异，也给后世学者留下了太多猜测空间。

正值酷暑。郑成功令大军屯兵城下却不许攻城，士兵难免产生懈怠心理。特别是前锋镇余新部的兵将，居然开始在江边撒网捕鱼了。

据《从征实录》记载，七月十六日，一队清军突然由仪凤门杀出，直扑余新大营。郑军也不是吃素的，一顿操作将清军赶了回去。但这支奇兵撤退时，却烧毁了城外的民居。

郎廷佐不是号称要投降吗？如果突袭属实，那等于是不打自招了。因此，杨英很可能是记述有误，这次袭击不存在的。

但清军确实利用了郑军的松懈，紧锣密鼓地做着反攻准备。当郑成功听说余新部捕鱼的事情之后，下令左提督翁天佑率本部与之合兵。但自由惯了的余新，可不想多个领导，更不想有人来分享功劳。他向郑成功立下军令状，并声称自己设置了三重火炮，严密如铁桶，清军如果敢来，肯定会让他们损失惨重。郑成功派五军张英过去检查，看到余新部果然阵形严整，可独当一面，就取消了让翁天佑增援的命令。

诸将纷纷请战，希望能早日占领南京。甘辉过去是北伐最坚定的反对者，现在却整天催促老大攻城。他说："大师久屯城下，师劳无功，别搞得人家援军都来了，多费一番功夫。请国姓爷速速攻城，别图进取。"但郑成功不为所动。还一本正经地解释道："自古攻城掠邑，杀伤必多。本藩之所以不立即攻城，只是希望援虏齐集，将他们一网打尽。管效忠知道我的手段，要么投降，要么逃走。况且，各属县次第归降，南京已是孤城无援，他们不投降，还等什么呢？"

郑成功看来真是非常自信。但他其实也有顾虑："而且铳炮没有准备到位，松江马提督合约未到，攻城也得缓一缓。"

郑成功一直在等候马进宝的援军，等来等去，等到的是寂寞。十月二十日，郑成功似乎终于不耐烦了。他传下命令，各提督统领在十月二十二日安炮攻城。至于为什么要选择这一天，也真是个未解之谜。

有种说法，称七月二十三是郑成功生日。这位国姓爷想在头一天打下南京城，次日就可以开个大派对庆祝了。但这显然不正确，郑成功的生日是七月十四，早已经过了。

那么，清军会不会配合，会让他如愿吗？

三、至暗时刻，历史级别的崩盘

永历十三年（1659）七月二十二日，是郑成功决定总攻的日子。

凌晨时分，仪凤门外的前锋镇营地上，几个哨兵懒洋洋地打着哈欠，一副没有睡醒的样子。突然间，一队清军骑兵如天神下凡一般冲了过来，雪亮的长刀挥起，这些郑军瞬间变成了尸体。随后，清军向对方营地发起了猛攻。

大部分郑军还在睡梦中，完全没有准备，被憋足了劲的清军杀得很惨。有些人还没来得及睁开眼，就永远睁不开眼了；有些人被喊杀声惊醒，来不及披挂就被当场杀死；更多的人则向江边逃去，希望能躲到船上。

很快，清军就杀到了余新大营前，并摆上大炮猛轰。原来，他们趁着夜色，居然征发了数千民夫，将数十门重炮抬出了城。

余新精心构筑的三重火炮没有掩体保护，火力也不如清军，不大会儿工夫就全部被击毁。清军随后呼啸着杀了过来。余新率领部下顽强抵抗。但清军实在过于骁勇，得势不饶人，缺少马匹的郑军抵挡不住，只能向萧拱宸营地逃窜，清军则在后面紧紧追赶。

清军冲进萧营，先是密密麻麻的射出一通箭矢，造成了大面积的杀伤，随后乘胜向前，势不可当。余新仓皇抵抗，很丢人的成了清军首个高级俘虏。萧拱宸则及时跳入浪涛湍急的长江中，凭借过硬的游泳技术侥幸逃生。

桥头山上的万礼见状，火速赶过来支援。但得了便宜的清军，得意扬扬地又撤回了城里。站在高大的城墙之下，万礼当然不敢强攻了。

"梁将军真乃英雄，佩服佩服！"管效忠对领头的清将拱手致谢。

"管帅过奖，都是为国出力，岂敢不拼死一搏！"这位爷赶紧还礼。他正是在这场突袭中出尽风头的梁化凤。

南京城原本有十三座城门。不知什么原因，郑成功兵围金陵时，神策门已被堵上，从外边甚至看不出城门痕迹，郑军也疏于防范。可就在三更时分，梁化凤带着一队人马悄悄赶过来，用大斧挖开了城门，并以迅雷不及掩耳之势杀了出去，直奔余新大营，演出了前面所说的一出好戏。

这场胜利，无疑令清军士气大振，郑军的应对却显得过于保守。郑成功下令，取消攻城，并令左先锋镇杨祖统援剿右镇姚国泰、前冲镇蓝衍和后劲镇杨正驻于观音山上；甘辉、张英埋伏在山内；左武卫林胜、左虎卫陈魁率领铁人军在山下迎敌；郑成功本人则统领右虎卫陈鹏、右冲镇万禄在观音门往来接应；后提督万礼、宣毅左镇万义等防御大桥路东；右提督马信、宣毅后镇吴豪和正兵镇韩英由水路抄袭敌后。

千里迢迢跑到南京城下，居然要这么"龟缩防守"，自然会令后人相当诟病。但不是正好说明，郑成功相当务实，对清军此时的实力是相当忌惮的。但他似乎忘记了，自己才是应该主动进攻的一方，不对吗？怎么能等着人主动来打你呢？

而且，仓促移营，军心混乱，往往会引发灾难性后果。

郑成功猜对了开头，却没有猜中结果。七月二十三日，清军果然"不出意料"地大举来攻了。但他们的进攻路线，却是郑成功并未全盘考虑的。

凌晨五鼓时分（三点到五点），清军主力皆出。昂邦章京喀喀木、梅勒章京噶褚哈、马尔赛、阿都赖等率领八旗兵及副将袁诚、姜腾蛟等部绿营兵出金川门，梁化凤率绿营兵出神策门，神不知鬼不觉地绕到了观音山下杨祖、姚国泰、蓝衍和杨正军背后。

清军知道，能不能击溃这四镇士兵，是决定南京能否解围的关键。正因如此，清军几乎押上了全部赌本。而郑军探报居然没有发现清军如此大规模的异动，显然是很不称职的。

按理说郑军占领山顶，清军要从下往上进攻，很容易处于被动挨打的态势。但一来郑军缺少骑兵（这个确实太致命了），没有足够强劲的冲击力；二来清军的战斗力确实惊人。他们先是向山上发出遮天蔽日的箭雨，随后纷纷跳下马背，举着兵器疯狂地向山上冲杀。这一场景，完美的致敬了四十年前，萨尔浒大战中不要命的女真勇士。

郑军刚刚移营，立足未稳，就突然遭此打击，很难抵挡得住。不得不说，郑成功的连夜移营举措，确实引发了可怕的后果。在清军的凌厉攻势之下，一个个郑军将士被当场杀死，场面极其凄惨。尸体很快就堆满了观音山，鲜血一直流到了山下。当然，清军的损失也不小。

因镇江战役中周全斌与马信争功，郑成功一怒之下颁布了极其苛刻的命令：擅自进兵者，斩之。因此，即便早已招架不住，杨祖等人依然不敢撤退，还想等候郑成功的命令，可他们能等到的，只剩下了无情的杀戮。曾经战功卓著、对国姓爷无比忠诚的蓝衍，一直杀到浑身是伤，被几个清军活活砍死。眼看就要全军覆没，杨祖和姚国泰也实在顾不上什么命令了，带着少数随从突围出去。

可对留在观音山上的郑军来说，噩梦才刚刚开始。郑成功让中提督甘辉和五军戎政张英驻扎在山内作为应援，他们手下只有两千士兵。而此时的清军已经重新上马，借助巨大的势能直冲而下，对郑军来了个泰山压顶式的冲击。

甘辉和张英率部奋力抵抗。这两千人是郑军中的精锐，危难之间，他们展现出了可贵的血性，抱着必死之心浴血拼杀，没有一个投降。无奈众寡过于悬殊，两千汉子全部壮烈牺牲，在南京城下书写了无比惨烈的篇章。

张英被密集的箭雨射穿，当场魂归思明。甘辉持刀左冲右突，接连杀死了数十名清兵。眼看身边的护卫全部阵亡，无数弓箭对准了他。甘辉已然做好了必死的准备，但被人认出来了。对清军来说，生擒这员猛将远比杀掉他更有意义。他们一拥而上，将甘辉牢牢捆了起来。

时间已近正午，清军丝毫没有停下来的意思，很快就与林胜和陈魁部相遇了。这两位将军统领的是郑军的王牌战队铁人军，刀砍不动，箭射不透，镇江战役中，他们让清军吃足了苦头。可这一次，也许是经过朱衣佐指点，清军安排了很多手持拥有长长手柄的开山斧和狼牙棒的敢死队员，当然都是绿营兵，冲上去与铁人军"兑子"。

在这些兵器的反复敲击之下，铁人军一个个因头昏脑涨，体力不支而倒下，被后面蜂拥而来的清军杀死。他们的统领林胜和陈魁，也都力战牺牲，为国捐躯。

在大桥头的万礼部，也被上万清军包围。万礼被俘，部下几乎全部牺牲，万义等个别人跳入江中逃跑。梁化凤与管效忠合兵，猛攻位于狱庙山的郑成功大营，准备对郑军主帅来个"斩首行动"。如果国姓爷真的就这样死在南京城下，那历史对英雄未免太刻薄了。此时，又一个千古疑案产生了。

据《台湾外纪》记载，郑成功眼见兵败如山倒，就把之前出力颇多的潘庚钟叫到跟前："你站在我的黄盖下，代我指挥，不要移走黄盖。我下山调水军从后面抄杀。"后者明知道是坑，但欣然领命。面对潮水一般涌上来的清军，潘庚钟率领少数兵将血战到底，全部牺牲。

而郑成功来到水军营，正准备催船加入战局时，却不幸赶上了退潮，大船根本开不动。而且郑军崩盘之势已经无法逆转。无奈之下，国姓爷居然不管岸上将士的死活，下令顺流开往镇江。因此，水军的损失可以说微不足道。

每每作战时身先士卒、不惧生死，甚至多次遭遇杀身之险的郑成功，真的以这样的姿态退出了南京吗？《台湾外纪》的记述被后世很多史家采用，自然也被当成了国姓爷的黑历史。但我们只要略加分析，就知道此事绝无可能。

潘庚钟只是吏官，他自告奋勇屡献奇招，想当再世刘伯温，可郑成功并不怎么信任他，也绝不可能在如此重要的决战中，把指挥权交给一个连监军都没做过的文官。这么拙劣的甩锅，根本不是国姓爷的风格。

因此，郑成功坑死潘庚钟的说法，很可能是清廷为诋毁这位英雄而制造的谣言；也可能如"害死张名振""毒杀朱以海"一样，是亲鲁王的文人杜撰出来的段子。

但无论如何，潘庚钟确实是牺牲了，而郑成功确实也从岸上的指挥所逃到了战船上。七月二十五日，郑军就全部退到了镇江。顺流就是快，来的时候居然用了整整七天。

余新、甘辉和万礼等人被押到郎廷佐面前。之前战战兢兢的各路南京官员，此时不光是扬眉吐气，简直是心花怒放了。余新打算归降，就拉着万礼一起下跪。甘辉一见两人这么没有骨气，不觉大怒，狠狠踢了余新一脚："你这痴汉，还想活命吗？"

郎廷佐倒是很想收降甘辉，让他回去跟郑成功火并多有意思啊。但甘辉骂不绝口，一心求死，郎廷佐只好成全了他。至于积极求生的余新和万礼，都让清军吃过不少苦头，很多清将都建议不留活口，于是这两人也被处决。

甘辉是郑成功麾下第一猛将，二人的关系，相当于朱元璋与徐达，朱棣与张玉，李自成与刘宗敏，都是过命的交情，毫无嫌隙的信任。保卫海澄、占领闽安和消灭阿格商等战役中，甘辉都发挥了无可替代的作用，出力最多，贡献最大。他的牺牲，对郑成功的事业是无法估量的损失。

盘点起来，这场观音山之战，清军以一场酣畅淋漓的完胜，完美致敬了四十年前的萨尔浒大战。而自视甚高的郑成功，则不幸沦为了背景板。

两场战役，清军都在总兵力上占绝对劣势。萨尔浒时是六万对十一万，观音山大约是两万对六万。不过，激战萨尔浒的是女真全部最精锐的家底，攻打观音山的，只是二线满洲兵和很大一部分绿营兵。

但无论萨尔浒还是观音山，清军都完美地执行了集中优势兵力以多打少的战略，对明军各个击破，造成的杀伤都是斩草除根级别的。无论是下马向山上仰攻，还是骑兵从山上冲锋，抑或使用密集的箭雨清场，清军表现出的战术素养与求胜心态都远胜过明军，而将官的作战指挥水平和临场反应能力，同样也高出一筹。

尽管过去了四十年，清军依然以冷兵器为主，重炮使用不多，火器更多的明军和郑军，反而成了被压制得喘不过气来的一方。

郑成功的崩盘，很多人归结于郑成功中了郎廷佐的缓兵之计，在城下白白浪费战机。等各地援军一到，郑成功就根本没有机会了。

但笔者认为，郑成功熟读兵书，不可能相信清军的所谓"一月之期"。他表面上装作深信不疑的样子，甚至让潘庚钟和甘辉等人都急得跳脚，就是为了布置一盘很大的棋。

自打明南京城建好之后，近三百年里只有两支军队开到了城下，并且都"不战而屈人之兵"，轻松占领了这座天底下规模最大的城池。而郑成功确实想做第三个。如果强攻，以郑军攻城"拉胯"的水平，就算打下南京，也要付出极其沉重的代价。招降当然是上上之选。

但郎廷佐的所谓"一月之期"，完全就是小学生作文水平。郑成功与清军较量了十四年，也收降了不少清军，怎么可能不知道这规定是瞎编的？

他故意装出轻信的架势，故意让手下将领跟自己急，就是做给郎廷佐看的：我上当啦！

他要的就是将计就计，让你觉得我是被蒙骗了，反而让你放松警惕。

然后我冷不丁在你意想不到的时候，突然搞你这么一下下，打你个措手不及，以最小的代价拿下城池。

然而，阴差阳错之下，郑成功最终收获的几乎是最糟糕的局面。如果清军不在七月二十二日突然发起反攻，如果不是余新部轻易的崩盘，那南京一战的格局，可能会完全不同。郑成功的历史地位，也会大大提高。郑军内部很可能出了奸细，而清军的运气也实在太好。但不管怎么说，败了就是败了。

接下来，郑成功将何去何从？

四、遇阻崇明，北伐黯然收场

永历十三年（1659）七月二十八日，一个令后人叹息与遗憾的日子。郑成功决定放弃瓜洲和镇江这两处通过血战才夺取的要塞，撤出长江。八月初一日，船队行驶至狼山上沙，初四日抵达吴淞港。郑成功一直在等候蔡政的议和消息，可惜始终没有等到。

一向充满自信、意志坚定的国姓爷，没有留在镇江与清军死磕，反而率领依旧庞大的船队撤退了，这当然免不了被后人反复诟病。不过，经过了观音山崩盘式的惨败，郑军中多数将士已经畏清如虎，自身守城能力又非常羸弱，产生退却念头也相当合理。

当年济度大军南下时，郑成功不就放弃了泉州府城和周边十几县吗？不过，当时他是主动放弃的，是以退为进；此次的形势远比上次为糟，郑成功很可能担心被下游清军断了归路，故而做出主动撤退的命令。

如此一来，深入长江中游的张煌言，可就变成了一支孤军，处境比郑军要危险得多。尽管后世一些史家诋毁郑成功不顾张煌言的死活，但个人认为，郑成功肯定会通知张煌言撤军的，只是在清军的重重封锁之下，信使想"把信送给加西亚"实在是太难了。

此时，张煌言已经占据了太平、宁国、池州和徽州四府，和州、广德及无为三州，以及当涂、无为等二十二县，地盘接近一省。如果他是郑成功的部下，国姓爷大可进驻芜湖以为基地。但张煌言也不可能没有自己的考虑。

他派出一僧，由间道寻找郑成功行营。信上说："兵家胜负何常，今日所恃者民心耳。况上游诸郡邑，俱为我守。若能益百舟相助，天下事尚可图也。倘骤舍之而去，如百万生灵何？"①

如果这封信属实，那张煌言真的是无意迎接郑成功会师，无意将控制的地盘拱手交出，而是向国姓爷要船要兵，来扩充自己的实力。

但平心而论，这些州县大部分都是望风归降，又不是靠张煌言率领的鲁军余部血战打下的。在江南百姓心目中，国姓爷郑成功的威名，显然远胜张煌言，这是没有必要讨论的问题。

再说，张军中也有郑成功支援的部分船只与士兵。

当时，张煌言的最佳选择，肯定应该是请郑成功过来主政，以芜湖为中心建设反清根据地。但一向注重大局的张侍郎，并没有这么做。而在郑成功撤离之后，这些地盘也逐一丢失。

在探讨张煌言与郑成功关系时，后世学者大都批评后者私心自用，而称赞前者顾全大局。但仅就长江之战来看，人无完人，张煌言并非完美无缺，也在打着自己的算盘，或者说在为鲁王谋取好处，并不是真心实意为国姓爷着想。

当然，郑成功的尴尬处境，很大程度上是他在南京城下的一系列失误造成的，怨不了别人。在郑军撤出长江之后，张煌言部在清军的两面合围之下，原有地盘全部丢失。

张煌言弃船上岸，途经安庆、建德、祁门、休宁、衢口、淳安、遂安、义乌、天台、宁海等地，行程二千余里，终于惊险地重返浙江沿海，继续开展抗清斗争。

----

① 见张煌言《北征录》。

八月初八日，郑军水师退到崇明，这是当初放弃攻打的地方。郑成功并不甘心就这样撤回思明州。他对众将说：

"师虽少挫，全军犹在。我欲攻克崇明县，以作老营，然后行思明调再图进取。一则逼其和局速成，二则寻访甘提督等诸将生死信息，三则使虏知我师虽败，尚可全力攻城，不敢南下袭我。诸将以为如何？"

众将都认为可行。此时，梁化凤还没有从南京返回。崇明防御力量极其薄弱，最多不超过五千人。而郑军至少还有五万，这样的实力差距让郑成功认为，崇明不可能打不下来。

八月十一日辰时（七点到九点），郑军对崇明县城发起了猛攻。右武卫镇周全斌攻西门，并保护大炮，宣毅后镇吴豪攻北门，正兵镇韩英攻东北角，后冲镇攻西南门，右提督马信为各路应援，左提督翁天佑扎土堡为老营，接应北门。

郑成功身披铠甲站在城下，亲自监督士兵攻城，看得出，他急于找回面子。梁化凤没有回来，但几名副将刘国玉、全光英、王龙和陈定非常骁勇，他们指挥这么点儿绿营兵负隅顽抗，以死相拼，似乎顺治在后面督战一样。这些叛徒当年打清军时，连现在十分之一的血性都没有。郑军火炮密集发射，城墙西北角被轰塌了数尺，砖石把河沟都填满了。但清军很快搬来木栅堵住缺口，就是不让郑军闯进来。

双方都损失惨重，城头上堆满了尸体。作为正兵镇老大，韩英带头从云梯上直冲城墙，却被城上的火铳打伤左腿，一下子跌了下去。监督王起俸也被流弹击伤。清军士气大振，愈发凶狠，用火铳、弓箭和巨石滚木组成密集的防线，给郑军造成了极大杀伤。而刚刚经历南京惨败的郑军，却失去了以往向死而生的勇气，场面相当被动。

郑成功见这样下去，只会造成更多的无谓牺牲，就果断地下令收兵。

几天之后，韩英和王起俸都因伤重而不幸离世，给郑成功伤口上再撒了一把盐。他召集众将，准备继续强攻，为死难将士复仇。

但所有人都目光呆滞，眼神绝望。小小的崇明，居然成了他们难以摆脱的梦魇。这时候才看出，当时士气旺盛时，放掉崇明没打是多么大的错误。

众将已经没有了继续战斗的勇气，但都知道国姓爷的脾气，谁也不敢先开口，生怕自己被当成动摇军心的替罪羊。可有些责任，总得有人来担吧；总有些人，郑成功是舍不得杀的吧。

果然，此人还是开口了：

"藩主，此城深沟高垒，短期内很难攻下。况官兵被创之余，昨天韩英、王起俸受伤，军兵听说了无不心寒，都无意恋战。况且就算打下这个孤城绝岛，也没有多大用处。不如暂回思明休养，号召精锐，候明年再进长江，以图大举，未为晚也。请您裁决。"

此人正是郑军元老周全斌。

郑成功的性格，往好里说是强硬自信，往坏里说是刚愎自用，不大愿意听从别人的意见。但这一次，眼见形势难以收拾，他也只能长叹一声："也只能这样，撤军回思明吧！"

郑成功留陈辉守卫已经残破的舟山，主力悉数撤回厦门，轰轰烈烈的北伐之役，就这样以失败告终，给郑成功留下了无穷遗憾，也给后人留下了太多谈资。

五、战果复盘，纵然失败也足够伟大

郑成功在南京功败垂成，令无数江南百姓伤心，更令他自己成了悲情英雄。

南明二十年中最大规模的一场反击战，唯一一次可以占领南京，甚至光复整个江南的机会，就这么被郑成功葬送了，留给后人无穷的遗憾、无边的惆怅和无尽的反思。而这场战争的总指挥郑成功，如果不是有后来的"将功赎罪"，恐怕真的到了身败名裂的地步。

当得知郑成功发兵即将进入南京时，七十八岁高龄的钱谦益，兴奋地写下了《金陵秋兴八首次草堂韵（己亥七月初一作)》，其中第一首吟道：

龙虎新军旧羽林，八公草木气森森。

楼船荡日三江涌，石马嘶风九域阴。

扫穴金陵还地肺，埋胡紫塞慰天心。

长干女唱平辽曲，万户秋声息捣砧。

兴奋之情跃然纸上，老诗人为大木的茁壮成长而兴奋不已。可惜的是，就在七月，郑成功却遭受了人生之中最为惨痛的一次失利，

这一年，他已经三十六岁，独立领兵作战已经十年，正好是体力、精力、人生阅历的巅峰期，确实有机会书写最为华彩的篇章。可是呢？

性格决定命运。郑成功的自信果敢、藐视困难，在很多时候当然是好事。但在南京城下，却成了压倒骆驼的最后一根稻草。

郑成功的很多作法，似乎都在致敬蜀汉丞相诸葛亮。但是，世间不会有第二个孔明，郑成功真正应该学习的其实是朱元璋。他应该让手下谋士多献计献策，由他来拍板定夺，杀伐决断；而不是身兼朱元璋与刘伯温双重角色，这样自己累，谋士们也没有了积极性。

郑成功坚持走潘庚钟的路，让潘庚钟无路可走。对下属的意见与策略，国姓爷每每有一种"逆反心理"，总想证明自己比他们聪明。这种思维是非常致命的。

郑成功的战术错误，一是恐怕是携带家眷出征。与清军相比，郑军人数本来就不占优势，又分了一部分给张煌言，还要安排不少军兵保护家眷的安全，这样就让排兵布阵更加捉襟见肘。

二是绕开崇明不打，让梁化凤军保存了实力，成为观音山下打败郑军的奇兵。如果郑军一开始就攻打崇明，即使打不下来，对梁化凤也是极大的消耗，他在南京之战中就不可能有那样精彩的发挥；

三是郑军开到南京城下之后，只在西面和北面屯兵，没有在东、南方向对清廷援军进行围点打援，使得大量援军无需多大代价就进入城中，并整合成了一支极具战斗力的骑兵队伍，对以步兵为主的郑军形成了降维打击；

四是太迷恋于跟南京清军玩"将计就计"，没有在兵力占据绝对优势时就发动强攻，坐失大好战机。本想减少伤亡，却造成了大得多的伤亡；

五是初战失利之后，郑成功下令全军仓促移营，导致士兵对地形缺乏了解，各部之间沟通不畅，让清军的突然袭击产生了极大破坏作用；

六是过于僵化的战术指挥和严苛的作战纪律，不能让将官们根据战况变化进行灵活调整，并背上了沉重的心理包袱，最终导致了观音山一战的崩盘。

当然，人无完人，郑成功败笔不少，清军的应对也并非无懈可击，但运气确实站在了他们一边。郑成功的北伐，注定是一场不可能成功的赌博吗？

我们可以拿这次北伐与明成祖朱棣的靖难相比。两人都属于千里奔袭式的冒险，都远离了自己的大本营，都以不太多的兵力挑战强大的对手。

相比之下，郑成功有十余万水陆军队（可能要加上水手和后勤），能披甲出战的陆军有五六万；南京城里起初兵不满万，后来才勉强凑到了两万左右，可以说郑军占据明显优势。顺治派达素率八旗军南征，但毕竟得有个过程。清军主力被困在云南，一时半会儿也指望不上。

而朱棣的军兵不到十万人，南京城里却有至少二十万军队，四面勤王之师也随时可能增援，给朱老四来个里应外合。但在朱棣的恐吓攻势下，李景隆打开了金川门，让他表叔以最轻松的方式杀进城来，占领皇宫，并就此登上了皇位。

因此，我们绝对不能倒果为因，说郑成功的北伐是一场注定失败的冒险。我们完全可以将之类比为诸葛亮杀到长安城下，纵然失败，也值得后人永久缅怀。

这个世界上，总有一些代价需要有人来承受，总有一些牺牲需要有人来完成，总有一些冒险需要有人来实现，总有一些英雄，敢为他人不敢为之事，敢当他人不敢当之责。江阴城中用棍棒反抗清军铁骑的平民如此，为反清复明反复奔走的弱女子柳如是如此，而率领孤军开到金陵城下的郑成功，当然也是如此。

盘点一下，在南明政权存续的二十年时间里，先后出现了三次反清高潮，让南方百姓看到了光复大明的希望。

永历二年（1648）的金声桓、李成栋和姜瓖反正，等于是给几乎山穷水尽的南明强行续命，也为大西军和郑成功能够登上历史舞台，创造出了难得的历史机遇。这是第一次反清高潮。

金李姜三人都出自陕北，或者参加过农民军，或者归顺过李自成，之前都有过投降清廷的纪录，这应该并不是简单的巧合。三人的迅速败亡，除了清军的强大与自身的战略失误之外，显然与永历朝廷的支持不够有很大关系。

当时，郑成功在福建刚刚起步，孙可望、李定国忙于平定云贵，他们并没有表现的机会。

到了永历六年（1652）正月，永历皇帝行幸安龙所，孙可望掌握了南明军政大权，随即开始了轰轰烈烈的湘桂川大反攻。李定国先后取得了靖州、桂林与衡阳三场大捷，杀死三顺王之首孔有德及大清敬谨亲王尼堪，两蹶名王，威震华夏。而入川的刘文秀也攻取了重庆和叙州等地，此为第二次反清高潮。

遗憾的是，由于孙可望对李定国和刘文秀并不能充分信任。李定国远走广西，刘文秀保宁惨败被解除兵权，明清之间开启了近五年的拉锯。

但很多学者却有意无意忽略了，这一年率先对清廷正规军造成重大杀伤的，反而是大众印象中不会打陆战的郑成功。三月，在江东桥一战中，郑军大败闽浙总督陈锦的满汉八旗军，甚至造成了陈锦的被杀，这比桂林大捷还要早三个月。次年五月，郑成功又赢下了无比惨烈又有无尽荣光的海澄保卫战，迫使清廷不得不开启招降模式。

时间来到永历十三年（1659），前大西军在云贵被清军按在地上摩擦，全面崩盘已经不可逆转。偏偏在这个时候，一直没有得到清廷足够重视的郑成功，却用定海、瓜洲与镇江三场酣畅淋漓的大捷，让一向高傲的八旗军闻风丧胆，让远在北京的顺治慌了手脚，更让千千万万的江南百姓，看到了恢复华夏衣冠和汉家礼仪的希望。

如果我们再想一想，取得这些成就的郑军，基本盘只是郑芝龙组织起来的"海寇"。他们缺少陆战经验，更缺少至关重要的马匹，千里奔袭深入敌占区，以血肉之躯硬扛女真铁骑，就更应该为这样的成就献上掌声与敬意了。

郑军的创始人郑芝龙，是一个"精致的利己主义者"，是"识时务者为俊杰"理论的忠实门徒。可他"好汉不吃眼前亏"的思维，却让自己吃尽了苦头，也严重拖累了儿子郑成功。

而接受了系统儒家教育，又深受日本武士道精神影响的郑成功，却有"明知不可为而为之"的勇气，有"宁为玉碎，不为瓦全"的气魄，更有难能可贵的大局观与作战指挥艺术。李成栋与金声桓、孙可望与李定国，他们坐拥数万骑兵却做不到的事情，愣是让缺少马匹的郑成功及郑军将士做到了。

李定国攻打新会，郑军没有援助被后人吐槽，而南京之战，原本只能在东西会师中充当助手的郑军，却独自挑起了大梁，书写了二十年南明史中最为高光的纪录。即便最后失败了，其勇气与血性，胆略和格局，眼光及操守也永远值得后人尊重。

话说回来。退出长江的郑成功，还要经历哪些磨难呢？

第十三章　厦门海战绝地求生

一、笑对暗杀，令对手阴谋破产

永历十三年（1659）九月初七日，郑成功率领败军回到思明。当初出征时有多么自信和乐观，此时就有多么痛心与悔恨。甘辉、万礼、潘庚钟和张英等曾经无比熟悉的名字，此时与他已天人永隔；曾经引以为豪的近十万陆军，此时已折损大半。

郑成功与部将检讨南京之战的功罪。毫无疑问，此次惨败的最大责任人，就是国姓爷本尊，但郑成功总不能处决自己吧。他上表向永历请罪，只保留隆武当初封的"招讨大将军"一职，此举致敬了失街亭之后的诸葛亮。不难看出，郑成功很多时候都在模仿这位旷世奇才。

诸葛亮可以说完美融合了萧何与李善长的统筹经营水平、张良和刘伯温的出谋划策能力，以及韩信及徐达的作战指挥艺术，从而成为政治领袖的最佳典范。当然，无数人（包括皇太极和郑成功）都是通过历史小说《三国演义》认识诸葛亮的，真实的蜀汉丞相，还真没厉害到那个程度。他毕竟是人不是神，既然是人，就一定存在着短板。

而郑成功本人，在这三个领域的发挥，肯定也称得上优秀。相比李定国，他要全面得多。但作为郑氏集团的最高决策者，他的模板应该是刘邦或者朱元璋，而不是刘邦加张良，朱元璋加刘伯温。

自信与自负、自大之间，很多时候并没有清晰的边界。既然有了众多谋士，就应该人尽其才，郑成功却总是试图证明自己比他们更高明，这无疑是统帅的大忌。他总以为自己可以像诸葛亮一样掌控全局，不太听得进别人的意见，这往往不是什么好事。

事实证明，曾经有一位"当世刘伯温"蠹在郑成功眼前，可他没有珍惜，直到失去之后才后悔不已。尘世间最痛苦的事情莫过于此。如果上天给他重来一次的机会，他一次会对潘庚钟说"我要你"，如果非要对这份承诺加个期限，那还不得是一万年？

可惜，事已至此，说什么都没有用了。当时，一位陈姓吏部官员来到思明，向郑成功诉说了永历逃往缅甸，生活凄苦的事情。令这位国姓爷非常惭愧，觉得自己不配拥有延平王爵；又想到远在北京的父亲，更感慨忠孝难两全。伤心之余，他挥笔写下了一首诗：

> 陈吏部逃难南来，始知今上幸缅甸，不胜悲愤；成功僻在一隅，势不及救，抱罪千古矣。
>
> 闻道吾皇赋式微，哀哀二子首阳薇。
> 频年海岛无消息，四顾苍茫泪自挥。
> 天以艰危付吾侪，一心一德赋同仇。
> 最怜忠孝两难尽，每忆庭闱涕泗流。
>
> （太师为满酋诱执，迫成功降，再三思量，终无两全之美，痛愤几不欲生；惟有血战，直捣黄龙痛饮，或可迎归终养耳，屈节污身不为也）

这年年底，郑成功派往北京议和的蔡政回到了思明，向老大汇报了两个消息。好消息是：马进宝被逮捕入京。这个首鼠两端的家伙，终于两头都不受待见了。坏消息是：清廷非但拒绝议和，还准备对厦门发动攻势。

转过年来，就是永历十四年（1660）正月，到了郑成功的本命年。都说流年不利，应该穿条红内裤避避邪之类的，可在南京大败亏输的郑成功，将面临他起兵十四年来最大的危机。幸运的是，清军的攻势并没有马上开始，他们也要修造战舰和火炮，训练士卒以适应海战。

因此，郑成功也获得了宝贵的喘息之机。他先是驰檄南澳的陈霸准备战船，提防许龙、苏利的来犯；又去信给铜山的张进，出动战船于宫仔前游弋，应援南澳。

在思明，郑成功令冯澄世修整战船，并将驻扎在浙江和广东的各镇都召回厦门，增加防御力量。

南京之战的辉煌战果，令郎廷佐、管效忠和梁化凤等参与者兴奋不已。但另有一些人却非常不高兴，特别是顶着大太阳从北京赶往江宁的达素。他人还没到金陵呢，就听说郑成功被打跑了。那我算什么，背景板吗？正所谓：领导唱 K 你切歌，领导夹菜你转桌。你们这么能，咋都不上天呢？

整整一百四十年前，即正德十四年（1519）六月，宁王朱宸濠在南昌发动叛乱。当政的武宗皇帝朱厚照非常开心，点齐十万御林军开往江西，准备致敬老祖宗朱元璋，再现鄱阳湖大战的精彩。

可这位皇帝哪里想到，刚走到半道，南赣巡抚王阳明就把生擒朱宸濠的捷报送来了。年轻的正德肺都气炸了，为这个书呆子的多管闲事感到由衷的愤怒与绝望。

当然，如今达素的尴尬程度比正德还要好一些，毕竟郑成功还没逮着嘛，他还有大把发挥的空间。而且，既然以汉兵为主的南京守军就能把郑成功打得满地找牙，那这一万多正牌的满洲铁骑，踏平中左所不跟玩似的？

达素并非胸无点墨的粗人，他知道元朝张弘范在崖山海战中全歼南宋水师的风光。眼下的郑成功，在南京城下折损了大半主力，肯定不如当初的张世杰了。那本将军集结四省兵力，还不得把厦门变成第二个崖山？永历已经跑到缅甸蹭饭去了，国姓就是我大清最大的威胁。只要我打下了厦门，在海边也立块石碑，上书"清安南大将军达素灭明于此"，呵呵！

永历十四年（1660）三月，达素到达泉州，会同福建总督李率泰、提督马得功、叛徒黄梧等人，会商攻打金厦大计。又令两广总督李栖凤，以及海盗苏利、许龙和吴六奇等配合，同时调浙江水师南下，会剿郑成功。

打仗总是有风险的。之前清军水师两次试图攻打厦门，都在半道上惨败，连思明州长什么样都没看到。李率泰寻思着，何必大动干戈，搭进太多人命？只要把郑成功成功弄死，其他人还不得投降？他安排手下旗牌官张应熊，让他携带一枚剧毒的孔雀胆前往思明。

厦门是郑成功的大本营，这个张应熊怎么能混进去呢？只因他有个弟弟张德在岛上。

张德身份低微，却比周全斌等人能更方便见到国姓爷——厉害吧。小张是一名厨师，专门给郑成功做面点的。

当年又没有摄像头，张德只要不动声色的将毒药加进点心里，端给郑成功，看着他吃下去，不就万事大吉了吗？

献出海澄的黄梧，都能封个海澄公。那毒死郑成功本尊，会是什么奖赏呢？一切皆有可能！每每想到唾手可得的荣华富贵，张德就激动得无法自持。可是，一想到郑成功的威严与精明，这伙计又不由自主地害怕起来。

每次在厨房给郑成功制作点心时，张德都有下毒的机会。可每到关键时刻，他就紧张得浑身哆嗦，脸色苍白，就差当场昏倒。哎，心理素质不行啊，这个杀手不太冷静。

张德有一个徒弟王四，平时办事稳重靠谱。张德思前想后，就把王四叫来，让他代替自己去下毒。

"师傅放心，这事包在我身上了！"看着王四拍着胸脯承诺，张德一颗悬在嗓子眼儿的心，算是放下来了。于是，他向郑成功请了病假，待在家里继续哆嗦。

两天……张德苦苦地等待国姓爷的死讯，如同今天的卢瑟等候女神的回复。结果死讯没等到，却等来了几个提着武器的士兵。

张德被押到了郑成功面前，旁边还跪着满脸谄媚的王四。张德立刻明白了，自己被出卖了。

"张德，本藩平生待你不薄，你为何要加害本藩？"

张德吓得浑身哆嗦，连连叩头："小人该死！"随后，他将张应熊交代自己的事情和盘托出，显然是想争取宽大处理嘛。

郑成功一向不受别人摆布，这一次，他却"听从"了张德的安排。随着一声令下，数十支羽箭呼啸而来，把张德射成了刺猬。当郑军捉拿张应熊时，发现他早已逃跑了。

杀人，确实是门技术活。张德不敢下毒，他教出的徒弟又能好到哪里呢？一样是紧张得要命，浑身跟筛糠似的。王四思前想后，将事情告诉了父亲王耀。

"儿啊，你好糊涂。我马上带你自首，让国姓爷处置！"随后不由分说，就把儿子带到了郑成功大营。

郑成功平日因一点儿小过失，就能诛杀大将，一个王四算什么呢。可当他听了王耀的交代之后，却哈哈大笑起来，笑得这对父子相当"蒙圈"。

"我乃天生，岂人能害？"郑成功此后的举动，让这对父子更加"蒙圈"。他非但没有治王四的罪，还赏了不少银子。只能说，有钱任性。

暗杀计划彻底失败了。张应熊连夜逃回泉州，向老大请罪。李率泰当然非常失望："谋事在人，成事在天，看来国姓的阳寿还未完啊。"随后他的举动，却让张应熊吃惊坏了。

他居然让人端出一盘银子，重赏了没完成任务的张应熊。随后，李率泰责令各港准备船只，做好开战的准备。

当然，什么时候开打，他这个福建总督并不能做主。

二、向死而生，打赢第三次厦门保卫战（上）

清郑之间，一共进行了四次金厦保卫战。但规模最大，最为经典，也最能体现郑成功指挥艺术的一次，肯定要属永历十四年（1660）五月的第三次战事。

这一战，足以进入中国海战史的经典，也注定深深打上郑成功的烙印。仅凭这一场战争，就值得厦门为他修建雕像。

大战一触即发。盘点一下，这是自南宋祥兴二年（1279）二月崖山海战之后，将近四百年间最大规模的一场海战。崖山之战以宋军的惨败而告终，并标志着南宋政权的彻底终结。十余万人蹈海殉国，写下了两宋三百二十年最为悲壮的谢幕篇章。

而即将到来的厦门海战，会让南明政权从此成为历史吗？

达素野心勃勃，一心想将郑成功部全歼于思明，李率泰也乐于配合。两位昔日的郑军降将施郎和黄梧，更将此战看作展现才华、升官发财的大好机会。国姓在南京已经给揍得满地找牙了，我们四面张网，看他还能上天？

郑成功承受着前所未有的压力，他下令将军兵家属全部迁往相对安全的金门，由英兵镇陈瑞保护。

经过与部下讨论磋商，郑成功决定：右虎卫镇陈鹏守五通、高崎东一带；援剿前镇戴捷守高崎寨；殿兵镇万宏、前冲镇翁升和信武镇何正守蟹仔寨、赤山坪；游兵镇张华守东渡寨；五军戎政王秀奇督守高崎；协理戎政杨朝栋守东渡；仁武营康邦彦守崎尾，兼管神前一带；宣毅后镇吴豪、后冲镇洪羽、援剿后镇裴德、左冲镇蔡旻等应援堵御。

此外，辅明侯林察、中冲镇萧拱宸率本部及援剿左镇康熊、奇兵镇颜进、宣毅前镇陈泽和宣毅右镇汤忠前往崇武，防御泉州港及所有从上游开来的清军水师。

鉴于南京一役后郑军官兵普遍士气低落，对这次守卫思明信心不足，郑成功不得不给他们大灌鸡汤：

照得狡虏有必败之机，在我益当决必胜之算。去岁我师数千里直抵长江，登岸杀虏，瓜镇之满汉精锐，歼灭殆尽。何况虏欲舍弓马长技，与我争横于舟楫波涛之间，以寥寥船只，驱叛兵残卒而尝试之。主客之形既不相如，水陆之势又甚悬绝，其胜败故已了若指掌矣。此天夺虏魄而假手于我将士。我将士鼓勇用命，何难灭此朝夕？

且虏数十年来，战守伎俩已不遗余力，今之狡焉一逞，是所谓不到黄河心不休也。此番大破虏锋，则虏计无复施，束手以听命。自兹而中兴大事已定，我将士之勋名富贵在此一举，我将士数十年风波锋镝从征之苦从此而发舒。是役也，精神意气尤当百倍。今本藩与将士约：除退缩军令另行申饬外，特悬一赏格开列于左，不论大小将领官兵，勋次一一如格施行。本藩信赏必罚，众所共知。勉之哉！

郑成功无疑是一位胆气绝伦的统帅，能一下子抓住问题的核心。都到了生死存亡的关口了，他却说清军此番是以短击长，胜败之势必将逆转，中兴大业一定会成功。主帅的超强自信，多少会感染这些将领，但实战中到底能起多大作用呢，真不好说。如果思明失守，郑成功还有铜山、南澳作为退路，但显然，丢掉了大本营，失去了贸易线路，难道真的要和许龙、苏利一样当海盗？高傲的郑成功，绝对低不下这个头。

五月初八日，郑成功收到情报，清军将在初十日对思明发动总攻。

这一次，福建总督李率泰和达素分进合击，哪一边是主力，应该在哪边重点防御呢？这对郑成功来说，无疑是必须当机立断的事宜。否则，带给思明的很可能就是灭顶之灾了。

初十日辰时（七点到九点），李率泰和黄梧率领大小战船四百余艘，由漳州港向圭屿（又名龟屿，位于厦门、海澄交界处）杀来。凭借黄梧对思明的熟悉，清军可以顺着海潮进攻，而郑军只能逆潮防守。

一直密切观察战局的郑成功，命令令官陈尧策前往海门传令："不得起碇。泊定一条鞭，与之打仗。候潮平风顺，有令方准驾驶冲杀。"也就是说，所有战船都拴在港内，不能随便移动。显然，郑成功知道己方处在逆潮位置，如果船只随意起碇，很容易造成相互撞击，形成连锁反应，导致全面崩盘。

这简直是不让人活啊！南京一战，郑军之所以败得那么惨，与郑成功"无令不得出战"的教条命令有很大关系。十个月过去了，国姓爷这是好了伤疤忘了疼吗？

顶在郑军最前面的，是忠靖伯陈辉、闽安侯周瑞的座船。周瑞原本已永不叙用，是陈辉向郑成功说了一堆好话，老大才答应他参战的。此外，还有援剿右镇下杨元标和前提督下方左荣所领船只。

清军占据潮向优势，因而各个争先。数十条船顺潮而下，对着这三艘船疯狂开火，并有士兵跳了过来，举着冷兵器砍杀。三船上的士兵也用火炮和弓弩奋勇还击。凭借郑军战船的火炮优势，给敌人造成了不小的杀伤。

但是，清军船只实在太多，自然能弥补火器上的劣势。郑军其他船只只能远远地开炮支援，不敢上前协助。不大会儿工夫，杨元标就战死了，他的铳船也被清军夺走。陈尧策未能及时离开，留在周瑞的船上，在清军密集的炮火轰击之下，两人都不幸牺牲。之后，多条清军战船得势不饶人，都逼近了陈辉座船。有两百多名清军跳将过来，准备活捉这位忠靖伯领赏。

此时，陈辉座船上的士兵已经全部战死，甲板上到处是牺牲者的尸体。作为见证过无数大风大浪、好几回死里逃生的名将，陈辉虽说难过但毫不慌张。他平静地坐在官厅的坐椅上，手里不知道握着什么东西。清军呼啦啦围了上来，眼睛里放出贪婪的光芒，似乎他们看到的不是一个人，而是一堆白花花的银子。

那么，曾经令清军闻风丧胆的陈辉，就此壮烈殉国了吗？

三、向死而生，打赢第三次厦门保卫战（下）

眼看清军将陈辉围得里三层外三层，他就算插上翅膀也跑不掉了。这位叱咤海疆的老将军，忽然大笑着站了起来，笑得清军浑身发麻，笑得自己浑身哆嗦，差点儿没喘过气来。说时迟那时快，眼看好多清兵的战刀高高举起，陈辉手里的物件突然刺刺地冒起了白烟，把大家伙儿吓了一跳。

原来是个火镰啊。

陈辉猛地把火镰摔在地上，片刻之间，船舱里就响起了震耳欲聋的爆炸声。冲天的火光之下，船只被炸了个粉碎，两百多名清军都排着队去见多尔衮了。陈辉则使出洪荒之力跳出舱外，不可思议地活了下来。这真是天助自助者。

让陈辉这么一折腾，清军被吓得不轻，再也不敢玩接舷战，只能远远地发炮进攻，自然没有多大效果。到了巳时（九点至十一点），海水退潮，郑成功苦苦等候的时机终于来了，他岂能放弃？

郑成功立即下令，所有船只解碇出击。清军也仗着船多，推阵冲来。郑军稍稍后退，来到了圭屿后方。清军势大，令郑军相当忌惮。郑成功亲自乘着一艘八桨板船，与官兵们奋战在一起。主帅的勇敢，大大激励了所有人的士气。由此不难看出，南京之役郑成功甩锅潘庚钟的说法，纯粹就是谣言。

此时的周全斌，伤已经养好，恢复了恶汉本色。他率领右武卫镇战船冲进了清军船队之中，凭借占优势的火炮，连续击中了多艘敌船。之前，李率泰煞费苦心将满八旗的船只漆成红色，汉八旗及绿营的战船漆成乌黑色，为的正是不让汉人奴才和满人老爷抢功，脚踏实地当炮灰，看主子有危险了就舍命救援。不幸的是，这情报被郑军截获了。

郑军专挑红船猛攻，不习水战的满兵根本不是对手，很多人当场被炸上了天，更多的在四处冒烟的甲板上奋力逃窜。左冲镇冒着漫天炮火冲入敌阵，夺下了清军前锋昂拜章眼红（音译）的座船，船上的所有满军都被当场杀死。此外，郑军还生擒了清将哈喇土心等十余人，多艘敌船被冲散。

郑军一旦处在顺风向，更加得势不饶人。他们要一雪南京城下的屈辱，要为死去的弟兄复仇，更想挣国姓爷的丰厚奖金。前提督左镇翁求多、忠靖伯下王锡、正兵骁翊颜奇等与右武卫镇一道奋勇冲杀，战士们的血水与汗水一道从脸上流下，喊杀声与怒吼声交织在一起。他们太需要这样的宣泄了。

一艘接一艘的满船不是被击沉，就是被接舷过来的郑军夺走。而汉军船的下场也好不到哪里去。马勒、石山虎等将领被抓获。剧透一下，他俩后来还加入了郑军。杨元标的铳船也被重新夺回。

李率泰和黄梧不知道达素那边的战果，还想着打肿脸也得撑下去。可就在这时，海上突然刮起了猛烈的南风。借助风力，宣毅右镇、左先锋镇从鼓浪屿后面杀来，户官郑泰所部五十只鸟船从浯屿赶到，三面合击清军舰队。到了这时候，李率泰就算再不甘心，也得下达撤退命令了。

当然，不是你想走，别人就给你开门。郑军火炮齐发，浓浓的烟雾遮住了蓝天，清军像没头的苍蝇乱撞，死伤者的鲜血染红了海水，被击沉的船只充斥海面，到处可见双方士兵的尸体。不过有辫子的占十之七八，长头发的不到十之二三。

郑军一路追杀到圭屿，发现岛上居然有不少辫子兵，多是正宗女真人。原来，这些人逃跑途中，船在这里出事了，只能上岛躲避。马信精通满语，叽里呱啦说了一通缴枪不杀的漂亮话，满以为人家能放下武器，结果清军的答复是：我们宁死不降。

到了第二天，郑成功亲自赶过来了。他见这些鞑子确实很有骨气，就有心成全他们。随着一声令下，三百满兵通通被乱箭射死在海滩上。想一想过往十几年投降的上百万前明官兵，让人不由得感慨，差距是全方位的！

郑成功把水军主力摆在南面，让达素和施郎开心不已，只差开香槟庆祝了。就在南边还在激战时，他俩统帅的满汉精兵，以优势火力突破了郑军的防守，从赤山坪登岸。达素可没李率泰那么蠢，他命令福建汉军冲在前面当炮灰，自己从北京带来的八旗兵跟在后面"收比赛"。

　　郑军士兵作战时经常光着脚，当然不是买不起鞋，而是为了行动方便。赤山坪有点儿类似戚继光当年攻克过的横屿，滩涂淤泥很多。戚继光当时是让士兵每人带一大捆稻草铺路，施郎这次却没有算计得这么细，以致不时有士兵陷在泥中，大大影响了登陆速度。

　　郑军以前冲镇黄麟为头叠，试图挡住清军。但清军人数占据明显优势，黄麟部死伤惨重，不得不向后撤退。殿兵部陈璋及时赶到，与清军展开殊死搏斗，右虎卫王戎政、领旗协刘雄等部也赶来支援。即使这样，面对以满八旗为主的清军，郑军依然难以招架，越来越多的士兵倒在血泊中，随时有被全面击溃的可能。

　　未能赶上南京之战的达素，憋着劲想在厦门玩一票大的。他心里清楚得跟镜子一样，一旦把水战变成陆战，南京惨败 2.0 就要在厦门上演，一旦让先锋部队占领赤山坪，把骑兵送上岛，郑成功就只能收拾东西逃往铜山了。

　　情况似乎不可逆转。突然之间，双方士兵都被强烈的反光刺得睁不开眼，一队机器人模样的队伍，迈着威武却略显笨拙的步伐冲过来了。这是外星人过来拯救国姓爷？没有。他们手中拿的可不是冲锋枪，而是明晃晃的钢刀。曾在银山之战中大显身手的铁人军赶过来了。郑军将士一见，就像沙漠中迷路的背包客发现了 SUV，不由得非常开心。

　　奇怪的是，清军却表现得更加兴奋，有人还向铁人军招手，示意他们跟大家伙儿一块儿干票大的。越来越多的清军也从船上下来，准备摘取胜利果实。不过，他们来还不如不来呢。

　　"杀！"随着一个年轻军官的命令，铁人军猛地杀向了清军，如同秋风扫落叶一般，转瞬间就把很多活人变成了尸体。铁人军只有两大克星，一是狼牙棒，二是红夷大炮。可这两样清军暂时都没带来，那又怎么能挡得住呢。原本苦苦支撑的郑军，此时也猛地来了精神，无所畏惧地扑向敌人。

胜负形势很快发生了逆转，之前还想着白天怎么抢功、晚上去哪儿娱乐的清军，现在都只敢奢望逃命了。可他们记吃不记打，忘了来的时候怎么踩进泥里，现在还得怎么陷进去。而赤脚追杀的几路郑军，无疑占尽了优势。不大一会儿工夫，滩涂上就倒下了无数辫子男。

这时候，郑军水师宣毅后镇吴豪赶了过来，对停在港湾的清军船队发起了猛攻，也让他们腾不出手搭救从岛上逃回的同伙。越来越多的清军要么被杀死在泥潭中，要么被淹死在海水里。后冲镇从高崎、左冲镇从新城港、林察率中冲镇和宣毅前镇从刘五店分别赶来，合围清军水师。

看着一艘艘战船被击沉，施郎急得能哭出来。有郑成功在，他还真的扑腾不起多大水花。说好的自己人，怎么也不见出来表现呢？达素更加上火：我这还敢回北京交差吗？但这时岂能意气用事，达素马上下令，留下浔尾水师断后，全军撤回同安。至于还没从岸上跑回来的，自己想办法吧。

南北两线都取得了大胜，郑成功自然要犒赏三军。在一片喜庆之声中，国姓爷叫来右虎卫镇陈鹏，亲切地询问："你想得到什么奖励呀？"

"都是藩主指挥有方，末将不能贪功。"

"好，来人啊！"郑成功一挥手，几名卫兵冲进来把陈鹏给绑了。现场气氛骤然紧张起来，所有人都不明就里。

郑成功令殿后镇陈璋与刑官陈应璠出来宣布陈鹏的罪状，所有人这才恍然大悟，并暗自庆幸自己命真好。

原来，陈鹏事前已经与施郎约好，要率全镇最精锐的铁人军归降，并放清军登陆。但左营陈蟒却不愿意归降，反而率领自己的部众跟清军干开了。再加上五军戎政王秀奇赶过来监督，陈鹏不敢造次，只能让手下人也参与进攻。他以为自己这次可以蒙混过关，哪里知道，郑成功已经收到了情报，并决定给他送上一份大礼。

陈鹏投降未遂，落了个凌迟的下场，妻儿也被处决。郑成功此举当然残忍，但在一定程度上震慑了那些打算投降的动摇派，对维护军心有着积极作用。陈蟒被提升为右虎卫镇。左虎卫镇也重新组建，由何义统领。

对于俘获的清军，郑成功下令全部放还，只是留下他们的左手和鼻子作为纪念，并让这些人向达素和李率泰带个好。

郑成功是诸葛亮的铁粉。他给达素和李率泰发去了热情洋溢的感谢信，表彰他们帮自己弄死了好几千名正宗的满八旗，一定会让顺治非常开心。同时，郑成功随信送去了两件女性服装，约他俩再战一场。如果不敢战，就穿上巾帼好了。

达素和李率泰看了信之后也不生气，还一本正经地回了信，表示打肯定是要打，但什么时候打，我们又不听你的，对不对？潜台词就是：先让你多活几年。

各位女权主义者先别喷国姓爷，人都是生活在历史之中，都有历史的局限性。孔明是这样，郑成功更是这样。

达素扬言要在七月再攻金厦，可迟迟不见动静。十月，清廷召达素进京。据《闽海纪要》等书记载，这位爷担心祸及亲属，果断在福建吞金自杀了。但事实上，由于在朝中朋友多，达素非但没有被杀头，反而待遇不变。

厦门水战直接造成了万（一说六千）余名满洲八旗官兵的阵亡。这也是自打清军入关以来死伤最为严重的一次。如果这样的战役再多来几次，清廷就在关内别待了。惨败的消息传到北京，顺治整个人都不好了。八月，他最爱的董鄂妃撒手人寰，生无可恋的顺治决定出家，但被太后和汤若望等人阻止。四九城里，满八旗扎堆办丧事，可谓盛况空前。

转过年的正月初七日，在本应该欢度新年的幸福时刻，年仅二十四岁的顺治皇帝却带着深深的遗憾离开了人间，似乎是在为清军的种种暴行赎罪。

今天的史学家大都认为，顺治死于天花。但他的死与第三次厦门保卫战只相隔了八个月，因此"顺治死于厦门海战"的段子，就如同"努尔哈赤死于宁远"一样，很自然的就被炮制出来，让老百姓得到了宣泄的出口。

在第三次厦门保卫战中，郑成功以壮士断腕的巨大勇气，向死而生，以弱胜强，创造了自萨尔浒以来汉人军队对女真作战的最佳战绩，也巩固了他"水战之神"的江湖地位。

厦门海战不如李定国衡州大捷有名，但对满洲兵的杀伤，却是后者无法比拟的。郑成功在自己的主场，以自己最为擅长的方式，打出了起兵以来最为干净漂亮的一场大胜。

更难能可贵的是，这是郑成功在刚刚经历了南京惨败，军力损失过半的情况下的绝地反击，满血归来。相比李自成败走山海关之后，被清军一路按在地上摩擦最终灭亡的凄惨，郑成功却能强势反弹，以一场畅快淋漓的大胜，令清廷颜面尽失，也让自己的官兵重新找回自信，看到了与清军继续对抗的前景。放眼南明二十年，甚至华夏五千年，这样的翻盘都是极其罕见的。

在世界进入铁甲战舰时代之前，郑军的战力不光称霸东亚，相比英国与荷兰舰队也差别不大。更可以说是人类历史上战力最强的私人水军（截至当时）。这一战郑军不光彻底夺回了制海权，更将清廷打出了心理阴影。只要郑成功还在，厦门就是他们永远攻克不了的堡垒。

而正是厦门海战的伟大胜利，才使得郑成功心无旁骛，可以实现一项伟大战略。

第十四章　收复台湾成就伟业

一、进军台湾，只是迫不得已

郑成功最为我们熟悉的事迹，一定是收复台湾了。多数国人对他十五年英勇抗清的历史几乎一无所知，却津津乐道于他收复台湾的勇气与智慧。如果国姓爷在天有灵，知道后世不少人对他有如此刻板的印象，想必也不会开心。

对这位雄才大略的国姓爷来说，收复台湾绝对不是目的，只是手段；绝对不是终点，只是跳板。

在赢得第三次金厦保卫战之后，郑成功终于下定了收复台湾的决心。经过南京之败和厦门之战的消耗，郑军短期内根本不可能再北伐江南，需要一个更容易得到的根据地，来供养近十万军队及其家属。而台湾，就是一个非常理想的"备胎"。

台湾的宝岛称号当之无愧。它的面积相当于三百多个厦门，小半个浙江，近三分之一的福建。但福建是"八山一水一分田"，山地、丘陵占比高达十分之九，平原面积仅十分之一。就平原面积来讲，台湾只比整个福建略小，比漳泉二州那是大多了。

台湾不光有大片的土地可以开发，可以提供足够的军粮，栽种多种热带水果，养殖多种水产，也可以为骑兵提供理想的训练场地，更能在东西洋贸易中扮演重要角色。

在今天很多人看来，郑成功来到人间，似乎就是为了硬杠荷兰人，收复台湾。但是，复台的过程，绝非想象中的一帆风顺。

永历十四年（1660）七月，郑成功派兵官张光启前往日本，再次向幕府借兵。之前，幕府曾派过少数士兵参与了郑成功对清作战，但损失太大，又鉴于清廷统一中国的趋势已不可避免，幕府将军婉言谢绝了国姓爷的发兵约请，但答应资助一些战船和粮草，让张光启回去向国姓爷交差。

郑成功之所以有从容攻台的机会，也与顺治突然去世有很大关系。由于要给皇帝办国丧，清军短期内不会再打思明，这就让郑成功心无旁骛，可以专注于台湾问题。

郑成功之所以下定征台的决心，与何斌也有很大关系。

何斌是泉州南安人，郑成功的真老乡，也是郑芝龙的旧部。后来，他在台湾一直做到通事职务，很受荷兰当局信任。

料罗湾一战之后，郑荷两家的关系再也回不到从前了。郑氏家族以厦门为中心进行的海上贸易，对在台湾的荷兰殖民者影响不小，双方一直明里暗里较劲。

永历十一年（1657）五月，郑成功在思明接见了何斌。后者传达了东印度公司与郑氏集团改善关系的"良好愿望"，允许郑氏船只到南洋各港口开展贸易，并每年向郑成功缴纳白银五千两，箭杆十万支，硫磺一千担，换取国姓爷不发兵攻打台湾的保证。

当时，郑成功正准备进军江南，小小的台湾他自然看不上，因此也爽快地答应了。荷兰人的承诺，却从来没有兑现。

到了永历十四年（1660），因南京之战的惨败，郑成功攻打台湾的传闻，已经在荷兰驻台官兵内部不胫而走，一时人心惶惶。当年六月，东印度公司巴达维亚总部派出燕·奥德朗为司令官，率领十二艘战船、士兵六百人援助台湾。荷兰人的如意算盘是：如果国姓爷不来，他们就顺道打下澳门，反正不能白跑一趟。

荷兰东印度公司驻台长官揆派使者前往思明，探听郑成功的动静。国姓爷已然下了攻打台湾的决心，但怎能让对手看破心思呢。他好酒好菜招待来使，还让后者带回了一封长信，表示绝无攻台之意，让对方把心放在肚子里。但老谋深算的揆一似乎研读过《孙子兵法》，从此反而加强了岛上的戒备。

何斌位高权重，来钱容易，但手脚不干净，偷偷截留了十万两银子的公款。揆一准备调查何斌，后者也听到风声了。公历1661年的新年，何斌设法逃离台湾，来到厦门拜见郑成功。

何斌不想浪费时间，参拜之后就直接上干货。他说："台湾沃野数千里，实霸王之区。若得此地，可以雄其国，使人耕种，可以足其食。上至鸡笼、淡水，硝磺有焉。且台湾横绝大海，肆通外国，置船兴贩，桅舵铜铁，不忧乏用。移诸镇兵士眷口其间，十年生聚，十年教养，而国可富，兵可强，进取退守，真足以与中国（指清廷）抗衡也。"

不愧是跟着荷兰人混了多年的精英，何斌分析问题高屋建瓴，郑成功觉得很有道理。何斌又拿出一张自己绘制的台湾地图，让国姓爷看了更加开心。地图上不光有街巷房屋，馆驿仓库，更是将港湾方位，炮台大小等种种细节，都交代得非常清楚，专业程度跟当年孙可望献给大清的西南地图有一拼。凭着这张地图，郑军攻台就能减少很多损失。

这还不算，何斌唾沫横飞，痛陈荷兰人压迫之残酷，华人生活之艰辛，让疾恶如仇的国姓爷没法不动容。似乎这次他再不对荷兰人动手，简直就不配当中华子孙了。何斌大灌心灵鸡汤，说什么"天威一指，唾手可得"，但他的真正目的，当然是"祸水东引"，想让郑成功赶走荷兰人，从而保住自己侵吞的银子。

郑成功听着何斌貌似恳切的乞求，看着他精心绘制的地图，感觉就像六月中暑之后，喝了一碗凉茶，这滋味真爽！这位国姓爷站起身来，抚着何斌的背说："这是老天把先生送到我这里啊！本藩自当重报，你切勿扬声，我自有成算。"

郑成功是个极有主见的人，一旦决定的事情，他就会义无反顾地执行下去。但是，为了表示对手下文武的尊重，还是要把他们召集起来讨论一下。

郑成功说："自攻打江南一败，清虏欺负我们孤军势穷，安排南北舟师合攻。幸亏各位齐心赶走清虏。现在他们虽败，但始终不忘攻打思明。本藩因此每天徘徊筹划（当老大很辛苦的！），知道附近没有什么可依靠的，唯有台湾一地，离此不远，暂时占据，可以连金厦而抚诸岛，然后广通外国，训练士卒，进则可战而恢复中原之地，退则可守而无后顾之忧。各位意下如何啊？"

郑成功的逻辑，跟何斌也差不了太多，听起来很有道理。但没有想到的是，反对的声音却相当强烈。宣毅后镇吴豪起身向郑成功一拱手说："昨天藩主曾问在下台湾的事，我已经详实禀告了。不是我不听命令（还能是什么？）怎奈（荷兰人）炮台厉害，水路险恶，纵有奇谋也派不上用场，将士即便奋勇也无法施展，白费工夫啊！"

吴豪是个务实的人，他去过台湾，也见识过荷兰人的夹板船和红夷大炮，这番话其实也不算夸张。郑成功不乐意了："这些不过是平常之见，用到今天不合适，我希望大家都能佐我一臂之力。"

黄廷对郑成功一向忠心，此时却不解风情地开口了："台湾地方，我听说相当广阔，但没有去过，不知详情。如果吴豪说的红毛火炮真是那样，船只又没有别的海道可达，必须经过炮台前进，那我们可就损失不起了。"黄廷当然不知道何斌献上地图的事情，这样的顾虑也是人之常情。郑成功不悦地说："你这也是平常之见！"

就在这时，郑军高级将领中资历几乎最浅、最不会打水仗的马信发言了。一番话说得郑成功非常开心，你瞧人家这觉悟！

马信侃侃而谈："藩主考虑的，是诸岛难以久拒清朝，欲先固其根本，而后壮其枝叶，这就是始终万全之计。信是北人，委实不知（台湾情况）。但以人事而论，蜀国有高山峻岭，（邓艾）尚可攀藤而上，卷毡而下；吴国有铁缆横江,尚可以火烧断。红毛虽说狡黠,布置周密,难道就没有别计可破吗?现在乘将士闲暇(清军没打来),不如统一旅前往探视,倘可进取,则并力而攻;如果厉害,再做相商,亦未为晚。这就是信的一点儿浅见。"

所谓士别三日,当刮目相看。但笔者依然很难相信,老粗马信自己能想出这样一套说辞。此时,这位长安汉子已是郑成功最为信任的少数将领之一,没准儿这番话就是藩主教的。要不然,郑成功也不会开心地说:"好,这就是因时制宜,见机而动。"

可吴豪真是个耿直 boy,他立即反驳道:"我去过台湾好几次了,怎能不知道详情?(你马信会开船吗?)既然知道实情了却不劝谏,只是附和别人的说法,误了藩主的大事,那我不成罪人了吗?"想当初,郑成功准备攻打南京时,甘辉也是坚决反对,并不是刻意唱对台戏。但是,不是所有人都是甘辉。

参军陈永华是个老江湖,他不失时机跟出来和稀泥:"凡事必先尽之人,而后听之天。吴将军所说,是身经其地,细陈利害,乃守经之见;马将军所说,大举舟师前去,审时度势,乘虚觑便,这是行权将略。两种意见都可以试行之以尽人力,全凭藩主裁决。"拐弯抹角说了半天,他是要郑成功自己做主。杨朝栋也表示,可以试着派兵进取台湾。

一看这两人的表态,郑成功非常开心:"朝栋这么说,可以破解千古疑惑了。礼官这就去挑选日期,令世子郑经监守各岛。攻打台湾,本藩一定要亲征!"

这算是一锤定音了。事实上,反对攻台的声音,自始至终都没有停止。而郑成功却以自己的铁腕,将反对的声音暂时压制了下去,并将纸上的蓝图,转换成现实中的伟大成就。可惜的是,向来铁板一块的郑军,却因征台产生了不小的裂痕。

既然决定了要远征,无法估计要离开多久,金厦南铜的守备也丝毫不容马虎了。每每想起海澄之失，郑成功依然心痛不已。

长子郑经这年二十，并已经娶妻。郑成功让郑经留守，这是模仿历代皇帝巡幸时，留太子在京师监国的惯例。自打"焚衣起兵"以来，郑成功一直忙于征战，显然没有太多精力管教老大，这个重担基本上由妻子董氏承担。

这一年，郑成功与董氏成亲已超过二十年，当初迎娶董氏时，郑成功也就郑经这般岁数。夫妻二人属于典型的政治联姻，他们之间的感情，也只能靠儿子维系。郑成功后来接二连三的纳侧室，隔三岔五的生孩子，无疑是对董氏的精神伤害。

准备攻台时，郑成功已经有七个小王子（另有三个死于羊山），但郑经是无可争议的嫡长子，理所当然的延平世子。如果不出特别大的意外，郑氏庞大的产业与军队，终究是要交到郑经手中的。

但是，郑成功自己，已经经历了一次尴尬。当年因父亲郑芝龙投降后被拘，郑氏产权没有及时移交给老大，从而导致家业四分五裂，分崩离析。好在郑成功以超人的胆略果断出手，杀郑联逐郑彩，整合郑鸿逵势力，最终将郑家产业做得比郑芝龙当年还要成功。

郑成功指定洪旭之子洪磊、冯澄世之子冯锡范和陈永华之子陈绳武三人，共同辅佐郑经，"陪太子读书"。

洪旭跟随郑芝龙、郑成功父子征战多年，屡立战功，声名远播。郑成功北伐江南时，留守金厦的重任就交给了这位大将。此次东征台湾，洪旭依然是守卫后方的不二人选。郑成功留下黄廷、王秀奇、林习山、杜辉、林顺、萧泗、郑擎柱、邓会、薛联桂、陈永华、叶亨、柯平等将官，供洪旭调遣。这些人中不乏久经战阵的名将，办事干练的文官，因此，别说清廷短期内没有力量入侵思明，就算再来个三省会剿，洪旭也能应付好一阵子。

忠勇侯陈霸镇守南澳十七年，清军一直无可奈何。郑成功去信叮嘱他提防许龙、苏利的偷袭，又让郭义、蔡禄带本部兵马，协助张进守铜山。

郑泰与参军蔡协吉守金门，洪天祐、杨富、杨来嘉、何义、陈辉守南日、围头和湄州一带，与金门相互呼应，防备清军，做好思明的屏障。

跟随郑成功东征的，依然有很多名将。他们是马信、周全斌、萧拱宸、陈蟒、黄昭、林明、张志、朱尧、罗蕴章、陈泽、杨祥、薛思进、陈瑞、戴捷、黄昌、刘国轩、洪暄、陈广、林福、张在、何祐、吴豪、蔡鸣雷、杨英、谢贤、李胤、李袭以及国姓爷五弟郑袭。

在思明的宁靖王朱术桂、鲁王世子朱弘桓、泸溪王、巴东王，以及兵部尚书唐显悦、兵部侍郎王忠孝、浙江军门卢若腾、吏部给事中辜朝荐、右副都御史沈佺期、御史徐孚远、光禄寺卿诸葛倬、监纪许国等文官，也随军出征，以便郑成功随时咨询。

那么，郑成功的出师，会有什么意外吗？

二、冒险登陆，玩的就是出其不意

永历十五年（1661）三月初一日，郑成功在思明举办了祭江兴师仪式。相比三年前北伐金陵的出征仪式，此次活动显得简单一些。台湾的分量，当然和南京是无法相比的。郑成功依然自信满满，他依然认为，自己还有机会北伐金陵，饮马秦淮。

三月初十日，郑军在料罗湾集结。二十八年前，郑芝龙就曾在此与荷兰殖民者展开了一场场面相当惨烈的海战。当时，他只有三十岁，还处在最为意气风发的年龄。如今，他已垂垂老矣，非但失去了进取精神，更失去了人身自由，被清廷软禁在北京，随时有被杀害的危险。

有人说，郑芝龙的尴尬处境，都是他那个自以为是的老大害的。但有一说一，就算郑成功也跟着投降了，他爹一定就能当上闽粤总督，坐享荣华富贵吗？

此时的郑成功已经三十八岁，起兵反清十五年了。当初焚衣起兵之时，大陆上还存在各路反清势力，他们的兵力加起来，毫无疑问还是要超过清军的。但由于这样那样的问题，各支义军被逐一消灭，永历皇帝也被迫流亡缅甸。

而当初实力极其有限、无人看好的官二代郑成功，眼下几乎成了光复神州的唯一希望。

伟人之所以成为伟人，正是在于他们有钢铁一般的意志，不达目的绝不罢休的气概，而不像我们凡人这样患得患失，为了芝麻绿豆大点事情反复纠结。

郑成功攻台的决心无可动摇，但他的很多部下并不支持。荷兰人豪华的战船，强大的火器与坚固的城堡，让郑军将士普遍有恐惧心理。即便是郑成功亲自挑选的精兵中，居然也出现了不少逃兵，这在过去是不可想象的。郑成功毫不客气地处决了少数带头逃跑的，及时稳定了士兵的情绪。

三月二十三日，随着郑成功一声令下，二百余艘①战舰载着一万一千七百余名士兵及船员，浩浩荡荡开出金门，在海上拖出了长长的队形，向着澎湖驶去。

无独有偶，二百五十六年前，明朝另一位郑姓伟人，同样率领着二百多艘战船以及两万七千多名麾下（人家船大），从苏州刘家港出发，驶向南洋。

郑和的远航，为十五、十六世纪轰轰烈烈的大航海运动吹响了前奏；而郑成功的远征，是中国人对过往近二百年西方海洋势力不断扩张的回应与遏制。

郑和的庞大船队，由明朝政府提供一切开支，并以强大的国威保证船队安全；而郑成功的船队呢，每一两银子甚至每一碗米饭都得自己去挣。大明已经奄奄一息，还需要他们来维系最后的血脉。

---

① 毛佩琦《郑成功评传》、杨友庭《明郑四世衰史》等认为郑成功亲征兵力为四百余艘战船，两万五千人，很可能是将前后两期兵力合并算在一起了。

三月二十四日，郑军船队抵达澎湖，台湾就在眼前了，航行之顺让郑成功非常开心。但到了三月二十七日，大军在柑桔屿遇到逆风，不得不退回澎湖。此次东进，因郑成功轻信何斌之言，郑军并没有像北伐南京时一样准备数月的口粮。因而在澎湖停留时，士兵们很快就要直面粮食短缺。

难道要退回思明？郑成功的词典里，可从来没有"害怕"两字。有条件要上，没有条件创造条件也要上。他下令士兵就地筹粮。澎湖是个火山岛群，有三十座小岛屿，郑军挨家挨户向原住民购买粮食。

两天过去了，士兵们只筹集到了少量稻米，以及一些番薯、大麦等杂粮，不够大军吃一顿的。没办法，郑成功只有带头喝粥，并下令在三月三十日晚上出发。

当天夜里，澎湖水域狂风呼号，大雨如注，并伴有大雾。郑成功戎马一生，多次在敌人的炮火下幸运脱险，也多次在狂风巨浪中勉强逃生。他根本不把恶劣的天气当回事，依然准备下令开船，可把管中军船蔡翼和陈广等人吓坏了：您老人家不顾个人安危没关系，这要是上演个羊山2.0怎么办啊？他们跪在郑成功面前，一把鼻涕一把泪地苦苦哀求："藩主啊，等天晴了再开船也不迟啊！"

还天晴？郑成功不想等了。他镇定地说："坚冰可渡，天意有在。天意若付我平定台湾，今晚开船之后，自然就风平浪静了。不然，大军岂能坐困断岛，忍饥挨饿？"二人都知道国姓爷治军之严，也就不敢劝了。

二更（二十一点到二十三点）时分，随着传令官发出的信号，二百艘船依次开出了澎湖，向着鹿耳门方向挺进。此时，雨已经减弱了一些，但风浪并没有停歇，船工们努力调整着航向，避免被浪头打翻。当然，经历过羊山大海难的人，看这样的风暴简直就像过家家了。三更之后，雨慢慢停了，船工们也个个精神大振，奋力驾驶。

东方露出了鱼肚白，四月初一日到来了。① 郑成功站在中军船上，通过千里镜已经可以看到外沙线，目的地就在眼前。各船的官兵都不由自主地欢呼起来，简直有一种劫后余生的愉悦感。辰时（七点到九点）天光大亮，船队靠近了鹿耳门。郑成功随即命令小校登岛侦探地形，确认没有伏兵之后，郑军船队鱼贯而入。

台湾，我们来了！

郑成功为什么要冒着危险出航，而荷兰人却"今夜不设防"呢？原来，国姓爷选择的这条航道，平时是根本无法通航大船的。但根据何斌的说法，每逢初一和十六涨潮，大船就能顺利通过了。如果错过这一天，全军就得再等半个月。因此，郑成功才决定冒险开拔。事实证明，何斌没有说谎。他老人家也随军出征，岂能拿一万多条人命开玩笑？

风雨天对航行是不利，但雨水有效提升了水位，反而让郑军的通行有了保证。荷兰人早就知道了郑成功有攻台的可能，因此在北线尾与一鲲身之间的南航道加强戒备，并将一些报废的船只沉入港内，以阻截郑军可能的登陆。但他们没有想到的是，国姓爷会玩这样的大冒险。

郑军开进台江内海之后，选择在和寮港停泊。当地居民早就把国姓爷当成了台湾的解放者，他们自发组织起来，准备了数十辆运货马车，帮助大军顺利登陆。当荷兰人还没有做好战争准备之时，郑军已经占领了赤嵌城外的粮仓，从而顺利地解决了补给问题，也让士兵的情绪得以稳定。随后，郑军就神兵天降一般包围了热兰遮和赤嵌城。

荷兰在台兵力仅有两千两百人，也就相当于郑军一镇。但他们仗着武器的精良，加上镇压郭怀一起义的轻松，一向不把大明军队放在眼里。"二十五个中国人加在一起，也抵不上一个荷兰士兵"。这就是荷兰人的普

---

① 荷方资料记录的时间一般为阳历 4 月 30 日，即农历三月三十日，比《从征实录》等中方记录早一天。

遍认识——料罗湾海战毕竟过去太久了，谁还记得，谁愿意记？当然，驻台长官揆一要谨慎得多。

当天晚上，在度过了起初的慌乱之后，赤嵌城司令官雅各布·猫难实叮居然下令炮轰郑军营寨。郑军并没有料到对方有这样的阴招，一些粮仓、马厩很快起火。郑成功担心当地民众跟着遭殃，遂安排户都事杨英持令箭与杨朝栋督援剿后镇张志前去守卫，严令官兵不得抢掠百姓，否则格杀勿论——有胆可以试试。

第二天，杨英将米粟分发到各镇，发现只能维持半月。郑成功意识到，战争应速战速决，否则越拖越被动。他命令宣毅前镇陈汉守北线尾，堵截可能到来的荷兰船。而他自己，也要为即将到来的交锋做准备。

那么，荷兰人会有什么反击呢？

三、两线出击，打出中国人的尊严

郑军的"从天而降"，并未让荷兰殖民者慌了手脚。其实，人在热兰遮的荷兰驻台长官揆一，此时已经被撤职。但新长官并未到任——看这架势也到任不了了，他于是继续履行一把手职责，叫嚣要为联省共和国流尽最后一滴血。而托马斯·贝德尔（中国史书称为拔鬼仔）上尉得知自己的儿子被登陆郑军打伤后怒不可遏，一定要教国姓爷做人。

永历十五年（1661）四月初三日①，揆一在城楼上望见郑军北线尾官兵阵形不整，不觉心里乐开了花。他下令贝德尔率领二百四十名火枪兵出城，攻击北线尾，给远道而来的"中国朋友"上一堂近代军事课。同时，揆一又派阿尔多普上尉率领二百名士兵，渡海去赤嵌城阻击郑军。

当时，荷兰军队的火绳枪装备率已达到百分之百，士兵们人手至少一支。而郑军中最精锐的戎旗镇，也只是有一个神器营而已，大部分士兵依

---

① 荷方记录为5月1日即四月初一，比杨英等人的记录早两天。

然使用冷兵器。幸运的是，当时燧发枪并没有量产，不然肯定够郑军喝一壶的。

贝德尔的作战经验，还停留在永历六年（1652）镇压郭怀一起义之时。上尉坚定地认为："中国人受不了火药的气味和枪炮的声音。只要放一阵排枪，打中其中几个人，他们便会吓得四散奔逃，全部瓦解。"

那么，贝德尔的预言应验了吗？驻守北线尾沙洲的，是宣毅前镇陈泽。他令黄昭带二百名火铳手在前边阻击，手持藤牌大刀的士兵则跟在后面。荷兰士兵排列成非常整齐的方阵，十二人为一排，无所畏惧地向前推进，并连续放了三排枪，像是在致敬成祖朱棣的三叠阵法。

没过多久，上尉期待的崩溃确实发生了，不过逃跑的却是他们自己。郑军的火枪性能逊色一些，开始确实是吃了一些亏，但并没有人逃跑，军纪不容许啊。不过，趁荷军装填子弹的间隙，郑军后队射出了密密麻麻的箭雨，给了对手不小的杀伤。

随后，藤牌兵踩着战友的尸体疯狂地冲了上来。当时刺刀还没发明出来，一旦进入肉搏战环节，荷兰人还真不是对手。他们装备的西洋剑，更适合表演而不是和中国人死磕。

更糟糕的是，杨祥率领一队藤牌兵从后面包抄过来了。这种分进合击，不过是郑成功屡试不爽的常规操作。揆一在城堡上一见就知道大事不好，可他又没有手机，没法通知贝德尔撤退。在郑军的前后夹攻之下，荷兰人完全被打蒙了。

洋鬼子们纷纷扔掉手里的长剑，使出洪荒之力逃向热兰遮城。可怜的上尉被一个小兵当头劈死，带领他的一百一十七名下属一起见上帝了。看到这样的结局，站在城上瑟瑟发抖的揆一，肯定对"冲动是魔鬼"有了更痛彻的领悟。后世的历史学家欧阳泰先生也感慨："十七世纪，是一个（中国与西方）并驾齐驱的时代。"

与此同时，在台江内海，郑荷两军也展开了激战。当时，荷军仅有赫克托号和斯·格拉弗兰号两艘风帆战列舰，每船都有三十门以上的侧舷重炮。此外就是小帆船白鹭号和快艇玛丽亚号了，跟料罗湾海战时的九艘夹板船无法相比。就这四艘船，再要号称舰队就未免让人耻笑了。

而郑军在厦门海战中消耗甚大，为了防备清军可能的入侵，郑成功将最好的大福船几乎留在了思明，东征船只大多由商船改装，每船仅有前后两门重型火炮，炮弹重量和射程也都明显不如荷方，但胜在数量。得知荷兰水军出动之后，郑成功派陈广和陈冲率六十艘战船迎战，数量上达到了十五比一。

郑军战船与赫克托号相比，差距就如小面包和大卡车。因此，船上的荷兰人特别兴奋，主动向郑军发起冲击。郑军则采用"群狼战术"，用多艘战船对敌人进行合围。荷军红夷大炮发出震耳的吼声，几艘郑军战船很快就被击沉。

但很快，荷兰人就发现自己高兴得太早了。赫克托号居然燃起了熊熊大火，以当年的原始消防水平只能干瞪眼。接着，伴随着能亮瞎人眼的白光，以及震耳欲聋的爆炸声，这艘不可一世的夹板船就沉入了海底。来不及跳船逃生的一百多名船员，都成了它的陪葬。

原来，经历过厦门海战考验的郑军，并未被这艘巨无霸吓倒，而是搬出了他们的土法大杀器——五六艘装满硫磺、焰硝等易燃品的小船，在火炮的掩护之下，不顾一切地冲到赫克托号跟前，然后点燃小船，船员们则跳水逃生。要说赫克托号也真够不幸的，火药库给点着了，那能不被炸上天吗？

斯·格拉弗兰号见势不妙，赶紧撤向深海区，希望利用火炮射程的优势压制郑军。奈何中国有句老话，双拳不敌四手。多艘郑军战船还是顶着炮火冲了过来，并伸出铁钩试图钩住荷船。经过一番苦苦挣扎，斯·格拉弗兰号终于摆脱了郑军的纠缠，与白鹭号一道驶向日本。玛丽亚号则逃往巴达维亚。

就这样，台江海战以荷兰人的惨败而告终，郑军从此牢牢掌握了制海权。阿尔多普上尉对赤嵌城的解围也宣告失败，被迫又逃回热兰遮。郑军遂将赤嵌城团团包围，切断了它与外部的一切联系。

都到这时候了，有些人还真是心大。当天，猫难实叮的弟弟和弟媳还兴致勃勃地外出游玩——结果当然是做了郑军的俘虏，并被押送到了郑成功面前。

这对夫妻，不就是最好的人质和筹码吗？不过，郑成功却慷慨地将二人放回去，并希望他们能劝说猫难实叮投降，并保证城内居民的人身安全。

揆一先生可是号称要为台湾流尽最后一滴血的，自己吹出来的牛，含着热泪也得吹完。他派出两名使者，前往赤嵌城外拜会国姓爷。其中一人正是阵亡上尉贝德尔的公子，他充当翻译。

使者态度极其诚恳，言语格外卑微，言辞也是特别小心，向郑成功传递了希望通好（撤兵）的强烈愿望。最后，他们说："我等恳求殿下告诉我们对本公司不满的理由和动机以及要求满足的事项，以便经过研究后可以达成协议，使双方旧日友谊得以迅速恢复，因此恳求殿下赐予明确答复，以便回报长官。"

郑成功看着这两位使者，不觉发出一声冷笑。他一字一句地说："我没有义务说明自己行动的理由，但也没有必要隐瞒如下的事实：为了顺利同清虏作战，我认为应该收复台湾。该岛一向是属于中国的。在中国人不需要时，可以允许荷兰人暂时借居；现在中国人需要这块土地，来自远方的荷兰客人，自应把它归还原主，这是理所当然的事情。"

在郑成功咄咄逼人的气势之下，使者不知道说什么好了。他们也怕一旦触怒了这位国姓爷，自己就会躺着回到热兰遮了。

荷兰人毕竟不是"建奴"，国姓爷还想着以后和他们做生意呢，因此不会把事情做绝。郑成功慷慨地说："你们可以带走自己全部的财物和军火，就算把城堡拆了，把物资全部运到巴达维亚也没关系，本藩与东印度公司会保持友好关系。但你们必须立即行动，不得拖延。否则，"这位国姓爷如同川剧变脸一般严肃起来，"我的健儿会将你们的城堡夷为平地，大军一动，天翻地覆，所向无敌。尔等好好考虑一下！"

郑成功限荷兰人次日上午八时做出决定，是顽抗到底，还是乖乖投降。两位使者回去向总督大人复命。揆一和评议会成员反复商量之后，在城头竖起了大血旗，这是血战到底的标志，没得商量。不过这么一来，他们也就无法解救赤嵌城了。

鉴于荷军大部分都集中在热兰遮，郑成功下令先解决赤嵌城。数千名士兵一人背起一捆柴草堆在城下。城中的水源也被切断了。眼看大祸临头，赤嵌城里的荷兰人只能绝望地抱在一起，无助地向上帝祈祷。但郑成功只是做做样子，他才舍不得火烧赤嵌呢，而是派人进城劝降。

之前，郑军释放了猫难实叮的弟弟与弟媳，让这位司令官深受感动，现在，揆一不管他了，上帝也不发威了，还能怎么着？四月初六日，猫难实叮下令在城头挂起白旗，四百名士兵放下武器，迎接郑军入城。

伴随着喜庆的鼓乐以及一阵高过一阵的欢呼声，郑成功和马信等将领骑着高头大马，顺利进入赤嵌城，标志着复台行动取得了初步胜利。城内的二十八门重炮，从此也归郑军所有。

在四天时间里，郑军先后取得了北线尾岛陆战、大员湾（亦即台江）海战与赤嵌围城战的胜利，三战三捷，进展之顺利出乎所有人的意料。鉴于荷兰殖民者被困在了热兰遮，郑军几乎已经控制了台湾全境。

那么，打下这座孤城，郑成功需要几天呢？

四、攻坚失利，国姓爷改变战略

既然荷兰人不肯投降，郑成功就只能武力解决了。四月初七日，他将主力移师到一鲲身，准备包围热兰遮城。

热兰遮又名台湾城，建筑在大员沙丘上，三面环海，正面城墙厚六英尺①，侧面墙厚四英尺，是一座典型的"文艺复兴棱堡"，四角都有炮台，各安置红夷大炮至少二十门，比袁崇焕当年守卫的宁远城可坚固太多了。

四月二十六日，郑成功命令将二十八门红夷大炮运到城外的空地上，并设置木栅作为掩护。当时，热兰遮城里仅有一千一百名士兵，而郑成功集中的兵力大约一万人，对比过于悬殊。

四月二十八日卯时（五点到七点），初夏的清晨依旧闷热，但空气中已经满是火药的味道了。震天动地的爆炸声在热兰遮城外响起，扬起的尘烟遮蔽了原本湛蓝的天空。郑成功摆出多铎十六年前轰开潼关城的架势，准备用火炮解决问题，避免士兵的大量伤亡。一排排的铅弹砸在城堡的胸墙上，很快就留下了重重的痕迹。荷兰士兵们龟缩在城里，似乎根本不敢对轰。

战斗就这样结束了，荷兰人是要出来投降吗？兴奋不已的郑军官兵，纷纷走出防御工事，甚至开始欢呼。显然，经过之前北线尾之战、大员湾海战和攻占赤嵌城的一系列胜利，无论是郑成功及其将领，还是一万多名普通士卒，都觉得荷兰人已经没有还手之力，唯一的选择就是跪地求饶。

可就在所有郑军士兵放松警惕之时，热兰遮城堡的胸墙上，伴随着刺耳的轰鸣声，突然发射出了一排排炮弹。郑军猝不及防，很多人被当场炸死，永远回不到家乡了。还有不少人失去了胳膊腿，场面相当凄惨。

原来，荷兰人先前的隐忍，只是为了此刻的爆发。原来，真正的红夷大炮发起威来，比当年金砺的仿制品厉害多了。勇敢的郑军士兵试图发炮还击，却发现自己根本不是对手。郑军的简易堡篮，在荷兰人密集的火炮攻击面前，简直就像纸片一样无用。

郑成功见势头不对，急令士兵丢下火炮后撤，转移到荷兰重炮的射程之外：惹不起你，还躲不起吗？但荷兰人的表现，实在出乎国姓爷的

---

① 1 英尺 = 0.3048 米。

预料。

就在晚上，一队荷兰敢死队员突然从城内冲出，直扑郑军丢弃的大炮，并用能做到的最快速度，将大炮的火门钉死。郑军将领发现之后，立即组织士兵过来干扰，并发射火铳和弓箭。但荷军的反应特别敏捷，他们很快又撤回了城里，仅有少数人被击毙。

之前顺风顺水的郑成功，吃到了进入台湾以后的第一场败仗，也交出了高昂的学费，士兵损失超过了一千人。显然，郑军炮阵存在着致命的缺点，没有足够的掩体保护，很容易成为红夷大炮的活靶子。郑成功是一位相当自负的统帅，但他绝非一味蛮干的阿格商，知道及时止损。而且，郑荷兵力之比达到了十比一，有什么可怕的！

既然强攻攻不下来，火炮对轰占不到便宜，郑成功决定，对热兰遮进行全面围困，让荷兰人"粮尽自降"。

随着马信的一声令下，郑军在所有通向热兰遮城堡的街道上筑起防栅，并挖掘了非常深的壕沟，以保证士兵的安全。壕沟内还安置了火炮，以防止荷军可能的突袭。最大的一门，可以发射六磅重的炮弹。

没有参与围城的大部分士兵，则被分批组织起来，开始在台湾各地屯田。都说得道多助，台湾百姓将郑军当成了自己的子弟兵，想尽一切办法支援国姓爷打赢这场战争。郑成功派杨英与何斌到各乡征粮。他俩很快筹集到了六千石米，三千石糖，大大缓解了士兵的粮饷压力。

五月初，黄安、刘俊、陈瑞、胡靖、颜望忠和陈璋六镇军兵，乘二百艘①战船赶到台湾。两批军队会合之后，总兵力达到两万五千余人，但也带来了新的麻烦。

郑成功征台，并未带足军粮。当初何斌信心满满地说什么"天威一指，唾手可得"，让郑成功错误地以为，战事可以在短期内结束。但荷兰

① 江日昇《台湾外纪》认为是二十艘，很可能是笔误。

守军的顽强，却让郑军陷入了供应短缺的窘境。

由于缺少粮食，郑成功只能下令民间交纳番薯作为军粮。不久之后，激变大肚乡（今台中大肚乡）的原住民，还与援剿后镇、右虎卫镇、英兵镇及智武镇在当地的驻军发生了冲突，令郑军的形象受到了一定损害。而猛将杨祖也在冲突中受伤，不久去世。

幸好郑成功及时处理了暴动，并将相关部队调离。思明距台湾大约有六百里，但在帆船时代，遇到季风与洋流阻隔，两个月到不了都有可能。郑成功一直催促郑泰运送粮食到台湾，但左等右等，只等来了寂寞。

郑成功非常愤怒，在座前写下五个大字："户失先定罪！"他派戎政与户都事杨英在鹿耳门一带守候运粮船，凡有思明的运粮船到来，无论公私，都优先发放给士兵。他们已经实在等不起了。

当郑成功围困热兰遮时，永历在缅甸愈发艰难，张煌言在浙江也支撑不下去了。

为了斩草除根，吴三桂一再向朝廷上疏，要求进军缅甸捉拿永历。永历十四年（1660），清廷批准了这个提议。

永历十五年（1661）五月，缅甸国王莽达的弟弟莽白杀死兄长，自立为王。因永历拒绝承认新王，七月，莽白发动了"咒水之变"，借邀请永历君臣饮咒水盟誓的契机，将永历身边的大臣和亲随几乎全部屠杀。从此，尊贵的大明天子，成了缅甸篡位者莽白的囚犯。

李定国与白文选曾多次试图营救皇帝，却因各种原因未能成功。

永历这一生，原本有两次投奔郑成功的机会，他都没有把握住，怪谁呢？

对于国姓爷的攻台举动，张煌言完全不赞成。他担心的是，人走上坡路难，走下坡路容易。一旦郑成功离开金、厦去了台湾，就不会再有光复大明的勇气。

所谓爱之深才责之切，张煌言洋洋洒洒写下了一封长信，派人带给正在台湾埋头种地、sorry，围困热兰遮的国姓爷。

张煌言认为，台湾为枝叶，思明为根本。郑成功舍思明而就台湾，是个严重的错误。台湾是化外之地，如果郑成功长驻此地，内地的人心就会散了。他在长信里写道：

> 况普天之下，止思明州一块干净土，四海所属望，万代所瞻仰者，何啻桐江一丝，系汉九鼎。故虏之虎视，匪朝伊夕，而今守御单弱，兼闻红夷构虏乞师，万一乘虚窥伺，胜败未可知也。夫思明者，根柢也；台湾者，枝叶也。无思明，是无根柢矣，安能有枝叶乎？此时进退失据，噬脐何及？古人云："宁进一寸死，毋退一尺生"，使殿下奄有台湾，亦不免为退步，孰若早返思明，别图所以进步哉！

张煌言越认真，越说明他对郑成功依然抱有希望，依然将他视为最重要的合作伙伴。各种史书上并没有明确交代，这封长信到底有没有交到郑成功手中。但以这位国姓爷不撞南墙不回头的个性，即便看到了，肯定也不会改变自己的主意。

当然，张煌言的担忧绝非多余。因郑成功去了台湾，郑经威望不足，一些郑军将领就蠢蠢欲动，打算降清。郑成功召铜山守将郭义、蔡禄前往台湾述职。当年六月，二人担心自己与清廷勾结的事被揭发，于是想煽动忠匡伯张进一起降清。

张进表面答应，悄悄布置炸药，并邀二人前来议事，想把俩家伙给收拾了。可这两人事先得到消息，不肯前往，只是催张进出发。而后者的选择，却有些让人看不明白。

张进居然引燃炸药，自焚殉国了。郭蔡二人遂引清军占据铜山。镇守南澳的忠勇侯陈霸率水师前来救援，清军大肆抢掠一番扬长而去，给郑军留下了一座荒岛。

铜山之变，拉开了郑氏集团日后连环内讧的序幕，而清廷对沿海的封锁也变本加厉。

仅仅献一座县城，就由普通镇将升为海澄公，黄梧堪称一步登天的活典型。但他也知道，自己没有寸功，肯定遭人忌妒。想要得到主子的欣赏，就得拿出看家本领。

黄梧别的本事没有，但拼的就是底线，再损的招数都能想出来。在反复思考（可能还看了些参考书）之后，他郑重地向清廷呈上了臭名昭著的《平海五策》，主要内容包括：

一、金厦两岛弹丸之区，得延至今日而抗拒者，实由沿海人民走险。粮饷、油、铁、桅船之物，靡不接济。若从山东、江、浙、闽、粤沿海居民尽徙入内地，设立边界，布置防守，不攻自灭也。

二、将所有沿海船只悉行拆除，寸板不许下水，凡溪河，竖椿栅，货物不许越界，时刻瞭望，违者死无赦。如此半载，海贼船只无可修葺，自然朽烂；敌众虽多，粮食不继，自然瓦解。此所谓不用战而坐看其死也。

三、其父郑芝龙羁押在京。成功贿商贾，南北兴贩，时通消息。宜速追此辈，严加惩治，货物入官，使交通可绝矣。

四、郑氏坟茔现在东南各地，叛臣贼子诛及九族，况其祖乎？悉一概掘毁，俾其命脉断，则种类不待诛而自灭也。

五、投诚官兵散住各州府县，虚糜钱粮，倘有作祟，又贻害地方不浅。请将其移往各省，分垦荒地，不但可散其党，以绝后患，且可蓄众以足国也。

显然，这"平海五策"堪称缺德他妈给缺德开门——缺德到家了，都是断子绝孙的阴招。特别是第一条"迁海"，更是"杀敌一千，自损八百"。但清廷为了消灭郑成功，也顾不上这么多了——家大业大，折腾得起，再说了，这家业本来也不是自个儿的。

当然，想用这种办法封锁郑氏集团的人，绝不止黄梧一个。汉官房星烨、房星焕兄弟，户科给事中王启祚等也是积极鼓吹者。从永历十五年（1661）九月开始，直隶、山东、江南、浙江、福建和广东六省开始立界禁海，至少内迁三十里，数以百万计的沿海居民被迫内迁，日常生活遭受了极大干扰。

闽粤浙沿海是郑军粮食的主要供给区。清廷的划界迁海，对思明的物资供应堪称毁灭性打击，并令金厦与台湾之间的矛盾日益加深。

自从郑成功发动南京战役，并在厦门海战中痛击达素之后，清廷文武官员要求处决郑芝龙的呼声就此起彼伏。黄梧的再次强调，无疑加速了郑氏一门走向不归路。

挖掘别人祖坟，是一件极其缺德的事情。拉弓没有回头箭，黄梧反正也不在乎什么后世骂名了，他这种小喽啰，当然只顾眼前。对郑成功越刻薄，他的海澄公当得才能越稳。

清廷经过认真考虑，实施了黄梧的前四策，而否定了第五策。对于还在忙于同荷兰军队作战的郑成功来说，这些措施都触及了他的底线，是绝对无法容忍的。如果上天再给他重来一次的机会，他一定会把黄梧拉出去杀头，不，凌迟，以泄心头之恨。可惜，世界上没有后悔药可买。

现在，他还必须尽快解决台湾问题。

五、荷兰援军来袭，郑军强力应对

郑荷两军已经在台湾开打了，东印度公司任命的新行政长官赫尔曼·克伦克，还在慢慢悠悠地由巴达维亚前往热兰遮。等来到目的地，看到城头的大血旗时，克伦克完全吓傻了。他没有想到，自己要接手的是这么一块烫手山芋。那还搞什么搞，不如让揆一继续折腾呢。

于是，这哥们儿干脆连热兰遮城都不进，连招呼都不打，连辞职报告都不写，就将座船开往日本，逃命去了。

克伦克的行为，对一直在城内苦苦支撑的荷兰军人来说，无疑是伤害满满。他们感觉自己被巴达维亚给抛弃了，给这样的公司卖命真不值当。于是，城内不断出现逃亡和投诚的。跑到国姓爷这边，别的不好说，生活待遇肯定会有明显改善。

在台江海战中，玛丽亚号幸运地逃脱了郑军的围堵，一气儿逃回了巴达维亚。东印度公司董事会紧急讨论救援台湾的方案。但苦于人手有限，最终只能派出一支由十艘战船、七百名士兵组成的舰队，装载大量的军用物资开往台湾。出任舰队司令的，居然不是职业军人，而是一位律师兼检察官雅科布·考乌，这确定不是在开玩笑吗？

在《被忽略的福摩萨》中，揆一热情地吹捧了这位司令："根据他自己承认，除了在莱登学院做学生时，常常用剑劈刺街上的石块或者善良人家的玻璃窗之外，没有别的作战经验。"

巴达维亚距离热兰遮差不多有五千里，但荷兰夹板船确实航速优异。救援舰队用了不到四十天时间，就在七月十八日驶到了大员湾。但因季风不顺，舰队只能又退到澎湖避风，二十八天后才终于抵达热兰遮。

此时，城内的荷兰守军已经死伤大半，活着的人也只能苦苦支撑，处境比当年漳州城中的清军好不了多少。荷兰援军躲开了郑军战船的干扰，成功地将两千两百磅火药和大量生活用品运进热兰遮，无疑令揆一等人精神大振——组织还没有抛弃我们！考乌可能打仗不行，干别的还是很有心得的。他在澎湖抢了不少鸡鸭，可以让同胞们好好改善一下生活。而随船带来的粮食，也能让他们再多支撑几个月。

尽管援军只有七百人和十艘战舰，一向乐观进取的揆一居然觉得，是到了反攻的时候了，要让国姓爷付出更大的代价。

闰七月二十一日，经过反复的"头脑风暴"，揆一和考乌等人制订了一个看似相当严密的计划，打算一举打破郑军的封锁，将他们赶回厦门：

用两艘战舰绕到热兰遮市集的背后，用火炮攻击郑军的炮兵营地，摧毁他们的所有重武器；

以三艘夹板船为主力，两艘双桅船及十五只快艇做掩护，攻击停泊在附近的郑军船队（有十二艘战船）；

在用战舰压制郑军火力的前提下，出动四百名士兵，向热兰遮市集内的郑军军营发起进攻，给他们以毁灭性的打击。

尽管双方兵力之比不到一比十，荷军居然还敢这么主动进攻。不得不说，他们的战术水平还是非常高的，勇气也着实可嘉。

两天之后，勇敢的荷兰人开始实施他们野心勃勃的计划。他们中的很多人自然也知道，这是打破郑军封锁最后的机会了，只许胜不许败。

五艘船都是顺风顺潮，特别顺利。老天这是有意成全荷兰人？他们还是高兴得太早了。刚行驶到一半时，风向突然改变，庞大的夹板船顶着大风，根本无法前进。

原本准备攻打市集的两艘战舰，由于无法赶到目的地，行动被迫暂停。而另一支舰队的三艘大船，同样干着急毫无办法。荷军军官贝斯也是够拼的，他下令能开动的安克汶号及十三艘小艇，依然按照原计划，向郑军战船冲去。

荷军小艇上也有一两门火炮，贝斯觉得对付国姓爷的小破船足够了。郑成功派出宣毅前镇阵泽、戎旗左、右协、水师陈继美、朱尧和罗蕴章等拔锚迎战。伴随着轰隆隆的发炮声，铁弹纷纷落在了荷军小艇上，造成很多士兵非死即伤。随后，郑军战船顶着炮火开到近前，士兵们纷纷举着藤牌跳上荷船，将火炮对轰变成了最原始的近身肉搏。

不大一会儿工夫，三条荷兰小艇就被郑军缴获，其他船只能努力逃跑，向夹板船靠拢以求得保护。

海风已然停歇，打算炮击热兰遮街区的两艘夹板船，终于赶到了目的地。但它们去，还不如不去呢，之前在围攻热兰遮城堡时，郑军吃了大亏。但郑成功已经从失利中学到了很多，他下令修建了非常坚固的战壕和掩体，将本方的大炮及士兵保护得好好的，夹板船上的红夷大炮轰炸了半天，并没有造成多大损伤。

郑军很快开炮还击。几发铁弹重重砸了科克伦号的甲板上，打得船体东倒西歪。更不幸的是，船上的一门大炮突然炸膛，当场将九名士兵送上了天堂，另有三人受伤。但荷军很快从慌乱中恢复过来，顽强地同郑军对轰。

天色渐渐暗了下来，猛烈的西北风又不给面子地刮起，海浪将科克伦号一气儿吹到了浅滩。此时，船上已经有三十九人丧命，四十人受伤。船长弗罗杜罗普留下十五人看船，其他人搭乘小艇逃跑。

船长应该庆幸自己的果断，还没等他们跑远，大船就被密集的炮火击中，随即在震耳的爆炸声中沉没。那十五人自然是一个也没跑得了。

另一艘克登霍夫号同样被火炮打得死伤颇多，最后还被郑军缴获。揆一精心设计的反攻计划，就这么被粉碎了。双方的伤亡相近，大约都是三百人。但郑军有两万五千士兵，荷兰人才一千八，谁更吃亏不言而喻。

战败的荷军狼狈逃回热兰遮，让留在城里的同胞又遭受了一次心灵摧残。但就在第二天，揆一突然收到了一封信，开心得差点儿蹦起来。

此时，达素已经返回北京，负责福建事务的是靖南王耿继茂与福建总督李率泰。他们密切关注着台湾战局，准备随时在郑军背后捅刀子。

耿继茂知道，东印度公司希望与大清进行"直接贸易"，不让中间商赚差价，这与清廷的朝贡政策是有严重冲突的。但鉴于之前达素的惨败，清廷意识到单凭自己的力量，在海上打败郑军几乎不可能。如果荷兰人愿意出动夹板船协助清军作战，那攻占金厦的概率无疑会大大提高。

敌人的敌人，就是我们的朋友！

在厦门海战中，清军是败得很惨，但很多将领坚持认为，那是有郑成功本人镇场子。现在，国姓已经被我大清赶到台湾种地去了，金厦两岛指望那个不正经的郑经小朋友，肯定是守不住的。

于是，耿继茂向东印度公司去信，希望双方本着互利互惠的原则，一起消灭共同的对手"海贼国姓"。耿继茂声称，福建这里已经做好准备了，只要热兰遮城里能派一支舰队来协助我们攻打厦门，获胜之后，大家就可以一道开往台湾，将郑军一网打尽。

九月十五日，当耿继茂的亲笔信送达热兰遮时，评议会里出现了多日未见的欢乐场面，所有人似乎都看到了城市解围的美好前景。

经过热烈讨论，评议会决定派出三艘威力最大、航速最快的夹板船，以及两艘小船，满载火炮与弹药，以及全体荷兰人的期望开往福建前线，打算与清军一起，将国姓爷的基地来个一窝端。

考乌主动请缨，要求担任本次行动的总司令。评议会则安排康斯坦丁·诺贝尔为副司令，并携带丰厚的礼物送给耿继茂大人。

十月十二日，船队冲破郑军水师的拦截，驶向澎湖。显然，如果这五条船开到厦门，绝对够郑经喝一壶的。幸运的是，就在澎湖，有三艘船的锚链被风吹断了，不得已退回到大员修理。

而另外两艘船居然张满帆继续前进。不过他们并没有去思明，而是连夜驶向巴达维亚。就这样，考乌将军毫不犹豫丢下了攻打厦门的责任，忽悠了盼星星盼月亮的靖南王，抛弃了保护热兰遮的使命，欺骗了自己的同胞，也进一步打击了他们坚守下去的信心。

这么一来，热兰遮城还能有好果子吃吗？

六、攻占热兰遮，宝岛终于归中华

天气一天一天冷下去，热兰遮城里满面尘灰烟火色的荷兰人，心境也一天比一天更冷。他们没有足够的食物，没有干净的饮用水，没有必需的药品，日子过得比被他们压迫了近四十年的台湾土著还凄惨。一个又一个士兵病倒了，甚至很快就见了上帝。逃出去向国姓爷投降的也越来越多。

而郑军在封锁热兰遮的同时，正有条不紊地进行各项建设。虽说同样没有足够的食物，但他们的心情，显然要比荷兰对手好太多。

光投降也不行，总得纳点投名状，别人才觉得你有价值吧？一位名叫汉斯·哲根·拉迪斯的军曹投降之后，扮演了让郑成功非常欣喜的角色。

汉斯如实讲述了热兰遮城里人间地狱一般的惨状，还建议国姓爷"趁你病，要你命"，加大轰炸的力度，从而彻底摧毁他们的反抗意志。

更重要的是，汉斯建议国姓爷首先攻克乌特利支外堡，并从那里居高临下向城里开火。"您只要占领外堡之后，就能建起新的防御工事，把自己隐藏在里面向城内开火。他们的大炮是轰不着您的。"汉斯带着谄媚的笑容分析道。

汉斯的一席话，给了郑成功很多启发，也让他认识到了郑军与荷军之间的差距，除了火器大炮这样的硬件，也包括作战指挥这样的软件。

"就按你说的办，先拿下外堡！"

国姓爷一直相当自负，但关键时刻，他却愿意从谏如流，虚心学习洋鬼子的攻城技术。

眼看就到平安夜了，可怜的荷兰人却别想得到一天平安。之后，他们的生活愈发辛苦。十二月初六日，郑军在乌特利支外堡附近修建了三座炮台，用二十八门火炮进行狂轰滥炸。这一次，他们挖掘出了严密的战壕体系，士兵们躲在里面，让外堡的火炮轻易炸不着。由此也不难看出，郑成功和他的勇士们，已经快速学到了近代热兵器战争的精髓。

荷兰人当然不能坐以待毙，但他们的火力完全被压制住了。乌特利支外堡南墙被炸开了一个大缺口，马信试图组织敢死队员冲过去解决战斗，但两次强攻都失败了，圆堡前倒下了一排排郑军尸体。不得已，马信下令继续炮击。

到了晚上，乌特利支外堡几乎被炸成了一片废墟，侥幸活下来的荷兰士兵，都逃进热兰遮城了。马信于是下令接管外堡。

事必躬亲的郑成功闻讯赶了过来，想进堡内视察一下。但有人却拦在了他和马信身前，叽里呱啦地说了一通。

郑成功一看是汉斯，马上明白了：自己不能马上进去。马信马上派出一队工兵进入堡内检查。没过多久，堡内果然传来了特别刺耳的爆炸声。荷兰人的鬼点子真多，还在堡内埋下了大量地雷。如果没有汉斯干预，郑成功和马信说不定就交待在里面了。

眼看胜利在望，郑成功却表现得非常冷静。他下令士兵清理外堡废墟的砖石，并重新建立起了一座巨型炮台，将三十门大炮对准热兰遮城。炮台的防卫墙既高又厚，让城里的火炮无可奈何。郑军却可以很方便地向城内开火，甚至能将整个城堡夷为平地。

荷兰人当然不知道"大难临头"这几个字怎么写，但他们很清楚，热兰遮的末日就要来临了。

永历十五年（1661）十二月初一日，吴三桂率军来到阿瓦城下。第二天，缅甸国王莽白就将永历和太子移交给了这位昔日的大明平西伯，现在的大清平西王。

等待永历的，是押送上京，公开处决的宿命。

当然，郑成功并不知道永历的变故，他还专注于尽快结束征台之战。尽管揆一还想顽抗到底，评议会的大多数人，可不想给他当陪葬。而热兰遮城里的荷兰人，也变着花样跑出去投降。

郑成功无意于将热兰遮变成一片废墟。他继续派人进城招降。"攻城为下，攻心为上"在南京玩砸了，还留下了千古遗恨，但并不说明这种思路是完全错误的。

荷兰评议会进行了多轮讨论之后，达成了三个策略，居然类似中国传统的上中下三策：

一、集中火力，向郑军发起拼死总攻。这显然是鸡蛋碰石头的下策。

二、紧守城池，抵抗郑军进攻，等待巴达维亚援军。这算是平淡无奇的中策。

三、在最有利的条件下主动投降，争取最优惠的宽大。这才是审时度势之后的上策。

老顽固揆一依然迷之自信，觉得城内粮食还可以支撑四五个月，完全可以等来援军。但此时，城内可战之兵仅有六百，还处于不断减员之中。大多数人认为，最好的投降机会就在眼前。郑荷双方经过五六天的讨价还价，终于在十二月二十二日签署了投降条约，即著名的《郑荷协议》（郑荷之战荷兰降书）：

由一方为自 1661 年 5 月 1 日至 1662 年 2 月 1 日围攻福摩萨的热兰遮城（台湾大员岛北端）的大明招讨大将军国姓殿下（郑成功），另一方为荷兰国（东印度公司）该城长官菲特烈·揆一及其议员们，所订立的条约条款如下：

1. 双方都要把所造成的一切仇恨遗忘。

2. 热兰遮城及其城外的工事、大炮及其他武器，粮食、商品、货币及所有其他物品，凡属于公司的都要交给国姓爷。

3. 米、面包、葡萄酒、烧酒、肉、咸肉、油、醋、绳子、帆布、沥青、柏油、锚、火药、子弹、火绳及其他物品，凡所有被包围者从此地到巴达维亚的航程中所必需者，上述长官及议员们得以自上述公司的物品中，毫无阻碍地装进在泊船处及海边的荷兰联合东印度公司的船。

4. 属于在福摩萨这城堡里的，以及在这战争中被带去其他地方的荷兰政府特殊人物的所有动产，经国姓爷的授权者检验之后，得以毫无短缺地装进上述的船。

5. 除了上述物品之外，那二十八位众议会的议员们，每位得以带走二百个两盾半银币；此外有二十个人，即已婚的、单位主管及比较重要的人，得以合计带走一千个两盾半银币。

6．军人经过检查之后，可以带走他们的全部物品及货币，并依我们的习俗，全副武装，举着打开的旗子、燃着火绳、子弹上膛，打着鼓出去上船。

7．福摩萨的中国人之中还有人向公司负债的，他们负债的金额和原因，或因赎租或因其他缘故，都将从公司的簿记中抄录出来交给国姓爷。

8．这政府的全部文件簿记，现在都得以带往巴达维亚。

9．所有的公司职员、自由民、妇女、儿童、男奴、女奴，在这战争中落在国姓爷领域里且尚在福摩萨的，国姓爷将从今日起八至十日内交给上述的船，那些在中国的，也要尽快送来交给上述的船；对于那些不在国姓爷的领域里面仍在福摩萨的公司其他人员，也要立刻给予通行证以便去搭乘公司的船。

10．国姓爷要把他所夺去的四只船上的小艇及其附属设备立刻还给公司。

11．国姓爷也要安排足够的船给公司，以便运送人员和物品到公司的船。

12．农产品、牛和其他家畜以及其他为公司人员停留期间所需要的各类食物，要由国姓爷的部下以合理的价格，从今日起每天充足地供应给公司的上述人员。

13．在公司人员还留在此地或未上船以前，国姓爷的士兵或其他部下，如果不是为公司工作而来，就谁也不得越过目前用篮堡或该殿下的阵地所形成的界线，来接近这城堡或其城外工事。

14．在公司人员撤离以前，这城堡将只挂一面白旗。

15．仓库监督官在其他人员和物品都上船之后，将留在城堡里二至三天，然后才和人质一起被带去上船。

16．国姓爷将派官员或将官 Ongkim 及其幕僚 Punpauw Jamosie 为人质，于本条约经双方各按本国的方式签字、盖章和宣誓之后，立刻送去停在泊船处的一艘公司的船；相对的，公司将派这政府的副首长 Joan Oetgens van Waveren 及众议会议员 David Harthouwer 为人质，到大员市镇国姓爷那里；他们将各留在上述二个地方，直到一切按照条约内容确实履行完毕。

17. 国姓爷的人被囚在这城堡里或被囚在此地泊船处公司船里的俘虏，将和我们被囚在国姓爷的领域里的俘虏交换。

18. 本条约如有误会或确有需要而在此被遗漏之重要事项，将由双方基于能为对方乐于接受的共识，立刻修正之。

> 1662 年 2 月 1 日在大员的热兰遮城里
>
> 签名者：弗雷德里克·揆一等二十八人

十三天之后，已是中国的壬寅虎年。按照荷兰的习俗，揆一等五百余人身着盛装，手持武器，敲锣打鼓，体面地离开了台湾。胜利者没有将他们斩草除根，没有扣为人质，也没有向东印度公司索要赔偿，而是让他们乘坐七艘战舰离开，返回巴达维亚。

显然，郑成功此举，为日后与东印度公司重建贸易关系留下了回旋余地。国姓爷并不想与荷兰人彻底撕破脸，还想赚他们的钱呢。

但是，很可能是应郑成功的要求，荷兰人留下了一百五十门红夷大炮和四千条火绳枪，足够国姓爷组建一支规模不小的神器镇。

没有对比就没有伤害。一百八十二年后的清道光二十四年（1844），同样是壬寅虎年，七月二十四日，在南京城外下关停泊的康沃利斯号风帆战列舰上，清朝代表耆英、伊里布、牛鉴与英国代表璞鼎查签署了《南京条约》。这个中国近代史上第一个不平等条约，既标志着第一次鸦片战争的结束，又宣示了中国半殖民地时代的正式开始。

光复台湾，对在南京城下惨败的郑成功来说，无疑是极大的收获。更值得强调的是，在绝大多数将领都坚决反对或者不赞成攻台的情况下，郑成功能够力排众议，无所畏惧地发动征台战役并取得最终胜利，充分展现了一位优秀统帅的战略眼光与坚毅品质。没有他的坚持，今天的台湾可能已不再是中国领土。

郑成功将热兰遮要塞改为安平城，他要将这里作为治理台湾的中心。兴奋之余，国姓爷提笔写下了著名的《复台》一诗：

> 开辟荆榛逐荷夷，十年始克复先基。
>
> 田横尚有三千客，茹苦间关不忍离。

时光荏苒，今天我们读到这首诗，依然能够感受到郑成功的喜悦之情及对未来的深深期许。

当然，打下台湾不易，经营宝岛，可能会更加艰难。

第十五章　猝然离世留遗恨

一、经营台湾，打下良好发展基础

荷兰殖民者向郑成功投降，是在永历十五年（1661）十二月，但事实上，对于台湾的经营，早在当年四月，占领赤嵌城之后就开始了。

郑成功自己当然不会想到，此时距离他离开人间，只剩下了一年光阴。但他知道，想要将台湾建设成为反清基地，还有太多工作要做。

四月十八日，郑成功颁布了八项命令，让户官刻板颁行：

> 东都明京，开国立家，可为万世不拔基业。本藩已手辟草昧，与尔文武各官及各镇大小将领、官兵家眷，聿来胥宇，总必创建田宅等项，以遗子孙计。但一劳永逸，当以己力经营，不准混侵土民及百姓现耕物业。兹将条款开列于后，咸使遵依。如有违越，法在必究。着户官刻板颁行。特谕：
>
> 一、承天府、安平镇，本藩暂建都于此。文武各官及总镇大小将领家眷，暂住于此。随人多少，圈地永为世业，以佃以渔及经商，取一时之利，但不许混圈土民及百姓现耕田地。
>
> 一、各处地方，或田或地，文武各官随意选择，创置庄屋，尽其力量，永为世业；但不许纷争及混圈土民及百姓现耕田地。
>
> 一、本藩阅览形胜建都之处，文武各官及总镇大小将领设立衙门，亦准圈地，创置庄屋，永为世业；但不许混圈土民及百姓现耕田地。

一、文武各官圈地之处，所有山林陂池，具图来献，本藩薄定赋税，便属其人掌管；须自照管爱惜，不可斧斤不时，竭泽而渔，庶后来永享无疆之利。

一、各镇及大小将领官兵派拨汛地，准就彼处择地起盖房屋，开辟田地，尽其力量，永为世业，以佃以渔及经商；但不许混圈土民及百姓现耕地。

一、各镇及大小将领派拨汛地，其处有山林陂池，具启报闻，本藩即行给赏，须自照管爱惜，不可斧斤不时，竭泽而渔，庶后来永享无疆之利。

一、沿海各澳，除现在有网位、罟位，本藩委官征税外，其余分与文武各官即总镇大小将领前去照管。不许混取，候定赋税。

一、文武各官开垦田地，必先赴本藩报明亩数，而后开垦。至于百姓，必开垦数报明承天府，方准开垦。如有先垦而后报，及报少而垦多者，查出定将田地没官，仍行从重究处。

四月二十四日，郑成功颁下命令，改赤崁地方为东都明京。东都，是相对永历的西都（云南府）而言；明京，即明朝的京城。此时的他，似乎有迎接永历皇帝来台的意思。

郑成功又在东都设置承天府，并置天兴和万年两县。这也是台湾历史上首次按汉族传统建立起的地方机构，具有特别重要的意义。杨朝栋荣幸地获任首任府尹，庄文烈为天兴知县，祝敬为万年知县。

热兰遮城堡外的大员市镇，则被郑成功命名为安平，以纪念他的家乡。当时，郑成功真正有效管辖的，并非今天看到的台湾全岛，只是南部和东部。

台湾已经经历了颜思齐、郑芝龙及荷兰人的数年开发，但与内陆相比，依然非常落后。岛内依然遍布原始森林，丛林中瘴气弥漫，让外来者难以适应。大量的郑军士兵，都在屯田中因不服水土而病倒，甚至不幸死亡。

一边是当地屯田效果不佳，另一边是思明运粮船迟迟不到，郑军很快面临供给困难，不得不用黄金向土著高价购买，而士兵与本地人之间，也时有摩擦出现。而治军严厉的郑成功，从来都是将土著的利益放在前面。

五月初二日，郑成功集合文武各官，审核劫掠百姓银两的事情。万万没想到的是，这位六亲不认的国姓爷，又拿功臣开刀了。

"将吴豪推出斩首！"冷冰冰的命令过后，更多人不寒而栗。吴豪可是在攻打南京和厦门海战中表现出色的猛将，仅因抢夺当地百姓的粮食，就领了盒饭下线，确实有点儿憋屈。因此有后人怀疑，吴豪可能是因强烈反对征台被杀的，是郑成功"公报私仇"。这种说法欠缺证据，当年甘辉还坚决反对北伐南京呢。此外，在厦门海战中有突出表现的右虎卫镇陈蟒被捆责革职。

郑成功执法之严时时令人不寒而栗。当承天府尹杨朝栋和知县祝敬用小斗发粮被士兵举报之后，郑成功很快将这二位老部下斩首示众，为"六亲不认"一词做了完美的注脚，要知道杨朝栋可是坚定的攻台派。

加入郑军时间不长的马信，在甘辉死后成为郑成功最信任的将军，并在攻打热兰遮城的战事中，代替国姓爷指挥全军。仗着老大的宠信，马信就不拿自己当外人了，他不失时机地进言道："藩主，末将以为，立国之初，宜用宽典。"

你这是内涵谁呢？郑成功也不生气，而是耐心地开导说："你只知其一，不知其二。立国之初，法贵于严，不至于留下痹症，以后照着遵守，管理就容易多了。"看这个老粗还是不明白，郑成功就继续提醒他，"子产治郑，孔明治蜀，用严乎，用宽乎？"马信无言以对，心里八成在想，别看我现在这么红，没准儿哪天就是下一个赫文兴了。

到了永历十六年（1662）正月，为了增加台湾的劳力与人口，郑成功传令给驻守思明的郑泰、洪旭和黄廷等将领，要求他们将家眷陆续迁到台湾。但让人痛心的是，这些将领对郑成功的命令阳奉阴违，想尽一切办法拖延。

在这些人看来，台湾生活条件恶劣，家人去了那里，很可能就一去不回还了。过往这些年，得益于在郑氏集团的高额分红，他们在思明的日子过得相当滋润，也对清廷迁界禁海的决心准备不足。只是过不了多久，他们就将为自己的行为付出高昂代价。而郑成功的眼光，远远超过了他们。

一张白纸，反而能创作出最新最美的图画。相比内陆，台湾的优势得天独厚，宝岛之名绝非夸张。相比西班牙殖民者在美洲大开杀戒，郑成功将台湾土著视为同胞，对他们提供了最大可能的帮助。

当时，原住民的耕作方式依然十分落后："土民逐穗而拔，不识钩镰割获之便。"在户都事杨英的建议下，郑成功下令，发给土著铁犁、耙、锄各一副，熟牛一头，并教给他们耕牛犁耙之法，播种五谷收获之方。同时，对开垦用心的进行奖励，懈怠敷衍者予以惩罚。

土著其实并不笨，只是荷兰殖民者从来不教他们。一旦学习掌握了内陆先进的耕作技术，并且有了开荒种田的积极性，农业生产也取得了飞跃式的发展，并给郑军提供了大量的军粮："年可岁供百万也。"

台湾本地农业的发展，不仅解决了岛上两万官兵的日常生活需求，更为拓展海外贸易提供了基础与保障。郑氏集团以贸易起家，郑成功不可能在台湾搞重农抑商，只要假以时日，思明的商业繁荣不难在台湾各地复制。

可惜，郑成功在收复台湾之后五个多月就去世了，之后更大规模的建设，只能交给其继承人来完成。但世间只有一个郑成功，永远不会有第二个。后来者既没有他的眼光，也没有他的威望，更没有他的魄力，经营台湾的效果自然要打很大的折扣了。

作为大航海时代东亚最强海军的领导者，郑成功的眼光，绝不会停留在台湾一岛。

二、华人遭难，剑指吕宋势在必行？

永历十六年（1662）的元旦到了。过去一年，郑成功顶住重重压力，终于成功驱逐了荷兰人，在这片面积相当于三分之一福建的土地上，这位国姓爷看到了无限可能。他要将台湾建设成反清复明的基地，郑氏海商集团的贸易中心。

这一年，他才三十九岁，即便按照大明时期的标准，他依然处于盛年。不出意外的话，他还会有很多年的寿命。

这也是多年来，他第一次没有和董氏和郑经一起过年。按郑成功的打算，今年就要将他们母子接到安平城，一家人团聚。

但就在大年初一，还没有喝完新春的第一壶酒，一则突如其来的消息，令郑成功无比悲愤，无限伤心。他恨不能直捣北京，手刃仇人，以雪心头之恨。父亲郑芝龙，继母颜氏，以及异母弟郑渡、郑荫等全家十一人，于上年十月初三日，被清廷斩于京师柴市。

当初，郑芝龙为了降清，主动撤走仙霞关驻军，为清军顺利占领福建立下大功。但由于郑成功的反清，清廷一直用郑芝龙充当威胁郑军的筹码。而随着顺治之死，朝中痛恨郑芝龙的势力也趁机发难，终于将他置于死地。

郑成功捶胸顿足，望北痛哭："若是当初听儿言，何至有杀身之祸？然得以苟延到今日，也是不幸中的大幸了！"他下令搭设灵堂，在岛内隆重祭奠。

迎接新年的开心，收复台湾的喜悦，就这样被家人被屠的伤痛所取代。然而这只是个开头。

不久之后，郑家祖坟被毁的消息传到台湾。郑成功无比愤怒，他向西痛骂道："生者有怨恨，死者何仇？敢如此结不共戴天之仇？如果有一天率兵西向，我不凌迟你黄梧的尸首，枉做人间大丈夫！"

接连的打击，让郑成功心情郁闷。荷兰人是走了，但依然有别的西方殖民者跳出来，给国姓爷添堵。

从台湾南部穿越巴士海峡，就到了吕宋岛。吕宋面积将近十一万平方公里，相当于三个台湾，是菲律宾最大的岛屿，也是首都马尼拉所在地。

早在宋元时期，东南沿海就有大量华人到吕宋谋生。传说郑和下西洋时，还在吕宋任命了一位名叫许柴佬的泉州人担任总督。但此后明廷实行海禁，西班牙占领了吕宋，将其打造成了控制东亚的贸易中心。

从十六世纪开始，由于美洲金银的大量开采，中国、菲律宾和美洲之间，形成了著名的"马尼拉大帆船贸易"，更精确地说，是泉州——马尼拉——阿卡普尔科（在墨西哥南部太平洋沿岸）之间的三角贸易。

在这条贸易线路上，中国商人将生丝、茶叶和瓷器等产品运到马尼拉，由西班牙将货物用大帆船跨越太平洋运送到阿卡普尔科，再从这里将亚洲特产用大轮车运往危地马拉、厄瓜多尔、秘鲁、智利和阿根廷等国。在回程中，大帆船满载白银及羊毛、可可等土特产。明朝中后期大量白银涌入中国，"马尼拉大帆船贸易"功不可没，许多华商也从中赚取了丰厚利润。

华商在马尼拉的发展壮大，令西班牙殖民者特别眼红，他们明里暗里进行限制与打击。而对于华人的遭遇，明廷表现得相当冷漠，实在是让人痛心。

到了十七世纪，随着荷兰占领台湾和马六甲，"马尼拉大帆船贸易"受到了严重冲击，吕宋华人与西班牙殖民者的矛盾也愈发激烈。1603 年和 1639 年，西班牙殖民者两次屠杀华人，造成了极其恶劣的影响。但当政的中国皇帝，对于此事却显得漠不关心。

但是，郑成功非常关注海外移民的命运，更希望能够成为东亚贸易体系的主宰者。

早在永历九年（1655）阳历 8 月 17 日，郑成功就向荷兰驻台湾长官发去亲笔信，要求禁止船只前往马尼拉等地贸易，以制裁西班牙当局对华商的不公平待遇。

> 阁下与我同心同德，互相帮助，倘若阁下准许商民同上述地方来往贸易，我则视之为阁下不听忠告，亦即阁下不愿一如既往维持相互之亲密友谊。然而由于彼此间建立多年之亲密友谊，我不相信阁下会准许商民前往贸易。

本着两边不得罪的立场，荷兰人婉拒了郑成功的请求，事实上为六年之后的战争埋下了伏笔。

次年阳历10月，西班牙派使者前往思明，希望能与郑氏恢复正常贸易关系。由于当时要集中力量攻打南京，郑成功同意了西班牙的请求。但是，对于吕宋华侨的苦难，国姓爷一直无法忘记。

当郑军成功驱逐荷夷的消息传到吕宋，数万华侨开心得如同庆祝新年，他们似乎也看到了自己赢得解放的那一天。而不想重蹈荷兰同行覆辙的西班牙殖民者，也是战战兢兢，丝毫不敢大意。

但是，该来的迟早要来。

永历十六（1662）年三月初七日，郑成功派多米尼加修士维托里奥·里奇奥前往马尼拉，将一封亲笔信交给西班牙驻菲律宾总督曼利克·德·喇喇。国姓爷添油加醋地将自己收拾荷兰人的盛况描述了一番，并希望马尼拉殖民当局认清形势，主动向自己朝贡，否则后果相当严重：

大明总统使国姓爷寄马尼拉总督曼利克·德·喇喇之宣谕：
> 承天命而立之君，万邦咸宜效顺朝贡，此古今不易之理也。可恶荷夷不知天则，竟敢虐我百姓，劫夺商船，形同盗贼。本当早勒水师讨伐。然仰体天朝柔远之仁，故屡寄谕示以期彼悔罪过，而彼等愚顽

成性，执迷不悟，邀予震怒，遂于辛丑（永历十五年，1661）四月率师亲讨，兵抵台湾捕杀不计其数，荷夷奔逃无路，脱衣乞降。顷刻之间，城池库藏尽归我有。倘彼等早知负罪屈服，岂有如此之祸哉。

你小国与荷夷无别，凌迫我商船，开争乱之基。予今平定台湾，拥精兵数十万，战舰数千艘，原拟率师亲伐。况自台至你国，水路近捷，朝发暮至；唯念你等近来稍有悔意，遣使前来乞商贸易条款，是则较之荷夷已不可等视，决意姑赦尔等之罪，暂留师台湾，先遣神甫奉致宣谕。

倘尔及早醒悟，每年俯首来朝纳贡，则交由神甫履命，予当示恩于尔，赦你旧罚，保你王位威严，并命我商民至你邦贸易；倘或你仍一味狡诈，则我舰立至，凡你城池库藏与金宝立焚无遗，彼时悔莫及矣。荷夷可为前车之鉴，而此时神甫亦无庸返台，福祸利害惟择其一。幸望慎思速决，毋迟延而后悔。

此谕

永历十六年三月初七日，国姓爷

郑成功对自身实力非常自信，但万万没想到的是，马尼拉殖民统治当局对他的"命令"置之不理。而吕宋华人为了迎接国姓爷，居然提前举行了武装起义（一说是受郑成功使者的鼓励）。不过，华人的原始武器与西班牙火器的差距实在太大，先后有上万华人被害，这也是第三次吕宋大屠杀。

消息传到台湾，郑成功彻底被激怒了。他一是无限同情吕宋同胞的悲惨遭遇，二是无法容忍西班牙对自己宣谕的蔑视。不过这么一来，他也算师出有名了。

尽管刚刚经历了长达九个月的台湾之战，士兵们都相当辛苦，但国姓爷依然斗志饱满。他一边着手安排出征舰队，一边派人与吕宋当地华人联系。

但是，我们都知道，郑成功并没有兵发菲律宾。

三、一封家信，引发可怕的蝴蝶效应

开发台湾，并没有郑成功当初想象得那样容易。为了增加台湾人口，他一直催促留守厦门的洪旭、黄廷等人将家属迁到台湾。但这些人却想尽一切办法拖延，令郑氏集团分裂的苗头愈发明显。

未等郑成功采取措施，永历十六年（1662）三月，却传来了南澳守将陈霸密通尚可喜的消息。郑成功反应过度。他令周全斌与杜辉、黄昌等人赴南澳，想将陈霸押解到台湾审问。得到消息的陈霸既不能自证清白，又不想与郑军自相残杀，居然跑到广州，向有着血海深仇的平南王尚可喜投降了。

尚可喜乐得嘴都合不上了：真是可喜啊。清廷认为，既然慕义来归，就给你个慕义伯当当吧，别嫌小，不杀你就不错了。其实陈霸投清完全是被逼的，而且没过多久他就去世了，并没有替清廷卖命。

陈霸的叛变降清，对郑成功的打击实在不小。不过，长子郑经从厦门发来的信件，却令父亲非常开心。郑成功下令，重赏郑经及其母亲董氏，并在台湾大摆宴席，让一直过紧日子的官兵喝个痛快。

是什么好事呢？原来，郑经的侍妾生了个胖小子。三十九岁的郑成功当上了爷爷。

不知什么原因，郑经的正牌夫人唐氏一直未能生育。郑成功在岛上开心了没几天，就收到了唐氏的爷爷、隆武朝兵部尚书唐显悦的来信。

郑成功真的不应该拆读这封信，可他还是拆开了。

刚看了几行，国姓爷突然火冒三丈："这个逆子!"

唐显悦在信中直言不讳地指责道：

三父八母，乳母亦居其一。令郎狎而生子，不闻叱责，反加赉

赏。此治家不正，安能治国乎？

原来，郑经长本事了，居然纳自己的乳母为妾？郑成功立即让手下调查。得知（大致）真相之后，郑成功更加怒不可遏。他恨不得马上杀回思明，亲手宰了这小子。

岳飞斩子、戚继光斩子，都是民间传说，无非想证明他们治军之严，儿子犯法与普通士兵同罪。但这些事迹基本上都是虚构的。但郑成功要杀郑经，却是真有其事。

唐显悦曾任隆武朝兵部尚书，虽说只是个荣誉职务（军队都得归郑芝龙管），但至少说明了人家在福建政坛的影响力。

郑成功与董氏的婚姻就是标准的政治联姻，谈不上什么幸福。而这样的事情，同样落在了他的老大郑经身上。

郑经并不喜欢结发妻子唐氏，却和四弟郑睿（在羊山遇难）的乳母陈氏[①]勾搭在了一起，甚至有了"爱的结晶"。郑经虽说花心，却不是真傻。他很清楚：老爹就是个老古董，幸亏他去了台湾，幸亏他不了解事情真相，否则一定会废掉自己的世子之位。

眼看纸里包不住火，郑经只能跪在母亲面前，一把鼻涕一把泪地检讨"爱的代价"。

"家门不幸啊，让你父王知道，你还能当世子吗？让你岳父大人知道，他会怎么做？"董氏当然气得不轻。但郑经是她的亲骨肉，是她这些年惨淡经营的唯一期望。她怎么能不护着儿子呢？

"孩儿知道错了，可她是无辜的，孩子也是我的孩子啊！"

"你就纳她为妾，置一院房安置吧！"

"多谢母亲大人！"郑经立即向陈家下了聘礼，把这一家人开心得不知

———————————

① 一说是郑经自己的乳母。

道说什么才好。唐氏当然不开心，但她能阻止丈夫纳妾吗？

几个月之后，陈氏顺利生产，可把郑经开心坏了：是个男孩儿！向母亲请示之后，他立即修书向台湾报喜。

按说时间一长，这事就这么过去了。但不知道什么原因，唐显悦居然（大概）知道了事情的来龙去脉。这还了得！自己的宝贝女儿，能容许他不正经的郑经如此怠慢？

唐显悦于是给郑成功写信，添油加醋地指责郑经的荒唐。但让人费解的是，郑经明明娶的是四弟的奶妈，又不是自己的奶妈，唐显悦至于这么上纲上线吗？

而一向治家严格的郑成功，在没有彻底查清事情真相之前，就草率做出了决定。而正是他之后的应对措施，造成了可怕的结果，更让今天的我们无比痛心。

郑成功叫来都事黄毓，交给他三只画龙桶、一只漆红头桶，让他持令箭到金门，与郑泰同回思明。这四只桶做什么的呢？

三只桶，要装三颗人头，分别是给郑经、陈氏和他们的孩子预备的。

再怎么着，郑经也罪不至死。别说陈氏并不是郑经的乳母，就算真的是，那也到不了杀头的地步——明宪宗朱见深已经做出表率了。

朱见深从小被乳母、宫女万贞儿抚养，继位之后，他封万氏为贵妃，两人非常恩爱，甚至还有过孩子。如果郑经该杀，那朱见深不就得凌迟吗？

而且，陈氏显然是无辜的，要说错也是郑经的错，孩子更加无辜。唐显悦借题发挥，郑成功气得差点儿吐血，也是反应过激。不过也证明了一点：他对这个老大，一向也没有多满意。反正儿子多的是，谁接班都差不多；再说自己还不到四十岁，现在根本用不着考虑接班人的事（颜思齐：真的吗？）。

而漆红头桶的目标，更是让人无法理解。郑成功居然要杀掉自己的妻子董夫人！一封来信，居然引发了如此严重的后果（事情还远远没完呢），堪称"蝴蝶效应"的经典运用。

就算郑经该杀，杀就是了，董氏有什么过错呢？郑成功认为妻子持家不严，没管好老大。但此时的郑经已经成家，还要怎么管呢？

俗话说一日夫妻百日恩。郑董两家是不折不扣的政治联姻。董氏显然不是郑成功喜欢的类型，要不然他也不会纳一堆侧室。但传统社会是标准的男权社会，礼法都是首先照顾男人利益的。郑成功再冷落董氏，后者也不能出轨以做报复。

更可悲的是，他俩的悲剧，又落到了郑经与唐氏身上。

这一年，正好是董氏与郑成功结婚二十年。做丈夫的不想着精心送上礼物表示关爱，还居然想要了妻子的命？由此看来，郑成功自己，也是严重的小题大做。

郑成功是个非常自负的统帅，说一不二，令行禁止。但这一次，他显然高估了自己的威望，低估了董氏在厦门的影响力，也低估了思明众将的逆反心理。

摊上这么个国姓爷，黄毓能有什么办法呢？他只有擦干眼泪上路，赶到金门向郑泰汇报。两人随即奔赴厦门。

留守思明的黄廷、洪旭、陈辉和王秀奇等人，可都是郑军骨干，他们得知二人此行的任务之后，一个个面面相觑。郑泰毕竟是郑成功的族兄，底气自然比别人足。他说："主母，小主，怎么能杀呢？然而藩主的命令到了，又不能不遵守。以本人愚见，咱们就把陈氏和孩子杀了复命吧。至于主母和小主，咱们一起代为请罪，大家觉得怎么样呢？"

还别说，郑泰的建议让双方都有台阶可下，当然苦了那娘儿俩。董氏听说之后，也认为不错："这于法两尽。"很快，黄毓就带着两颗人头，喜滋滋地回台湾复命了。

"混账，这点儿事情都办不好？"郑成功非但没有赏赐黄毓，还劈头盖脸大骂了他一通，随后当场把自己的佩剑解了下来。

黄毓一见差点儿当场哭出声来，后悔没早点儿写好遗书。但事实证明，他还真是想多了。郑成功将剑交给黄毓，告诉他"见剑如见君"，谁再不听命令就直接诛杀，并让他再回金门找郑泰。潜台词就是：这一次再完不成任务，那就别怪军法无情了。

黄毓只好再次约上郑泰去厦门。可郑经一个大活人，会乖乖伸长脖子让你杀吗？他二话不说，就把黄毓逮了起来，那把剑自然也没收了。郑经与黄廷、洪旭等人商议对策。但此时，据说有一个人的出现，却让局势直接失控。

此人就是蔡鸣雷。他刚刚在台湾犯了事，担心以郑成功的脾气，自己想活命相当困难，就借故来厦门搬家眷，准备举家降清。郑经也是脑子进水，偏要咨询他的意见。蔡鸣雷是老狐狸了，巴不得郑军内部越乱越好。

蔡鸣雷哭丧着老脸说："少主啊，藩主发誓一定要把你们娘儿俩杀了，谁敢阻止，就让黄毓斩了谁，在座诸公恐怕也难逃一死。藩主还给在南澳的周全斌发了密谕，估计很快就要过来了。"

一时之间，厦门岛内人心惶惶。清军没有打来，周全斌倒是要过来清理门户了。还是洪旭老到。他说："世子，子也，子不可抗拒父亲；诸将，臣也，臣不可抗拒君主。但郑泰是兄，兄可以拒弟。如果是过来取粮饷物品，那我们当然要拨付，如果领兵来攻，我们就得抵抗了。"郑经立即安排援剿右镇林顺领兵船出镇大担岛，防备台湾过来的舰队。

不久之后，周全斌回到厦门，马上就被郑经抓了起来，并交给黄昌看管。周全斌被搞得丈二和尚摸不着头脑——他根本没有什么藩主密诏。幸好董氏知道了此事，在她的干预之下，周全斌才保住了脑袋。

随后，郑成功就接到了思明诸将的信函。据说里面有"报恩有日，俟阙无期"之语，摆出一副集体抗命的架势。心高气傲的国姓爷，怎么咽得下这口气？郑成功连周全斌被抓都不知道，还让洪有鼎持手谕去南澳，让周全斌监斩董氏和郑经。看来，蔡鸣雷还真有点儿未卜先知的法力。

洪有鼎到了南澳，才知道了周全斌的下场，自己当然再不敢去厦门，更不敢向郑成功复命，又不想降清。他干脆从此亡命天涯了。

　　但洪有鼎却不知道，有人在对面苦苦等待他的消息，他对得起那个人吗？

四、抱憾归天，留给后世太多遗憾

　　永历十六年（1662）五月初一日，时间已经来到了盛夏，郑成功却蹊跷的染上了"风寒"。他强打精神坚持办公，与文武官员讨论国事，特别是攻打吕宋的事宜。每天早上，他都要站在礁石上，举着千里镜向西边瞭望。显然，郑成功盼着爱将周全斌和洪有鼎尽快向自己复命。

　　但谁也没有想到的是，五月初八日（6月23日），国姓爷就突然离开了人间。

　　这一天早晨，郑成功依然早早起床，依然远眺澎湖，依然一无所获。随后他回到书房，命部下取出延平王衣冠。郑成功一向很追求仪式感，他穿戴整齐，请出《明太祖宝训》放在案头。也许是祖训令他触景生情，想到洪武大帝在南京开邦建国的英武，自己在南京溃不成军的狼狈，栖身台湾的不甘，老大郑经的伤风败俗，金厦将士公然抗命的忤逆，西班牙殖民者的猖狂，抗清前程的愈发黯淡，所有一切都令他痛苦不已。

　　"拿酒来！"郑成功坐在胡床上，命令侍卫进酒，他自己打开祖训看读。每读一页，他就饮一杯酒。看他这架势，侍卫想拦也不知道怎么开口了。

　　突然之间，郑成功将酒杯摔在地下，长叹一声："我有何脸面见先帝于地下也？"

　　此话一出，左右不觉大为紧张。也许知道自己大限已近，此时的郑成功泣不成声：

> 自国家飘零以来，枕戈泣血，十有七年，进退无据，罪案日增，今又屏迹遐荒，遽捐人世，忠孝两亏，死不瞑目。天乎！天乎！何使孤臣至于此极也？

郑成功说到伤心处，用两手抓面，场面极为恐怖。都督洪秉诚端上汤药，却被他打翻在地。众人面面相觑，不知道应该怎么办。然而不久之后，他们就见证了一个更加可怕的场面。

这位让清廷忌惮了十多年的海上英雄，这位统率十万军兵的伟大统帅，这位连累父亲和全家被害的"逆子孤臣"，就这样相当蹊跷地与世长辞了。如前辈颜思齐一样，他连遗嘱都没有留下。

他才三十九岁，正值壮年，以这样的方式告别世界，怎么可能心甘？

反清复明的大业，需要他凭借威望与实力另立新君；人类大航海时代的竞赛，需要他代表中国参与角逐。可他却这样离开了，只留给后人无限的哀思与无穷的遗憾。

当年三月，吴三桂将永历押送到昆明，准备解往北京。但两地相距四千余里，难免生变。于是经朝廷批准，四月十五日，吴三桂将四十岁的朱由榔用弓弦活活勒死。

鉴于退到中缅边境的李定国部只剩下几千人马，远在台湾的郑成功成为反清复明的唯一希望。考虑到那个年代的信息传递速度，永历的死讯能不能在五月初八之前传到台湾，实在要打一个大大的问号。就算真的能够传到，郑成功还未做出应对之前，就遗憾地告别人间了。

史学界通常以永历之死，作为南明王朝终结的标志。在得到永历的准确死讯之后，李定国悲恸欲绝，为自己没有保护好皇上而深深自责。六月二十七日，李定国不幸去世，终年四十二岁。临终前，李定国还嘱咐世子李嗣兴："宁可死在荒郊，也不可投降。"可悲的是，这个儿子跟郑经一个德行，最终还是带着部众投降了。

如此一来，在短短两个月时间里，永历皇帝与南明抗清两大支柱郑成功、李定国相继离世，他们的死，让残余的抗清武装彻底失去了主心骨。

多年以来，张煌言都是坚定的鲁王支持者，在永历去世之后，他希望能将鲁王立为皇帝，让南明的旗帜延续下来。可惜，供养鲁王的郑经完全不热心。这年十一月十三日，朱以海在金门病逝，享年四十五岁。

永历的死，让李定国精神崩溃；鲁王的死，也令张煌言彻底绝望，从而解散军队，隐居海岛。由于叛徒的出卖，张煌言被清廷逮捕，并于永历十八年（1664）九月初七日在杭州遇害，时年四十五岁。

没有诸葛亮的才华却喜欢以当世孔明自居，这恐怕是郑成功未能走得更远的重要原因。而张煌言明明可以做郑成功的法正（蜀汉著名谋士），却对鲁王忠心不二，不愿全力辅佐延平王。今天我们站在全能视角上，能对两位明末英雄如此苛责吗？

恐怕不行。人都生活于历史之中，也难免带有历史的局限性。

同年五月二十四日，郑成功的老师钱谦益在常熟去世，终年八十三岁。虽说在南京城下剃发降清，钱谦益之后却与柳如是全力投入复明活动之中，更是积极为郑成功北伐提供帮助，重新赢回了国姓爷的敬意。

此时，柳如是不过四十七岁。当年六月，因钱氏族人想要夺取钱谦益家产，刚烈的柳如是愤而自缢，与丈夫在阴间相会了。终生没有一位柳如是这样的红颜知己，能让自己变得更为优秀和深情，想必是郑成功此生最大的遗憾之一。

八月，清军包围了湖北兴山县茅麓山，大陆上最后一支反清势力"夔东十三家"中坚持到最后的李来亨部被歼，李来亨壮烈牺牲。

这样，清军就可以集中全部火力，对付已经退到台湾的郑经。

郑成功死后，郑经与五叔郑袭为夺取延平王继承权而自相残杀，并引发了郑军将领此起彼伏的降清大潮。郑经虽说胜出，永历十七年（1663）

十月却在第四次厦门保卫战中惨败，次年又丢掉了东南沿海的全部据点，只能去老爹打下的台湾讨生活。

郑经拒绝另立明朝宗室为帝，并将东都改为东宁，让无数抗清志士相当失望。郑经及儿子郑克塽使用南明末帝的年号直到永历三十七年（1683），台湾明郑的历史，却被多数史家排除出了南明史。郑经的历史地位，也根本无法与父亲郑成功相提并论。

平心而论，郑经对台湾的发展建设也有一定贡献。他两次粉碎了施郎攻打台湾的图谋，长期通过与清廷玩和战游戏保全自己。在"三藩之乱"发生时，郑经也一度占领了福建和广东的七府土地，抢下了他爹生前没有抢到的广大地盘。但随着叛乱的彻底平定，郑氏在大陆的领地又全部丢失。

永历三十五年（1681），沉迷酒色的郑经在四十岁的黄金年龄病逝。冯澄世之子冯锡范擅杀郑经长子郑克臧，扶植女婿郑克塽当上延平世子。两年之后，郑家苦主施琅率领以郑军降将为班底的庞大水军，在澎湖海战中大败刘国轩指挥的郑军主力。郑克塽出降，明郑在台湾的统治宣告结束。

虽说郑氏集团在郑成功死后依然坚持了二十一年，但随着这位海上英雄的英年早逝，反清复明的最后希望事实上已经完全丧失，清廷一统天下再无悬念。

一个人的过早离世，可以令之后的历史变得面目全非，这是郑成功本人的荣耀，却是我们这个民族的不幸。

清末著名诗人丘逢甲有诗云：

谁能赤手斩长鲸？不愧英雄传里名。

撑起东南天半壁，人间还有郑延平。

主要参考文献

1. （明）谈迁撰. 国榷［M］. 北京：中华书局，2003.

2. （明）张岱撰. ［M］. 石匮书：北京：故宫出版社，2017.

3. （明）王夫之等撰. 永历实录（外一种）［M］. 北京：文津出版社，2020.

4. （明）张煌言撰. 张苍水集［C］. 北京：中华书局，2003.

5. （清）邵廷寀等撰. 东南纪事（外十二种）［M］. 北京：文津出版社，2020.

6. （清）谷应泰撰. 明史纪事本末［M］. 北京：中华书局，2015.

7. （清）李天根撰. 爝火录［M］. 杭州：浙江古籍出版社，1986.

8. （清）夏燮撰. 明通鉴［M］. 北京：中华书局，2014.

9. （清）杨英撰. 先王实录校注［M］. 福州：福建人民出版社，1981.

10. （清）夏琳撰. 闽海纪要［M］. 福州：福建人民出版社，2008.

11. （清）查继佐撰. 明书［M］. 济南：齐鲁书社，2014.

12. （清）阮旻锡撰. 海上见闻录定本［M］. 北京：文物出版社，2022.

13. （清）张廷玉等撰. 明史［M］. 北京：中华书局，2015.

14. ［英］崔瑞德，［美］牟复礼编. 剑桥中国明代史［M］. 北京：中国社会科学出版社，2006.

15. ［美］裴德生编. 剑桥中国清代前中期史（1644—1800 年 上卷）［M］. 北京：中国社会科学出版社，2020.

16. ［美］司徒琳著. 南明史 ［M］. 上海：上海人民出版社，2017.

17. ［美］魏斐德著. 洪业：清朝开国史 ［M］. 北京：新星出版社，2016.

18. ［美］欧阳泰著. 黑火药时代：中国、军事创新与世界史上的西方崛起 ［M］. 北京：中信出版社，2014.

19. ［加］卜正民著. 哈佛中国史·挣扎的帝国：元与明 ［M］. 北京：中信出版社，2016.

20. 白晨光著. 大明水师三百年 ［M］. 北京：台海出版社，2018.

21. 邓孔昭著. 郑成功与明郑在台湾 ［M］. 厦门：厦门大学出版社，2014.

22. 顾诚著. 南明史 ［M］. 北京：光明日报出版社，2011.

23. 郭影秋编. 李定国纪年 ［M］. 北京：中国人民大学出版社，2006.

24. 连横著. 台湾通史 ［M］. 北京：商务印书馆，2010.

25. 刘强著. 海商帝国：郑氏集团的官商关系及其起源（1625—1683）［M］. 杭州：浙江大学出版社，2015.

26. 毛佩琦著. 郑成功评传：逆子忠臣 ［M］. 南宁：广西教育出版社，1995.

27. 南炳文著. 南明史 ［M］. 北京：故宫出版社，2012.

28. 汤纲，南炳文著. 明史 ［M］. 上海：上海人民出版社，2014.

29. 谢国桢著. 南明史略 ［M］. 长春：吉林出版集团有限责任公司，2009.

30. 杨友庭著. 明郑四世兴衰史 ［M］. 南昌：江西人民出版社，1991.

31. 杨渡著. 1624：颜思齐与大航海时代 ［M］. 北京：九州出版社，2021.

32. 张笑宇著. 商贸与文明：现代世界的诞生 ［M］. 桂林：广西师范

大学出版社，2021.

33. 郑天挺主编. 清史［M］. 上海：上海人民出版社，2020.

34. 陈碧笙著. 郑成功历史研究［C］. 北京：九州出版社，2000.

35. 邓孔昭著. 郑成功与明郑台湾史研究［C］. 北京：台海出版社，2000.

36. 顾诚著. 读历史就应该这样细读：顾诚明清史文集［C］. 北京：北京日报出版社，2023.

37. 洪本地主编. 郑成功研究文集［C］. 厦门：厦门大学出版社，2012.

38. 泉州市郑成功学术研究会编. 郑成功研究［C］. 北京：中国社会科学出版社，1999.

39. 杨国桢主编. 长共海涛论延平——纪念郑成功驱荷复台340周年学术研讨会论文集［C］. 上海：上海古籍出版社，2003.

40. 厦门大学台湾研究所历史研究室编. 郑成功研究国际学术会议论文集［C］. 南昌：江西人民出版社，1989.

41. 郑成功研究学术讨论会学术组编. 台湾郑成功研究论文选［C］. 福州：福建人民出版社，1982.

42. 郑成功研究学术讨论会学术组编. 台湾郑成功研究论文选续集［C］. 福州：福建人民出版社，1984.

43. Tonio Andrade. *Lost Colony*：*The Untold Story of China's First Great Victory over the West*［M］. Princeton：Princeton University Press，2011.

44. Xing Hang. *Conflict and Commerce in Maritime East Asia*［M］. Cambridge：Cambridge University Press，2015.

后记　如果再给他二十年

永历十六年（1662）五月初八日，郑成功在台湾蹊跷去世。按时人的算法，他在三十九岁时告别人间。以今天的标准，他死时只有三十七岁，还是个小伙子，处于人生的黄金年龄。这么早就离开世界，无论对自己还是对南明，甚至是传统中国迈向近代的进程，都是难以估量的重大损失。

"十年生聚，十年教养，而国可富，兵可强，进取退守，真足与清廷抗衡。"这是何斌向郑成功建议的二十年治台方略。

可惜，在收复台湾仅四个多月之后，郑成功就离开了人间。而他的继承人郑经，无论才能和境界、眼光与魄力，胆量及操守，与父亲差得不是一星半点儿。

即便经历了南京崩盘，郑成功手下官兵也有将近十万。永历遇害、李定国溃败之后，郑成功成为复兴南明的唯一希望。全国的抗清势力，都自觉不自觉地向台湾靠拢。这原本是国姓爷凝聚人心的大好机会，错失了实在太过可惜。

如果再给他二十年，以郑成功对明廷的忠心，他首先一定会再立一位宗室为皇帝，（当然鲁王还是不必了）而不会像郑经一样继续奉永历年号。

如果再给他二十年，郑成功一定会将台湾建设成繁荣的反清基地，金厦在相当长的时间内也不会失守。郑氏集团的商业贸易会更加巩固，与清廷抗争的家底会更加雄厚。

如果再给他二十年，因郑经继位导致的郑军严重分裂、大批将官降清的事情，肯定不会发生，郑军依然是东亚最强水军。只要郑成功在，台湾几乎没有丢失的可能。

如果再给他二十年，郑成功一定会亲征吕宋，解救岛上的数万同胞。当然，也许一次不能成功，但以郑成功的性格，必然会攻打第二次、第三次……只要时间允许，一直走下坡路的西班牙殖民者，终究要败给国姓爷。

如果再给他二十年，"三藩之乱"发生时，郑成功一定不屑于在福建与耿精忠抢地盘，必然会再次扬帆北上，再战金陵。有过前车之鉴以后，他克复南京、光复江南的概率，将会无限放大。

如果再给他二十年，郑成功必定会带给世人太多的突破、太多的惊喜、太多的奇迹。可惜，只因他的意外早逝和郑氏集团的覆灭，中华民族拥抱海洋文明的进程，居然就此中断了二百余年，实在让后人无比痛心和无限惆怅。

清廷在鸦片战争中的表现越拙劣，越能证明郑成功驱逐荷夷的伟大及不易；传统中国迈向近代化的步履越艰难，越能体现国姓爷眼光与魄力的超前。

为郑成功创作一部传记，多年来都是我最重要心愿之一。2024 年恰逢这位民族英雄诞辰四百周年，因而也具有特别的纪念意义。

这一年，正好也是荷兰殖民者占据台湾四百周年。一定意义上说，郑成功确实是为台湾而生，因台湾而英年早逝。但我们必须清楚，这绝对不是他人生的全部。

这一年，同样是颜思齐开台四百年。颜思齐可说是郑成功的心灵导师，而郑成功则是颜思齐的精神传人。在大航海时代，明清官僚依然顽固地坚持重农抑商政策，颜思齐与郑成功却具有世界眼光与海权意识，是少数能跟得上时代的领袖。

正如郑芝龙成了颜思齐道路的反叛者，郑经也未能将郑成功的事业发扬光大。历史，真的会因为少数英雄的生与死，而变得面目全非。

过往若干年，我们一直强调郑成功收复台湾的英武，却有意无意忽略了他抗击清军入侵的果敢，捍卫中华衣冠的无畏，明知不可为而为的勇气，主动融入大航海时代的睿智，这些都是中华民族最为宝贵的精神财富。

郑成功当然不是完人，优点与缺点都呈现得相当鲜明。他自信又自负，喜欢以诸葛亮和岳飞自居，不大能听得进幕僚的意见，并为此付出了相当惨重的代价。但就"大节不亏"来说，郑成功可以说没有任何问题。

相比一些专家学者就三入长江、东西会师和南京之战等事件对郑成功的批评与质疑，本书对这位海上英雄基本上持肯定态度。在阐述郑成功与李定国、张名振和张煌言等人的关系时，笔者对这位国姓爷的行为，寄托了更多的理解与尊重。

融合历史作品的专业度与通俗读物的可读性，一直是笔者追求的目标。本书中的一些见解也许同主流观点略有偏差，但并非刻意"标新立异"，只是希望通过对史料的甄别和分析，提供给读者一些个性化的解读与诠释。

本书能够顺利出版，首先要感谢广大读者的热情支持，给了我坚持创作的动力与理由；其次，要感谢花山文艺出版社领导和编辑为出版付出的努力与心血；再次，要感谢杜君立、王觉仁、清秋子、李浩白和张冰筱等同行作者的关照指点；最后，还要特别感谢刘鹏、李黎明、刘峰、张程、郑英祖和白丁等出版界朋友多年以来的帮助和支持。

书中难免有疏漏与不足，欢迎读者拨冗指正，非常感谢。

燕山刀客

二〇二三年十月于燕郊